AQUI O
VERDE
SEMPRE
FOI
VERMELHO

AQUI O
VERDE
SEMPRE
FOI
VERMELHO

DANIEL 02

AQUI O VERDE SEMPRE FOI VERMELHO

EDITORA
Labrador

Copyright © 2021 de Daniel O2
Todos os direitos desta edição reservados à Editora Labrador.

Coordenação editorial
Pamela Oliveira

Preparação de texto
Leonardo Dantas do Carmo

Projeto gráfico, diagramação e capa
Amanda Chagas

Revisão
Laura Folgueira

Assistência editorial
Larissa Robbi Ribeiro

Imagens de capa
Jr. Korpa (Unsplash)

Dados Internacionais de Catalogação na Publicação (CIP)
Jéssica de Oliveira Molinari — CRB-8/9852

O2, Daniel
   Aqui o verde sempre foi vermelho / Daniel O2. — São Paulo : Labrador, 2021.
   320 p.

Bibliografia
ISBN 978-65-5625-168-4

1. Ficção brasileira I. Título

21-3346   CDD B869.3

Índice para catálogo sistemático:
1. Ficção brasileira

Editora Labrador
Diretor editorial: Daniel Pinsky
Rua Dr. José Elias, 520 — Alto da Lapa
05083-030 — São Paulo/SP
+55 (11) 3641-7446
contato@editoralabrador.com.br
www.editoralabrador.com.br
facebook.com/editoralabrador
instagram.com/editoralabrador

A reprodução de qualquer parte desta obra é ilegal e configura uma apropriação indevida dos direitos intelectuais e patrimoniais do autor.

A Editora não é responsável pelo conteúdo deste livro. Esta é uma obra de ficção. Qualquer semelhança com nomes, pessoas, fatos ou situações da vida real será mera coincidência.

Ode heroica aos invisíveis da História

PREFÁCIO

Caso chegares à meia-idade, naturalmente terás companhia contínua da morte, que, de tempo em tempo, ceifará vidas do círculo próximo de queridos, a deixar contigo permanente insegurança sobre teu mais fiel eu, pois ele, dissimulado, insiste em fraquejar sem motivos. Mas aqui neste país, na mais tenra idade, a morte acercará de ti, terás como única proteção a força da espada.

Contudo devo alertar-te de que estou de olho, não sejas vacilão, porque, caso fraquejares, perderás uma chance única de dar forma e cor àqueles que ainda estão invisíveis na História deste jovem país. Prometo que não irei intervir no desenrolar dos fatos, mas também evitarei a omissão.

CONSIDERAÇÕES INICIAIS

Assalto e suas consequências...

O ano de 1624 batia à porta. Foi numa noite qualquer, enquanto a aldeia dormia em paz, camuflada pela abundância do verde. Em frente, ouvia-se o rugir do mar; na lateral, um rio de correntes chorosas desaguava na praia; por cima, o vento incansável agitava as ramagens das árvores e depois se apagava nos confins da mata. Quando a sentinela percebeu farfalhar dissonante das folhas à esquerda do posto de vigia, sua mente anteviu o inimigo à espreita, mas, ao sentir o impacto do golpe, alterou sua reação e agiu por instinto de vida. Com as mãos segurou a lança que transpassara sua garganta para retardar um fato consumado, enquanto balbuciava sangue pela boca. Seus olhos esbugalhados, surpresos, cuspiam lágrimas. Compondo feição agonizante, desmoronou de joelhos no chão, ciente do fim; porém, conseguiu um derradeiro gesto óbice: tocar o tambor de alerta. Em seguida, seu peito foi atingido pelo machado do inimigo, que o arremessou de costas na relva de friagem úmida. No impacto o sangue sibilou no ar, esborrifou nos braços e tronco do oponente já bem próximo dele. Esse inimigo, ao escutar outros sons de alerta se esparramarem pela noite, possesso de raiva, macetou um dos pés sobre o peito da sentinela para retirar o machado. O morto, de olhos vidrados, imóvel, presenciava as labaredas arderem, consumindo as primeiras cabanas, indiferente ao próprio corpo dilacerado. Olhos vidrados fixos no além.

    O inimigo, antes de se reerguer com o machado em punho, recebeu um golpe fatal; uma lâmina o degolou, brilho letal na escuridão. Um grunhido abafado, choco, propagou-se por poucos pés, então se perdeu. Seu corpo cambaleante caiu, desvinculado da cabeça borrada de sangue... Da escuridão surgiu a silhueta de um guerreiro, com facão de lâmina gigante destilando sangue quente. Pela destreza em se mover nas sombras, era, sem dúvida, um régulo entre os seus. Solerte. Ignorando os abatidos, aproximou-se da cabeça solitária à procura do *pedigree* do intruso. Ao reconhecer a linhagem do invasor, o guerreiro gemeu de raiva, ódio e depois desprezou o troféu; sob as sombras da noite seguiu até uma cabana estrategicamente escondida nas bordas da mata, puxou um guri e gesticulou a mil; provavelmente ordenou algo importante. Em disparada, o coitado não sabia que saia na companhia da própria sorte, seguia direto para os braços da primeira bateria dos inimigos. Índio escravizado, carregava consigo um pedido de socorro ao morgado dos Pigros, senhores do castelo fincado no alto do morro. Antepassados daquela aldeia desconheciam ajuda nas guerras, resolviam tudo por si só; contudo, estabeleceram alianças recentes, em que cediam os melhores guerreiros da tribo ao morgado em troca de um pingado de arcabuzes velhos — que, na hora do vamos ver, se negavam a funcionar, deixando a aldeia enfraquecida, dependente dos canhoneios do castelo. Em seguida, propositalmente, o índio ateou fogo numa cabana enquanto tentava entender a dinâmica da luta. Uma mistura de vultos e silhuetas de corpos em ebulição, gritos desesperadores, sons opacos tipo anasalados, bate a coisa fica por ali. Nada sonante. A defesa contra-atacava, tambores ressoavam pela noite densa, o chão tremia no avanço desordenado dos combatentes, cada qual defendia o próprio rabo. De longe, lampejos das chamas revestiam os corpos de dourado brilhoso, expondo nos detalhes a matança.

No meio do fervo, o guerreiro disparava golpes, arremessando corpos ao Hades: ele desconhecia a misericórdia. Seu olhar de fúria girava ávido por pontos desguarnecidos dos oponentes, mais golpes certeiros. Machado numa mão, broquel na outra. Com o antebraço ele se esquivava do primeiro golpe. Esse movimento era a preparação do próximo ataque fulminante. No giro, o broquel cantou ao encontro da haste de uma lança. O guerreiro tomou fôlego no meio do caos de corpos. Em poucos golpes ficou coberto por uma fina camada de sangue, apenas seus olhos estavam imunes ao vermelho. Pedaços de gordura e pequenas cartilagens adornavam a lâmina de seu machado; o broquel também ficou impregnado de miúdos que se desintegraram dos inimigos abatidos. Um silvo longo ressoou sobre as copas das árvores. Na sequência, choveram flechas mortais. Os inimigos recuaram para as margens do rio ao lado da aldeia, pois o fogo impedia o avanço e delimitava a área de combate.

Um rastro de sangue acompanhou os guerreiros, e pedaços de corpos ficaram espalhados pelas trilhas. Gritos das mulheres arrastadas durante o assalto apimentavam o combate, que adquiria um outro formato, com a artilharia de apoio do inimigo. De dentro das lanchas, disparavam os primeiros trabucos; as árvores tremiam sob a cusparada das pólvoras. Corpos voavam no meio do pó. Um cheiro de enxofre preencheu o ambiente úmido. Outro silvo. O régulo, bastante solerte, reposicionou os flecheiros, que descarregavam flechas nas lanchas. Numa trégua qualquer, um silêncio imperioso varreu a floresta. Movimentos de ataque e defesa operavam nas sombras, nada às vistas. Somente os abatidos expostos no chão gemiam sob efeito do derradeiro fiapo de vida. Membros despedaçados tremiam em espasmos, expurgando os últimos fôlegos de sangue, com extremidades multifacetadas em que o branco se desvinculava do vermelho, cintilando à passagem do lampejo das chamas, como que querendo se reintegrar ao todo. Cortinas negras desenrolavam-se nos céus, gotas grossas e geladas desabavam, expelidas por ventos fortes. O firmamento os assistia. Tambores voltavam a ecoar pulsantes noite adentro, os inimigos recuados, mas ferozmente continuavam na peleja sem fim. Duas lanchas ainda descarregavam seus trabucos na direção da aldeia. A cada disparo um clarão iluminava os vivos, reduzia a paleta de cor ao cinza, sangue e dor. As mulheres raptadas mantinham a gritaria de pavor, dando sinal de vivas na esperança do resgate. A aldeia solitária ao fundo era parcialmente consumida em silêncio pelas chamas, em descompasso com a peleja. A visão de um observador era guiada pelos ruídos da força de ataque com gritos de dor aos esporádicos tiros dos trabucos de luz devastadora. Depois escuro. Nos guerreiros, todos os sentidos funcionavam no limite máximo da percepção — caso contrário, seria o fim da linha. Enxergavam na escuridão da noite pavorosa de frente para trás, em cima, dos lados, embaixo, escutavam o silêncio do medo e afins, sentiam cheiro da morte, provavam seu tempero, pisavam na terra úmida, fria, por ela davam a vida. Da Torre, no alto do morro, acendia-se uma tocha. Mensagem entregue. Entre os guerreiros em defesa da terra, um uivo de vitória certa. O chão voltava a estremecer enquanto lanças, machados, espadas e varapaus eram agitados numa dança fúnebre. Corpos sensíveis, servis ao desbaste das lâminas, desnudavam lascas de carne, desmoronavam a rabiscar nova silhueta, mas muitas vezes de estrutura óssea firme, capaz de suster o intruso ali. A terra, silenciosamente, absorvia o sangue junto à história daqueles; deles, saturação formando poças do líquido viçoso. Com o tempo evaporaria, mancharia, se apagaria. Fumaça.

 A velocidade da peleja fazia da exuberância da floresta um coadjuvante dispensável, passava incólume à visão sanguinolenta dos guerreiros. Alguns, na iminência do fim, enxergavam os fatos em câmera lenta, ansiando guardar um último cenário para eternidade. Entretanto, a realidade era cheia de gritos pavorosos, com folhas, flores, galhos, árvores e o chão cobertos por um manto espesso, pegajoso em lama, incapaz de sufocar a paleta vermelho-sangue: a memória última. Em vez disso, captava o colorido completo da floresta, com notas douradas das flores que, embebidas do orvalho, cintilavam aos primeiros raios do sol. Depois o sol seguiu seu trajeto, alto. Pássaros também estavam por lá; responsáveis pelas mutações diárias do colorido, temperavam o ambiente com cantigas de tessituras variadas, impondo ao moribundo cenários de diversas camadas e dimensões. Um sorriso lhe escorreu pelos lábios. Fechou os olhos. Suspirou profundamente. Olhos abertos. Novo ambiente de aromas leves com notas marcantes, cada qual pendendo de uma árvore diferente, canela, araribá, pequi, peroba, urucurana, palmito, piaçava, bromélias, mais as orquídeas. Ele sabia que aquela beleza fugia pelos dedos junto da vida, por isso mantinha os olhos bem abertos; em segundo plano enxergou, caminhando entre os arbustos, uma bela Amazona de veste azul celeste, entoando uma canção sublime. Ela também o observava. Veio até ele e estendeu as mãos:

— *Levantai-vos* — ela disse, com uma voz sensual.

— *Não consigo...* — o guerreiro balbuciou entre espasmos de sangue.

— *Força* — ela disse.

Ela, então, se agachou para ajudá-lo. Fragrância delicada exalava de si, contagiando o moribundo, que abriu os olhos para apreciar aquela filha dos deuses de cabelos em chamas escorrendo até a cintura. O vestido exaltava a sinuosidade de seu corpo, punhos e bíceps adornados de peças em metais preciosos. Sem forças, o guerreiro apagou. Quando ela tocou no corpo do moribundo, ele vibrou, sacolejou palavras indecifráveis até recobrar os sentidos; como um milagre, ele então se levantou. Com isso, os dois saíram pela floresta, e ela, apoiada em seus braços, radiante, cantarolava um hino dos deuses. Pararam num descampado qualquer. Ela ordenou que ele se ajoelhasse aos seus pés; ressabiado, ao mesmo tempo teimoso, ele obedeceu. Assim, em palavras poderosas, ela o sagrou Cavaleiro da Ordem de Cristo. Em seguida, com uma espécie de punhal embainhado na cintura, ela bateu em ambos os ombros do guerreiro, iniciando pelo da direita.

— *Servir ao Rei, defender a palavra de Deus sobre todas as coisas.*

Ela fez o guerreiro se levantar. Entregou-lhe o punhal e, sem mais formalidades, deu-lhe um beijo na boca, muito faminto. Atônito, ele apenas se entregou. Essa interação se esvaneceu, apagou. Morte. Apenas um índio destroçado no chão envolto em sangue, lama, numa mistura asca, com olhos abertos, vidrados no além, boca afogada em sangue, mais espuma de baba, conjunto configurado num semblante desesperador. "*Como esses índios possuem lanchas com trabucos? Seriam aliados dos batavos? Eles não fazem alianças...*" Essas questões assombravam o régulo guerreiro. As águas dos céus cessaram. O batalhão do morgado acercava a aldeia quando a peleja adentra em modo *finale*. Os inimigos, em baixa considerável, procuravam uma derradeira tacada inteligente, mas o primeiro tiro dos canhoneiros do morgado dissipou qualquer intenção deles. Encontraram atalho mais rápido para a retirada, carregando consigo as mulheres raptadas. O régulo guerreiro retornou pela mata, matreiro, observando os pormenores à procura de algum inimigo, em alerta, ruído à frente. O arbusto salpicava junto ao grunhido abafado, uma flecha voou sem destino certo, apenas por precaução, mas encontrou um peito desapercebido. Num solavanco, o desgraçado abatido escorregou para fora da moita. Parasita. Pela boca dele escorreram as vísceras da refeição solitária; nas mãos, um pedaço do crime. Uma filha da terra jaz despedaçada aos seus pés. Haveria outros inimigos escondidos na mata? Deslizou pelas sombras, os arbustos chacoalharam suas folhas preguiçosamente sem ruídos, curvaram-se perante ele. "*Sitiados pelos inimigos, seria pior...*" Essa possibilidade atormentava o guerreiro; enquanto voltava às bordas da aldeia, pensava em como instigar seus companheiros a revidarem àquele insulto. Não deixariam nem a sombra dos desgraçados como relato de uma curta existência, acabariam com tudo, até os animais. Aqueles desgraçados conheceriam a fúria de suas espadas; eles fariam das mulheres o mesmo repeteco; adentraram na aldeia pelas margens do rio, alguns deles seguiram pelo talvegue, outros vieram de lanchas com os trabucos. Era a hipótese mais óbvia. Onde conseguiram as armas? Ao avistar os comparsas comemorando sob pedaços de corpos esparramados pelo chão, a vitória era inebriante, sabia disso; pensava em adverti-los de inimigos perdidos na retirada que se esconderam nas redondezas, quando um derradeiro disparo de trabuco partiu das lanchas, abriu estrago na roda do guerreiro e dos soldados do morgado. Ele somente percebeu o clarão seguido do estrondo ensurdecedor. Apagou.

Tempos difíceis. "Terra sem lei" seria dizer pouco sobre eles, não possuíam língua comum. A comunicação baseava-se primeiro na porrada, depois aquele esquema patético de mímica dos vitoriosos sobre os derrotados. Impossível discernir amigo do inimigo, o senhor do servo, nem laços consanguíneos eram duradouros, inexistiam fronteiras entre propriedades; aliás, onde estou é meu enquanto resistir aos outros; isso também mudava conforme as estações. O que imperava era a força da espada... Puta que pariu! Tem gente aí reclamando da inépcia da polícia! Foi necessário relatar este episódio para maior entendimento do que rola aqui, mesmo porque não há motivo aparente nessa ira exacerbada nem elementos sólidos para dar ganho de causa a um dos lados, mas posso afirmar: a busca por ouro e o sexo apimentava mais e mais o caos.

Dalém dos muros da capital...

As mulheres daqui não têm cu doce. Resolvem tudo por si só, quando necessário descem porrada em quem quer que seja. Por imposição patriarcal, estão situadas na parte mais frágil da sociedade da época, portanto, lutam com o que têm. Seus homens morrem no calor da batalha, pronto. Como consequência, são impiedosamente estupradas, têm suas casas queimadas para depois servir como escravas. Inexiste romantismo, o banho de sangue sufoca a beleza do verde: o paraíso é um imenso inferno. Tais obstáculos transpostos com audácia, caso contrário, serão destroçadas. A força do braço é imperiosa. Tem, tem! Não tem? Faça acontecer. Sem outras opções. Assim, a mulherada com naturalidade monta cavalo, lavra a terra, destramente empunha carabina, espada, arco e flecha. Questão de sobrevivência.

CAPÍTULO I

Imagem nítida com colorido especial. Seu, nosso encontro com o mundo. No escoar dos anos tudo apaga... dissipa... Jamais memória primeira.

CAPÍTULO II

Maria Roothaer, herdeira única do morgado dos Pigros.
Pigros, assim eles eram conhecidos por todas as gentes naqueles idos... Esse nome não tem relação com o sobrenome da família Roothaer. A origem do termo pigro em si vem do latim *pigror*, que quer dizer lento, preguiçoso... A família Roothaer passava longe desses lentos adjetivos, pois a expansão vertiginosa das propriedades deles mostrava o contrário, sendo a primeira e, talvez, única propriedade feudal desse lado do Atlântico. Eles seriam os tais come-quieto. Fica a dica. Patriarca: Senhor seu Pai. Mara Roothaer, Senhora sua Mãe.

CAPÍTULO II

CAPÍTULO III

Maria Roothaer, com agilidade, corria pelos cômodos para atender aos feridos. Quartos de tamanho mediano, as entradas em pórticos sustêm em robustez a construção. De fato, paredes espessas em pedras maciças meio que sufocavam os moradores sob o calor dos trópicos. Estrategicamente fincado no topo do morro, o castelo tinha vista total da costa, mais os flancos abaixo. Aquele trecho era rota das embarcações vinda do velho continente em direção à capital do país. Ela conhecia cada pedaço da casa e gostava de passar as tardes sentada no alto da Torre, apreciando o silêncio do mar ao longe, mas, depois da batalha, as horas escorriam a cuidar dos feridos, afundada nos afazeres domésticos, quando conheceu Don Diogo Matuidi.

Acordar não é a parte mais difícil, e sim o ato de reconhecer seu estado com as entrelinhas ao redor. "*Onde estou?*" Antes mesmo de responder à pergunta, os sentidos já operam em modo autômato, expõem os pontos doloridos, as feridas recobertas por emplastros a destoar do corpo outrora vigoroso de bate-pronto: "*Estou ferrado*". Grunhidos de dor seguidos de movimentos lentos, porém ansiosos, na tentativa de acalentar as agulhadas impiedosas que o infligem o corpo, agora frágil. Não há conforto. Mexe daqui, dali... Resignado, entrega-se em um suspiro infindável, afundando o corpo no substrato do canapé. Pouco tempo depois, inconformado, com nova esperança, remexe-se; ergue as mãos para verificar a agilidade dos dedos, munheca, conjunto completo, como todo guerreiro, confiar nesses membros é manter ativa a extensão de qualquer arma. Ele fica surpreso ao notar o amontoado de panos na mão direita; de brinde, uma dor insuportável; lentamente procura os movimentos do dedão. Apenas o monte de panos, com certa indecisão, treme aos comandos, ficando no ar o falso desenho do mata-piolho. A dor impede a sensatez da razão de compreender: ali não há mais dedo. Os olhos tentam forçar a realidade, a mente ainda sente o calor do dedo onde existe somente pano. Decepção.

Entra Maria Roothaer, a Herdeira.

No canapé, o guerreiro. Indomável, de seus olhos, de tanto furor, escorriam sangue. Fetidez é o que ela sentia ao se aproximar do moribundo. Maria Roothaer desdobrava-se em mil para manter os ferimentos a salvo da imundície. Lampejos da batalha, ideias e possibilidades, tudo transcrito em imagens povoam a cabeça do guerreiro. Seu corpo vibrava contagiado por essas possibilidades reais ou irreais; indiferente, ansiava revivê-las. "*Som de alerta ressoa em alto tom pela aldeia, sentinela atenta, assim, primeira bateria de flecha retarda a entrada do inimigo. Eu saio da cabana, escorrego pelas margens da mata, observo os inimigos, meu machado sorrateiro abate o primeiro, de repente sou surpreendido por uma espada... Com falta de ar, acordo num sobressalto.*" Ciente da realidade febril, do desânimo, ele se acomoda novamente no canapé para mais uma jornada de viagens fantasiosas, aos poucos adormece. "*Ao primeiro som de alerta, defesa rápida a postos. Divide, para contra-atacar pelas margens do rio, os canhoneiros estacionados nas barcas. Flechas descarregadas retardam avanço... eu mergulho pelas águas escuras para surpreender a primeira barca...*" Guerreiro novamente acorda. Diz algumas palavras indecifráveis e, na sequência, apaga. "*Gritos desesperadores ao longe aos poucos vêm num crescendo, até me acordar a gritaria; pela força do desespero, eram reais. Minha cabana ardia em chamas, rápido, pego meu machado. De nada adiantou, uma lança acerta meu peito, caio de costas imobilizado, acompanho o sangue escorrer, arrastando minha vida para o fim. Consciente, apenas vejo os últimos instantes até perder o ar..."* Maria Roothaer enxergava apenas um corpo vibrar em puro estado febril. Com uma esponja embebida em água, remediava a temperatura do corpo dele, igualmente os ferimentos. Ao mesmo tempo, observava outro leito, onde repousava silenciosamente um jovenzinho bastante machucado: o mensageiro, índio escravizado. Depois de certo tempo, alguma coisa despertou nele as lembranças daqueles dias mórbidos, que, por lapsos de memória, reviveram seus monstros.

Aquela noite de batalha se estendeu por longos dias.

Maria Roothaer, em silêncio, sentada junto da janela no alto da Torre, conseguiu uns minutos de descanso. A vida continuava a mil no castelo. A necessidade de expandir as terras do morgado ao norte fez o Senhor seu Pai esquecer rapidamente as baixas sofridas por seus aliados e qual o motivo do ataque. Tratava somente das resistências encontradas na empreitada expansionista. Assim, analisava as notícias quentes trazidas por seus servos. Mancomunava com eles sobre como agir com eficácia para derrotar os nativos dalém do rio, ao norte do morgado. Entre os portadores das novas estava Don Diogo Matuidi, homem de confiança a quem o velho estudava dar a mão de Maria, sua filha, em casamento.

O Pai desejava o casamento da filha, conforme os preceitos cristãos, com Don Diogo Matuidi, porque sempre acreditou na força dos braços para manter e expandir as terras do morgado: atributos que sobejam no possível genro.

A Mãe pensava num puro sangue europeu com muitas moedas de ouro na bagagem para comprar a expansão do morgado.

Maria Roothaer discordava dos dois, acreditava somente em si.

A correria daqueles dias atrasava uma conversa franca do casal sobre o futuro da filha : primeiro o ataque dos bárbaros, em seguida as novas trazidas por Don Diogo. Lidar com os indígenas exigia cautela, isso exauria as forças físicas do velho. Além de que, os guerreiros pretendiam reconstruir a aldeia deles próximo do castelo, opção refutada por ele, pois, sem resistência para ancorar na baía e subir o rio, os inimigos assaltariam os muros do castelo facilmente. Aliados do Senhor acataram a recomendação. Com os indígenas ocupados na reconstrução da aldeia, sobrava tempo para o Senhor tratar dos negócios do morgado. E para os índios: esquema básico, o que é possível aproveitar? Algumas estruturas que outrora foram cabanas estavam em pedaços, sem vida, retorcidas, maltrapilhas; de pé, exalavam fumaça de seus poros, que saíam cantando em silêncio os últimos resquícios da batalha. Foram derrubadas para construção de cabanas aptas para resistir a possíveis ataques. Os indígenas trabalhavam em silêncio. Alertas. Ritual fúnebre mutuamente respeitado entre amigos e inimigos, sendo humanamente doloroso sepultar entes queridos... No ritual fúnebre pranteavam, depois seguiam pro enterro com as honras necessárias, geralmente dentro da própria cabana. O cheiro de mata úmida foi engolido pelo odor das cinzas misturado a gordura humana, dos inimigos mortos, expelido do salpicar das chamas. Maria Roothaer, lá no alto, enxergava apenas o fumo escuro subindo vigoroso e, em certa altura, açoitado pelos ventos constantes do oceano, dissipado ao longo do horizonte. Ela sabia que a aldeia ficava naquela posição, também imaginava os indígenas nos trabalhos de reconstrução, as lamentações pelos mortos, só não entendia o porquê de tamanha violência entre eles. Como filha da terra, conhecia as dificuldades de tecer a paz com os bárbaros vizinhos, aqueles que os padres insistem em chamar de *gentios*. Havia alguns anos os índios daquela aldeia tornaram-se fiéis ao Senhor seu Pai. Tal fidelidade excedia os limites geográficos da aldeia, alimentava o Senhor com informações precisas em caso de combates com estrangeiros, ainda guiavam os servos dos senhores na expansão do sertão de dentro. O olhar de Maria Roothaer corria pelo oceano, porta aberta de possibilidade dalém-mar, mas as riquezas desconhecidas da terra (sua terra) eram o que mais a intrigavam. *"No final do talvegue, na pedra furada, duas jornadas daqui... lá há ouro."* Ela, bem próxima do moribundo — o régulo guerreiro —, com domínio do seu dialeto, pediu que repetisse. Repetiu. Uma vez mais. *"Alguém escutou?"* Os outros dormiam... *"Estava em estado febril?"* Aquela notícia, dita ao pé do ouvido, foi a ignição para aflorar a predestinação dos deuses. Precisava urgente conhecer mais as terras do morgado. *"Quem ajudaria?"* Remoía no íntimo: ouro... Ouro. Avançaria no tabuleiro dos deuses, conforme prescrito, desconhecia as direções possíveis. Na estrutura do êxtase há ínfimos resquícios de incertezas. *"Isso é verdade?!"* O guerreiro a honraria com sua lealdade, caso escapasse da morte — ela tinha certeza disso. Aproveitou o calor da cozinha para espiar os conhecimentos de sua amada mucama, confidente e que fora sua ama de peito; mesmo com poucos detalhes instigava, induzia a velha a falar.

Galeão de carreira às Índias trouxe a tiracolo um maluco que ficou alguns meses hospedado no castelo. Antigo conterrâneo da família. Diariamente, ao raiar do sol no horizonte, o dito-cujo estava no terraço fazendo alguns malabarismos. Quando a expressão corporal atinge as formas improváveis do corpo, o sujeito e a arte da dança tornam-se um único ser... Maria Roothaer descobriu que se tratava de uma dança de guerra. Curiosa, aprendeu algumas poucas técnicas do ofício com o cara. Depois de muitas porradas e escoriações pelo corpo, adquiriu destreza de fazer inveja ao mestre. Parte da dança usava uma espada côncava de adorno aos movimentos, o que fascinava a Senhora. As escorregadas de Herdeira para a cozinha faziam parte de sua rotina. De início, a mucama desconfiou das perguntas despropositadas. *"Sendo minha pequena quem perguntava, por que não contar?!"* Falava a si, nas entrelinhas. A necessidade de instituir o primeiro engenho totalmente da família fez o velho Senhor seu Pai sair em campanha rumo ao norte junto a seus homens e a Don Diego Matuidi; caminhariam oito jornadas, ficariam por lá alguns quatro meses. A ausência do velho transferiu todo poder do castelo a sua Mãe, que o utilizou somente para satisfazer sua libido com lida do dia a dia por conta de Herdeira. Naqueles poucos meses o calor de um macho abreviaria suas noites. Obstinada por um crioulo de Angola, passa os dias reclusa no aguardo do escuro da noite para abrir as portas para sua Paixão. Maria Roothaer continuava com o último enfermo sob seus cuidados, o régulo, que exigia uma atenção toda especial dela, além dos rendeiros que, diariamente, passavam no morgado para negociar suas mercadorias em troca do quinhão por direito. Temia a insatisfação dos servos; assim, administrava a rotina da casa com pulso firme. Antes do sol lavrar o oceano, ela, de pé na estrebaria, abençoava os vaqueiros em mais uma jornada pelos pastos da propriedade. Ao se despedirem, ia praticar dança de guerra no terraço com uma vista deslumbrante da baía; depois, com o sol de corpo inteiro sobre o oceano, ela encontrava a mucama na cozinha, levava consigo água retirada do poço... parava somente para uma boquinha enquanto ouvia histórias de batalhas contadas por sua amada sobre os antepassados que povoaram aquelas terras. Em qualquer momento ela persistia com a mucama em certificar a veracidade das informações do guerreiro. Para tanto, dissimulada, provocava a velha a falar de lugares específicos... Iniciava sua rotina com uma breve reza aos pés dos santos, depois saía da capela evitando a entrada principal do castelo, adentrava na segunda porta, indo à esquerda no interior do cômodo, aproximadamente seis passos, arremetendo-se por um ambiente maior, margeando parede, mais dez passos desembocava numa pequena área que, de tão breve, ela ignorava em quatro rápidas passadas para dobrar à direita e, depois de mais seis passos de contorno às escadas, saía no pátio interno do castelo. De lá avistava, à sua direita, o átrio em que estava improvisado o leito do moribundo. Andava mais, porém evitava encontrar sua adorável Mãe, caso ela resolvesse dar as caras ao sol. Assim, iniciava seus cuidados com o guerreiro. Chegava cantarolando e o desafiava a andar. Apoiado nela, o moribundo saía pelo terraço. Desciam um pequeno declive no terreno para contornarem a parte externa do castelo, caminhavam um pouco para sentarem-se na ágora fincada sob uma enorme figueira-brava. Dia após dia, conversavam vagarosamente na língua dela; ele se saía bem. Aprendeu com ela a higienização básica do corpo. Certa feita, pediu para empunhar uma espada, mas sua mão ágil carecia do dedão para pinçar o cabo da arma... Teria que reaprender empunhadura com a mão esquerda. Desânimo. *"Como vingar o sangue dos meus? Serei respeitado por quem?"*

Numa ocasião, Maria Roothaer apresentou-lhe uma carabina; era fácil aprender a disparar. De início um receio, mas após os primeiros disparos já a manuseava bem. A possibilidade de lutar reacendeu as esperanças no guerreiro, sendo aquele dia o divisor em sua recuperação. O cara melhorou. Entretanto, aquilo de pouco valia numa aldeia: afinal, onde encontraria insumos para a arma? Depois de cuidar do guerreiro, ela subia no cômodo dos livros e contabilizava os mantimentos trazidos pelos rendeiros somados às colheitas de subsistência fincadas nas imediações do castelo. Um dia por semana, despachava alguns servos à capital para negociatas na base do escambo, dada a escassez de moedas, pouquíssimas em circulação, o que dificultava o comércio. Esses comboios também mantinham comunicação com o governador. Fechado com os do morgado, consanguíneos deles. Da capital traziam os mantimentos necessários à vida no castelo. Certa feita, Maria Roothaer contabilizou perdas nas negociatas com a capital; ninguém quer perder. Naquele dia em específico, incomodada ao saber da parte negativa dos números, desceu até a aldeia com necessidade de andar enquanto matutava os motivos das perdas nas negociatas... *"Como descobrir quem é quem no tabuleiro?"* Apresentou-se diante do maioral dos indígenas. Após uma reverência honesta, solicitou a permanência do guerreiro mais os mensageiros no castelo, para sua própria segurança. Depois das preces, um amuleto como presente: pedido aceito.

CAPÍTULO IV

Na próxima ida à capital, ela acompanhou o comboio com produtos da terra, para desespero de sua Mãe. Afinal, transportariam a Herdeira — além da carga de muitos pesos em moedas condicionados em mulas, também o mantimento para o dia de jornada. Água. Armas, isso era fundamental, até a madame as carregava na estribeira da cavalgadura. Operação de guerra: sim... Prepararam as roupas. Alguns nativos os acompanhavam, para, em caso de embates, somar na peleja. Levavam um batedor, índio escravizado, que estava totalmente recuperado. Após a façanha da última batalha, sua fama discorreu nas redondezas, e Maria Roothaer fazia questão de tê-lo por perto. Os temíveis caetés adentraram para o interior do continente depois das construções dos engenhos. Frequentemente faziam incursões aos viajantes despercebidos. Atacavam de surpresa, sem a preocupação com os efeitos do ataque, desapareciam na mata desnorteando os atacados: em qual direção atirar? Algum tempo depois, reapareciam para mais uma saraiva de flechas e golpes de machados. Tinham uma espécie de marreta para esmagar a cabeça dos opoentes. A cada cabeça esmagada, mais o guerreiro crescia na hierarquia entre seus pares. Na possibilidade do ataque desses malucos, os homens do morgado estariam preparados.

Roupas em couro cru protegiam do calor do dia, das flechas inimigas e das árvores com vísceras salientes. Errar nos detalhes representava perda de vidas. Como ela não era iniciada na arte bélica, pediu ajuda ao régulo guerreiro. O cara, sabedor da coisa, orientou sobre qual caminho os deixaria menos expostos a ataques. Ambos conferiram a carga com ajuda de um servo mameluco; carregaram as munições. Sentado com o guri designado de batedor, índio escravizado, régulo ensinava como se tornar invisível diante dos inimigos. Olhos espertos, o jovenzinho ouvia de sentidos em pé. O guerreiro reuniu todos os homens que participariam da campanha e, uma vez mais, mostrou o melhor caminho e como se defender em caso de assaltos. Não seria uma viagem comum, levariam a Herdeira. Como protegê-la? O sexto sentido dela gritava: o último ataque dos bárbaros estava quente na memória. Eles haviam sido consideravelmente destroçados, o que, em sua cabeça, teria retaliação: este era um ponto de discórdia com o régulo. Sob a benção do padre uma breve reza na capela.

Mamãe chorava copiosamente...

O régulo guerreiro se pôs em frente ao comboio, invocou proteção dos deuses, sendo seu chamamento mais autêntico em contraste ao proferido pelo sacerdote romano. Beijou sua Senhora. Antes dos primeiros raios de sol já caminhavam rumo à capital. Quatorze léguas ao sul, praticamente uma jornada, ela calada sobre a cavalgadura. Atenta aos detalhes do terreno, marcava referências com a geografia do próprio lugar: "*Pico do cachorro*", pois a composição das pedras no topo do morro lembrava um cão, assim por diante... Os cascalhos do caminho açoitados pelas passadas das cavalgaduras chiavam, a única coisa deles que se ouvia. Avançavam no trajeto natural do terreno em fila junto aos animais de carga. Alguns escravos a pé mais a Herdeira, noutra coluna em paralelo, porém dentro da mata, numa picada menor, iam os indígenas, também a pé, mais três mamelucos fortemente armados na retaguarda. O guri desapareceu, campeava na frente, muito adiantado em relação aos sete cavaleiros, homens de confiança do velho Senhor. Caminharam por um talvegue... Dia de céu limpo. Em alguns pontos do caminho avistavam oceano à esquerda fundindo-se ao azul do horizonte, tudo pintado nos detalhes pelos deuses. Seguiu à risca as orientações do régulo, fizeram uma parada para descanso. Assobio longo avisou ao guri que, instantes depois, comeria com eles; no fim da tarde, desciam no caminho dos animais de entrada do portão de São Rafael quando foram anunciados no Palácio da capital. Ela, em parte feliz, tinha ainda a viagem de retorno. Gentilmente agradeceu as honrarias da recepção feita pelo governador, primo do seu Senhor, porém se instalou na propriedade da família. Sob a mecânica biológica do corpo, antes do sol lavrar sobre o oceano, ela, de pé, fazia seus exercícios de guerra, surpreendendo os serviçais da casa que pouco a conheciam. Rápida alimentação. No mercado, aos primeiros raios do sol, andava à toa, mas atenta aos traquejos dos negociantes. Não era uma figura fácil de apagar no meio do pequeno aglomerado de transeuntes. Já amotinados àquelas horas da manhã, sua graça peculiar saltava aos olhos. Assim, agia com discrição redobrada — inclusive dispensara o conforto da liteira, estava só. Seus empregados continuavam em seus afazeres como se ela não estivesse na capital. Coincidentemente, naqueles dias, um navio vindo da Velha Senhora estava atracado no porto, estando carregado de açúcar. Até aí, normal, mas observou os pagamentos em moedas de ouro cunhadas no reino. Esses eventos caem como um raio, quebram a lógica das coisas, sem explicações sensatas, simplesmente acontecem conforme o movimento dos deuses. A Torre andou. Intrigada, excitada com as possibilidades de negócios diretos em moedas de ouro, saiu do cais e correu para o mosteiro dos beneditinos, velhos conhecidos da família. A ladeira dos papas quis tirar esse ímpeto, ela persistiu. Eles também mantinham relações comerciais com morgado e eram profundos conhecedores do comércio na capital. *"Seria essa a origem do prejuízo?! Estariam os meus a negociar os produtos da terra com atravessadores? Por que as perdas foram pontuais? Estaria algum negociador do morgado trapaceando?"* Até onde sabia, os negócios baseavam-se no escambo. Chegando lá, ela foi introduzida ao mosteiro dos beneditinos pelas mãos de uma jovem, conhecida por Penélope.

— *Mulher aqui?! Que nome sugestivo é esse...?*

Padre Antonil a recebeu, cortês. Em sua segunda passagem pelo reino, ele foi tutor durante os estudos dela; depois viveu no castelo quase um ano, formando fortes laços com os senhores. Pela eterna pequena tinha um carinho especial. Sob tutela do padre, os engenhos da ordem na capitania mantinham lucros duradouros; além disso, ele regia com mãos de ferro suas responsabilidades com a Coroa. Era juiz da alfândega; a ela, choramingou saudades da terra natal: *Melancolia do inverno...*

Ele: *A voracidade do frio subtrai o calor do sol... São dias de aconchego nas abadias e comunhão com Deus, reconhecendo o silêncio que, cedo ou tarde, chegará na vida de todos. Aqui é solar, a terra produz fruto o ano inteiro, não carece de planejar o inverno, e a vida discorre no mesmo sentido. Somos ao extremo felizes na carne, nos distanciando do criador no espírito.*

Suas palavras escorreram na paz do mosteiro. Ela, afável, o ouvia.

Ele acreditava na força da batina para sufocar sua carnalidade, desde o nascimento do homem como bicho, sua virilidade aquece na presença das mulheres. Essa virtude de examinar as próprias fraquezas exigia demasiado tempo de cara amarrada, porém o santificava perante a comunidade e fortalecia mais a fé nas verdades doutrinárias, legitimando em si o fardo da abstinência carnal. Diante dela seu sorriso ficou fácil, os gestos, relaxados.

Ainda assim, astuto à visita repentina, recitou Romanos 10:15: "*Sicut scriptum est: Quam speciosi pedes evangelizantium pacem, evangelizantium bona!*". *Presumo a importância do que trazeis aqui inesperadamente.* Abriu os braços longamente para abençoá-la e prosseguiu: *Quais são as boas-novas?*

Maria Roothaer conhecia perfeitamente a sagacidade daquele homem, nem por isso esmoreceu ou demonstrou fraquezas. Afinal, era a Herdeira, as posses dos seus excedia alguns engenhos de açúcar dos beneditinos.

Sucinta e objetiva: *Preciso negociar direto no reino, sem atravessadores! Levarei até cento e cinquenta toneladas de produtos da terra e trarei produtos para comercializar aqui.*

Surpreendido, o padre manteve as aparências com a sisudez do cargo, sendo também direto na resposta: *Somente consigo vos ajudar se me ajudardes; a reciprocidade dos favores sobrevive desde a Antiguidade... Em miúdos, como dizem meus conservos nativos daqui: o que ganho com isso?*

Ela enxergou um tabuleiro de xadrez com as peças pretas totalmente dizimadas, exceto a torre da direita, intacta e na casa base. Quietos sobre a mesa de canto. Então ela lançou mãos dos argumentos cristãos tão estimados por ele.

Herdeira: *Da partem septem necnon et octo, quia ignoras quid futurum sit mali super terram.* (Eclesiastes 11:2)

Silêncio. Os oponentes se analisam, qual será o próximo golpe? Justo.

Ele: *Desde que dez por cento seja revertido em dízimo aos pobres.*

Ela: *Oito! Somente em mercadorias e eu administrarei...*

Evidente que nunca os pobres veriam aqueles víveres, ela sabia disso. Como também nunca reportaria os oito por cento limpinhos. Ela retrucou insistindo nos oito por cento.

Ele: *Assim seja...*

Surpreendidos pelo sino. Era a *sexta*. Ficou para refeição.

Ele comentou: *Quando desciam no caminho dos animais, anunciaram vossa chegada a mim. Estamos sob constante ameaça dos batavos, portanto, colocamos sentinelas espalhadas nos principais caminhos de acesso à cidade e seus arredores... Nos preparamos em caso de ataques. Somente o governador pensa diferente... na cabeça dele, os batavos ficarão pelos mares do Caribe...*

Herdeira, mudando de pão para linguiça a direção da conversa: *O que dizeis dos negociadores do meu Senhor?*

Pensativo, o padre degustou a comida. Era nítido que analisava a melhor resposta, honesto, não ingênuo: *Negociamos somente com alguns deles... A fama dos demais me fazem conhecê-los...*

De imediato, escondeu-se atrás da resposta evasiva. Maria Roothaer leu nas entrelinhas a essência do dito, ficando em suspense com o padre.

Ele: *E como quereis negociar direto no reino?*

Herdeira: *Preciso somente dos seus contatos com os mercantes de Rietro...*

Ele: *Tenho somente amigos na abadia...*

Herdeira: *É o que preciso, pois são eles que mandam em tudo...*

Ele: *Por que lá?*

Ela: *Embarcações menores e longe dos tributos reais...*

Ele descia fundo com as perguntas despropositadas, ela subtraíra todos os lucros mais os meandros do plano antes da terceira resposta; aliás, padre Antonil era um homem de Deus despojado dos bens terrenos.

Padre: *Falais em nome do Senhor vosso Pai?*

Ela: *Sou a Herdeira.*

Padre: *Acho meio arriscada essa empreitada, devido aos ataques constantes dos corsários batavos...*

Herdeira: *Ora, ora, esquecestes a origem do meu sobrenome? Tenho parentes por lá, de fato sem muitas influências, por isso preciso também de vossa ajuda...*

Ele: *Vossa Senhoria fará viagem junto com os produtos? Enviará alguém de confiança? Essa é a parte fácil...* com desdém...

Depois que deixou o mosteiro, Maria Roothaer seguiu seu caminho, pensativa: "*Teria mais liquidez negociando em moedas... Quando encontrar ouro nas terras do morgado, cunharei minhas próprias moedas... Será que fiz um bom negócio? Por que, meu Senhor, utilizou atravessadores?*".

Ao sair pela manhã, ordenara aos serviçais da casa que providenciassem um banquete, pois festejariam naquela noite; então, quando retornou, uma muvuca envolvia toda a casa. As pessoas finalizavam os detalhes ordenados por ela. O sino da capela mais próxima gritou às *vésperas*. A festa foi somente com os mamelucos, indígenas e a madame, divertindo-se na mesa sem as cerimônias formais de um ajuntamento de senhores da terra. Exigia deles somente o mínimo de decência.

— *Tenho a impressão de que vi Don Diogo hoje no mercado...* — disse a Herdeira.

— *Mas... Senhora, ele está a sete jornadas daqui...?!* — respondeu o mensageiro.

O ritual da dança de guerra transcorreu como de costume, antes de o sol raiar; lá ela trabalhava corpo e alma. O segundo dia foi de visita a parentes e amigos; escutava de todos os burburinhos da capital, mulheres com suas tramoias amorosas caminham pela sombra do olhar de seus senhores, preocupados em ampliar dotes financeiros para fundamentar poderio político, criavam leis e/ou alteravam-nas a bel-prazer, ignorando suas mulheres. Ah! Um breve encontro com Catharina de Rates, a filha do governador, sua prima; somente quatro palavras cordiais. De passagem pelo convento dos beneditinos para receber benção do padre Antonil; formalizaram os acordos discutidos no dia anterior para começarem o planejamento de comercializar os produtos da terra no velho continente.

— *Golpe ousado* — dizia o padre.

— *Inteligente* — retrucava a Herdeira.

Ambos sorriam.

Em lentidão, o comboio avançava rumo ao castelo sob os primeiros raios de sol. Haviam vencido o caminho dos animais, a capital ficou pra trás. No retorno mantiveram a formação: numa fila junto aos animais de carga iam alguns escravos a pé; noutra coluna, em paralelo a eles, porém, dentro da mata, iam os indígenas; na retaguarda caminhavam mais três mamelucos fortemente armados, e o guri ia campeando adiante dos sete cavaleiros de frente. Entretanto, duas figuras destoavam deles: com uma túnica sacerdotal dos pés à cabeça, uma delas ia estática sobre a cavalgadura de Herdeira, enquanto a outra, também com túnica sacerdotal, de cabeça e dorso cobertos por um escapulário, caminhava a pé, ao lado. Ambos peregrinos? Quem seria a Herdeira? Os demais integrantes do comboio não questionavam quem era quem na dupla. Pelo andar matreiro, demonstravam que a Herdeira estava com eles. Dia inebriante misturando ao íntimo tons e sobretons de verdes, verde-escuro, sombras; os pássaros saíam espavoridos em revoada na presença dos caminhantes, animais pequenos pululavam à frente do caminho. Ao silêncio das vozes, a quietude das palavras marcava presença somente pela passada compassada dos animais. Eles se faziam ouvir pela atenção obsessiva a possíveis inimigos na espreita, assim, aos poucos, demonstravam a fadiga e a necessidade de parada para descanso. A serra das Araras há tempos ficara para trás. Sol a pino, escutaram um silvo longo: "Seria o guri?!". Os valentes, no sincronismo do receio, empunharam as armas a tempo de sentir o som choco da flecha transpassar aquela figura enigmática sobre a cavalgadura de Herdeira. O corpo inanimado curvou sobre o pescoço do animal para desespero do coitado que, assustado, relinchava, ameaçando se desvincular do comboio. A Herdeira? Antes de os valentes esboçarem qualquer reação e se manifestar o ímpeto do bom senso para descobrir quem eram e de que direção partira o ataque, mas, para proteger primeiro o rabo, cada qual se amotinou como pôde no esquema de salve-se quem puder. Os cavaleiros mergulharam na mata com a cara e a coragem. As moitas pinicavam, arranhavam braços e o rosto — mesmo assim, sem garantir anonimato nem segurança aos que embrenham por ali, eram o único refúgio naquele trecho do caminho, então ficaram. O animal continuava assustado, se debatendo contra as amarras, na tentativa de escapar dos demais que permaneceram na trilha. Num hiato de puro silêncio, aguardaram um próximo golpe para retaliação certeira, daí, rompeu na mata uma gritaria de horror. Em instantes, bandoleiros tomavam de assalto o comboio. O animal, ainda carregando a figura morta sobre dorso, ficou em desespero, relinchava. Muito barulho para poucos inimigos, a saber: três indígenas e dois negros da Guiné que, expostos no meio da picada, foram figuras fáceis para os canhoneiros e flechas dos valentes. Quem seriam? Estavam a mando de alguém? Passado o susto inicial, nada de urros de vitória. Lamentavam a Herdeira; correram para acalmar o animal e descarregá-la, surpresos:

— *O que é isso?! Quem é essa mulher?!*

Uma escrava escorre inerte nos braços deles. "*Quem seria?! Onde está a Herdeira?!*" Alguns, de emoções salientes, tomados por aflição desmedida, invocavam os deuses. Os que estavam com a negra morta nas mãos procuravam respostas. Transfiguraram numa única cara de paisagem, no entanto, a atenção deles foi desviada por um terceiro bandoleiro negro irrompendo de espada em punho sobre o outro peregrino, também vestido de túnica, ainda encolhido num arbusto no contorno da mata. Entretanto, o peregrino reagiu com movimentos rápidos do corpo: com um único golpe imobilizou no chão o negro, roubando-lhe a espada. Ao levantar o escapulário sobre a cabeça, para tomar fôlego: Herdeira! Gritos de alívio... Contudo, todos ficaram surpresos pela destreza da Senhora em anular o inimigo com a lâmina da espada contra o pescoço; ele apenas gemia de dor, de modo que os valentes se apoderaram dele. Frente a frente com Herdeira, ouviu-se a ordem:

— *Prendei-o.*

Revisitaram todos do comboio.

— *Alguém ferido?*

— *Não.*

Um silvo longo pedia o regresso do guri... Em silêncio esperaram. Escutam o deslizar sorrateiro de caminho, guri. Tudo em ordem, retomaram a jornada. Maria Roothaer foi elevada ao panteão das deusas com superlativos sobrenaturais somados aos poderes terrenos legitimados pela herança direta do morgado. Os caras, até então valentes, doravante continuaram o caminho ressabiados em relação aos dotes ocultos de sua Senhora. Levavam o corpo da escrava:

— *Merece um sepultamento digno* — ordenou Herdeira.

A lua despontava nos céus quando subiam ao castelo. O guri, como andava na frente do grupo, anunciou a chegada deles muito antes de ficarem às vistas da torre. É óbvio que descreveu o ataque sofrido e as proezas da Senhora. O negro da Guiné, de mãos amarradas, ia preso ao comboio. Quieto.

— *Filha! Meu Deus... Vosmecê está bem?* — indagou Mamãe, aos prantos de alegria...

Foram recebidos com júbilo, queriam saber os detalhes da luta e quem era o refém. Os valentes, meio envergonhados, jogavam os méritos da vitória às habilidades de luta de Herdeira, implícito: ao conhecerem as habilidades da madame, estavam com o cu na mão em relação a ela. A algazarra ao redor dos recém-chegados em que cada qual tinha uma palavra a dizer ao mesmo tempo, transformou o incidente numa vitória épica, de quebra ocultou o receio dos valentes. O régulo guerreio, sem a bengala, de antena ligada, ouvia os relatos enquanto analisava tintim por tintim do negro capturado.

Quando a coisa se acalmou, sua mucama clamou pelos detalhes: *Filha, como soubestes do ataque? Fostes avisada pelos deuses?*

Herdeira: *Mais ou menos... É estranho o acontecido... À noite tive um sonho:* "*Vi-me num descampado a perder de vista, meu cavalo trotava descompromissado, nada de verde, somente amarelo, marrom desbotado do solo com tons de branco, cinza misturado aos poucos arbustos, na mesma paleta de cores sem graça, com ramagens irritadiças que escapavam dos pequenos monturos de pedras espalhados pelo terreno. Ao fundo, sobressaía da linha do horizonte a fileira de montanhas com os picos congelados, formando uma parede silenciosa. Onde estaria? Nunca passei num lugar desses, no entanto, continuei à deriva sobre o baio. Das montanhas vinha um vento cortante, que batia de frente a nós e produzia uma cantiga gélida ao passar pelas orelhas, a boca seca. Enfiei-me o máximo no poncho; era pesado ir naquela direção. Rodeava o olhar para saber onde estava, pequena me sentia na imensidão daquele lugar... impossível alguém me atacar de assalto, pois avistaria qualquer vestígio humano a léguas de distância. Talvez fosse isso o que minimizava o medo de estar perdida. No entanto, pelo cagaço, conferi as armas atadas à cela. Estavam de prontidão. Foi o que aconteceu. Conforme eu avançava, percebia um ponto crescendo no horizonte. Saía das montanhas na minha direção e, lentamente, surgia uma figura ao longe, não sei dizer o quê. Apenas enxergava um bloco em movimento. Conforme nos aproximávamos, consegui delinear as formas até distinguir duas pessoas. A penumbra do horizonte tingia as vestes de cinza escuro: um caminhante à frente, escoltado por um cavaleiro. Ambos vestiam túnicas até os pés com a cabeça coberta por escapulário. O caminhante apoiava-se num cajado; também era possível distinguir o cabo da espada que trazia às costas. Próximos à distância de um tiro de flecha, do nada emergiu das moitas de sob suas ínfimas sombras uma furiosa matilha de lobos com aparência diabólica, latindo em volume máximo. Parei. Espantado, o caminhante jogou o cajado na fuça do primeiro lobo sem retardar o avanço dos demais. De imediato, sacou a espada enquanto o cavaleiro se esforçava para manter com uma das mãos o cavalo nas rédeas, assustado, e sacar com a outra do bornal junto ao pelego do animal. Quando o primeiro lobo se acercava deles, o cavaleiro jogou no chão alguma coisa que desviou a atenção da matilha, que passou a atacar aquilo com fúria desmedida. O caminhante com espada em riste e o cavaleiro contendo o animal — ambos ao lado da matilha que destroçava o aperitivo. Por que ficar? Não entendi o que faziam... Os lobos lentamente perderam o apetite e voltaram rosnando aos transeuntes, ameaçando o caminhante. Ele rodopiava atendendo a todos com sua espada. O cavaleiro, desesperado para se manter sobre o cavalo, ameaçava alguns lobos com um machado. Os grunhidos metálicos de aves de rapina cortavam os céus e abafavam a cantiga dos ventos; elas voavam em círculos, assistindo ansiosamen-*

te à batalha. Desfecho em carne fresca. Tenso com o esforço de manter equilíbrio sobre o cavalo, ao mesmo tempo atacar a matilha, o cavaleiro derramou o escapulário pelas costas: era uma amazona. Pele branca de beleza irradiante, talvez o chamariz para rasante das aves. Ataque certeiro; atingiram a cabeça dela. A Amazona, surpreendida, debateu-se na tentativa de desvencilhar-se das garras e bicos. Eu somente enxergava um amontoado de penas pretas sobre a túnica. Desequilibrada, a Amazona caiu do cavalo, ficando com uma perna presa no arreio; sua cabeça e seu dorso arrastavam ao chão, pipocando nas pedras enquanto o cavalo em disparada vinha ao meu encontro. 'Como parar o animal?' Saquei a arma na tentativa de abatê-lo para salvar a pobre mulher... Foi quando desapareceram... Estavam na mira... sumiram. 'Como? Meu Deus! Meu Deus.' Ao mesmo tempo minha mente gritava para eu manter a calma: 'Analisai os fatos, de onde vinham? Há um sumidouro no terreno?' Minha cabeça fervia em contrapartida, não havia tempo para analisar os detalhes daquelas suposições. As aves grunhiam; perder a presa as deixaram irritadiças. Enquanto isso, o caminhante abatia, um a um, os lobos. Uma espadada decepou a cabeça do mais diabólico deles, fazendo os derradeiros recuarem; apenas mantinham os dentes em riste para o opoente. O caminhante colocou as coisas sob controle, mas, quando percebi, as aves já estavam em cima de mim, atacando-me furiosamente... Nada enxergava. Como a Amazona, eu também tentava no desespero escapar dali. Acordei". Foi assim que perdemos a escrava. Diante da ansiedade da dúvida, melhor não arriscar... Caminhávamos conforme no sonho... Por algum motivo, o aviso dizia para eu ir a pé. Seria um prenúncio dos deuses? Lamento a escrava morta...

Choramingou no ombro da ama.

Mucama: *Filha, pensai naqueles que salvastes. E se fôsseis abatida? Como tocaríamos as coisas aqui até a chegada do Senhor vosso Pai?*

O guerreiro cumprimentou o prisioneiro no dialeto dos nativos da Guiné. O negro? Cara de *"não é comigo"*... Tal reação deixou o guerreiro mais ressabiado, nova pergunta no dialeto dalém-mar. Nada. Tinha franqueza naquela língua. Participara de muitas campanhas lado a lado dos nativos da Guiné. No calor das batalhas aprendera o básico, principalmente a conclamar os deuses e amaldiçoar os inimigos. Então, nova investida ao prisioneiro. Para facilitar as respostas, o guerreiro içou com a mão esquerda o punhal no pescoço do cativo. O coitado esticou a cabeça como pôde para acomodar a lâmina, evitando o pior:

— *Não consigo* — balbuciou entre gemidos de medo.

"*O desgraçado é nativo daqui*", matutou o guerreiro. Até então pensavam que os salteadores fossem os negros amotinados em quilombos fugidios dos senhores da terra. Os moradores do castelo precisavam de um motivo para comemorações, sendo a chegada de Herdeira o estopim à festividade. A noite ameaçava acabar quando os convivas se retiraram para seus aposentos. Aí, o guerreiro conseguiu uma seção com a Herdeira.

Ele: *O cativo não é nativo da Guiné.*

Aquele olhar de surpresa característico de quem quer responder com outra pergunta, tipo: "*Como sabeis?*". Ele descreveu entrevista. A cada detalhe, ela fica mais atônita...

— *Então foram colocados propositalmente em nosso caminho?! Tendes certeza?* — perguntou questionando os dados e fatos, mas, nas entrelinhas, questionava: "*Quem queria nossa carne?*".

Capelão, Herdeira e os guerreiros assistiam às preces em benefício daquela alma, corpo da escrava entregue à terra que o deu.

CAPÍTULO V

As entrevistas com o cativo sucediam-se dia após dia; guerreiro e Herdeira cuidavam de entender a verdadeira intenção do ataque. Nada. As coisas discorrem sob meus olhos sempre diferentes do imaginado. Nestas ocasiões a realidade impiedosa deixa meu corpo paralisado porque, de cara, faço uma força monstro para com os olhos alterar o rumo de tais coisas antes de adentrar no nível das ideias e possibilidades. Gostaria de enxergar apenas o belo. A minha incapacidade de alterar o rumo dos fatos agora me transforma num minúsculo ser neste mar de sangue. Continuo extático enquanto a devastação passa por mim; por que é tão difícil as coisas serem fáceis? O equilíbrio se estabelece somente na base da porrada. Por quê? Fico injuriado em pensar nisso. Por parar estes poucos instantes a refletir, reconheço os tormentos enraizados nos instintos mais primitivos dos homens; isso dá uma ressaca moral pesada. No primeiro dia da segunda semana de cativeiro, logo pela manhã, o régulo guerreiro adentra no calabouço sem cerimônias, coloca a mão do cativo sobre uma pedra e decepa o dedão da mão esquerda, friamente:

— *Quero respostas!*

Com os braços ensanguentados, o desgraçado rolava de dor, tingindo de sangue quente palha sobre o chão batido.

— *O governador!*

CAPÍTULO VI

—*Caso algum de vós seja feito refém, o que acho impossível, não abrais a boca! Eles serão cruéis, mas pelo nome do nosso Senhor Deus, aguentai de boca fechada... Em último caso, dizei que estão a mando do governador... Fazemos isso pelo nome de Deus, lembrai disso.*

CAPÍTULO VI

CAPÍTULO VII

Após Maria Roothaer conhecer o mandante do assalto, um mensageiro é despachado imediatamente à capital. Endereço: Mosteiro dos Beneditinos, portando a seguinte missiva.

"*Diante da presença do Senhor nosso Deus, o padre sabia das intenções do governador?*"

Suscinta, mas escrita sob as palavras de saudações, compondo as formalidades de praxe. Herdeira e guerreiro mancomunam:

— *O governador?! Por que queria minha cabeça? São as terras do Senhor meu pai sua ambição?*

O ato de discutir as reais intenções do mandante é um precioso passo para reescrever o plano do assalto, recorte quase autêntico do original. Isso seria, talvez, a melhor maneira de planejar um contra-ataque. O guerreiro era comedido nas suas considerações, evitava apimentar as relações do morgado com a capital, porque tinha consciência que ambos perderiam, em caso de invasão batava. "*Como resistir em completa desunião?*", pensava...

Herdeira: *Foi por isso que Catharina de Rates fez aquele descaso de mim... Ela sabia? Como fui idiota!*

Alimentar a cabeça de possibilidades dava asas para pensamentos sobrevoarem os sentimentos vis da alma humana escondidos nos recônditos distantes, à sombra dos observadores argutos, mas que estão lá, aguardando um chamamento qualquer para se transformar num ser impiedoso, de sangue nos olhos, pronto para guerra. A palavra "governador, governador" ecoava na mente de Herdeira e teve função de acelerar a atividade desenfreada de reações adormecidas, escorria da cabeça aos membros do corpo, untando-os de fúria contra o governador. Na superfície, somente o guerreiro enxergava esse pulular de tensões na Herdeira, compêndio completo da batalha, obrigado a apaziguar as coisas antes de dar merda. Mas ela derrubou suas pretensões... A torre continuava largada, quieta no canto do tabuleiro: "Foi o ouro?! Será que ele sabe!", estralou na testa dela.

Ela: *Precisamos sair daqui, as paredes têm ouvidos.*

A vida cotidiana corria por fora na toada de sempre. Herdeira, ante aos primeiros raios do sol, no terraço ao pé da torre, exercitava sua arte de guerra. Os vaqueiros saíam a campear pastagens nos limites extremos das terras pertencentes ao morgado, sempre sob a benção de sua Senhora. Alguns reverendos viviam de levar palavras divinas à aldeia, já reconstruída na praia, abaixo do castelo. Durante o dia, o entra e sai de aldeões liquidando seus foros, bufarinheiros com novidades do reino e serviçais que traziam os produtos da terra. Herdeira contabilizava as movimentações das mercadorias, armazenando o excedente para a próxima entrega na capital. Esposa do Senhor do morgado, ainda em lua de mel, continuava à sombra dos dias, enchendo de assunto os serviçais, pois seus gemidos de paixão rompiam as madrugadas do castelo, opróbrio à Herdeira. Guerreiro, sem a muleta, reaprendia a manejar com a mão esquerda as armas. Diariamente, no fim das tardes, Herdeira testava as habilidades dele no uso de espadim feito em madeira. Durante tais exercícios, discutiam as pretensões do governador com o ataque. Dois dias pareciam uma eternidade: ansiavam pelo retorno da missiva ao mosteiro.

Daí que Herdeira conclamou: *Precisamos sair daqui.*
Sentados na ágora, ao pé da centenária figueira-brava.
Ela: *O que lembrais dos vossos dias de febres? Depois de serdes ferido em combate...*

A força das alucinações predominava nas descrições dele, principalmente ao derradeiro disparo. Seus relatos são conhecidos, via anotações de Herdeira, que conduzia sempre na esfera das possibilidades de vitória sem baixas dos seus.

Herdeira colocou fogo: *Preciso ir ao final do talvegue na pedra furada, duas jornadas daqui...*

Ele: *Qual talvegue?*

A resposta com uma pergunta demonstrava o quanto ele se incomodara com o assunto. Assim, a conversa entrou em modo silêncio, ela fixou sua atenção nele, sem respostas, apenas clamava por sinceridade. Ele, de olhar perdido no horizonte, deixou que o vento constante se encarregasse de preencher de vida aquele canto da terra. Sob as sombras da figueira, baforadas do vento fortaleciam o farfalhar das ramagens, logo acima deles. Por alguns instantes, a cantiga dos pássaros encheu de som aquela manhã para, em seguida, serem afogados pelo vento que vinha novamente de caminho do mar. Esse era o silêncio entre eles. Tratar assuntos sagrados com pessoas diferentes a seus legítimos de sangue seria insulto aos deuses, mas, como explicar isso para sua Senhora? O saber perpetuado pelos antepassados o iluminou com uma consideração intrigante.

Ele: *Diziam os antigos, quando não se sabe qual destino, qualquer caminho serve. Quando se quer ouro existe um único caminho a oeste...*

Herdeira: *Como sabeis que procuro ouro?*

Seus olhos cuspiram decepção consigo mesma. Ela deu um suspiro longo para depois apoiar cabeça nas mãos num desamparo de derrota. Assim, procurou nos dias discorridos depois da batalha qualquer ato impensado que transmitisse seu querer por ouro... Seria guerreiro predestinado pelos deuses com dom de predizer o futuro lendo sua mente? Entretanto, gritos conduziam os pensamentos dela por caminhos perniciosos, o pecado impregna até as almas mais puras. Valia-se desses resquícios de maldade para responsabilizar a mucama pela merda feita. Queria tanto sufocar a tristeza por ter seu segredo descoberto! Que ódio para com a mucama! Inibia qualquer sombra de remorsos; novamente as reações perversas, por hora adormecidas, eram instigadas. *"Por que todos querem minha desgraça?"*

Chega o mensageiro da capital, os serviçais da casa comentam: *Por que essa pressa?*

Mensageiro: *Trago mensagem da capital a nossa Senhora. Sabeis dela?*

Resposta: *Vive a mancomunar com o índio guerreiro pelas bandas da figueira-brava...*

Ainda um silêncio tenso rolava entre Herdeira e o régulo guerreiro na chegada do mensageiro, jovem índio escravizado, sobrevivente da batalha e querido da Senhora, com missiva do mosteiro endereçada à Herdeira. Aquilo dissipou o embrião de maldades pululando na mente dela.

Maria Roothaer:

Senhora: Diante do nosso Deus, confesso minha lealdade a Vossa Excelência, hei de servir e vos defender de qualquer incircunciso: da vossa partida rogamos com ardor proteção do nosso Senhor a vós. Mas as fragilidades na fé de um servo inútil, eu ordenara o despacho dos vigias que campearam até a serra das Araras na retaguarda de vossa comitiva para vos proteger dos perdidos da terra. Vedes que em tudo há procurado servir a Vossa Excelência e vos ajudar como servo. Eu escrevo o que me parece desse negócio: veio do Norte quem vos atacou. Não foram os homens do governador, pois os caminhos estavam sem vestígios quando os meus retornaram pela entrada dos animais. E, assim, dei ordem a Penélope, vossa estimada serva, a inquirir no palácio do governador, de sorte que não verificou apresto nas estrebarias da casa depois do fatídico dia. Peço-vos prudência se intenta empreender contra bestial gente, esperai a hora do Senhor Deus e Ele fará justiça.

Vosso estimado servo, padre Antonil

Escrito sob as Insígnias da irmandade, mas o rasga-seda de sempre. O guerreiro não tinha fluência na leitura, longe disso, entretanto, a expressão no rosto de Herdeira foi muito clara sobre o conteúdo vazio da missiva. Retrocedemos ao ponto idiota do bicho homem; eles esperavam que a carta falasse o que eles queriam ouvir, diferente de confirmar suas conjeturas sobre o ataque.

Herdeira: *Aqui ele diz que não foi o governador.*

Na realidade ela URRAVA ao guerreiro. Conforme os instantes passavam, ela tinha mais fôlego para matutar o conteúdo das palavras... A dúvida crescia e os pontos obscuros a endoidavam.

Herdeira: *Como soube do ataque? Como os nossos desaperceberam da companhia na retaguarda? Então o prisioneiro mente? Precisamos falar com ele!*

Ao leal servo meu: Saudações!

Tenho dúvidas se, lá no calabouço, nosso homem manterá sua fidelidade com Deus, seja caso das palavras do padre desencorajadoras para com os do morgado em relação ao governador. Ele será torturado até falar a verdade; precisamos deitá-lo no Hades antes do propósito de vida sobrepor aos desígnios de Deus. Servo meu, sede ligeiro e que o rigor de vossas mãos encaminhe aquela pobre alma ao silêncio.

Queime esta carta.

CAPÍTULO VIII

O conteúdo da carta jogou Herdeira e guerreiro direto no calabouço da casa, naquela ocasião habitado apenas pelo ilustre prisioneiro, falso negro da Guiné. A lâmina de luz do candelabro iluminava um palmo além do nariz. Lá fora não estava de todo escuro, já as paredes de pedras maciças barravam os últimos raios do sol. Ao pisarem nos primeiros degraus da escada para descer, um cheiro fétido de merda úmida subia às narinas. Na companhia do fiapo de luz, eles procuravam o prisioneiro. Primeiro chamaram, mas, diante do silêncio da resposta, saíram a vasculhar o lugar, encontrando o negro sobre um monte de palha. Estaria dormindo? Guerreiro, com a ponta da lança, cutucou a perna do coitado. Nada. Com um punhal fincado nas costas, o prisioneiro, debruçado, jazia morto. Dose cavalar de emoção para apenas um dia. Perguntas voavam rapidamente pela mente de Herdeira, muitas nem saíam pela boca. Inconformada com a situação, a carga de fúria reacendeu na direção dos serviçais da casa, dos que possuíam acesso direto ao calabouço. A seta da maldade apontou novamente para mucama; ela tinha entrada livre ali, às vezes alimentava o prisioneiro... Enquanto isso, guerreiro confirmava a morte, procurando no corpo do moribundo denúncias. O cenário macabro por excelência — um morto banhado por fiapo de luz do candelabro rodeado por uma Senhora, mais um guerreiro indígena — ganha contornos fúnebres, quando Herdeira promete derramar até a última gota de sangue do autor dos ataques a ela. Guerreiro, indiferente à chuvarada de promessas de sua Senhora, tomando dela o candelabro, procurava pelas palhas elementos de revelação do assassino, talvez respostas às perguntas que também povoavam sua cabeça.

Ele perguntou: *Teria outra saída daqui?*

Herdeira: *Não sei... Entrei aqui poucas vezes, talvez o Senhor meu Pai saiba... A mucama esteve aqui desde a época dos meus avós na finalização da construção, mas quem colocaria uma saída secreta num calabouço?*

Guerreiro: *Precisamos pensar como assassinos... entrar e sair sem sermos vistos.*

Herdeira: *Ele foi morto ou se matou?*

Guerreiro: *Foi morto... como um destro enfiaria o punhal na parte direita das costas? Era alguém conhecido dele...*

Herdeira: *Como assim, alguém conhecido?*

Guerreiro: *Vós, daqui de dentro, percebeis entrada de qualquer um, pode ser até um rato... agora, procurei no corpo dele e não havia sinais de luta...*

Herdeira: *Conhecidos... Quem daqui o conhecia?*

Guerreiro: *Isso não quer dizer alguém do castelo, mas alguém capaz de passar despercebido dentro da casa e chegar até aqui...*

Herdeira: *É fácil, a quantidade de aldeões que entra todos os dias no castelo para acertar os foros comigo. Bastante. Preciso da sabedoria do Rei Salomão...*

Guerreiro: *Quem é esse?*

Ela: *Um Rei que viveu há muitos anos.*

Fez que entendeu com a cabeça, o guerreiro.

Ainda inquieta e começando a pensar com a razão, Herdeira toma as rédeas dos fatos.

Ela: *Como vos disse, pensaremos como assassino. "Preciso chegar no calabouço sem ser visto... Por onde entrar?"*

Ele: *Então vamos vasculhar estas paredes à procura de caminhos secretos...*

Ela ordenou: *Ficai, enquanto buscarei outro candelabro.*

Ele: *Trazei um martelo.*

Os olhos rapidamente se acostumam ao manto escuro da noite; a visão se ajusta aos detalhes proeminentes do calabouço, o que possibilita mover-se acompanhando a parede sem tocar no morto. Existem coisas impossíveis de aguardar o raiar de um novo dia; se há esperança, é de encontrar no agora os rastros do assassino. Esse pensamento estimulou os dois a adentrarem à noite naquele buraco. Uma tocha soberba fixada no alto da parede iluminava o cômodo, expondo os detalhes limpos como num dia de sol. O som opaco da batida do martelo contra as pedras na extensão das paredes refutava saídas secretas: por ali ansiavam por som choco; nada.

Guerreiro: *Quando chegamos, o negro ainda estava quente; foi morto hoje, após a sesta. Quais os desconhecidos que entraram no castelo?*

Ela possuía as respostas: *Ninguém. Somente pela manhã chegaram alguns aldeões.*

Guerreiro: *E se ele entrou pela manhã, ficando de tocaia até ninguém perceber, e enfim adentrou na casa?*

Sem dar espaço para as considerações do guerreiro, ela continuou divagando: *Mesmo nesse caso precisaria da ajuda de conhecedores da casa... O assassino conhecia o morto, correto? Também conhecia alguém da casa que tem acesso livre aqui... Quem tem essa ligação com o morto e com alguém da casa sendo nosso desconhecido?*

Guerreiro, enfático: *Começai com alguém sem laços de sangue convosco...*

Com desânimo, a Herdeira: *Todos!*

Guerreiro: *Quem chegou aqui com vossos antepassados, cujos filhos nasceram — estes, certamente são leais a vós, desconsidere-nos.*

Herdeira: *O Senhor meu Pai, junto com D. Diego, na última estação de chuva comprou alguns negros na capital, três mulheres e um homem. As três ficaram para os serviços da casa...*

Guerreiro: *O que fizeram nesta tarde? Onde estiveram?*

Herdeira: *Esperai... Alguém sabia da carta do padre? Por que mataram o negro justo hoje? O mensageiro levou a carta até nós enquanto estávamos na ágora. Quem disse que estávamos lá? Amanhã indagai o mensageiro —* ordenava a Herdeira —, *enquanto eu avalio os passos das três negras.*

O guerreiro, ressabiado, observava os detalhes do lugar.

Herdeira lançou proposta de esconder o morto de todos na casa e substituí-lo por outro negro: *Assim, encontraremos o verdadeiro assassino...*

Guerreiro: *Como?*

Herdeira: *Ele virá aqui... Ficará ressabiado por ninguém falar do assassinato pelos cantos da casa... É um morto... Serviçais ficarão apavorados, então o assassino voltará para certificar-se da morte do negro.*

Guerreiro: *Precisamos de alguém de confiança, isso levará no máximo quatro luas.*

Herdeira: *Sei de alguém...*

Olhares cúmplices.

Guerreiro: *Ainda temos o mensageiro do nosso lado, posso pedir para campear rastros no local que vos fostes atacados...*

E continuou: *Darei termos ao morto nesta noite.*

Senhor de habilidades únicas, o indígena saiu como um fantasma do castelo com o cadáver do prisioneiro. Sensato ou idiota, qualquer homem tem noção que o perfume de mulher casada é pólvora, no entanto, bebem do caldo e não querem as consequências.

A Herdeira, valendo-se desse temor, fechou o cerco contra o negro, amante de sua Mãe: *O Senhor meu Pai voltará em breve, quereis a forca?*

Tem minha palavra se fizerdes o que peço! Providencio seu sumiço diário...

Antes do amanhecer, o negro cumpria sua parte no trato. Com a rotina da casa acesa, lá estava Herdeira se exercitando no terraço; depois abençoava os vaqueiros de saída em nova jornada pelos currais do morgado. Mensageiro já designado para empreitada, encontrar algum rabo perdido durante peleja, participava com naturalidade da missa matinal na capela do castelo, tropeçava no latim, mas, com fervor, acompanhava os cânticos. Às margens da mata, miscigenado no verde, o guerreiro observou o entra e sai do castelo numa parte do dia. Impossível distinguir os aldeões dos serviçais da casa; como de costume, ao cair da tarde, sem despertar curiosidade nos moradores, foi para o terraço treinar, com mão esquerda, manuseio da espada. Já dominava a arte. Era momento de encontrar Herdeira para relatar suas impressões do dia. Com a definição dos próximos passos para descobrir o assassino, o mensageiro retornaria na boca da noite. Até lá poderiam traçar estratégia para evitar a entrada de pessoas indesejadas no castelo.

Guerreiro: *Pensamos somente no assassinato do prisioneiro, mas e em caso de ataque dos batavos? É necessário criarmos obstáculos a possíveis inimigos, mesmo com o castelo fincado no alto do morro. Essa geografia é proteção natural para ataques, porém precisamos de mais...*

O guerreiro, com um graveto na mão, riscou no chão onde fincar muros ao redor do castelo: *Por ora, procurai receber os aldeões num lugar onde eles não entrem no castelo... E as três negras?*

Herdeira, sem respostas de imediato, ficou pensativa. Apenas concordou.

Então, Herdeira respondeu, meio desconectada da conversa: *Elas passaram toda a tarde de ontem ensacando os grãos no terreiro; a mucama e outras meninas ficaram na casa... Negro da Mamãe passou o dia no calabouço, depois vamos lá verificar alguma novidade... Vós ficastes com o punhal?*

Guerreiro trazia na cintura a arma do crime. Enquanto lia com os dedos detalhes do cabo, Herdeira observou o guerreiro, que não se importava com quem fora o autor do ataque, mas com quem adentrara ao castelo e assassinara o prisioneiro.

Ela: *Imaginai quando descobrirmos ouro? Não tenho confiança nas pessoas ao meu redor... Adentrar na vossa casa é um negócio muito íntimo, entra somente quem eu convido... Sinto-me despida... Precisamos urgente separar o joio do trigo, conseguiremos na base de força... Esse punhal...*

Com os dedos, guerreiro continuava a leitura das insígnias talhadas na empunhadura e lâmina.

Ela também seguiu olhando o cabo do punhal: *Isso parece de alguma Ordem de Cristo...*

No calabouço, o negro: *Aproveitei para descansar...*

Com sorriso sacana no canto dos lábios, percebendo a sisudez dos ouvintes, se recompôs.

Detalhou o dia no calabouço: *Dormi com um olho aberto, apenas a velha mucama apareceu com a comida... Fiquei imóvel, ela nem olhou pro meu canto, deixou pote e, depois, saiu... Aí apareceu um vulto na boca da escada, agora, um pouco antes de vós... Desceu os primeiros degraus. Pelo peso das passadas percebi que não era a mucama; movimentei meu corpo para me defender, caso ele me atacasse, fiz alguns barulhos, ele parou, retornando escada acima...*

Herdeira e guerreiro se entreolharam. As evidências na cabeça de Herdeira apontavam a seta para mucama. Seu ódio crescia na proporção que ela via o que queria ver. A mucama tinha acesso ao calabouço, conhecedora da dinâmica da casa. Certamente ela abriu o caminho para o assassino; amarrando esses pontos, Herdeira reescrevia para si o tamanho da pena merecida pela traidora. Ao cair da noite, o negro deixaria o calabouço para o guerreiro, conforme planejado. Faltavam as notícias do mensageiro. A noite caiu e ele não aparecera. Despreocupados, conhecedores da valentia dele, cada qual seguiu para seu canto.

Herdeira passou a andar nas sombras nas poucas horas que a casa funcionava durante a noite, exceto no quarto de Mamãe... Herdeira perseguia cegamente os passos da mucama.

CAPÍTULO IX

Quando está prestes a acontecer uma grande merda, a normalidade das coisas perde o brilho; ademais sucedem conforme manda o roteiro: o sol atravessa o céu cumprindo trajetória costumeira, o vento lavra a terra baseado na posição do sol, as nuvens aparecem, apenas fazem seu papel, sem chamar atenção. Aos poucos desaparecem, mas o bicho homem consegue perceber essa opacidade na rotina e traduzir a abstração dos sentidos, antes mesmo que eles sejam fisicamente estimulados. Seria como dar um nó no tempo, fugidiço por essência, antecipar a ordem cronológica dele, passando os bois na frente do carro: é assassiná-lo. Aquele esquema, saber o que quer antes mesmo de querer... captar fatos vindouros como que lendo os desígnios dos deuses, dado que o tempo é sujeito às divindades. Adivinhação certa das coisas futuras, a veracidade dessa condição derruba todo poderio divino. O cara que tem essa graça é puro sofrimento. Refutamos aqui as catástrofes naturais, porque é sabido que os animais também se antecipam, sem explicações aparentes, e vazam antes da coisa ferver. Naquela manhã, a certeza do porvir em desgraça assombrava o guerreiro. Não encontrara Herdeira, ameaçou subir aos aposentos dela, desistiu. Quais as intenções de Herdeira? Daí saiu às bordas da mata nas bandas da figueira-brava para pedir ajuda a seus antepassados. Dança frenética no meio de fumaça, fumo, envolto numa cantiga rítmica e indecifrável. Quando o sol escorregara um pouco além do pino, no hiato do dia, no qual o bicho homem busca o descanso do calor nas sombras, vieram dois serviçais pelo terraço; arrastavam a mucama. Ela, aos gritos de clemência, implorava por sua liberdade. Logo atrás, Herdeira, em passos decididos, indiferente ao clamor da empregada. Corpo cru amarrado no tronco. A cada açoite se contraía como que retendo o eco da porrada. Herdeira, impiedosa, descia o braço mais e mais, continuava com sua fúria desmedida. Aos poucos, o couro das costas adquiriu tonalidade escura; depois, compactado, deixou brotar, por entre os poros castigados, o líquido viscoso vermelho. Alguns serviçais da casa assistiam assustados. Nas lambadas também contraíam seus corpos, recebendo cada qual uns nacos daquela dor. Intentavam subtrair o sofrimento da mucama. Guerreiro, com olhar de pedra, também estava lá. "*Pois a boca do ímpio e a boca do enganador estão abertas contra mim. Têm falado contra mim, com uma língua mentirosa. Eu repreendo e castigo a todos quanto amo; sede, pois, zeloso e arrependei-vos.*"

Recitava aos berros esses versos bíblicos, um após outro, sendo o estralo do chicote a métrica das declamações. A mucama untou as pernas de mijo, o corpo já molhado de lágrimas, suor, sangue, sem forças para gritar, apenas tremia e, com o rosto todo contraído encostado no tronco, gemia para si na eminência do desfalecimento total, tamanha a força aplicada nas chibatadas que Herdeira desequilibrava. Alguns passos em falso para se recompor, curvava as costas apoiando as mão nos joelhos, embebedando de fôlego para mais uma saraivada de porradas, quando sua Mãe irrompeu no terreiro interpondo entre a mucama e a filha:

— *Foi isso que vos ensinei? Soltem-na! Agora!* — num grito impositivo carregado de fúria.

A filha, ofegante, media a Mãe enquanto descarregava ódio pelos olhos. Sequer um dedo de prosa, silêncio tenso, capaz de colocar tudo em prato limpo. Ali fizeram um balanço moral completo da relação Mãe e filha. Quando um negro da casa, aos gritos, recomeçou a pancadaria no lombo da mucama desfalecida, quebrou-se o confronto entre elas. Aqueles poucos minutos se eternizaram na memória de Herdeira. Outro grito desmedido da patroa. Ordem prontamente atendida pelos serviçais da casa. O negro desobediente, direto para a forca.

Um alguém indignado: *Como assim, não está morto? Eu mesmo finquei o punhal nele!*

Resposta: *Ninguém na casa falava sobre a morte do prisioneiro ou qualquer outra coisa assombrosa, então resolvi verificar... E o desgraçado está vivo lá no calabouço...*

Mesmo alguém, ainda mais indignado: *Impossível! Impossível! Será que os deuses estão contra nós?*

CAPÍTULO X

Mensageiro: *Ontem retornava da missão donde minha Senhora incumbiu de campear, na boca da noite, durante a subida da entrada no castelo, notei a saída de um cavaleiro. Antes de ser visto por ele, parei meu cavalo e nos escondemos nas sombras. Como ninguém sai daqui neste horário, o persegui. Ele contornou o castelo e desceu rumo ao norte. Isso me deixou mais curioso... Cavalgou a noite inteira até alcançar um curral às margens do grande rio. O dia estava prestes a surgir quando ele reapareceu conversando com outro homem. Saíram a pé pelo descampado, porém as sombras da madrugada impediram-me de discernir quem era. Discutiram longamente e, ao voltarem para o curral, fizeram fogo para alimentar os vaqueiros que acordavam. Todos eles saíram para o campo, exceto o cavaleiro que desmontou a sela do baio. Faria o pelego de cama. Logo depois se deitou. Certo de que ninguém me seguia, retornei desviando um pouco para oeste...*

Herdeira: *Quem fez guarda nessa noite? Impossível alguém passar despercebido pelas sentinelas, principalmente numa montaria.*

Desolada, ainda de moral arranhada pela repreensão pública aplicada por sua Mãe, fez as considerações em voz morosa.

Guerreiro, com astúcia: *Saiu montado ou pegou o cavalo do lado de fora dos muros?*

Mensageiro: *Não sei.*

Guerreiro: *Aí... O cavalo estava fora... Passou pelo guarda para depois montar...*

Herdeira: *Alguém o viu?*

Resposta em uníssono: *Certamente não...*

Herdeira, restabelecida da surpresa, novamente tomou o cetro nas mãos e ditou a cada um deles seus deveres: *Ele esteve ontem no calabouço... Certeza que foi ele. Ficou escondido na casa, saiu depois do anoitecer. Verifiquem onde amarrou o cavalo...*

Ao guerreiro: *Ficai esta noite novamente no calabouço, preparai-vos...*

Mensageiro, surpreso: *Como assim, o guerreiro ficar no calabouço?!*

Herdeira e guerreiro se entreolham — um garoto destemido, primeiro rompeu baterias de inimigos com mensagem de socorro aos índios sob ataque de inimigos hostis, depois, com valor, também fez proezas em nome do morgado, no mínimo merecia a confiança de Maria Roothaer. Assim, ele ficou a par dos últimos detalhes.

Herdeira ao mensageiro: *Agora vosmecê precisais descansar... Quando retornastes da capital com a mensagem dos beneditinos, falastes com alguém antes de irdes a nós na ágora?*

Mensageiro: *Minha Senhora, recebi duas cartas, uma endereçada a Vossa Senhoria, outra com orientação de deixá-la no púlpito da capela... Ao chegar, perguntei na cozinha aos da casa onde Vossa Senhoria estava... Passei na capela fazendo conforme as palavras dos beneditinos, depois encontrei-vos aos pés da grande figueira...*

Herdeira, surpreendida: *Quem entregou as cartas a vosmecê no mosteiro? Meu Deus! Outra mensagem...*

Mensageiro: *A primeira carta que entreguei à minha Senhora, recebi das mãos do padre Antonil. Aquele que me introduziu aos aposentos do reverendo me dissera sobre outra correspondência "num saco ao lado da porta das ruas" e onde deixar a carta, aqui no castelo. Ele tinha fala trôpega... Olhos verdes e de cabeça quadrada...*

Herdeira: *Estão contra nós dentro dos nossos muros... Será que o capelão também mancomuna contra? Pode parecer estranho, será mais fácil descobrir onde a segunda carta nasceu do que quem a furtou... Qualquer menção da conduta repreensível do nosso capelão, para o padre Antonil, certamente derrubará o incircunciso. Será a capela somente um entreposto? Onde ninguém desconfiaria do entra e sai? A carta ainda estará lá? A propósito, ficarei de tocaia próximo à entrada da casa durante esta noite.*

Foi veemente desencorajada pelos dois. Ela atentou para as considerações deles, entretanto manteve sua posição.

Perguntou ao mensageiro: *Por onde campeastes (antes da perseguição ao cavaleiro) tinha alguma coisa diferente por lá?*

Mensageiro: *Achei isso...* — exibiu um punhal. — *Esperai... esperai.*

Herdeira, em transe, olhos arregalados, desabafou: *É igual ao do assassino.*

O guerreiro prontamente exibiu o punhal. Insígnias idênticas...

Herdeira: *Quem são? Estes desenhos são referências às Ordens de Cristo... O assassino conhecia o prisioneiro... Será que naquele dia, além do prisioneiro, mais alguém sobreviveu?*

Ela mesma respondeu: *Sepultamento completo, abrimos uma pequena vala, mesmo os chapéus foram incluídos. Seria este o portador das novas ao padre Antonil?*

Rodavam em círculos, assassino era mais um peão no tabuleiro, Herdeira tinha consciência da luta contra aguilhões. Mesmo encontrando com vida o dito-cujo, jamais entregaria o mandante: um fantasma. Isso incomodava pouco, mais perturbadora era a audácia desse ser em passear pelos corredores, atravessar paredes de rocha viva do castelo como se fosse dele. Sempre existira possibilidade de traição, isso é certo, geralmente com uma pessoa. Ali, Herdeira desconfiava até das sombras. Seu círculo de ferro se resumia a três pessoas, Mamãe, guerreiro e o jovem mensageiro. Perturbador pensar nesse triste estado, porque o remorso espetava seu coração com ressoar dos gemidos da mucama que reverberava por todo corpo, até aninhar num *ad aeternum* nos ouvidos. A mucama seria uma aliada indiscutível, não podia revogar o desterro, condenada, ia de caminho aos currais limitantes do morgado. Já os demais serviçais da casa doravante a detestariam. Assim, arrependimento inquieto e sacana, obrigava a revivida dos fatos em perspectiva diferente sendo iluminados de clareza desmedida, jogando na sua cara o quanto fora cega pelo ódio. Só, chorou copiosamente. Viveria com aquela dor de luto sabe-se lá quanto tempo, entretanto, outra parte de Herdeira inconsciente procurava nos atos da condenada justificar a exagerada violência do castigo no intento de equalizar embate no seu íntimo. Liberta do ódio, sentia lampejo de ânimo, quase fortalecida. Para se libertar no todo teria, de alguma maneira, de confessar uma montanha de remorso que ainda carregava a tiracolo. Depois. Sob sobriedade da razão, repassou os detalhes da última semana, desenhou numa tira de pano a posição do castelo, calculou uma distância ao sul, marcou a capital, separou uma pequena tira a leste para o mar, num ponto médio entre os dois marcos referenciou o local da batalha, acrescentou a tropa do padre que vinha na retaguarda, ou seja, do sul para norte como seu comboio, e a oeste o sertão de dentro inabitado pelos brancos. Por aqueles lados fervia de caetés. Aquela carta rudimentar esclareceu o óbvio: quem atacou veio do norte contornando castelo e aldeia... Ninguém percebeu? Guerreiro ficou no castelo aqueles dois dias... Cavaleiros da dianteira mais mamelucos desconheciam os salteadores... Tinha certeza disso. Manuseando esses fatos, percebeu a urgência em trazer os sete cavaleiros para seu núcleo de ferro. Como? Os deuses benevolentes derramaram luz. Estralo na mente: o punhal! Sagrariam esses homens Cavaleiros da Ordem de Cristo. Os homens babam por poder, ali era igual, e a Herdeira lia nos olhos deles obstinação tamanha. Parte deles estavam na capital na guarda do comboio de mercadorias. Daria as novas o mais breve possível. Para conseguir hábito de Cavaleiros da Ordem de Cristo agiria nos bastidores junto ao corpo eclesiástico da capital e do governador. Mais difícil que atos de bravura para justificar tal mercê era colocar o rabo entre as pernas a fim de bajular o desgraçado do governador. Esquecer sua responsabilidade no ataque. Depois de verificar os ferrolhos das portas, armada até os dentes, recolheu-se no aposento contíguo, entrada do calabouço. Ao fechar os olhos, sendo tragada na escuridão da noite, percebeu que a vida é uma merda, os antigos provérbios anunciantes da infelicidade de ter e não desfrutar tinham razão. Uma casa com marido, filhos, estava de bom tamanho, mas como sobreviver na terra de ninguém? Precisariam do amparo de um castelo ou da capital, aí novamente enroscaria nos tentáculos dos desejos vis da humanidade, com tudo mais acarretado pela podridão na vida em comunidade. O que fazer? Deixou esse pensamento de lado, flutuou no escuro dos olhos através do emaranhado das realidades criadas por sabe-se lá quem, em como seria roçar num corpo de homem dos pés à cabeça. Imersa nessa viagem carnal, procurava algum homem bonito que cruzara seu caminho naquele dia. Ninguém. De relance, Don Diogo, onde estaria? Ainda andava pelas bandas do norte com o Senhor seu Pai...?

Ah! Apetite insaciável de Mamãe com o negro... que inveja...

Com ouro em mãos, teria súditos para qualquer, todos os íntimos desejos. Temerosa em cair no sono profundo, indo direto para as garras dos monstros que cuspiam vingança pelos olhos, voltou a percorrer as nuanças do dia, reconstruídas em caminhos diferentes, indo em passos largos a finais felizes. Caminhada longa, fraquejou. Apagou. Monstros diversos aguardavam esse vacilo, agigantaram-se e multiplicaram-se em milhares para impregnarem o ínfimo dos orifícios daquele corpo inerte, a Herdeira, o gemido da mucama reverberava até a divisão da alma para daí começar a ciranda de sacanagem. O corpo dela, inconsciente, estava ao bel-prazer deles, vibrando no canapé. A mucama surgiu: cabeleira loira, sorria escandalosamente, munheca em punho. *"Não ides me amar-*

rar? Porque roubei vosso ouro..." Escancarou os caninos: "*Ouro maciço, não vos enganei, tenho muito!*" Mostrou o bornal carregado de pepitas. Gritos. "*Ide, amarrai-me! Estou pronta para ir ao tronco!*" Gargalhada. Depois surgiu a negra mucama amarrada, sofrendo açoites, porém, nos vergões das chibatadas, saíam serpentes atacando o chicote. Dentre elas, uma mais atrevida atingiu a jugular de Herdeira. Ambas rolaram no chão numa briga feroz enquanto seu corpo no canapé também rolava. Herdeira levou a pior. Acordou no outro dia cansada, como quem carregara pedra a noite inteira...

CAPÍTULO XI

Guerreiro: *Sob vossas ordens, minha Senhora, ao verificar no entorno do castelo, encontrei onde o cavalo fora amarrado... Realmente entrou e saiu despercebido das guardas.*

Ela fez cara de "eu disse!". Aquela certeza confirmou as deduções deles.

Herdeira: *Preparai meu cavalo, sairemos à capital de imediato ao retorno do comboio... Antes do amanhecer, sem chamar a atenção dos serviçais.*

Ao guerreiro: *Confio em vossa lealdade para guardar o castelo na minha ausência... Mantende o negro da Mamãe no calabouço durante o dia, enquanto a noite será vossa... reforçai a guarda nas entradas da casa, somente serviçais terão acesso, também presumo que o assassino voltará. Ficai atento. Que Deus nos proteja!*

Enquanto fazia sinal da cruz sobre o peito.

Guerreiro: *Mas, Senhora... Os batavos atacarão a capital a qualquer momento... É muito perigoso.*

As últimas recomendações foram ditas em uníssono pelos dois homens. A dor do remorso valia o risco. Por qualquer coisa confessaria seus pecados numa das abadias da capital; manteve sua decisão. Herdeira surpreendeu sua Mãe ao adentrar no aposento dela na boca da noite.

Esperava pelo negro, mas, afável recebeu a filha. A Mãe, sentada na cadeira de frente ao espelho, alisava os cabelos quando, prostrada em silêncio, a filha clamava por atenção.

Generosa, a Senhora correu as mãos sobre o rosto de Herdeira, untando-o de carinho:

— *Como vosmecê é linda!*

Lágrimas corriam pelo rosto da filha. Ninguém ofertou preces ou chorou por sua partida. A madrugada ia alto quando três cavaleiros vestidos de túnica e escapulários idênticos, de cor sóbria, desceram na correria rumo à capital, a saber: Herdeira, mensageiro escudeiro e um cavaleiro. Antes de o sol bater no pino do dia, o trio se aproximava da cidade via caminho dos animais, mas, antes de adentrar pelo portão de São Rafael, Herdeira deixou sua cavalgadura a encargo dos comparsas, que seguiram o caminho. Ela, como peregrina, achegou-se na igreja fincada fora dos muros da cidade. Confessionário, um reverendo quentinho da Europa mediava com Deus os pecados dos fiéis. Herdeira descarregou montanha de remorsos, de nome e endereço, que levava sempre à mucama. Sotaque holandês, difícil discernir aquela figura na penumbra do início da tarde.

Depois de escutar os sábios conselhos, ela, fiada pela intimidade instantânea por baixo do substrato de madeira que os separava, passou o punhal: *Sabe qual o significado destas insígnias?*

Com voz mansa ele deu a glosa daqueles pequeninos desenhos, sem folga entre as palavras, demonstrava empolgação, envolvimento com o assunto. Enquanto ela, embebida no sotaque anasalado dele, aglutinava cada palavra para construir a figura de um macho.

Aquela voz soava distante quando a palavra Rates a fez acordar: *Rates?!*

Padre: *Essas excrescências maiores indicam que foram talhados pela ordem dos nossos irmãos em Cristo, os beneditinos de São Pedro de Rates.*

Todos os cavaleiros ungidos por eles recebiam armas com esses detalhes únicos.

Atordoada, Herdeira temia unir as pontas daquele emaranhado de pistas para encontrar, na outra extremidade, o verdadeiro assassino, alguém inadequado para a função de assassino. Sentia na pele a solidão que assola as mais puras almas nas encruzilhadas da vida. Para qual lado seguir? Continuar sua cruzada contra quem quer que fosse ou esquecer aquilo tudo e seguir na busca por ouro? O jovem reverendo percebeu a estranheza no silêncio forçado da confidente; teria a virtude das palavras inspiradas por Deus tocado a alma dela? Sem titubear, livrou-se da própria vaidade, derramou bênçãos sobre Herdeira.

Ainda com a túnica de penitente mais cabeça coberta por escapulário, ela saía da igreja quando foi interpelada por Penélope: *Meu Senhor quer muito falar com vosmecê.*

Entregou em mãos a mensagem.

Herdeira despiu a cabeça do escapulário, sorriu à portadora das novas e, enfadosa: *Como sabeis da minha presença?*

Penélope também sorriu: *Meu Senhor possui sete olhos...*

Maria Roothaer:

Convido Vossa Senhoria a visitar-me em nossa humilde morada para tratarmos dos negócios dalém-mar.

Vosso estimado servo, padre Antonil.

Enquanto Herdeira lia, Penélope aguardava respostas para seu Senhor. Herdeira também fora concisa no bilhete de resposta ao padre. No entanto, sua cabeça batia em três frentes distintas, a saber: descobrir o autor do ataque mais assassinato, buscar ouro a oeste e negociar direto no reino sem intermediários. De tempos em tempos, um quarto elemento coçava por entre suas pernas alojado em suas entranhas: macho. Penélope inquieta.

Herdeira tentou entender: *Por quê?*

Ela: *Os batavos já atracaram na baía...*

Ao longe um estrondo.

Penélope: *São eles!*

Herdeira: *Vosmecê não retornareis sozinha para o mosteiro. Irei convosco...*

CAPÍTULO XII

Quando não há poder ou armas, sonhos são suficientes. Apostou no padre batavo como infiltrado, único naquelas bandas que aportara antes das notícias da invasão. Usou em sua missiva palavras abrangentes com entendimento de todo vazio. Matuidi, sem saber, fez valer dito e não dito, já passados pela vida do reverendo.

CAPÍTULO XIII

A invasão e suas consequências

Dois oponentes, entre eles uma cerca, ambos são valentes conquanto exista cerca; contudo, sempre há um bundão na equação. São realmente os batavos? As bocas de fogo nas embarcações, aos urros, despejavam chumbo contra a cidade, apenas atingiam as construções ao nível do mar. Num primeiro momento, imunidade à cidade alta, mas, em questão de reposicionamento das embarcações na baía, algumas casas seriam alvos fáceis. Sim, eram os batavos. Intrigada com bilhete sem fundo, Herdeira foi ao encontro de padre Antonil. Depois de sair do confessionário, sentia-se leve ao regozijo da alma.

Enquanto rumava pelo portão de São Rafael, percebeu que Penélope trazia à tiracolo um chumaço de papel: *O que é isso?*

Penélope: *Por favor, Senhora, não digais ao meu Senhor...*

Herdeira: *?!*

Penélope: *Ele diz que é profano, me castigou com açoites na última vez que me flagrou lendo... Instiga os desejos carnais...*

Herdeira: *Padres...*

Penélope, com as mãos juntas, num gesto desesperado, rogando compaixão: *A Senhora faria isso por mim? Nada digais ao meu Senhor...*

Herdeira: *Ficai tranquila...*

Penélope: *Meu Senhor diz que Vossa Senhoria é rica... Então, por que a Senhora usa vestes de penitentes? Ele diz também que sois mui hábil com armas, uma guerreira de Cristo... Será possível eu aprender a lutar?*

Herdeira sorri com cumplicidade: *Tudo posso naquele que me fortalece...*

Ao cruzarem os umbrais do portão perceberam alvoroço de fuga iminente dos moradores da cidade. Alguns reverendos inutilmente profetizavam bençãos ao povo para retê-los. Ninguém dava a mínima às dádivas celestes. Cada qual por si carregava o quanto podia de seus pertences; aterrorizados, deixavam a cidade. As pessoas naqueles idos criavam ajuntamentos para proteção mútua, no entanto, com os urros incessantes dos canhões na baía, esse elo social esfarelou-se. Preferível a incerteza do sertão de dentro. Assim, atropelavam as duas que vinham na contramão. Choro das crianças, escarcéu dos animais no meio das muambas domésticas e os clarins tonitruantes exigindo formação dos defensores reais tumultuavam o cenário da fuga. Meses antes, a fama antecipou a chegada dos batavos. Um tropel pela cidade indicava que ninguém comprovaria as qualidades anunciadas a eles; somente os fantasmas fariam honras aos contrários? Senhores dos mares... Herdeira, no meio do fervo, procurava o caminho do convento; sentiu na pele a presepada em que se meteu: no lugar errado, na hora errada. A alma ainda leve; entretanto, uma ponta de receio de morrer começava a perturbá-la. Não dava a mínima para a cor do céu, vento, sorriso do sol: tinha medo, desconhecia de qual lado vinha aquela sensação pavorosa. Alguns passos entrariam numa guerra de verdade, sabia que os seus, nativos de língua ou não, eram contrários. Duas mulheres a sós ali davam sopa para o azar; tratou logo de desaparecer no meio da multidão. Aproveitou um encerado dando bobeira numa carroça para, com aquilo, enrolar Penélope. A coitada fritaria dentro do algodão cru. Para os olhos do povo: dois frades beneditinos, também no salve-se quem puder. A agitação do povo ditou a toada do andar das duas. Apressadas, nesse ínterim, cruzaram com a soldadesca do governador, não menos temerosos do pior, ameaçados, pois lá embaixo as bocas de fogo continuavam seus urros contra a cidade.

Herdeira: *Penélope, não sabemos quão perigoso está pelas bandas do convento... Iremos à minha casa...*

Distante dos portões de São Rafael, cruzaram o terreiro dos jesuítas. Já na Rua Direita, com seus escambos silenciados pela fuga dos habituais mercadores, caminhavam aos solavancos sobre o calçamento de pedras ao passarem pelo largo dos palácios quase desertos. O pilão do pelouro jazia sozinho ao sol a observar, lá na baía, o ataque dos contrários. O inimigo de corpo presente somente pelos urros dos canhões silenciou a fala dos habitantes da capital, até então a mais famosa dentre as capitais dalém-mar. Seus arrasta-pés musicados por canções carnais varavam noites inteiras. Agora, até chororôs das crianças foram sufocados por aquele inimigo. Enquanto as duas iam de caminho, percebiam poucos olhos amedrontados a espiar pelas frestas das portas, janelas, escondidos na penumbra das habitações, protegidos por amuletos lavrados nas águas de uma romaria num domingo desses, sofriam na dor da espera. Por um ínfimo instante pensou em Catharina de Rates. "*Onde estaria? Trancada nos aposentos do palácio? Que ela queime no inferno!*" Quieta, olhos colados no chão, mantinha a cabeça afundada dentro do escapulário. Por segurança, deixou o punhal em alerta sob as vestes.

Alguém de caminho rumo ao norte: *Os contrários entraram pelo portão da Santa Maria... A cidade caiu!*

Não pretendia confirmar a veracidade da notícia, continuou firme em direção à casa. No entanto, entendeu o porquê da algazarra do povo fugindo pelo portão do norte. Matreira como legítima filha da terra, de rabo de olho, Herdeira acompanhava um alguém em seu encalço; de bate-pronto, sua mente antevia desgraças, escorregou por mares nunca navegados: *"Por que será que nos segue? Quem será esse alguém? Onde começou a perseguição?"* Mudou seu trajeto para certificar-se de que realmente eram perseguidas. O alguém também desceu a pequena ladeira dobrando à esquerda, e transformou-se em alguéns. Ninguém é de ferro, ela continuava com medo. Colocaria as coisas às claras. No quarteirão seguinte, aproveitou o desnível do terreno em relação ao calçamento de pedras da rua para se esconderem nos limites da propriedade, desabitada naquelas horas. Penélope, assustada, obedeceu às ordens; agachada, de respiração presa, esperavam aquele alguém. Ele. Ao perdê-las de vista, acelerou o passo, desapercebeu-se da própria defesa, prato cheio para o ataque-surpresa de Herdeira. Rolou no chão por muitas passadas quando seu corpo parou atordoado. Jazia com a lâmina do punhal de Herdeira esfolando seu pescoço.

Empoleirada sobre o alguém, a lâmina na iminência de destrinchar o pescoço: *Quem é vosmecê??*

Sentia uma dor desgraçada, daí a resposta saiu espremida, suficiente para destacar as nuances do sotaque batavo. Desmascarado. O alguém era o padre com quem ela se confessara, horas antes, na igreja fincada no caminho de entrada da cidade.

Herdeira destilava sangue pelos olhos, possessa; desrespeitou a unção de Deus legitimada pela túnica cristã: *Quem mandou vosmecê nos perseguir? Estais a mando de quem?*

Aos gritos. Apertava com furor o punhal no pescoço do sacerdote. Com o pouco de movimento permitido pela lâmina, o coitado gemia misericórdias indecifráveis, chorava lágrimas verdadeiras. Penélope, compungida, conteve o ímpeto de Herdeira.

Padre: *Um patacho ancorou ao norte, despejou muitos soldados... Tomaram de assalto o fortim. Assim que a Senhora saiu, percebi a movimentação deles abaixo da igreja. Peguei o mais importante...* — ergueu uma bíblia — *e fugi. Como vi Penélope na porta da igreja com a Senhora deduzi...* — tomou fôlego — *que vão ao convento dos beneditinos.*

Herdeira, desconfiada, sem retirar a lâmina do pescoço dele, somente aliviou a carga: *Donde conheceis a senhorita Penélope?*

Ele: *Padre Antonil...*

Depois, de pé na frente delas, com as mãos entrelaçadas sobre a cabeça, caminhava como prisioneiro, sendo, de tempos em tempos, espetado nas costas pelo punhal de Herdeira. O mensageiro e o cavaleiro montavam guarda na entrada principal da casa. Estavam prestes a sair à procura de Herdeira quando a avistaram em companhia de um desconhecido. Em silêncio e sem perguntas, entenderam que o cara trazido por elas era um prisioneiro filho da puta. Aos trancos, amarraram o padre.

Sob o protesto dele: *Sou de Deus... Prego amor e paz entre os homens...*

A noite ganhava contornos na janela da casa. Na imaginação deles, o ressoar da bateria inimiga crescia, entrava pela cidade, amedrontando-os; Maria Roothaer designou o mensageiro para verificar as defesas dos portões e depois trazer padre Antonil em segurança.

Acompanhou-o até na saída da casa: *Que Deus esteja conosco.*

Mensageiro: *Minha Senhora, imagino conhecer este padre...*

Ela: *Quem sabe? Pode ser?*

O mensageiro, cara de menino, coragem de homem, só, na rua tratou de se acomodar nas sombras para não ser confundido com os batavos; caminhava cauteloso rumo ao sul. Encontrou uma manga de índios flecheiros famosos por defender o governador; homens forjados na batalha, seguiam ao forte nos arredores do portão de Santa Maria. O mensageiro, na língua da terra, acercou-se das notícias da invasão.

Respostas: *Os batavos não venceram nossas defesas, faremos vigília a partir das matinas.*

Para quem sabe ler "um pingo" é letra: "*Estamos sitiados*", deduziu. O capitão da porta, amigo íntimo dos Pigros, ficou preocupado ao saber que Maria Roothaer estava na capital.

Capitão: *Montamos resistência na cidade alta de frente à baía, fechamos ambos os portões e fincamos guarda na extensão dos muros da cidade. Ninguém entra; porém, ninguém sai. Esperamos ajuda porque, do jeito que estamos, suportaremos no máximo três dias... Contamos mais de vinte naus dos batavos... Possuímos algumas bocas de fogo, retaliamos os ataques deles, já afundamos uma nau.*

Durante aquela conversa, os invasores mantinham silêncio do lado de fora. Segundo o relato do capitão, forçaram entrada no meio da tarde. Devido à resistência vinda do alto dos muros, recuaram, invadindo um mosteiro nos arredores do portão. A infantaria deu por perdido aquele ponto, pois ninguém deixaria a cidade para defender propriedades dos clérigos... Pessoas gritavam pelas ruas que os invasores entravam pelo portão de Santa Maria, falou o mensageiro... Negativo, respondeu o capitão, e: *Forçaram entrada durante toda a tarde, mas resistimos.* Na cidade, os poucos moradores que ficaram estavam trancados dentro de suas casas; as ruas às moscas, somente a soldadesca era vista aqui e acolá. Sempre com ar preocupado, o mensageiro corria sob as sombras em direção ao convento dos beneditinos. Antes passaria pelo portão ao norte. Queria compreender a dinâmica das defesas da cidade. "*Por que esperar pelos contrários? E se os surpreendêssemos?*" Envolto nestas possibilidades, atravessou ligeiro a cidade e aproximou-se do capitão do portão de São Rafael; a noite ia alta. Mesmo otimismo misturado à decepção de não contar com a ajuda da capitania do norte.

O capitão confidenciou: *Os meus deixaram a cidade.*

Entrada destrancada. O convento dos beneditinos estava às escuras. O mensageiro contornou a torre principal, procurou a entrada da cozinha. Silêncio. Subiu aos aposentos. Nada. Gritou pelo padre Antonil. Das sombras surgiram alguns vultos, obrigando o jovem a sacar a espada. Ofegava de medo. Acenderam um candelabro: reverendos. Suspiro longo de alívio, abaixou a espada.

Um questionamento: *Vindes em nome de quem?*

O mensageiro, resoluto: *Maria Roothaer! Procuro pelo padre Antonil.*

Por alguns instantes percebeu as silhuetas dos reverendos recaírem em tristezas.

Resposta: *Também procuramos por ele. a maioria dos nossos irmãos nos deixaram pela hora primeira, e o padre nos encorajava a ficar, mas, na hora nona ele não apareceu, e desde então procuramos por ele.*

Mensageiro: *Por que o convento estava aberto? Esquecestes dos contrários às portas?*

Resposta: *Filho... Filho... Se Deus não guardar a cidade, em vão vigiam as sentinelas...*

Desconhecia o teor da fé deles.

O mensageiro se fiou em sua espada, legitimado por ela: *Vossas Reverendíssimas, precisam trancar as portas e montar guarda nas torres... Escondam todos os metais preciosos; também sugiro que providenciem saídas estratégicas, em caso de invasão...*

A convicção de sua fala dissipou toda a desconfiança que os padres tinham por ele ainda ter cara de guri. As proezas dele chegaram aos ouvidos dos beneditinos via padre Antonil. Agora, frente a frente, tinham certeza da capacidade do mensageiro. "*É um eleito de Deus*", confessaram entre si.

Antes, o mensageiro: *Preciso de alguém que conheça com detalhes as oficinas e mercados na parte baixa da cidade.*

Um deles estava pronto a acompanhar o mensageiro. Rápido saíram. A noite avançava sem freios ao chegarem na casa. A Herdeira ainda estava acordada. As novas deixaram ela e Penélope estarrecidas.

O mensageiro: *Minha Senhora, tenho uma ideia... Nada de esperar pelo ataque dos batavos. De canoa e com ajuda deste padre, incendiaremos naus inimigas antes do amanhecer...*

Sem titubear, Herdeira deu um salto: *Irei convosco.*

Penélope e o cavaleiro, em desespero; ninguém discordaria do peso de suas palavras. Acataram. Com cautela traçaram um plano para tomar de assalto uma nau. O cavaleiro aconselhou sua Senhora avisar a ao governador, ao menos aos capitães da porta.

Herdeira: *Nada disso!*

Eles perguntaram: *E o que faremos com o prisioneiro?*

O padre, que chegara na companhia do mensageiro, foi pego de surpresa: *Como assim, prisioneiro?!*

Herdeira: *Dissera ser conhecido do padre Antonil. Talvez o conheça... Ele é um batavo...*

O padre, após examinar o tal: *Conheço somente de vista. Ouvi falar sobre um padre da companhia, mas desconheço detalhes da vida dele.*

Nisso, o mensageiro dá de sobressalto: *Agora lembrei! Estava certo de conhecê-lo. Foi ele, no convento dos beneditinos, que me indicou onde deveria pegar a segunda carta e como entregar na capela do castelo...*

Herdeira, furiosa: *Mierda! Mierda! Juro pelas chagas dos deuses, farei picadinho dele!* — Desacorçoada continuou — *o que importa? Precisamos primeiro sair daqui com vida. Quem dera soubesse deste negócio no dia da minha confissão!*

"*Ei!*", pensava consigo mesma algo indizível. "*Seria ele um infiltrado? Espiando nossas defesas aos contrários? Caso confirmemos o intento dele, será galardoado com uma forca...*"

Resoluta: *Mantende-o preso.*

Continuaram no plano do assalto. Combinaram que somente o mensageiro iria no barco; Herdeira e o padre do convento ficariam na praia. Urros das bocas de fogo de ataque e defesa varavam a noite, impedindo de aplicar o plano; para desespero de Herdeira, deixariam para a próxima noite. No entanto, o mensageiro ficou a espiar toda a movimentação das naus atracadas na baía e a pensar em como se aproximar despercebido. Ter tempo para contar o sussurrar das ondas dá dimensão da eternidade das horas que ele ficou por lá. O mensageiro deixou a praia com o dia a pino; intensas batalhas ocorriam nas três frentes. Em ambos os portões, flecheiros alternavam com arcabuzeiros, resistiam às investidas dos batavos.

Do portão norte veio uma boa notícia: alguns negros aldeados nos campos dalém da cidade atacaram a retaguarda dos contrários, provocando muitos estragos. É verdade que os negros tiveram tremendas baixas, mas o pavor que causou nos batavos foi tido como a primeira vitória dos nativos.

Poucas horas de sono, o mensageiro batia nos pés do prisioneiro: *Como são as naus dos seus?*

Resposta: *Meu Pai, antes de ser mercador, foi armador nas terras baixas...*

Mensageiro, insatisfeito: *Mas quantas naus ele construiu?*

Papel em branco para o prisioneiro se gabar das habilidades paternas.

Mensageiro, inocente: *Onde armazenam as pólvoras?*

Sagaz, o mensageiro prossegue: *Lembrais de mim?*

Diante da negativa, o mensageiro pintou mais uns fatos para facilitar as recordações do padre batavo.

No entanto, ele respondeu, saturado com o garoto: *Moisés precisou ouvir uma voz divina emergir do meio da sarça em chamas para crer, eu nasci crendo... Uma carta sob meu travesseiro dizia meu passado com todas as vírgulas, derramando bênçãos no meu futuro, desde que fosse fiel em cumprir conforme descrito: "Direis ao jovem mensageiro sobre a carta colocada nos portões de saída da casa, o orientará sobre onde deixá-la na capela do Castelo, e ele: fazei segundo vossas palavras". Eu desconheço a autoria, também não me interessa pelas mãos de quem chegara a mim, apenas creio nas promessas tendo fé nas obras divinas, na esperança do fiel acontecer.*

Mensageiro, já nas margens da praia, escondido entre arbustos, vestia uma batina dada pelo padre do convento. "*Assim, não sereis uma ameaça para os contrários*", ele garantiu. Observava as naus despejarem chumbo contra a cidade; saíra da casa escondido de Herdeira. Os negros deixaram os invasores mancos; mesmo assim, incansáveis, investiam contra a entrada norte. Lá nas margens do mar, entre arbustos, analisava os batéis. Iam até a nau, retornavam com mais batavos e munições. No próximo retorno, ficou ancorado sozinho nas margens; as nuvens pesavam no céu, e, ao longo da praia, uma fina fumaça de água das ondas apagava os detalhes da costa. Aproveitou este bocejo dos deuses, escorregou o batel desfeito dentro do verde, escondendo-o. Por alguns instantes o vento desapareceu. Ouvia somente o fervilhar agradável das espumas se desfazerem na batida das águas contra o casco do batel. Antes que os contrários precisassem de mais munição, o mensageiro jogou dentro do batel suas inflamáveis tralhas fornecidas pelos beneditinos, contou a quarta onda e, escondido, deslizou com a embarcação rumo à nau mais próxima. Os deuses, em silêncio, observavam felizes o resultado da coragem e astúcia depositada no jovem. As ondas obedeciam às ordens desses deuses, abriam passagem para o avanço do batel.

A guerra fez um hiato brusco na vida de Herdeira. O instinto de sobrevivência se sobrepõe ao cinismo do cotidiano carregado de sonhos que, de bate-pronto, soam verdadeiros. Entretanto, observado nas minúcias, demonstram-se supérfluos somente alimentando anseios vis da alma humana. Ah! Os ditos sábios e entendidos desprezam tais desejos sem perceberem que esse desprezo acelera a maturação do mal dentro de si e, quando ganha forma, eles explodem na loucura. Ciente desses sentimentos malucos, Herdeira andava sobre ponta de faca para equacionar essas forças. Assim, os assuntos que a trouxeram ali tornaram-se secundários; esquecera do castelo mais as encrencas adjacentes, estava somente obcecada em sair com vida do meio da confusão. Não dava a mínima também para o padre Antonil; fique ele bem escondido no buraco no qual entrou! "*Emputecida*", vociferou a si. Primeira reação, quando se percebe estar no meio da merda, é de recusa, não de aceitação, pois ninguém quer embebedar-se de merda, achar culpados, esbravejar contra os outros, sempre, depois procurar por soluções rápidas. Aí nada dá certo, então o jeito é acomodar-se ao excremento para entender os meandros ascos da coisa na busca de soluções palatáveis. Ela remediava o pior enclausurada na casa, passou num único dia essas fases iniciais, inclusive culpava o desgraçado do prisioneiro por todo o mal, agora ansiava por qualquer notícia da batalha, cuidava de, no mínimo, proteger os seus. Designou o cavaleiro à guarda na entrada principal da casa, os fundos ficaram por sua conta. Seguindo um plano definido, o padre do convento voltou aos beneditinos com a missão de pegar plantas com traçado da cidade; também eles fugiriam, caso o socorro demorasse. Nas intermináveis horas de espera ela, refletindo, percebera a ambição tamanho gigante dos batavos, frente a sua humilde necessidade de encontrar, para os produtos da terra, um atalho direto de comércio com o velho continente. Eles desejavam toda a produção açucareira. Para tanto, o ataque. Derrubariam de assalto a cabeça da colônia, o resto viria de gorjeta; porém, essa noção de unidade corporal não se aplica num conglomerado de feudos com dimensões físicas monstro, em que cada qual chuta com um pé. Bateu na cabeça, foi como mexer num vespeiro. Encrenca certa. Herdeira sonhava com essa reação voraz dos nativos. Mesmo ordenados em linhas caóticas, carregavam de possibilidade qualquer fim, sem traumas para o conflito. É estranho perceber a diferença entre as prioridades de Herdeira, mas, no meio do fervo, elas perdem em tamanho, ficam priorizadas em conseguir proteger seu lado na briga. Daí, Penélope mantinha sob suas asas o padre traíra, o que o protegia da fúria de Herdeira. Numa avaliação superficial, o cara era até ajeitado; de corpo maciço, escondia o pescoço entre um tronco avantajado e uma cabeça quadrada — formato bruto. As delicadas oratórias celestes declamadas não amenizavam a força de sua presença. Infelizmente perdia ponto porque seu ego resmungava a surra e o desprezo recebidos de Herdeira. De tempos em tempos, ela bisbilhotava o cômodo improvisado como cárcere; reverendo batavo, por seu turno, viajava em devaneios. Encaixe destes simples atos no decorrer do dia é embrionário para a engrenagem da rotina, aquilo detestado pelo bicho homem, entretanto, condicionante fundamental acontecerem em seu tempo. Todas as manhãs no átrio da casa, Herdeira praticava dança de guerra. Ao seu lado, Penélope, discípula aguerrida iniciante no ofício das armas.

Naquele dia, Herdeira, ao render sua posição no posto de vigia, passou pelo átrio interno: *Por que o mensageiro ainda dorme?*

Resposta: *Senhora, ele dormiu pouco... Logo em seguida conversou com o padre preso, depois saiu pelos fundos* — delatou a serviçal da casa.

Herdeira: *Meu Deus, onde ele está?!*

Isolada. Não esperaria bons ventos. Visitaria o governador com o rabo entre as pernas para bajular o desgraçado, oportunidade única para estreitar relações castelo *versus* capital. Lembrou das mercês de cavaleiros aos seus homens. Saiu do caminho.

O calor da batalha inflou o ego dos caras, que esqueceram de montar guarda em caso de retaliação dos nativos. Fácil para o mensageiro, que, sem noção do perigo, agia como a fazer travessuras. Enxergaram nisso intromissão dos deuses. Urros para todos os lados, a embarcação vibrava durante os disparos. Empolgado pela facilidade, o mensageiro ofegava. Com o cu na mão, o mensageiro subiu pela escada de cordas sem adentrar a estibordo da nau. E com extrema dificuldade, conseguiu subir com a cumbuca de combustível nas costas... Esparramou o que pôde de óleo de baleia no convés. Quando a poça do líquido refletiu a animosidade do dia, lançou ignição no meio do suco. Os elementos, numa dança autônoma, produziram fogo. Ele desceu, temeroso pela escada que balançava feito bambu verde, zarpou rápido para longe da embarcação inimiga. Quando distante, um tiro de flecha, escutou os gritos em desespero dos caras para apagar o fogo que se alastrou rápido, apenas uma olhada de rabo de olho. *"Terei os contrários em terra para despistar?"*, pensou o mensageiro. Navegar era dificultoso às suas habilidades maiores. Antes de chegar à praia, mergulhou nas águas verde-musgo do mar, deixou o batel à própria sorte. Aquilo refrigerou seu coração, que pululava por todo o corpo. Escondido nas pedras, apreciou a nau despedaçar-se em chamas antes da derradeira explosão. De alegria, sussurrava uma canção no ouvido dos deuses. Observava outra nau, já reposicionada, com mais ímpeto atacar o portão norte, no entanto, eram em vão os tiros, pois, ao perceberem a nau em chamas, os defensores do portão norte partiram para o ataque. Saíram das cercanias dos muros, empurravam os invasores de volta à única embarcação disponível. Muitos deles ficaram abatidos pelo caminho, outros precipitaram-se nas águas, sendo vencidos pelas ondas; arremessados nas pedras, flutuavam como despojos inúteis sobre as águas. Os nativos, com uma boca de fogo improvisada, rebatiam os tiros. Imediatamente a notícia esparramou pelos pontos de defesa, inflou de coragem os outros defensores da cidade. Aí chegou o crepúsculo, atenuando o ímpeto de ambos os lados. Tiros esporádicos sinalizavam a existência de animosidades. Os deuses estavam jubilosos com a ousadia do jovenzinho. Nisso, a lua despontou no horizonte, formou um corredor espelhado sobre a escuridão das águas, quando o mensageiro viu emergir de lá um pelotão de Amazonas montadas em cavalos brancos e malhados, conduzidas por uma na dianteira, com túnica escarlate reluzente, que ditava o ritmo dos galopes. Todas preparadas para a batalha, vinham em direção à costa, passaram por dentro das naus dos batavos, como a dissipar fumaça, abriam caminho por sobre as águas, desembarcaram na praia onde, valorosamente, subiram a ladeira dos papas. Ele sentiu sob seus pés ressoar do solo ante passagem das guerreiras. Mesmo na penumbra, debaixo da túnica escarlate, o rosto dela reluzia eternizado na memória do nosso garoto. Foram pela cidade; ele, atônito, logo depois também subiu a ladeira até a cidade alta. No pelouro procurou por elas. Ficou apenas com o vulto a chacoalhar seus cabelos. Assustado, tratou de escorregar até a casa dos senhoris. Ia de caminho intrigado: *"Elas lutariam por nós? Mais alguém as viram? Vieram a mando dos deuses?"* Se ao menos soubesse qual lado seguiram na cidade...

Percebeu uma penitente de caminhar rápido vindo ao seu encontro, já próximo: *Estais a fazer tolices? Por que fugis?*

Sorria a Amazona de túnica escarlate.

Mensageiro: *Onde está vosso cavalo?*

Amazona: *É realmente isso que vosmecê quer saber? Deixeis de tolices, guri...* — frase acompanhada de gargalhada escandalosa.

Envergonhado, colou os olhos no chão: *Como sabeis a língua do meu povo?*

Aquela capa de penitentes era incapaz de esconder a beleza da Amazona; a voluptuosidade de seu corpo se desenhava por sob a roupa. No mesmo tom, um par de seios firmes.

Ela: *Conheço tudo por aqui. Este é o lugar onde os deuses deleitam das obras deles, tendo muito prazer nos convivas por eles eleitos. Vós, do morgado, sois agraciados.*

Ele despropositado, coisa de *fiotão*, soltou: *Então, por que tem esse monte de inimigos despejando fogo contra a capital?*

Ela, embalada na responsabilidade de sua mensagem o ignorou: *Vim em nome desses deuses, portanto, preciso de ajuda para dar cabo aos desígnios deles... Não se preocupe, a guerra contra os batavos é nossa.*

Ele, ainda envergonhado, ergueu os olhos meio fechados; mantinha-os esticados com cenho franzido, esperando o pior por parte dela, não, ela apenas falava: *Sagrei um índio Cavaleiro da Ordem de Cristo... Ele morreu, é verdade, mas continua a pelejar por nós. É sangue do vosso sangue, aceitai lutar ao lado dele. Vosmecê será um grande guerreiro. Ao vencermos os incircuncisos e escrevermos com gotas de sangue na história quem são os verdadeiros donos destas terras, ungiremos vosmecê Cavaleiro da Ordem de Cristo. Entretanto, vossa primeira missão, para termos certeza do aceite em pelejar conosco, é convencer sua Senhora Maria Roothaer a deixar a cidade.*

Aquela guerreira era filha dos deuses, disso tinha certeza. Como uma mulher na terra dos viventes teria tal formosura?

Ela: *O que foi? Que cara é essa, guri? Nunca vistes uma donzela?*

A Amazona continuou: *Garanta a segurança de Herdeira durante sua saída; mate o padre prisioneiro na casa, sem levantar suspeitas. Ele é o elo das desgraças que pairam por aqui. E sobre a herdade de Vossa Senhora,* começaremos por ele até chegarmos com nossas espadas furiosas àqueles escondidos na banda do norte. Destruiremos por completo aos que se põem nos caminhos dos deuses. Medo quer apagar o gosto de sentir agora o prazer inebriante da vitória vindoura. Deixai de tolices, aceitai minha oferta. Será uma peleja dura, muros, castelos e casas derribadas. Resistiremos. Aqui é nosso, seja em carne ou no espírito, ninguém adentrará nestas terras sem permissão dos deuses.

Debaixo da túnica retirou um frasco. E disse: *Com isso mandareis o falso padre ao Hades sem suspeitas sobre vosmecê.*

Mensageiro: *Quem são os incircuncisos do norte? Pois de lá esperamos ajuda para expulsarmos os batavos...*

Ela: *Não sabereis quem são eles...*

Mensageiro: *Caso eu não cumpra seu pedido...*

Ela: *O mal virá sobre a casa de Vossa Senhoria... a ninguém fareis saber sobre esse negócio para não receberdes a justa condenação...*

Sua beleza era tal que tornava todas as palavras fidedignas.

Ela: *Cá a noite está bela com esse céu estrelado.*

O guri, para se manter agradável na conversa, escorregou seus olhos pela vastidão dos céus, mas, quando iria confirmar, a Amazona havia desaparecido nas sombras. O cheiro das delícias dela contagiou o mensageiro que, por um tempo, ficou parado revendo aquele encontro. "*Era um sonho? Como conferir veracidade do dito pela Amazona? Seria ela aliada dos inimigos? Já era parte da retaliação ao estrago causado nos batavos? Coloquei a cidade em risco? Celebraria aquilo como vitória? Caso elas pelejem conosco... um pelotão das amazonas seria suficiente para aplacar fúria dos invasores? Herdeira acreditaria nas palavras da Amazona? Como convencer Herdeira turrona a deixar a cidade? Como passar despercebido pelos batavos?*" Esse amontoado de perguntas sem respostas deixava seu andar pesado e indeciso.

Herdeira demonstrava atenção nos lamentos do governador sobre a família que saíra às pressas da cidade. Ficou sem notícias desde então.

Em pianíssimo, direcionou sua fala para inépcia a real em surpreender os contrários antes de aportarem. Como se alguém ouvisse suas confidências, inclinou seu corpo próximo dela. Durou pouco a suavidade da fala; com isso, a revolta se traduziu na entonação intensa das palavras ao mencionar apoio das capitanias do norte. Destilava gotas de salivas em cada palavra proferida.

Ele: *Ao cabo do primeiríssimo rumor de sermos atacados, solicitei imediatamente apoio do norte, até agora nada! nada! isso foi muitas luas novas atrás...*

Gritou com força, distinto do dito pelo padre Antonil, pensava Herdeira. Foi aí, num golpe de cólera, que ele saltou da cadeira; andava perdido pelo aposento, procurava forças na esperança da vitória, mas a expressão frágil das caras e bocas dizia outra coisa. Insegurança, medo. Proféticas as palavras dele? Talvez. Discursava como derrotado, sem dúvidas. As conversas surdas com o guerreiro no castelo deram à Herdeira, de lambuja, a capacidade de ler nas entrelinhas não dito pelas pessoas. Agia com malícia, disso sabia, como também do perdão divino para esse seu jeito matreiro. Quando o padre Antonil entrou nos aposentos sem ser anunciado, ele, em alta voz e bom tom, relatou as baixas dos batavos. Isso reacendeu uma chama nos olhos do governador, enquanto Herdeira se mostrava estupefata com a presença do padre. Muda. Eles eram inimigos mortais?!

Governador perguntou, destilando júbilo: *Não possuímos bocas de fogo no portão norte, como afundamos uma nau dos desgraçados?*

Padre Antonil: *Capitão do portão norte dissera que um dos padres de nossas companhias, sozinho, colocou fogo na nau...*

Imediatamente Herdeira ligou os pontos: o mensageiro! Cravou na imaginação...

Padre Antonil captou o enrubescer do rosto dela, mas traduziu em outra dimensão: *Sei que pensais bobagem ao me encontrar junto ao governador, mas... Cogitationes consiliis roborantur, et gubernaculis tractanda sunt bela* (Provérbios 20:18) — proferiu com louvor o provérbio bíblico.

Herdeira enxergou somente interesses por trás de tanta benevolência. Silêncio. O governador buscava mais detalhes da vitória para alimentar suas esperanças, sorriso nos lábios, mais olhar fixo em lugar nenhum, continuava as andanças pelo aposento.

Governador: *Afugentaremos os contrários por completo!*

Herdeira e padre Antonil mediam forças.

Ela soltou: *Nós, desesperados atrás de Vossa Excelência e vós aqui de amores com o governador?!*

Sorriso arteiro no canto da boca, detestou o comentário de Herdeira, por dentro fervia: *Como uma mulherzinha ousa afrontar dois homens?!*

Conhecia a nobreza do coração dela, manteve compostura e respondeu: *Sou um funcionário leal a Deus e ao Rei, esquecestes?*

E, sem clemência, disparou golpe fulminante que desestabilizou o íntimo da menina: *Nosso mensageiro trouxe novas referentes aos vossos, amado amigo...* — despertou a atenção total do governador — *Vossa família está segura nas herdades de Maria Roothaer...*

Governador, em lágrimas: *É benevolência de Deus.* — Depois, prosseguiu com firmeza. — *Precisamos unir forças. Esqueçamos as diferenças, somos uma família.*

Posicionado entre eles, abriu os braços abraçando-os: *Deus está conosco.*

Conjecturas voaram a mil na mente de Herdeira, em quem confiar?! Catharina de Rates na minha casa? Novamente sentia na pele a solidão que assola as puras almas nas encruzilhadas da vida, qual lado seguir? Além de sair viva daquela invasão, enfrentaria outra invasão em sua propriedade. Sem caras e bocas, manteve discrição aristocrática, exigência do momento. Ora, isso tornou inócuo golpe do padre. União física acontecia sob cheiro asco do governador, junção dos três poderes, cordão de três pontas ali representados se mostrava frágil para inibir os contrários. Necessário muito mais para vencer. A força de cada soldado precisava transcender a divisão da tríade, carne, espírito e alma, ir além, tocar no intocável dos homens para saberem, sem saber, mesmo antes de saber que nada sabiam, para suas ignorâncias, ansiedades, medo, dissiparem como fumaça mole numa ventania. Daí, florescer a força dos vitoriosos. Impiedosos no manejo da espada, arcabuzes e no arco... Longânime com os seus e com a terra onde, um dia, serão sepultados. Quem poderia depositar tais virtudes com uma batalha rolando? Os deuses seriam benignos?

Herdeira: *Vossa Excelência sabe, meu castelo é ponto estratégico para aguada das embarcações vindas do norte, num possível ataque à capital... Possuímos víveres suficientes para abastecer qualquer batalhão em nossas portas, além do próprio exército formado por índios flecheiros mais cavaleiros experientes, leais ao Senhor meu Pai; pelejam conosco, basta, em troca ungi-los com mercê de Cavaleiros da Ordem de Cristo. Qual será meu soldo?*

Herdeira manejava o poder de suas herdades com astúcia.

Governador: *Filha, os vossos receberam minha família, estou seguro de que nenhum mal sucederá a eles... também sei do interesse de vosmecê negociar direto no reino, sem atravessadores... O que farei por tudo isso?! Não será cobrado impostos reais de vossos produtos!*

Ela, firme: *E quanto mercê de cavaleiro a meus homens? São sete no total... desculpe... São oito* — adicionando o mensageiro na conta.

Governador: *Assim seja!* — fiou o governador.

Herdeira, sem perder a oportunidade: *Como sabeis dos meus interesses de negociar no reino?*

Surpreendendo os dois.

Para consumar o nocaute na direção do padre Antonil: *Donde conheceis o padre batavo, capelão na Igreja situada nos arredores do portão de São Rafael...?* — Impiedosa. — *É ele infiltrado dos invasores?*

Governador, colérico, esperto em desviar do tiro em si, antes mesmo dos esclarecimentos dos fatos: *Que merda é essa de manter um padre batavo em vossa companhia?* — berrou contra o padre. — *Os batavos são todos hereges, Vossa Reverendíssima sabe muito bem disso!*

O padre Antonil, rosto esculpido em pedras, imutável ao longo das estações, somente contraiu mandíbula esquerda, mas, por dentro, fervia em vontade de esganar sua pupila.

Herdeira, padre Antonil e um cavaleiro, em passos apressados, retornavam à casa dos Pigros. Noite escura de céu estrelado, cada qual envolto em suas razões, mentalmente testavam alternativas para desfecho favorável que legitimasse tais razões. Dito isso, estavam em completo silêncio, exceto o cavaleiro, atento a perigos advindos da invasão, sabia das fragilidades na defesa da cidade. Mesmo a vitória parcial por abaterem uma nau não descredenciava o poderio bélico dos contrários. Qualquer coisa de forma e tamanho era motivo de preocupação para ele. Mantinha o ritmo do andar cantarolando sem abrir a boca, num timbre anasalado, uma canção militar.

Herdeira pergunta antes mesmo de adentrar: *O que é feito do mensageiro?*

Os serviçais se entreolharam. Sobrou à Penélope explicar sobre o guri. Possessa, trancou-se com padre Antonil num aposento particular. Queria ouvir suas considerações sobre o padre prisioneiro. Ele detinha o silêncio como resposta clara, sucinta, objetiva, sem enrolação, mas ali, contra a parede nada de subterfúgios inteligentes para escapar do olhar severo de Herdeira.

Padre Antonil atacou: *Sabeis quem realmente é o padre? Não, claro que Vossa Senhoria o desconhece... Por isso a procurei assim que chegastes na capital; trataríamos sobre esse negócio... Ele é filho de um dos Dezenove Senhores que compõem o conselho dos Países Baixos... Sabe o que isso quer dizer? Eles bancam todas as expansões comerciais dalém-mar... Vossa Senhoria encarcerou o batavo? O filho?! O poderio dos Dezenove*

Senhores, como são conhecidos, é incalculável... Pagam cada gota de pólvora derramada sobre esta terra, querem em troca a possessão completa deste país... Vossa herdade, da minha liberdade, pois são hereges... Sufocarão minha fé... Em lágrimas, acredito na sabedoria de Deus em mim; optei por reatar a aliança com o governador, pois, Maria Roothaer, vosso sangue e o de antepassados nos dariam imunidade quando a invasão for consumada. O governador cairá cedo ou tarde, então clamaremos por vosso nome na governança destas terras. — Em soluços, ajoelhou-se. — *Peço humildemente perdão para um servo inútil.*

Herdeira, em voz solene, desatou o embaraçado dos sentimentos do padre, deixou-o livre: *Mas sabeis que utilizaremos o padre batavo como moeda de troca! Negócios.*

Recomposto, padre Antonil: *Sob uma saraivada de disparos, deixei o mosteiro indo ao palácio do governador para que ele tivesse com quem confessar. Ninguém imaginava resistirmos por mais de um dia; com isso, comecei a esboçar junto dele um jeito de juntar as defesas da terra para resistirmos...*

Herdeira, duvidosa: *Mas de qual lado Vossa Reverendíssima está?*

Padre Antonil: *Filha, estou do lado da liberdade... Sei dos vossos propósitos para com Deus... Conheço o peso das mãos do governador... Também o quanto os invasores são hereges... Procuro paz de Deus e dos homens...*

Ela: *Então por que deixastes um padre batavo entrar em sua companhia?*

Padre Antonil: *Foi indicação dos irmãos de Rates. Somente descobri por intermédio de alguns espias a intenção do padre...*

Na maioria dos confrontos, as discussões sempre expandem além do ponto de discórdia na busca por um passado de remorsos, uma pontinha de mágoa impregnada nas paredes dos corações, sejam eles de qualquer lado da cerca.

Herdeira vocifera: *Vossa Reverendíssima também dirá desconhecer a segunda missiva enviada ao morgado que saiu das mãos do mesmo padre traidor sob os bordados de vossa batina?!*

Padre: *Desconheço... Juro pelos santos...* — Resignado, continuou: — *Precisamos perguntar... O que isso tem de importante para nós agora? Nada... Sei que ele enviou aos contrários tal estratégia de ataque à cidade.*

Herdeira, imutável, tudo ouvia, mas não conteve a decepção, já possessa de raiva: *Ficastes de olho nas cartas enviadas para o inimigo e a ninguém alertou? Como?! Governador, Senhor meu Pai, qualquer um deles tomaria precauções de defesas necessárias, talvez hoje não estaríamos nesta enroscada...*

Padre Antonil continuou: *Pensei que teríamos tempo... Esse esquema da armada estacionada na baía, outras atacando os flancos dos portões... Hoje, danado de raiva, percebo as astúcias dos Dezenove Senhores em mancomunar a invasão destas terras. Primeiro infiltrar um consanguíneo deles nas estranhas do inimigo... Como foram ousados?! Quantos confessaram aos pés deste incircunciso? Inclusive Vossa Senhoria... Clamei muito aos céus para preservar vossa boca fechada! São hereges; entretanto, se valem da história dos hebreus na tática para derribar os muros da cidade...*

Decepcionada com o rumo da conversa, antes de despertar os monstros adormecidos no âmago da alma, Herdeira: *Os do norte virão em socorro?*

Padre Antonil: *Provavelmente não... O governador tomou algumas decisões contra as capitanias; aumentara os tributos reais. Usam isso como pretexto de que as forças de defesa estão alijadas pelos investimentos pífios...*

Herdeira: *Vossa Reverendíssima segredou minhas intenções ao governador?*

Padre Antonil: *Sim. Se não falásseis algo de substância, nunca confiaríeis na lealdade deste servo... Excelentíssimo, nosso governador, conseguiu isenção de tributos...* — disse com ironia.

Antes de a Herdeira revidar o insulto, alguém bate na porta (como confiar num homem deste?!).

Penélope: *Senhora, o mensageiro chegou... Posso introduzi-lo a Vossa Senhoria?*

Ela, delicadamente ignorou padre Antonil em todas as letras. Uma raiva erriçava sentimentos íntimos com situação do sumiço daquele Senhor, único conhecedor das raízes dela.

O carinho dispensado ao guri roubou as forças para a severidade da represensão.

Ela: *Tendes notícias das defesas lá no portão norte?*

O jovenzinho, respeitosamente, com frases resumidas relatou os eventos daquela tarde, subtraiu os méritos de sua coragem para enfatizar o apoio invisível dos deuses. Herdeira consentiu nos relatos num silêncio, porém clamava por mais informações, incomodando o pupilo... Ele desandou a falar sobre as guerreiras amazonas.

Antes, astutamente, Herdeira dispensou padre Antonil: *Tendes compromisso de concluirmos sobre os negócios da invasão. Outra coisa: ainda não engoli essa história da segunda carta; aliás, como conduzistes os da casa do governador à minha herdade? Por aí está, falaremos depois. Meus homens vos levareis à casa do governador...*

Ao deixar os aposentos de Herdeira, padre Antonil perguntou pelo prisioneiro: *Posso vê-lo?*

Um serviçal solícito atendeu ao padre. "*Como reter uns dos maiorais do Rei?*", pensou. Porta aberta: Padre Antonil, com andar solene, curva o corpo ao adentrar. Diante da fera, aquele momento tenso de olho no olho, sentidos aguçados, mas transparentes, sem nada sentir, as coisas voam a mil e correr já é caso perdido, então o que resta é esperar o início da encrenca, ali na hora. É o esquema de bater levou, até mesmo de atenuar pancada. Faz-se ouvir, numa braçada de distância do desgraçado, ambas respirações ofegantes. Nada mais. Então, um movimento brusco provoca de imediato uma reação idiota no oponente. Não dá para ficar nesse lenga-lenga por muito tempo, ambos sabem disso. Esse derradeiro silêncio é para verificar as forças, se ainda as têm, e partir para a briga, já que inexiste plateia responsabilizando a memória fugidia de descrever detalhes do embate. Dos olhos do padre Antonil emanava desprezo, é, desprezo. Ah, como vale conhecer sobre meandros desta palavra: desprezo... Donde vem? Nada disso! Pensara nos instantes do cara a cara, entretanto, o distanciamento dos fatos possibilita repensar minúcias do *post mortem*... Quem findaria seus dias ali? Daí desprezo... Seria predição dos deuses? Ele conhecia o futuro? Enxergava através dos olhos dele desgraças vindouras? Desprezo, desprezo... Estar a caminho? Profecia escorria pela batina dele. Anos professando a palavra dos deuses; saciar dela fomentaria dom de predição? Desprezo, por que assolastes a mim? O corpo dele falou desprezo, por isso sabemos... Falta de apreço, desdém... remoendo do latim, pôr de lado, tirar da frente da porra do meu caminho. Fiquei nervoso! Sem armas partiriam para dentes, unhas, pontapés, já que o embate é certo, evitaria esses detalhes tensos do antes da pancadaria, mas não. Sempre tem um bundão na equação quando a coisa ferve, lá vem *"ganhai, ganhai"* para equalizar as forças. Sem dúvida, tremendo bundão. Desandou falar sobre seus atos, temerosos por assim dizer. O ambiente extraía de si o poderio de seu sangue. Estava preso.

Mas as palavras moduladas, num tom aristocrático de fazer inveja a muitos reis, começaram a expurgar a humilhação de seu triste estado de prisioneiro: *Sempre soube do propósito dos Dezenove Senhores, inclusive, quero registrar aqui o orgulho que tinha por fazer parte da empreitada. Tendes ideia de como é isso? Derrotar um povo? Derribar baluartes das cidades, aprisionar crianças, mulheres, exterminar velhos e guerreiros como exemplo de poder? Vim com esse propósito, mas enviado a Rates, pois os Dezenove Senhores sabiam que os missionários das principais companhias saíam de lá para estas paragens; os dias enclausurados na abadia foram aparando as arestas do mal em meu ser. Arrastados pelos dons celestes, o bem brotara em pequenos atos do cotidiano, no simples fato de plantar para depois, no tempo certo, colher frutos da terra, apalpar com as mãos a criação dos deuses, o carinho em armazenar os frutos; esforços desmedidos para protegê-los das raposas, raposinhas. O amor me contagiou, sentimentos até então desconhecidos... Aos poucos, nesta imersão de fé, perdia o desejo cego de cumprir minha missão nestas terras... O pior das coisas que sucedeu na minha chegada foi conhecer Catharina de Rates...*

Padre Antonil vociferou: *O que tem ela?* — intuitivamente desferiu um golpe nas ancas do prisioneiro, que o derrubou. E ele? Sorriu. *Odium suscitat rixas, et universa delicta operit caritas* (Provérbios 10:12)... Essas palavras escaparam enquanto amortizava a dor do golpe.

Prisioneiro: *Quereis saber meus propósitos?*

Padre Antonil mexeu a cabeça consentido: *Sim!*

Prisioneiro: *O primeiro encontro se eternizou em mim. Era uma missa. Qualquer espírito dos deuses discorria sobre as pessoas, eu acompanhava a movimentação deles, mas o rosto de alguém no meio da igreja brilhava, flutuava sobre os demais. Quem era? Fiquei intrigado, comunhão de minhas preces se voltaram para conhecer aquela figura emblemática... Não são desígnio dos deuses? Dizei! Forçastes eu, algo da minha carne? Naqueles idos, vivia despojado do mal, fazia o bem sendo guiado por ele, assim recebestes em seus domínios a mim. Recordai? Naquela missa, deixei rapidamente o altar para despedir-me, na porta da igreja, de cada fiel. Acompanhada de uma Senhora, deduzi, "É Mãe dela", humildemente me saudou. Mão macia, energia poderosa fluiu pelo contato aveludado, troca sublime de virtudes divinas. Os dias vindouros foram terríveis para maturar e me entregar na compreensão desse dom maravilhoso, amor. As implicações que surgiam no meu corpo eram algo devastador, entendiam tudo como pecaminosos... Amor gera compreensão, não é? Amor expande fronteiras do bem-fazer, extingue o mal de nossas vidas. Por que da veneração ao celibato? Por quê? Não vem ao caso agora, como também nem me preocupo sobre a essência doutrinária dessa necessidade no homem de fé... seguiram os dias nessa energia louca. Óbvio, procurava qualquer coisa que remetesse a Ela. Filha do governador, mulher de posses... A vida do celibato foi oportunidade para reencontrá-la, entendo hoje sendo os caminhos dos deuses* — com dedo em riste — *vossa atitude de detestar o governador... É... Vossa Reverendíssima, nos embates públicos, ao divergir das opiniões dele, deu-me coragem de amparar a família nos preceitos divinos. Não é somente ele, padre Antonil, dizia à família um mensageiro dos céus, os deuses no infinito do amor deixaram diversos outros mensageiros a seu dispor, caso alguns deles fraquejassem...*

Padre Antonil gritou: *Insulto!*

Prisioneiro: *Posso continuar?* — Indagou, com deboche; depois de um instante de silêncio, prosseguiu: — *Frequentava semanalmente o palácio do governador, o qual desdenhava da minha presença; Catharina nutria afeição por mim. Num dia, em lágrimas confessamos nossos sentimentos de mão dadas, deixando o amor fluir por nós, sendo propriedade única um do outro. A mãe dela presumia nossa união. Ninguém sabia dos propósitos-fim... Aí começou uma outra batalha no meu ser... O que faria? Estava convicto de não levar a cabo o negócio para o qual estava designado. De imediato rompi as correspondências com o conselho dos Dezenove Senhores, para a vergonha de meu Pai. Recordo, agora, da última carta em que relatei pormenores do poderio do morgado dos Pigros exercido nestas terras, sendo eles também da linhagem dos batavos. Provavelmente serão preservados na invasão... Em respeito a eles, devo confessar meus pecados: certo dia encontrei uma missiva sob meu travesseiro que dizia quem eu fora com todas as vírgulas e derramava bênçãos no meu futuro, desde que cumprisse conforme descrito... Entregar uma carta ao mensageiro, prestes a aportar no convento, vindo a mando dos Senhores do morgado. Assim o fiz... Corri para lá despercebido aos irmãos, entreguei a carta ao mensageiro, à porta. O passar do tempo expõe detalhes que a abundância de fé daquele momento ocultava: descreviam o óbvio sobre mim... Seria para qualquer sacerdote com passagem por Rates, no entanto, segui com rigor aquele pedido. Desconheço os efeitos daquelas palavras* na vida dos Pigros... — Olhou repentinamente para padre Antonil, esperava por clemência; prosseguiu em murmúrios. — *A missiva saiu de vossos aposentos?!*

Padre Antonil respondeu apenas num suspiro longo de negação.

Prisioneiro: *Nosso amor sobejava, fruto da obediência? Foi quando deflorei Catharina...*

Padre Antonil, surpreso: *O quê?*

Prisioneiro: *Isso. Ela carrega no ventre uma semente minha...*

Padre Antonil senta-se, mãos apoiam a cabeça. Desolado. Mais silêncio.

Prisioneiro continuou: *Depois enviei uma missiva aos Senhores relatando minha união com a filha do maioral, nada adiantou. A resposta: "A armada está prestes a chegar nessas terras".*

Padre Antonil: *Essa missiva, meus espias interpelaram antes de chegar em vossas mãos. Silêncio...*

Prisioneiro: *Diante dessa notícia, planejamos a fuga delas ocorrendo na manhã da invasão. Alguns caboclos nas cercanias da igreja, sob peso de muitas moedas de ouro, com opção de ficarem longe do fogo, aceitaram de bom grado escoltar a família do governador nas primeiras horas daquela manhã, com pretexto de irem ao confessionário do mosteiro. Ao norte, assim, os portões de São Rafael foram abertos; o parentesco do governador com os Pigros facilitou nosso plano... No desembarque dos contrários foram impressionantes os caminhos dos deuses. Herdeira adentrou no meu confessionário. Pela descrição de sua confissão, deduzi o poder pelo qual era legitimada. Na saída acompanhei, de longe, quando deixou as portas da igreja. Observei-a sendo acercada por sua mucama. Ouvira das proezas de Herdeira em derribar os salteadores indo a caminho do castelo. Neste mesmo dia, experimentei o quão pesada e ardida é sua espada. A fúria de seus olhos é muito pior do que me disseram, e cá estou! Tendes notícias de Catharina? Chegaram em segurança no castelo da Torre?*

Em lágrimas, suplicava por respostas, em vão, pois padre Antonil o deixara no silêncio da dúvida.

A sós, Herdeira exigiu calma do mensageiro: *Quem são essas guerreiras?*

Ele relatou nas minúcias a chegada das amazonas na parte baixa da cidade, o ressoar do solo durante o percurso de subida na ladeira dos papas, o encontro com a Amazona de túnica escarlate, de beleza divina. Enfatizou a linhagem celeste da guerreira. Herdeira sorria ante os elogios do guri. Sabia onde pisava, assim, procurou palavras corretas a sua Senhoria.

O mensageiro: *Minha Senhora, conforme desígnios dos deuses enviados por intermédio da guerreira, sou designado por ela a retirar Vossa Senhoria desta cidade em segurança...*

Herdeira: *São dois dias num pesadelo sem fim, já pensei em escapar... Mas como faríamos? Estamos sitiados e desprovidos de armas de guerra. Os nossos ficaram no castelo... A Amazona deu detalhes de como sairíamos daqui?* No íntimo gritava forte a promessa de governar a terra após a invasão e a posse dos batavos... Em caso de impossibilidade de governança do governador, as diretrizes reais conduziriam o bispo ao poder, neste caso, padre Antonil...

Mensageiro: *Não... Apenas dissera: "Retire Vossa Senhora em segurança". Farei com o consentimento de Vossa Senhoria... Amanhã irei aos fundos da cidade, pois o alagado permitirá sairmos despercebidos, segundo os índios flecheiros, pois avança dalém dos muros. Confirmado. Caindo a noite sairemos, depois pernoitaremos no aldeamento dos negros e, antes do sol chegar no pino, estaremos nas herdades da Senhora.*

Herdeira: *A Amazona disse algo mais?*

Mensageiro, negando com movimentos da cabeça: *Ela desapareceu nas sombras.*

Naquela noite de sonhos caóticos, o mensageiro foi jogado numa batalha sanguinolenta. Nuvens pesadas voam baixas sob gritos desesperados das aves de rapinas, raios fendiam os céus de cima a baixo, acompanhado pelo ressoar do trovão, névoa impenetrável, mal enxergava um palmo além da própria fuça. Coitado, com um medo desgraçado, escondia-se atrás da espada, acreditava nas habilidades mortíferas do fio de lâmina tinindo em sua frente. Urros de vozes iam, resvalavam nele de correria, depois urros retornavam sem distinguir quem era quem no amontoado desordenado de gente, ele girava o corpo em consequência dessa movimentação. Colado atrás da espada, como um valente, no fundo estava com o cu na mão. Um golpe de assalto o arremessa no chão, longe da espada. Recompondo-se da surpresa, percebeu o padre prisioneiro, seu inimigo. Desta feita, num movimento rápido de animal acossado, ficou em pé, pronto para a briga. Esperto, disparou um chute certeiro no queixo do oponente. O coitado caiu como bananeira, beija a lama. O medo pululava por todos os poros do corpo. Mesmo assim, desferiu vários golpes a quem ciscasse por ali. Rápido tratou de retomar a espada e um porrete perdido nas bordas da lama. Com o porrete pronto, partiu em dois a cabeça do padre batavo, nascendo um novo nome ao mensageiro transcrito nas marcas eternas transpassadas na pele do próprio corpo. Um nevoeiro repentino embaçava as vistas. Perdia nitidez dos fatos, tão somente percebia, entre um frenesi dos corpos, uma mão abrindo passagem ante sua presença. A julgar pela pequena estatura, perdia-se entre braços sanguinolentos, loucos para despedaçar oponentes metidos a besta. Forçava as vistas para espiar por entre o nevoeiro, quem seriam aqueles? Revivia o momento, mas como? As bandas verdes dos jacarandás reescreviam os limites das terras dos seus senhores aos pés do morgado; forçou um gole mais nas vistas. A nitidez da figura o despertou dos sonhos. Amazona! Fora aquela mão que o conduziu na missão de levar a mensagem de socorro para o morgado. Encucado, perambulava pela mente no escuro do aposento. A noite toda escorreu nesta morosidade.

Penélope: seus olhos desafiadores, conforme o dia arrastava, adquiriam outros tons mais vítreos de mistério e introspecção. Para alguns, destilavam fúria com raiva desmedida, no íntimo das entranhas coabitava paz, mas de alegria gigante na presença de Herdeira... Olhos de formato amendoados, pretos, de laterais levemente puxadas até próximo aos limites de contorno da face, denunciavam provável mistura de raças de sua origem. A maçã do rosto proeminente, de pincelada rósea em sintonia com o maxilar de linhas retas, anguloso, nariz rigoroso, acentuava a veia guerreira, no entanto, com finalidade de destacar a doçura dos lábios carnudos, contraponto de perfeições e imperfeições, o que a deixava com cara de rainha da espécie. Na presença do padre Antonil, a sinuosidade das sobrancelhas espessas transformava os olhos em fúria. Somente é sabido das raízes dela que fora adotada pelo padre Antonil durante a primeira infância. No começo do sítio, obrigada a permanecer na casa de Herdeira, Penélope treinou exaustivamente no manuseio da espada, assim, desafiava alguns para combate. A saber, dois dias. Espantosa facilidade em assimilar aquela arte, esboçava caminhos até os seus. Este cenário deixou Herdeira e os da casa curiosos quanto aos antepassados dela. Manusear espadas em exercícios como outras armas de guerra é diferente de manusear no fervo da batalha. Para conseguir essa destreza, é questão de vida ou morte. Guerreiro, seja lá quem for, deve ter frieza no sangue com olhos na nuca e testa, enxergar o invisível. Esse equilíbrio de sentidos levaria a luas e mais luas para desenvolver em qualquer mortal, mas Herdeira enxergava na pupila a predestinação dos deuses. Com um pouco de paciência, agregaria todo o talento necessário. Na segunda noite, confiaram a Penélope a guarda dos fundos da casa. Herdeira, mesmo dentro dos aposentos, mantinha as orelhas em pé; caso fossem tomados de assalto, estaria de imediato ao lado de sua protegida. Na vastidão dos olhos fechados, navegava nas discussões daquela tarde. Palavras proferidas por bocas de calibre reprováveis desembocavam sempre em Rates. Certamente aquele lugar seria antro de escárnio. Por que as insígnias esculpidas nos punhais eram de cavaleiros provenientes de lá? Os de Catharina também. A voz dizendo o nome do batavo também emergiu daquele buraco... crápulas! Embebida no cansaço, desligou-se da terra dos viventes. Mesmo com céus estrelares seria impossível dizer que a cidade dormia tranquilamente, pois, ao longe, o som rancoroso das bocas de fogo, de tempos em tempos, lembravam-se das animosidades do dia. Mas a sensação de vitória, mesmo momentânea, acalentava o sono dos nativos. Só os vigias no alto do muro ansiavam pelo raiar do novo dia. Cautelosos, andavam de cá para lá.

Já Penélope, encolhida num canto da casa, de espada em punho, somente os olhos discorriam incansáveis por todos os lados da propriedade. Estrelas curvam ante a grandiosidade da lua, caminhos tornam-se límpidos como no alvorecer, facilitando a tarefa dos que permanecem em alerta. Penélope, para preencher a solidão da espera, procura pontos cardeais nos céus, contaria as estrelas em vão. Elas foram expulsas pela luminosidade da lua. Em vermelho vivo, esparrama pelo firmamento, mas, diante dos olhos da donzela, aquela lua chorava sangue; por que despertava medo nos convivas? Joelhos curvados, rosto colado no chão, Penélope rogava perdão a Deus. Provocavam sua ira em resistir aos contrários? Prenúncio de banho de sangue sobre eles? Lua encharcada em sangue seria alerta dos deuses? Enxugou as lágrimas de súplicas. Inquieta, com sete olhos, vigiava os acessos à propriedade, e, com um dos olhos, redobrou atenção à lua. Entrariam de assalto pelos portões da cidade nas primeiras horas da madrugada? O medo, misturado com a necessidade de fazer melhor a Herdeira, manteve os nervos quentes. Mentalmente combatia em cenários diversos, ágil em conduzir os seus à vitória. O tempo percorria o caminho de costume, mas a lua lá estava embebida em sangue, enchendo de medo o coração da debutante. Naquele ponto da madrugada, as sombras pendiam em formatos monstruosos, chocalhavam ante a passagem da brisa úmida da baía. Cada movimento um calafrio em Penélope, aí, de bate-pronto, a lua perde rancor, esfarelou num branco pálido, permaneceu quieta para, com cuidado, ir se afastando conforme a luminosidade do dia ia subindo no horizonte, e depois sumiu. Surge o terceiro dia. O cheiro do fogão escapava pelos quintais da casa. Penélope rendeu a guarda. Escreveu um recado conciso para Herdeira, deixou para um serviçal da casa entregar à Senhora. A intranquilidade do sangue a mantinha acordada, daí retirou de sob a cômoda um chumaço de papel. Encostou na cabeceira da cama e, cheia de curiosidade, começou a lê-los. Olhos colados no chumaço de papel, sentia o corpo ferver, não de tensão pela noite de vigília, mas por um fogo que transbordava das entranhas. Ameaçou escorregar uma das mãos pelo vale escuro entre as pernas; outra parte dela, em gritos, condenava a volúpia carnal. Nos limites da cidade, soldadescas reforçavam o posicionamento de defesa e no alto dos muros aguardavam os contrários. Enquanto Herdeira ungia com as proteções dos deuses, o mensageiro já preparado para espiar os muros banhados pelo alagado aos fundos da cidade. Ele, com os olhos fixos no chão, em silêncio enchia-se de virtudes daquelas palavras, pela primeira vez, um abraço seguido de beijo na fronte dele, Herdeira se despedia. O gesto o encheu de confiança com a certeza de vitória na empreitada. Ela, parada na entrada da casa, acompanhava o guri. Peito apertado, ensaiou alguns passos na direção dele, mas se conteve. Apenas murmurou frase em latim: *"Filiæ Jerusalem, nolite flere super me, sed super vos ipsas flete et super filios vestros"* (Lucas 23:28). Apalpava diariamente as bondades dos deuses para com ele. Ali, de carne e osso, Herdeira temia pelo pior. Por alguns instantes recordou como ele apareceu no morgado levando consigo mensagem de socorro, deu a notícia, em seguida caiu desacordado. Pequenino, estava coberto de sangue com barro, assim, cuidara dele com carinho. Homem formado. Ao adentrar a casa: o bilhete de Penélope denunciava a consulta do padre Antonil ao prisioneiro e quão desnorteado saiu do cárcere. De imediato, ira por descumprirem suas ordens, mas adiantaria? Olharia para o óbvio, sobre o que eles conversaram? Uma flecha: que poder é esse capaz de deixar o segundo na linhagem real assombrado? A presença de Herdeira no calabouço causava uma reação incontrolável de sentimentos enrustidos. Ainda reinava na memória do prisioneiro o chamego doloroso da rendição. Aquilo era energia para dia após dia, minuto a minuto, desenhar nos detalhes, uma retaliação. Ela não ficaria imune à vingança de suas mãos. Porém, na presença da mulher, manteria a sina de prisioneiro, o olhar fixo no chão, com respostas curtas, de sonoridade dolorosa para não despertar desconfianças, mantendo Herdeira no pedestal da arrogância e cega aos anseios vis dele. Na frente dela, era difícil cumprir o imaginado, a ira pululava por todo o corpo, preenchendo ínfimos pedaços de carne deste sentimento vil. Sentia o sangue quente dela escorrer por suas mãos, escutando os últimos suspiros embebidos em palavras de misericórdia para preservar a vida: é dito por todos na iminência do fim. Encarar o olhar sem fundo dela levava os desejos do cara a imaginar uma vida imácula aos dois, rebatendo nele a incerteza da vingança: pretendia destruir ou se embebedar de prazeres naquele corpo?

Ele: *Desconheço qual o intento de Vossa Senhoria...*

Herdeira: *Deixai de tolices, o que vosmecê dissera ao padre? Aquilo que não vem por amor, nós sabemos, virá pela dor... Utilizarei a força necessária para que faleis. Estamos entendidos?*

"*Poderia perguntar diretamente ao padre, por que a mim?*", ele pensou, desnorteado. Como peão cercado por peças de peso no tabuleiro, o prisioneiro mantinha a visão estreita dos acontecimentos que protagonizava.

— *Guarda!* — gritou Herdeira.

Antes do atendimento da ordem, o prisioneiro desandou a falar... Catharina de Rates preenchia toda a fala dele, entretanto, continuava no discurso de sua posição na história recente. Catharina de Rates ainda ecoava na mente de Herdeira. Com toda a descrição dos fatos concluiu: o cara era o mais degenerado dos homens. A forca seria uma morte indolor; mereceria sofrimento mesto. Precisava com urgência tirar proveito daquela notícia, mas como? O governador sabia do neto herege?

O mensageiro ia de caminho a pensar nos sonhos da noite. Seria a Amazona a conduzi-lo por entre os inimigos quando levava a mensagem de socorro ao morgado? Mesmo perdido em devaneios, atentava aos possíveis inimigos à espreita...

Onde está o guri? Eu sou narrador... Por que não o vejo?! Por um sexto do sol, não encontramos nem fumaça do jovem.

Dizer que voltaremos no tempo dá a sensação de blefe; apenas reviveremos momentos que sucederam depois da saída do padre Antonil do calabouço, deixando o padre batavo e, consequentemente, a residência de Herdeira rumo aos palácios governamentais; mancomunava consigo palavras do herege prisioneiro, então vociferou entre os dentes: *um lobo em pele de cordeiro*. Já o mesmo padre Antonil, de alma encharcada com maldade, apagava a pureza dos lábios, faminto por poder, procurava nas entrelinhas extrair benefício próprio daquela situação, no mínimo *in statu quo res erant ante bellum*. Agir rápido. Para tanto, repassa palavra a palavra, retirava do contexto, reinterpretava depois, reinseria na situação para descascar os excessos. Conclusão: manter o padre batavo vivo daria salvo-conduto ao governador... Com a ajuda de Deus, o governador ficaria no poder quando a invasão se consumasse; por que não? Confiante, retomou com mais atenção as ruelas por onde passava, indo ao encontro do governador. Acercava-se do palácio governamental quando percebeu: sua estratégia escapulia pelas mãos. O padre batavo estava sob o domínio de Maria Roothaer e, veladamente, ela manifestara um desejo louco de enforcá-lo. No mínimo, utilizaria como moeda de troca para obter livre comércio com o velho continente... Entre estas e outras dúvidas, retardou os passos. Astuta, a pupila nunca entregaria o prisioneiro sem nada receber em troca. Entre maldizeres a todas divindades, ficou por muito tempo a perambular em círculos na entrada principal do palácio, exausto, mas com a única chama acesa nas mãos... *"Farei fogo"*, ralhou a si. Resoluto, adentrou.

Exigiu ser apresentado imediatamente ao governador: *Excelência, preciso vos felicitar e entristecer no mesmo anúncio.*

O governador entrou em alerta, porém consentiu com movimento de cabeça.

Padre Antonil: *Vossa Excelência terá um herdeiro da linhagem dos Dezenove Senhores...*

Silêncio... Silêncio... Grito: *Como ousais afrontar-me?! Não enxergais o momento de tribulações no qual vivemos?!*

Já de pé, o governador, legitimado pelo poder do cargo, destruía o padre com palavras de tamanhos imensuráveis.

Quando o fôlego enfraqueceu sua fala, padre Antonil fincou a cunha: *Nossa cidade, sem ajuda do norte, não resistirá por muito tempo, percebestes?! Deus entrega em vossas mãos uma segunda oportunidade? Qual homem, sendo herege ou não, faria mal a um dos seus descendentes?! Apenas precisamos manter o padre vivo...*

De posse do fôlego, o governador: *Aquele padre batavo desflorou minha filha?! Vossa Reverendíssima é culpada! Sei que maquinastes isso desde sempre...*

Andava impaciente no aposento.

Padre Antonil, calmo como pedra: *Aceitai os desígnios dos deuses, pois a humildade humana reside na capacidade de aceitar vontade dos céus...*

Governador, desolado, sentou-se: *O que faremos?*

Padre Antonil ainda calmo: *Retiraremos o prisioneiro da prisão... Está preso na propriedade dos Pigros. Na casa tem somente Herdeira, alguns serviçais e dois ou três cavaleiros. Maria Roothaer é mulher de negócios, ela não deixará partir sem reter os juros da empreitada... caso a cidade resista aos contrários, possivelmente ele será enforcado... Ela sabe algum podre dele, desconhecido a nós... Precisamos de soldados para tomar de assalto, assim, retiraremos batavo da força...*

Governador: *Vossa Reverendíssima tem noção que Maria é minha sobrinha? Entristecido... meu Deus, quais pecados cometi?! Na cabeça da coitadinha, sou mandante do ataque ao comboio dela...*

Antonil: *Precisamos de homens leais a Vossa Excelência e que estejam descaracterizados de soldados da terra... vestidos como batavos, seria ideal.* — O padre vai ficando impaciente. — *Precisamos agir rápido! Deixai sentimentos para lamuriar aos pés da cruz, Vossa Excelência terá a eternidade para isso. Agora, agi somente com razão.* — Impondo dúvidas no brio do homem, emendou com firmeza: — *Sede governador! Escrevei seu nome na história deste país...* — Para atenuar a pancada. — *E se trouxermos somente uma matilha de soldados batavos para capturar o padre? Entraríamos com eles pelo alagado da cidade por sob os muros... Hoje... Aquilo é nosso portão principal...*

Governador: *É possível enviarmos uma missiva a eles?*

Antonil: *Providenciarei o necessário... Não se preocupeis com Maria Roothaer, a preservaremos com vida.*

Governador: *É engraçada a história deles... meu primo vivia pelas terras dos batavos quando o Rei me concedeu governanças deste reino. Então, precisava de pessoas de confiança e com muito ouro para levantar as defesas da cidade, instituindo um reino verdadeiro. Ele demorou a aceitar. Antes de vir, passou uma estada junto ao palácio real onde a esposa foi deliciosamente recebida pelo Rei. Ela, de veia aristocrática, navegava com desenvoltura pelas intrigas palacianas, sendo aceita por diferentes lados. Ele tirou todo o conhecimento dos negócios reais dalém-mar com os entendidos do Rei e, quando aqui aportou, tinha fixo um plano de possessão destas terras. Suporte financeiro para construir os mercados baixos, mais estrutura na Alameda dos Papas. As benfeitorias para carregamento das embarcações foram totalmente deles. Em troca, receberam a capitania ao norte... Bom, o resto Vossa Reverendíssima sabe. Hoje os batavos estão às portas... Como governador, vos digo: não posso entrar em disputas com eles. Mesmo porque sua mulher é uma aristocrática batava legítima!*

O mensageiro, depois do sumiço, ressurge.

A destreza em andar pelas selvas, caatingas... Nas ruelas da cidade, era de pouca valia, somente sentidos de pronto para guerra; estava em alerta. Como os vigias nos muros atentavam aos contrários, ele margeou despercebido aos pés dos muros, desceu com cuidado o talude vermelho arenoso até o alagado no meio das taboas, escondido com o lamaçal pelas canelas, ficou de bobeira. Pequenos arbustos, numa mistura louca de taboa, colonhão, espinheiros, pontuados por ipês-amarelos ressequidos, na altura de um homem, saíam do alagado em direção às primeiras casas da cidade, deixavam-no imune de olhares atentos. As águas transitavam livremente por sob os muros, o tijolo mais baixo distava seis palmos das águas. Da posição que estava, o mensageiro calculou que uma jangada passaria tranquilamente pela abertura, desde que passageiros e bagagem mergulhassem nas águas. Não demorou muito para que a primeira das dezenas de jangadas com víveres aparecesse adentrando. Em completo silêncio, o jangadeiro imergia nas águas, com os mantimentos distribuídos na extensão da prancha, e a jangada passava triunfante. Dentre os jangadeiros, um nem se deu ao trabalho de adentrar nas águas. Deitado passou por sob os muros. Para fuga, precisavam de uma jangada. A batalha concentrava-se via terrestre, somente nos dois extremos da cidade, em frente ao portão norte e sul, com faixa estreita preenchida pelos contrários. Ademais, os aldeados, principalmente os negros, excursionavam diariamente na retaguarda deles, provocando desgraças doloridas. Pelo mar estavam atracados na baía e de lá atacavam a parte baixa da cidade que, segundo diziam pelas ruelas, já haviam tomado aquela posição. Pretendiam reposicionar as bocas de fogo para atingirem os palácios na parte alta. Sitiaram a cidade, na qual, pela retaguarda, também estava sitiada. Notícias corriam acerca de um comandante batavo a caçar víveres pela banda do portão norte, que foi atacado de assalto por chuva de flechas: sucumbiu toda comitiva. Estas e outras mostravam uma batalha perdurando por muito tempo. *Sairei agora!* Resoluto. O mensageiro percorre por entre as taboas sem provocar revoada dos pássaros; quando as águas se fazem cristalinas aos pés, ele mergulha. Expira e novamente apaga no espelho das poucas ondas. Como deixou o brejo pela lateral, em poucos metros atingiu o muro. Expira e novamente apaga, pouco depois ressurge na parte externa do muro. Céu de praxe azul com sol escaldante, dificultando enxergar qual posição estavam os vigias no alto do muro. Imensa tranquilidade do lado de fora. Ao longe, urros das bocas de fogo, mas tão distantes, soavam frágeis sem interromper a cantiga dos pássaros que faziam festa. Mesmo assim, redobrou seus sentidos de guerreiro. Outro mergulho. Ele reaparece entre as taboas novamente, margeia um alagado para facilitar sua saída pelas matas. De súbito é surpreendido por um disparo de arcabuz. Apaga.

Na casa de Herdeira, a rotina do dia rolava tranquilamente. O cheiro das panelas misturado às cantigas dos serviçais marcava a presença dalém dos limites da propriedade, anunciava a refeição do meio-dia. Nesse ínterim, Maria Roothaer redistribuía as peças sobre o tabuleiro com base na informação quente dada pelo prisioneiro, para, com isso, obter a melhor jogada. Afinal, ela tinha ambos sob sua custódia: Catharina de Rates no castelo e o padre batavo no "calabouço" improvisado da casa. Enviaria uma mensagem para o régulo guerreiro: que deixasse de pernoitar no calabouço e se acercasse todo o tempo da filha do governador. Como furar a barreira dos batavos? No tabuleiro, um bispo rogava atenção, e Herdeira atendeu seu pedido... O que seria? Quando acordou dos devaneios, caiu na real. O desgraçado do padre Antonil utilizaria da mesma notícia para proveito próprio. Peculiar no corpo eclesiástico, fome por poder, com bocas mortíferas em que imergiam resquícios de sangue desses desejos vis. Sentiu-se ameaçada. Em quem confiar?! Perdida no tempo, Penélope roncava tranquilamente, resgatada ao mundo dos vivos ao toque da sua Senhora, "*Acordai!*". Num salto, colocou-se em posição de briga.

Herdeira: *Calma, sou eu, Maria. Sou eu...*

Penélope amoleceu o corpo, um suspiro profundo enquanto ouvia pedidos de desculpas por acordá-la cedo.

Continuou Herdeira: *Sei que dormistes pouco, mas é urgente... Catharina de Rates espera um filho do padre batavo...*

Penélope, amolecida pelo cansaço da noite de vigília, somente arregalou os olhos, espantada. Padre Antonil foi o primeiro a saber da notícia.

Herdeira: *Lembrais do vosso recado? Tenho certeza que ele aproveitará em benefício próprio essa situação... Daí pensei, como? Simples... Tendo o padre batavo sobre vossa custódia... Por isso precisamos sair daqui imediatamente, porém, ainda não sei aonde iremos... É muito arriscado deixarmos a cidade. O mensageiro não retornou da missão de espiar as saídas pela banda dos alagados... Possuímos poucas ferramentas de guerra para resistirmos a um ataque e estamos em desvantagem... Somos quantos? Cinco cavaleiros... Um deles é o que veio comigo, mensageiro, eu e vosmecê...*

Depois de muito mancomunar, Penélope, despercebida, soltou: *Reza a lenda que o melhor esconderijo é na tenda do inimigo...*

De sobressalto Herdeira juntou aquelas palavras na ofensiva contra o padre: *Padre Antonil vive de amores no palácio do governador, então esconderemos o padre batavo no convento dos beneditinos...*

O mensageiro abre os olhos e dá de cara com a Amazona, aquela de capa escarlate: *Onde estou?* — e blá-blá da surpresa...

Ela? Soltou uma risada escandalosa: *No mesmo local que nos encontramos da última vez: na terra dos viventes.*

Diante da resposta evasiva, o guri, ainda atordoado, procurava sua localização no mundo.

Ele: *A última coisa de que me lembro foi um estrondo quando saía das águas do lado de fora dos muros da cidade.*

A Amazona: *Nós providenciamos vosso sono...* — Mais risos, e continuou. — *Vínhamos em vosso encalço desde lá da casa de Herdeira; vosmecê, por alguns instantes, escapou às nossas vistas e logo depois o encontramos...* — Sarcástica, comentou: — *Precisai de mais atenção, mensageiro, estamos sob ataque... Levantai-vos...*

Apontou com o braço uma direção, guiando as vistas do mensageiro. Muros da cidade silenciosos, logo abaixo distava um tiro de flecha. Mais confortável com o "quem sou, onde estou", suspirou aliviado. Matutando: "*É possível deixar a cidade pelo alagado; onde estaria o aldeamento dos negros?*" Deu um giro como quem nada quer. As vistas alcançavam as cercanias do aldeamento por onde pernoitariam no caminho para o castelo. De bobeira, a Amazona, com a ponta da espada, reorganizou alguns seixos no chão, atraindo a atenção do mensageiro. Contraponto do sol entre eles, silêncio inesperado, com tempo congelado somado aos hormônios em ebulição, deu lucidez ao mensageiro a observar a guerreira, cabelos de coloração vermelha variando por tons consonantes nessa cor, salpicado pelo corte irregular, resvalava na altura do ombro. As pontas do cabelo sobre o rosto custavam a balançar pela brisa suave arrastada do mar; tais movimentos expunham seus olhos negros, a porta de entrada da alma fiel a seus propósitos. Seu olhar cortante discernia qualquer inaudível sussurro. Seu nariz e a maçã de seu rosto, sutis, curvavam-se na presença dos lábios carnudos e voluptuosos. Esses desenhos seriam gene das nativas da terra ou dos céus? A cabeça levemente inclinada para observar os seixos no chão não quebrava a simetria perfeita do rosto. No busto, tiras de metal para proteger o corpo sem, no entanto, esconder o volume dos seios. A vestimenta combinava proteção com agilidade dos movimentos, assim, o desenho da silhueta esguia, sustentada por um par de pernas parrudas, tinha a atenção do guri. A pele pintada pelo sol, já untada pelo calor do dia, criava uma camada brilhosa, sob o olhar inocente dele compreendido como vindo dos céus. No pescoço, um cordão de sisal fixava pedra vítrea com um topo de infinitos lados, todos convergiam para a extremidade pontiaguda, formando uma peça alongada que parecia apontar à vivacidade do busto, que também brilhava. Braços e antebraços na parte externa revestidos por ossos pontiagudos; já estes, atados por correias de couro, serviam para abater opoentes, caso se safassem do primeiro golpe. Muitas batalhas vencidas pintaram arestas mais caninas de escuro morte. O deleite do mensageiro foi interrompido pelo ressoar de tambores vindo do aldeamento dos negros. Desperto. A guerreira também em alerta.

Tambores aquietaram-se; então, a Amazona, séria: *Vosmecê deu cabo do padre batavo?*

O mensageiro, surpreendido, nestes casos sem opção, defende com ataque frio: *Por que perguntais? Vosmecês sabem tudo... Estão por todos os lugares... Tive companhia desde a casa de minha Senhora...?*

A firmeza da resposta fiou de veracidade os fatos e surpreendeu guerreira.

Desculpas: *Fizestes como combinado, agora precisareis convencer Maria Roothaer a deixar a cidade, pois, neste exato momento, zarpa da praia batel com um da casa do governador, portando missiva dele mais o padre Antonil aos contrários, rogando ataque à propriedade de Vossa Senhora para resgate do padre batavo.*

Preocupado com o desfecho daquele possível ataque, o mensageiro fez caminho de volta até a casa dos senhoris em dois passos.

Herdeira vociferava maldições. Seus urros pulavam os limites da propriedade, tentava entender o sumiço do padre batavo: *Como ninguém viu?! Onde está o desgraçado? Meu plano de escondê-lo no convento acabou...*

Isso o mensageiro escutou nitidamente. Ficou indeciso entre entrar ou esperar pela paz; confiante, adentrou. Sua Senhora, ao vê-lo, ficou de humor apaziguado. Recebeu-o com um abraço de alívio.

Herdeira: *Pensei que não retornaríeis... Como ficaria se perdesse vosmecê?*

Sentiu as curvas delicadas do corpo dela encaixarem no seu, mais a fragrância deliciosa para eternizar aquele momento, respondeu ao carinho. Calmamente.

Ela: *O padre batavo desapareceu... O cárcere está intacto, sem sinal dele...*

O mensageiro fez cara de espanto e rapidamente teceu seu recado: *A Amazona disse que seremos atacados pelos contrários para o resgate do padre batavo; o governador mais padre Antonil o querem vivo...*

Herdeira: *Quando?*

Mensageiro: *Um batel contendo a missiva desse negócio zarpou da praia nesta manhã... Certamente, ao cair da noite adentrarão pelo alagado para cair de assalto sobre nós.*

Herdeira, com passos compassados, andava pelo átrio, pensativa. Penélope se acercou do mensageiro, também com um abraço. Tal gesto o deixou pesaroso com porvir. A sagacidade de enxergar o tabuleiro na completude, prevendo os próximos lances, fazia de Herdeira uma estrategista brilhante; entretanto, escapulira por seus dedos uma peça de valor incalculável, moeda de troca sólida para apossar-se da governança da terra.

Pronto: *Padre Antonil sabe do paradeiro do batavo? Provavelmente não... Quero imediatamente dois dos nossos a vigiar o palácio do governador. Que os olhos deles sejam meus olhos, os ouvidos deles sejam meus também... Prenderemos o padre batavo caso se aproxime do palácio e, qualquer mensageiro escorregando por ali, saberemos antes... Montaremos uma emboscada como se o padre ainda estivesse conosco.*

Antes de detalhar como, as guerreiras amazonas são anunciadas na casa... Herdeira, Penélope, o mensageiro e dois cavaleiros fazem as honras.

Aquela da capa escarlate: *Somos leais a Vossa Senhoria, estamos aqui para proteger-vos dos contrários. A mando dos deuses, os incircuncisos que adentrarem por estes portões serão enviados direto ao Hades...* — Continuou resoluta no discurso. — *Pretendem entregar o corpo do padre para os contrários chorarem seu morto?*

Alvoroço geral.

O cavaleiro, prostrado à esquerda de Herdeira, imediatamente esfolou sua espada no pescoço da Amazona, deu voz de combate: *Quem vos enviastes?*

Penélope e os demais, de ambos os lados, também sacaram suas armas.

A Amazona: *Os deuses nos fazem saber seus propósitos futuros...*

A entrada repentina de um dos guerreiros do aldeamento dos negros com notícias do castelo da torre apaziguou os ânimos. Dia movimentado na casa.

Enquanto depuravam as novas, a Amazona, nos bastidores, diz ao guri: *Planejamos uma morte natural e insuspeita. O que fizestes?*

Discursos cruzados na casa enterraram a resposta do mensageiro. Dois capitães com seus cinquenta estavam estacionados no aldeamento, e mais três capitães, no castelo, vindos do norte, chegariam depois.

Um guerreiro do aldeamento curvou o corpo em deferências: *Guerreiro indígena, maioral do castelo da Torre, pelas mãos de um dos capitães, fez-me saber a Vossa Senhoria desse negócio.*

A Amazona cutuca o mensageiro, cobrando seu saldo.

Ele: *Nada fiz... Vosmecê dissera que não teríamos apoio do norte?*

A Amazona: *Não teremos. Eles serão atrasados dentro do castelo...*

A Amazona perdia a confiança em suas certezas, transparecia ser mais humana, sem a ligação celestial de outrora.

Herdeira discursava com palavras simples, porém carregada de confiança da vitória: *Porque agora precisamos nos unir, pois os contrários jazem às portas. Assim dizia o Rei Davi: "Persegui os meus inimigos e os alcancei; não voltei senão depois de os ter consumido". É o que faremos hoje. Destrincharemos em pedaços, multiplicaremos seus restos em despojos para que bestas-feras do campo sobejem com o sangue dos contrários; libertaremos esta casa... Libertaremos estas terras daqueles que as buscam para deleites... Libertaremos o povo das bocas profanas travestidas em cordeiro para proclamar desvelo aos seus, mas vivem de sangue dos humildes. Será hoje! Dia reservado por Deus para nossa libertação.*

Todos ali deram urros fiando a fala de Herdeira. Instantes depois, detalhou a estratégia para surpreender os contrários quando assaltassem a casa. Dizia que, se os capitães entrassem na cidade, o padre Antonil saberia de imediato e se precaveria para evitar a derrocada de sua empreitada.

Herdeira: *Mantendes os dois capitães no aldeamento dos negros.*

Despachou mensageiro com uma missiva aos capitães estacionados no aldeamento, e outra para o régulo guerreiro lá no castelo sobre como acercar-se de Catharina de Rates. Herdeira cuidava da outra valiosa moeda de troca à suas pretensões.

Herdeira à Amazona: *Depois esclareceremos nossas diferenças.*

O restante da tarde foi de preparativos para o embate. Já Penélope retirou-se para descansar. Recarregaria as forças. Acareação: Herdeira e Amazona.

Herdeira: *Exceto vossa beleza, o que mais vosmecê tem de divino?*

Os céus em estado de alerta, duas criaturas feitas por suas mãos, predestinadas a conduzirem os seus, frente a frente, divindades apostavam no mínimo de humanidade naqueles corações para preservarem o propósito maior sem negligenciarem por caprichos de seres mortais. Entretanto, a Herdeira, no seu íntimo, procurava explicações para o sumiço do padre batavo enquanto a Amazona, queria saber como ele morrera.

Amazona: *Agradeço o elogio, mas as filhas da casa são as mais belas mulheres destas terras, Vossa Senhoria é soberana neste quesito. Acerca* dos negócios do padre batavo, os deuses nos alertaram sobre o mal que paira nesta terra; serei mensageira dos deuses a vossos ouvidos.

Herdeira: *Prossiga...*

Amazona, respeitosamente: *O mal também sobreveio a esta casa. Ele come na mesa dos senhores e é muito pior do que aquele estacionado na baía, quase invisível. O propósito dos céus é proteger Vossa Senhoria e, depois, acabar com qualquer resquício de maldade nestas terras. Começaremos com o prisioneiro... A sabedoria é divina companheira de Vossa Senhoria. Acreditei na morte dele pelas mãos do mensageiro...*

Herdeira: *Negativo... Ele simplesmente desapareceu hoje pela manhã... Aliás, pode estar morto, por que não?!*

Amazona, surpresa, pensou: *Como?! Mensageiro, mentistes para mim?*

Benignidade, misericórdia e amor transpassa aquelas duas criaturas. Impossível prosseguir no confronto, alívio nos céus. Herdeira precisava dos maiorais da terra ao seu lado. Somente unidos venceriam os contrários.

Então Amazona prosseguiu: *Desconheço vossa morada, visto que o mensageiro encontrou as Senhoras cavalgando no mar... Entretanto, ofereço parte de minhas possessões a vosmecês. Por ora, é necessário extirparmos os contrários...*

Naquelas negociatas inexistiam segundas intenções, até mesmo malícia entre ambas. Havia somente pureza de espírito com desejos únicos de proteger os povos da terra. Reza a lenda que, quando elas firmaram o acordo, houve um estrondo nos céus, mais um rugido nos mares.

Falar de assuntos que não tenho pleno conhecimento é perturbador, às vezes conheço da temática, mas é meio aquele esquema de refrão, sabe como é? Poucas palavras numa rima idiota repetidas exaustivamente, ou seja, cópia de um pensamento de outrem, superficial... timbre insosso, carente de conteúdo. Simplesmente não consigo olhar aquilo com outros olhos. O esforço para entendimento me faz sentir um completo idiota, fraquejo, obviamente recorro a esses escritos alheios. Depois de me saciar deles, continuo idiota. Só um detalhe: idiota bem informado. Empenho-me para dar lastro às minhas opiniões na observância à mecânica da vida, daquilo mais amedrontador ao homem, necessidade de refazer sua origem. Infelizmente está escondido em cantos recônditos da memória, nunca emergem à superfície porque o cara estava lá, de carne e osso, só que agora nada recorda. Embate cruel entre reescrever amparado na memória ou naquilo dito pelos outros acerca de sua pessoa, mesmo desconhecido por você. Para dizer o que foi dito até agora, pensadores lançariam mão de palavras rebuscadas, construindo sua opinião de pequenas pedras preciosas lapidadas pelas mãos hábeis de outros pensadores e finalizariam com dose calculada de genuíno pensamento, intentando a imortalidade do manuscrito. Compreendidas minhas condolências, vamos aos fatos: fiel guardadora do passado, nossa amada memória é uma coisa, diria, volátil. Transforma, rejuvenesce os fatos com amadurecimento dos anos associada à nossa capacidade de enxergar novos coloridos na vida, ela simplesmente nos engana... Órfãos. Penélope procurava nas memórias alheias materiais para reconstruir seu passado. Recordações tem do padre Antonil em figura maior obstruindo a visão completa dos fatos. Ao procurar o sono, madorna primeiro na memória, transitam cenários, vultos de pessoas, sons, todos de passagem ligeira, dissonantes entre si. Entretanto, deixa no espírito dela sensação cômoda de lugares conhecidos sendo tragados pela escuridão do sono espesso. Cansada, apaga. Nas horas despertas, relembra dos fatos perdidos, curiosa começara a traçar possibilidade de algum lugar-fim; a profusão de imagens, depois de redesenhada, transforma-se num labirinto enchendo Penélope de desânimo, começando no nada com término em lugar nenhum. Por instantes, procura por algo sólido, seus traços. Sem essa de espelho, espelho meu... Ela pensava: "*Sou da terra!*". Olhos negros com variações de cor ao redor, pele branca tingida pelo sol de marrom... lábios carnudos como os das amazonas. De imediato percebera nelas essa semelhança. Cabelo liso, preto igual às mães da terra. E a pele branca? Donde vieram seus antepassados... preocupação desmedida com destreza em manusear armas de guerra, como? Ferramentas soavam, sendo extensão do próprio corpo, unidas por um força invisível de sobremaneira, um poder imensurável a derrotar os adversários, mesmo sem adentrar numa batalha de verdade. Tinha em mente que os manuscritos dos padres beneditinos detinham detalhes das suas origens, porque tais homens tratavam tudo nas minúcias dalém do necessário. Aí está! Pensou... Como dissera Herdeira: "*Padre Antonil anda de amores com o governador, enfiado no palácio*". Seria a oportunidade para bisbilhotar os aposentos dele no convento. Levantara-se do descanso com esse propósito. Naquela noite, a defesa da casa seria secundária. Primeiro defenderia a si no propósito de conhecer os seus, para, dali em diante, reescrever certo, mesmo nas imperfeições da vida. Seria Herdeira responsável por esse otimismo incipiente na menina? A solidão do convento, única mulher e rodeada por irmãos sisudos de benevolência traiçoeira, confidente dos próprios desejos. Assim que aprendera a saborear as palavras, sempre ia para o silêncio da biblioteca do convento, até quando um dos irmãos escorregou sobre seus pés. Chumaço de papel condenável pelo padre Antonil. Na dispensação daquela noite, relataram ao maioral do convento o sumiço do livro. Santa inocência da menina fez-lhe acreditar na veracidade proferida por seus lábios. Não, fora entregue para açoites impiedosos na presença dos imutáveis sisudos homens de pureza ilibada. O constrangimento diante daqueles homens sufocou as lágrimas. Na noite seguinte, sorrateiramente, ela apoderou-se em definitivo dos manuscritos. Como aqueles fatos foram noticiados por semanas dentro dos muros do convento, ninguém imaginaria a pobre menina tornando novamente no desregramento. Ali, longe daqueles senhores reprováveis, começou a folhear o mesmo manuscrito. Suas entranhas geladas emanavam fogo em cada linha avançada naquele manuscrito. Seu corpo outrora entorpecido pelas matinas, vigílias diárias proferidos em linguagem fúnebre. De tão maçante, extraía força natural dos trópicos. De repente o ar que respirava era apalpável, alimentando mais e mais a chama ardente, exalando pelos poros, apoderando-se das mãos a conduzir aos vales outrora áridos, agora molhados, em uníssono regia os lábios em sussurros inaudíveis, mas coloridos pelo prazer. Que força tinham tais palavras? Enxergava cumplicidade na Herdeira em não condenar suas leituras. Quanto mais próxima de sua Senhora, mais mulher se sentia. O convento, como celeiro de condenação permanente sobre todos os deleites carnais, detinha aquele manuscrito, por quê? Mais tarde aprendeu na filosofia da tentação com bastião na dualidade das coisas, entretanto, explicações rasas circulavam pelos corredores: "*Somente conhecem moeda verdadeira se existirem as falsas*". Possuindo reportórios antagônicos de livros, como não teria algumas parcas linhas descrevendo seus antepassados?! Com cuidado guardou o chumaço de papel e saiu. Pouca claridade do crepúsculo amortizava a cantiga dos pássaros, anunciava a noite longa de vigília e apreensão. Na casa, costumeiramente panelas ao fogo, candelabros, acessos, vozes. Somente serviçais. Cavaleiros, Mensageiro, Herdeira, Penélope e Amazonas estavam entrincheirados nas cercanias da casa. Um dos negros do aldeamento campeava pelas bandas do alagamento, esperando pelos contrários. Óleo de baleia preparado. Mesmo montando guarda, a imaginação de Herdeira ia tintilar como se deu o sumiço do padre batavo, enquanto conversava com Penélope. Fuga rápida por alguém conhecido da casa. Por que padre Antonil desconhecia a fuga? Uma roleta de possibilidades rodava na cabeça dela. E se ele fugiu para o castelo da Torre? Seria visto pelos negros do aldeamento, mesmo porque vivemos em estado de sítio. É desassossego tamanho descrever o mais animalesco ato do homem: matar outro homem. Corpo cortado, corpo inanimado, corpo talhado, corpo amassado, corpo ralado, corpo queimado, corpo trincado, corpo esfarelado, parte de corpo espalhado, corpo gemendo, corpo sem forma de corpo. Essa diversidade de formatos tingido por camada de vermelho-sangue com a última dimensão, imersa em odor asco. Pergunta, por quê? Preservação da espécie! Foi assim sucedido numa dezena de contrários ao avançarem em fila indiana pelas ruelas da cidade até na casa dos Pigros. Um corpo ralado preservara em vida para anunciar as novas nas embarcações dos invasores. Jangadas no alagado queimavam sob o óleo de baleia, ao coitado não restou dúvida em adentrar com o corpo ralado nas águas escuras. Corpos reduzidos num monturo queimavam enquanto os da casa, ao redor da lareira em silêncio solene, acompanhavam cantiga ardente das labaredas sob nuvem de gordura queimada. Cinzas. Limparam as ferramentas de guerra impregnadas de miúdos de carne ainda fresca. Amazonas e alguns retiraram-se para descansar, outros montaram guarda, já preparados para retaliação.

Numa linguagem trôpega, nervoso mais pela presença da Senhora do que pelo desconhecimento da língua, o mensageiro persuadia Herdeira: *A Senhora deve ir para o castelo. Os socorros estão estacionados no aldeamento dos negros, aguardam sinal de ataque; por que ficar? Alagado, picada aberta a sair ao aldeamento...*

Ela sorria: *Primeiro descobrirei como o padre batavo desapareceu... Algumas mucamas dizem que os deuses o levaram, pode? Segundo dizem, escutaram barulho dos ferrolhos, portas se abrindo, nada havia além da imaginação delas. Começo a acreditar nisso também.*

De imediato, o jovem ficou com o rosto incandescente.

Herdeira: *Qual problema?*

Silêncio. O jovem engoliu em seco, mas se manteve quieto. A transformação imediata de sentidos dele incomodou, ela comia pelas beiradas tratando de assuntos, digamos, aparentemente desconexos, mas essencial em relação ao padre batavo: seu paradeiro. Ela desperta por algo que ele escondia, tendo relação direta com o sumiço do padre batavo. Os deuses o levaram... foi pavio para constrangê-lo.

Herdeira: *Minha Mãe é legítima filha da aristocracia batava, tenho certa a fragilidade desta cidade em resistir aos contrários, somente possuímos estes capitães aportados com os negros... Força marítima é primordial para derrotá-los, porém nada temos... estou convicta da iminente derrota, assim, terei todo o direito de governar estas terras.*

A malícia escorria pelos lábios alimentada por pensamentos contraditórios às próprias convicções.

Herdeira continuou: *Além dos comentários elogiosos enviados aos Dezenove Senhores sobre minha família por meio do padre batavo...*

Interrompeu-a o mensageiro: *Vossa Senhoria confia nele?*

O tabuleiro discorria sobre sua mão, a conduzir o mensageiro ao xeque.

Ela responde: *Ficarei somente para fiar as palavras dele, pela trilha mais tenebrosa conheceremos a verdade.*

Vivo num ambiente paralelo, único. Com múltipla visão da finitude da vida, amálgama do passado, presente, junto ao porvir. Este paralelismo em relação à realidade propicia para minha voz e narrativa da supremacia dos fatos, verdades verdadeiras, sendo mais fidedignas que dos outros quaisquer. Nada de conversa fiada, meu dito é sincero porque vejo as coisas rolarem com clareza fácil, tudo mesmo, sem exceção: acontecimentos pelas bandas do castelo, nas embarcações dos contrários, no aldeamento dos negros, no convento dos beneditinos... Tudo o mais está aqui na memória dalém do ver e ouvir, consigo ainda usufruir de uma terceira dimensão, que condiciona a vivenciar os acontecimentos no exato momento do fervo. Estou ligado lá e acolá no mesmo tempo, agora. De repente uma síncopa perdida quebra a constância da rotina, tornando num angu de caroço esse esquema de onisciência *versus* onipresença. Derrubou-me do pedestal dos deuses. Estou furioso! Contudo, o mensageiro desapareceu do meu espectro visual. No desenrolar dos fatos aqui relatados, sempre torci para a felicidade, fim do garoto, talvez isso tenha permitido minha imortalidade visual. Perdi o timbre dos deuses? Calou minha voz oculta? Espero ardentemente que Herdeira tenha pulso firme com mão pesada para punir qualquer ato do desgraçado, sumiço repentino dele associado ao desaparecimento do padre batavo, ambos desconhecidos a mim, isso o torna culpado na casa de moedas! Quero conhecer os acontecimentos. Meu estado de entendido das coisas se perdeu. Como simples mortal me alimento do mistério; fico com vocês no aguardo do relato dele...

Catharina de Rates: Acostumada aos palacetes da capital, perdia-se facilmente nos labirintos de pedras do castelo, ciente que aquela residência ia muito além de acomodar seus senhores. Erguida também para defender todo o morgado de ataques. Vindo de quaisquer inimigos, estabeleceu alguns trajetos invisíveis pelo interior da propriedade sem causar incômodo aos senhores. Apenas uma fugitiva abrigada ali. Sempre com um sorriso discreto, mas um olhar otimista sobre coisas as quais eram confrontadas. A fuga despertou em Catharina de Rates um sentimento de impotência. A defesa de sua vida dependia da boa vontade de outros. Essa constante dependência começava a incomodar. Nas terras sem leis dalém dos muros da cidade, ou ali fora do morgado, seria seu fim. Sobre manejar espadas e os disparos das armas de fogo nada sabia. Na primeira manhã no castelo, como não dormira, ainda aterrorizada pela fuga durante a qual revia alguns corpos dos combatentes já abatidos, largados pelos caminhos, irreconhecíveis como gente, aos primeiros movimentos das mucamas no preparo dos cozidos anunciando novo dia no castelo, ela saiu dos aposentos. Ao descer para ir à capela, no contorno do pé da escada olhara pelo átrio interno, observou régulo guerreiro se exercitando, em movimentos de ataque e defesa contra um inimigo imaginário. Mantinha disciplina mesmo na ausência de sua Senhora. Ele também observara de relance a jovem. No seu desespero, ajoelhada aos pés dos santos, Catharina derramava enxurrada de petições, imaginando que, de imediato, um batalhão de soldados dos céus desceria ali para proteger aquelas terras. Igreja de todo pequena, com duas fileiras de cinco bancos cada, na frente, a cúpula elevada do altar, com pé direito nas alturas, sua voz reverberava logo atrás de seus lamentos, deixando rastro que apagava no ponto alto da abóbada. Diante da primeira sensação de ruído, imediatamente sua comunhão desvanece rápido, olha ao redor. Estava só. "*Que adianta pedir?*", lamentou entre lágrimas. Sem saber por que recordava do que diziam de Maria Roothaer quando, de retorno da capital, seu comboio sofrendo ataques de salteadores, em poucos golpes imobilizou um inimigo. Uma força emergiu do íntimo da menina: "*Serei como ela!*". Decidida, levantou-se para sair, já de frente para o salão da igreja apercebe-se de uma companhia. O guerreiro jazia ajoelhado no último banco, olhos fechados em silêncio, com lábios numa fala surda, elevava suas preces aos céus. Sem titubear Catharina também ajoelhara no último banco, amparada na suposta crença do nativo com demonstração genuína de fé. Pensou em abrir os olhos com intenção de suplicar ajuda quando, na escuridão das súplicas, de rabo de olho percebe que o índio já se sentara. Convite para sair da igreja. Entendeu, pelo esforço da fala trôpega, um desejo de estabelecer laços. Aceitou. Na ágora, sob as sombras da figueira-brava, discorriam sobre suas histórias apoiados em mímicas para facilitar o entendimento da conversa. Catharina, ainda com músculos doloridos e a pele do corpo queimada pela fuga repentina, estava aos frangalhos. Aproveitando-se dessa ressaca física e moral, lamentou sobre nunca ter aprendido a arte do manejo de espadas ou quaisquer outras armas de guerra. Desenho do corpo com pouca carne, pele branca como leite. Para o guerreiro, aquela donzela precisaria de outras virtudes para enfrentar as pelejas da vida. Sem formalidades, o nativo, de pé, puxou a donzela, iniciando movimentos de defesas que aprendera pequenino aprimorados com a Herdeira no terraço do castelo. Surpreendida, Catharina cambaleante quase beijara o chão. Restabelecida do susto, primeiro procurou seguir em equilíbrio os passos do mestre. O rosto dela adquiriu um tom vermelho, seu corpo ofegava suores por todos os poros. Insistia com o guerreiro para continuarem quando o mensageiro, a mando de Herdeira, interrompe-os. Pararam. Catharina, após a refeição daquele dia, não conseguia subir as escadas para os aposentos. Seu corpo, enrijecido, ardia de dor. Com novidades caindo a todo momento pelas mãos dos mensageiros, o castelo, naqueles dias, vivia em ebulição constante. Três pelotões estacionados aguardavam sinal da capital para o ataque. Os soldados diariamente viviam em treinos de tiros com flechas, arcabuzes. Manejavam espadas contra troncos inanimados fincados com este propósito. O guerreiro propôs aos capitães que Catharina participasse dos exercícios nos acampamentos, junto aos pelotões. Recusa. Com interferência da Senhora do morgado, a donzela foi incorporada. Entretanto, todas as manhãs fazia treinos no terraço do castelo com o guerreiro. Em uma semana, exposta de sol a sol às labutas diárias nos pelotões de guerra, Catharina já se assemelhava às nativas. O aspecto queimado do sol fazia dela uma das filhas da terra, exceto pelo cabelo loiro que destacava entre todos. Sem cu doce, vencera dificuldades com persistência. Mais dedicação integral aos exercícios, sem interrupção para descanso, aquilo causava preocupação no guerreiro. Obter equilíbrio entre o medo da derrota e a certeza da vitória é necessário para a paz de espírito. Aquilo que vier será desígnio de um propósito maior, definido. Essa espiritualidade não constava na paleta de habilidades de Catharina. Ali o medo reinava maior. Certa feita, antes do raiar do dia, fora acordada pela mucama da casa:

— *O guerreiro está a esperar vosmecê no átrio.*

Surpresa. Revirou o corpo no leito para atender ao chamado da velha mucama quando o enjoo que sofrera na noite toda, num urro, transbordou ao chão. Pálida. A mucama, que acalentara em seus braços o choro primeiro de muitos rebentos, faria um prognóstico, mas se conteve. Perguntou somente se sentia saudades do amado. Outra erupção de força desmedida emergiu das entranhas de Catharina, apagando o incipiente sorriso de afirmação à resposta. A velha mucama providenciou alguns utensílios para amparar a jovem com seus desconfortos, ali nos aposentos, depois avisou ao guerreiro e às Senhoras da casa sobre a indisposição de Catharina naquela manhã. Safo, o guerreiro quis mais detalhes além do resumido recado. Assim, a mucama revelou os sintomas da donzela. Apreensivo com possíveis reações de Catharina, o guerreiro imaginava terrenos capazes de acolher aquele espírito inquieto enquanto seu corpo em movimentos independentes realizava exercícios matinais no terraço. Dias que seguiram. Catharina permanecera nos aposentos com poucas idas aos átrios do castelo. Nessa reclusão forçada, o régulo guerreiro fora introduzido no aposento da donzela pelas mãos da Senhora do morgado para anunciarem idas à capital com os pelotões em socorro de Herdeira.

Num dia desses, acomodada na extremidade direita do átrio, sentada numa rede, balançava-se na toada do nada fazer. Foi avistada por Matuidi, que mancomunava com seu Senhor novos caminhos para enviar ao velho continente os produtos do morgado — utilizariam portos das capitanias do norte. Aquilo demandaria viagens longas com comboios maiores para compensar os lucros, também necessitariam de proteção dos contra-ataques de salteadores. Sem razoáveis motivos, avivou um genuíno amor pela donzela. Aos poucos, passou a observar atentamente as fugitivas acolhidas no castelo, principalmente em Catharina. Com discrição quase invisível, ela atravessava os cômodos para acomodar-se no átrio da casa, só que era impossível uma figura daquela passar despercebida. Mesmo um cego seria agraciado com tal presença. Com uma sensação física forte de viés aristocrático, ficando presa fácil da fragrância que escapava ante sua passagem, Matuidi inexplicavelmente entrava em ebulição somente ao avistar Catharina. Seu juízo entrava em modo de espera com o corpo internamente pululando em todas as direções. Aquela sensação demorava a se estabilizar. Dia desses, logo pela manhã, encontrou-a no terraço em exercícios de guerra, em movimentos lentos de precisão mortal. Em sincronismo avançou em ataques para contorcer seu corpo com movimentos de defesa, transformando-o em muitos corpos plásticos disformes. Seu abdômen ainda não anunciava as novas, mesmo assim, fora escondido sob a abundância das vestes, os movimentos do corpo dela ganhavam formas distintas aos olhos apaixonados dele.

O corpo ralado, por assim dizer, alcançou uma das embarcações estacionadas frente à cidade. Cambaleante, num esforço descomunal para subir a escada de cordas, gritava horrores de maldição. Os espias pensaram em ciladas dos nativos, por precaução acordaram a soldadesca; guerra é guerra, e todo cuidado é pouco. Os corajosos foram de encontro recepcionar o corpo ralado. Coberto de sangue, balbuciou dois gomos de palavras e caiu desacordado. O que dissera? A soldadesca, sob dialeto maluco, queria saber das novas. "*Era emboscada.*" O corpo principal dos contrários reunidos para responder à afronta, quanto mais remexiam o coitado, mais a fisionomia dele se desfigurava, e aquilo apimentava o desejo de vingança.

— *Vingança por quê?* — O maioral esbravejou. — *Nossa missão é invadir e nos apoderar dessas terras, só! Faremos isso de imediato. Quanto a estes traidores, faremos beber do próprio sangue.*

Na penumbra daquela manhã, perceberam um par de embarcações adentrando na baía. Seriam os espanhóis socorrendo os nativos? Apreensão! Não... Mais duas embarcações dos batavos com munições, boca de fogo e uma centena de soldados. "*Era emboscada!*". Os deuses replicaram as mesmas palavras nos ouvidos das amazonas. De tanto martelar na cabeça dela tal mensagem, a Amazona "capa escarlate", aflita, logo escorregou seus pés ao encontro de Herdeira, que, ainda acordada, patinava nas palavras do mensageiro sobre o paradeiro do padre batavo.

Senhora: *Os deuses me incomodam com fala do contrário, aquele deixado vivo por nós, mas consigo entender-vos perfeitamente.*

Herdeira, já impaciente: *Então dizeis.*

Amazona: "*Era emboscada.*"

Sem matutar, ficara de pé.

Herdeira: *Os contrários acreditam que o governador mais o padre Antonil os conduziram a uma emboscada. Seremos atacados!*
Parecia loucura. No entanto, Herdeira resolveu descansar para tranquilizar os pensamentos. Quem consegue? Mas, na cabeça costurava diversas estratégias para defender a cidade. O problema é que as construções ditas de defesas eram frágeis... Entregando o governador e o padre Antonil aos contrários, teriam trégua? *"Estão aqui pelas terras e seus produtos. Não pelos dois"*, gritava do lado oposto da mesa. Por que aceitariam trégua? Um ato desse demonstra ganho de tempo para reforçar nossas defesas. O outro lado da mesa vinha sempre com proposta mais convincente. Antes de raiar o novo dia, a cidade inteira já conhecia a derrota sofrida pelos contrários. Inclusive o padre Antonil e o governador. Noite às claras, manipulando cenários para o desfecho do próximo dia no qual precisavam terminá-lo, no mínimo, com fôlego de vida. A cidade estava favorável à Herdeira. Os dois teriam o peso das mãos dela como pena, nada agradável. E eram traíras aos contrários. O desejo de saírem como peregrinos aparentemente sem rumo por essas terras com intento de chegar até às herdades dos Pigros. Para padre Antonil, a igreja cuidaria do resto com salvo-conduto. Depois da poeira abaixada, certamente enviado a recônditos longínquos para ministrar ovelhas perdidas. Essa possibilidade enchia os dois de esperança. Acercaram-se do portão de São Rafael, ambos caracterizados de penitentes a mando do "padre Antonil", iriam até as herdades da igreja com o intento de recuperarem alguns instrumentos essenciais para o cerimonial eucarístico. Era lorota dita. Sob saraivada de maldizeres, os soldados abriram o portão; óbvio, os dois molharam a mão da soldadesca. Quando o sol se fez presente, Herdeira convocou os capitães estacionados no aldeamento e o maioral dos negros à sua casa. Discutiriam como combater os contrários.
Carta da cidade estendida sobre a mesa, Herdeira espetava a maravalha pontiaguda, sinalizando defesas que possuíam: *Eles adentraram*

pelo alagado somente sob orientação de padre Antonil, não cometerão o mesmo erro...

Um dos capitães: *Nunca descartaremos essa possibilidade.*

Necessário mais boca de fogo para recuperar parte baixa da cidade... As embarcações estacionadas na baía eram a preocupação maior de todos. Sabiam das duas embarcações dos contrários recém-aportadas por lá como reforço à frota deles. Também de bocas de fogo em Vera Cruz... Manobrando dalém da baía seriam surpreendidos.

Herdeira: *Senhores, concentraremos nossos esforços em pensar nas armas que possuímos ou em manobras necessárias para fazer os contrários acreditarem em nosso poderio.*

Foi quando o maioral dos negros tomou a palavra: *Faremos com que eles deixem as embarcações... Precisam de suprimentos, água... Nós sairemos da cidade, não ofereceremos resistência quando se estabelecerem por aqui. Nós os sitiaremos dentro dos muros... conhecemos todos os pontos vulneráveis da cidade, assim, teremos como derrotá-los...*

Silêncio. Os capitães mancomunaram entre si, os cavaleiros apontaram para determinado lugar no mapa. Falavam no gestual. Silêncio. Um mensageiro, enviado pelo capitão do portão de São Rafael, adentrou introduzido por um dos cavaleiros que montava guarda na casa:

Herdeira: *Quais são as novas?*

Padre Antonil e o governador escaparam disfarçados de peregrinos através do portão de São Rafael, porém foram descobertos pelos contrários, levados reféns para as embarcações...

Herdeira: *Trazei os capitães de defesa da cidade aqui.* — Ao seu mensageiro, despachando: — *Quero reforço dos capitães estacionados no castelo, junto, o régulo guerreiro. Nos encontraremos no aldeamento dos negros, lá será nossa base de ataque à cidade... Rápido, ide.*

Beijo na fronte do jovem, abençoando-o em sua jornada. Ele, sem entender o conteúdo da mensagem, preocupou-se somente no cumprimento da missão.

Ela continuou sempre sinalizando os pontos inanimados no mapa: *Tomaremos as igrejas, junto aos portões, assim manteremos os contrários ocupados nesses pontos e os surpreenderemos adentrando pelo alagado... Como derrubaremos o muro nesse trecho para entrada rápida na cidade?*

Novamente o maioral dos negros: *Antes de sairmos, abriremos uma entrada no muro mantendo-vos escondida, de modo que passareis despercebida sob o olhar desavisado...*

Todos consentiram.

Uma voz despropositada: *Senhora, mas e aqueles que ainda estão na cidade? A maioria do povo se foi... entretanto, alguns mercadores ainda estão cá...*

Ela: *Aqui deveriam estar...* — Apontou o entorno do tablado. — *Quem não luta por sua liberdade o que merece além da morte? Isso será por poucos dias... Mas desconfiam de nossa capacidade de vencermos os contrários? Opção escolhida por eles.*

Mesmo assim deu uma segunda chance a ele enviando um recado pelas mãos de uma amazona: "*Deixem a cidade*".

Outra voz despropositada: *Senhora...* — um dos capitães interrompeu sua fala. — *Conforme edito do Rei, na impossibilidade de o governador exercer suas funções, o bispo assumiria vosso lugar, porém, o bispo também é refém... Quem é o próximo na sucessão da igreja?*

Todos olharam para o padre beneditino junto deles, que, de bate-pronto, toma a palavra: *Senhores, seria minha pessoa a assumir essa função... Sou designado por Deus para conduzir as almas dos gentis aos céus... Entretanto, desconheço as minúcias sobre os negócios dos homens, somente administramos com pulso de ferro poucas fazendas da igreja, não sei como guiar os Senhores à vitória... Porém, como homem de Deus guiado por seus desígnios, sendo que aquilo que eu ligar na terra também é ligado nos céus, aqui legitimado pelo Rei para exercer essa função, deixarei aos Senhores um único ato do meu governo. Resoluto: a governança destas terras ficará sob responsabilidade de Maria Roothaer!*

Joelhos se dobram ante sua presença, inclusive as amazonas. Com voz solene: *"Surge, unge eum: ipse est enim"* (I Samuel 16:12). Unção do sacerdote sagra a governadora. Óleo caiu viscoso, bateu na cabeça como água mole, mas, ressabiado, levou algum tempo decidindo por qual lado escorregar primeiro. Enquanto isso, o peso da responsabilidade começara a incomodar. Após a unção de Herdeira, seguiram as formalidades exigidas pelo cargo. Despacho de missivas dalém-mar à Vossa Majestade real, mais aos Senhores das capitanias. Para eles, também um pedido de socorro via marítima. Saída das correspondências, em tais circunstâncias, é igual socorrer um andarilho na lua, meses de labuta. Ensacadas rumavam às capitanias do norte no lombo de mulas para, semanas depois, embarcar em navios de carreira à Velha Senhora. Contudo, outra missiva toda especial endereçada ao castelo. Quando os capitães responsáveis pelas defesas da cidade chegaram e ajoelharam-se ante à nova governadora, os pouquíssimos moradores que ficaram na cidade, sabendo das novas, entoavam cantigas de júbilos. Com a prisão do padre Antonil e do governador, Penélope, depois de carregar ferramentas de guerra para o combate, sai em direção ao convento dos beneditinos. Antes trocara rápidas palavras com o padre da companhia que ungira Herdeira sobre como adentrar aos aposentos do padre Antonil. Apresentou uma desculpa qualquer para a empreitada. Naquele momento, precisava vencer a enorme porta de acesso ao aposento, pois conhecia nos detalhes os demais cômodos do convento. Seria ligeira para entrar, sair e depois deixar a cidade antes dos contrários. Palavras de passagens com os habitantes do convento: *"Vossa Reverendíssima, devem sair da cidade, hoje os contrários chegam"*. Cheios de fé, apenas saboreavam visita surpresa da filha da casa. Passou fácil pela enorme porta. Onde um homem de Deus esconderia documentos preciosos? Revirava os caixotes e outras mobílias, nada. Homem de Deus... Documentos... Homem de Deus... Vulgata! Relâmpago estralou. Vulgata. Repousava solene no lado da cabeceira da cama. Pesada. Na parte traseira, manuscrito de letras miúdas, parte de missiva oriunda do convento de Rates, decifrou seu nome... Saiu da cidade em tempo.

Nativos mantiveram falsa resistência nos muros e portões da cidade até o início da noite, depois, sem obstáculo, os contrários adentram à cidade. Receosos de outra cilada, aguardaram raiar do novo dia para confirmar a conquista. Aldeamento dos negros, vespeiro de gentes, babel de línguas, dialetos e sotaques, representação fiel do prenúncio do novo país. Nosso país. Amazonas ergueram suas tendas meio tiro de flecha a oeste do aldeamento onde o sol reclina, somente capa escarlate ficava no aldeamento como conselheira de guerra. Sob regência segura de Herdeira, os guerreiros sabiam o que fazer e quando. A insegurança que normalmente paira nas cabeças dos grandes da história, quando a solidão escura da noite os cobre, não será descrita. Zero conforto, sem os serviçais vitais à realeza, Herdeira se virava. Boa fama da mulher discorria com voracidade entre os nativos que traziam mimos de reverência a ela afiançando seu reinado. Herdeira respeitosa, de reduzido sorriso sincero, recebia o máximo possível, pois o tempo desesperado transgredia sua toada costumeira. Nos primeiros raios da aurora, o mensageiro traz novas do castelo. Conhecedor das últimas notícias da capital, ajoelha-se aos pés de sua Senhora.

Herdeira o recebe, oferece a mão para levantá-lo: *Os meus estão seguros?*

Mensageiro descreve o básico necessário para tranquilizar sua Senhora: *as coisas vão bem... tempo previsto do comboio dos três capitães aportar no aldeamento...* — Na inocência dos anos primeiros da juventude solta: — *Matuidi vive de amores com senhorita Catharina...*

Herdeira em choque. A expressão de muitas caras dela deixou o mensageiro apreensivo.

Mas ela: *Cuidaremos disso depois de reconquistarmos a cidade.*

Foi a vez do menino expressar muitas caras num rosto só, linguagem instantânea de espanto: *O quê? Os contrários estão na cidade?* — Prossegue, com olhos no chão a confessar grande culpa. — *Minha Senhora, eu retirei padre batavo do cárcere...*

As palavras ficaram suspensas no ar num *poco rall* infinito, para desespero dele. Quando esvaeceu e o silêncio embaraçoso tomou conta dos dois, Herdeira o puxou pelo braço, adentraram a sós numa tenda. Furor extravasava pelos olhos.

No entanto, a intensidade da voz dela em volume amoroso: *Onde ele está?*

No íntimo, estava louca para entender por que ele fizera aquilo. Isso corroía suas entranhas.

Novamente: *Onde ele está?*

Até então suspeita por parte dela, agora verdade.

O mensageiro: *Aos fundos de uma capela, nos arredores da casa dos senhores...*

Aquilo a feriu no íntimo. "Anunciando aos capitães, de imediato exigiriam a cabeça do garoto, caso descobrissem, por si só geraria desconfiança a mim... Perderia o apoio deles, porque eles me ajudaram na primeira emboscada... O padre batavo, deixado à própria sorte, morreria de inanição ou seria encontrado pelos contrários. Assim, perderíamos valiosa moeda de troca..." Tudo rolou num ínfimo segundo na cabeça dela: "Não posso postergar essa decisão".

Herdeira: *O régulo guerreiro é fiado por dívida de vida a vosmecê... Sairão ao cair da noite para resgatar o padre batavo... Em hipótese nenhuma terei conhecido sobre esse negócio, senão vosmecê irá à forca como traidor do Rei... E mais, caindo nas mãos dos contrários, estarão pela própria sorte. Na volta, diremos que descobriram o paradeiro dele... Enlouquecestes?! Como vosmecê o mataria...*

Lágrimas abundantes escorriam pelo rosto do rapaz. Com uma voz sofrida: *Fiz isso porque as amazonas o queriam morto... Me deram um frasco com poção mortífera, que escondi na casa de minha Senhora... se elas souberem que ele vive, serei morto...*

Muitas surpresas para o primeiro encontro do dia.

Ela escondeu as lágrimas insistentes em transbordar dos olhos: *Eu cuidarei das amazonas... apenas trazei com vida o padre batavo. Agora saí!*

Apoiou-se sobre o tabuleiro desejando ao mundo desabar sobre si... Aguardou as notícias assentarem nos meandros do corpo, limpou as lágrimas e saiu a procurar os capitães para despacharem a primeira incursão sobre a cidade. "*Por outro lado, o 'desgraçado' do mensageiro é formidável, conseguiu suplantar os cavaleiros da casa, as Amazonas, ninguém desconfiou... Ou alguém o ajudou?*", pensava enquanto caminhava pelo aldeamento.

Eu também aguardo mais explicações, pois minha onipresença e onisciência não viram capturar o padre batavo... agir sozinho seria impossível.

Somente quem tem calo sabe onde dói, invertido lado da cerca... os brigões, os mesmos. Nesta equação, a cerca é um elemento importante, sendo muleta para desculpas verdadeiras. Na primeira incursão, os da terra foram repelidos dos portões, sem misericórdia, com baixas significativas. Herdeira e os maiorais rediscutiam estratégia para vencer. Vozes em uníssono clamavam por manterem sitiados dentro dos muros; assim saindo, seriam abatidos com manga de soldados em ambos os portões e no alagado para ataques-surpresas. Mas, na cabeça de Herdeira: "*O mais fácil nem sempre é o melhor caminho... e se eles esperam por isso? Sabemos da quantidade de víveres que possuem? Ficaremos aqui quanto tempo? Embarcações que adentram na baía são capturadas por eles, oriundas de diversos pontos do mundo... nossos produtos não são carregados no porto... Precisamos de outra opção*". Fagulhas como essas de sabedoria consolidavam mais Herdeira como governadora da terra.

Herdeira: *Os capitães aportados no castelo... Onde estão eles?*

Com rigor, exigia respostas dos seus.

Resposta: *Senhora, enviamos um espia para campear o rastro deles...*

Ela: *Chamai meu mensageiro!*

O garoto, temendo pela vida, se apresentou indeciso na presença da Senhora e dos maiorais, mas: *Quando vosmecê se separou dos capitães?*

Alívio: *Daqui em direção ao castelo, no talvegue, depois da serra das Araras...*

Os maiorais concordaram, já deveriam estar no aldeamento dos negros: *Precisamos dos três capitães para atacarmos os dois portões, ao mesmo tempo, porém surpreenderemos adentrando pela falsa porta feita por nós, derrubando os principais baluartes dos contrários.*

Herdeira ao maioral dos negros: *Correto?*

O principal dos negros colocou pitada de pimenta na estratégia dela... *Faríamos diversos ataques relâmpagos...*

Herdeira: *Sim, ótimo...* — pensativa com a visão ampla dos fatos. — *Senhores, não podemos derribar ou destruir as defesas da cidade, depois, quando derrotarmos os contrários, necessitaremos dessas estruturas para nos defender... Estamos sem tempo para levantarmos tais fortalezas... As defesas nos mercados da parte baixa, como estão?*

Resposta: *Senhora, estão intactas, segundo nossos espias.*

Herdeira: *Enquanto os capitães não aportam, faremos diversos ataques-surpresas em ambos os portões. É fundamental usar o mínimo de munição com baixa zero de soldados... Que Deus nos acompanhe.*

Por que fizera aquilo? Uma mentira puxa outra mentira, criando um mundo novo moldado ao próprio proveito. Um mundo simplório já é cheio de detalhes, se torna humanamente impossível uma mentira compor em seu cenário idealizado todos os meandros insignificantes para o propósito-fim, porém a ausência de tais detalhes torna o mundo inventado inconsistente, com realidade conhecida. Xeque. Libertaria daquela condição. O peito do mensageiro ardeu, contaria a verdade dos fatos. Em quem confiar? Alguém que soubesse escrever... Penélope!

Mensageiro: *Caiu dos céus sobre mim; manto de cota inquebrável e invisível...*

Penélope: *O quê?!*

(Cara de paisagem do mensageiro...)

Sarcástica, Penélope indaga: *Como sabíeis ser um manto, sendo invisível?! E que caiu dos céus? E inquebrável?*

O mensageiro responde: *Do nada percebi algo sobre minha cabeça, tocando de bobeira as orelhas. Tentei dar um tapa para liquidar o intruso quando senti meu braço sendo abraçado, tal coisa lentamente já acomodara sobre os ombros, descia às pernas a tocar os pés, daí deduzi ser indumentária vinda do alto, jogada pelos deuses, pois o tintilar das pontas gritavam ao arrastar ao chão, mas um grito estranho sem som que somente eriçava os pelos do corpo. Como redes jogadas sobre presas em dias de caçada...* — O garoto impaciente para achar palavras adequadas na língua de Penélope, de pronúncia atropelada pelas ideias, meio gritava, completando discurso com gestual rápido das mãos. — *Cabeça ensacada, sentia pressão sobre o nariz mais as orelhas... Só que nada obstruía minha visão; pior, aquilo sufocava. Tentei desvencilhar; como se desfazer do invisível?*

Penélope, sem forças para escrever, gargalhava: *Ainda não entendo... Vosmecê enxergava algo invisível?*

Sua descrença irradiava irritação no mensageiro...

Ele continuou: *Tateei os dedos sobre alguma coisa macia, maleável, entretanto, viscosa, e de ouvido em alerta eu ia retirando aquilo da cabeça. O escorregar nas mãos deduzi ser um manto.* — A sisudez da fala fiava de veracidade a história do garoto, o que apagava os gracejos de Penélope. — *Receoso de me cortar, cuidadosamente consegui retirar o manto. Com ele em mãos, fiquei a matutar... Apertava para certificar-me se o manto ainda estava nas mãos... Daí tive vontade de enrolar somente as pernas com aquilo. Elas desapareceram... Isso mesmo. Não enxergava as pernas... Eu sabia que estavam lá, pois dei alguns tapas ardidos para ter certeza da existência delas, mas como não as enxergava? Subi o manto mais um pouco, enrolando o tronco... Onde estava ele? Meu corpo desaparecia sob meus olhos... Transparente como água... Loucura... Então o tornei sobre meu corpo inteiro. Deduzi que ninguém me enxergaria...*

Trombei num transeunte, nada. Apenas recebi como resposta uma cara de espanto acompanhado de um "Devo estar louco... não tem ninguém aqui...", e continuei no caminho. Cabeça curvada, puxava o ar vindo por baixo da barra do manto, ardia de calor sob aquilo. Soldadescas em formação, passei entre eles, imune. Como? Simplesmente ninguém me apreciava pelo sentido da visão.

Penélope redigia em silêncio, saboreava tremenda inocência do garoto no hiato da fala. Quando ele parava a procurar os detalhes do ocorrido, ela antecipava aquela história com últimos fatos da casa: *como ninguém vira a fuga do padre batavo? A casa de sua Senhora era vigiada com cavaleiros experientes...*

Estas sementes de possibilidades germinavam em suas ideias.

Mensageiro: *As águas revoltadas, sejam no mar ou mesmo nas corredeiras dos rios, soltam bolhas transparentes, perdidas no ar, flutuam sem rumo conforme a luz do dia e tornam-se invisíveis, frágeis, apagam-se ao sabor do vento. Pensava na capa desse jeito, só que com o peso suficiente de suportar, então, continuei a insultar a soldadesca. Corria entre eles, depois parava na frente, retardaria o avanço, nada. Desviava deles para evitar ser pisoteado. No meu íntimo sofria insultos: "Vosmecê está louco". Como uma floresta repleta de árvores de tamanhos, formatos diversos preenchidas por trepadeiras, cipós e outros espinheiros verdes disputam um pedaço ao sol favorável a canções improváveis ante passagem do vento por entre verde interminável, minha cabeça ia de igual, tendo de tudo vibrando sob a chegada do manto... Tinha compromisso de liquidar o padre batavo, missão dada pela Amazona, capa escarlate. Diante dos deuses, vosmecê manterá isso em segredo!* — suplicou.

Penélope fiou seu compromisso. Tirou o punhal da bainha, comprimiu seu punho esquerdo com ponta aguda do metal até brotar sangue.

Primeira gota derramou no papel: *Eis aqui minha honra.*

O garoto ficou espantado com a frieza dela; entretanto, mais confortável para continuar na descrição da verdade dos fatos.

O mensageiro: *Caso não executasse a missão, o mal sobreviria sobre a casa da nossa Senhora...*

Penélope: *Por isso ela queria os detalhes do sepultamento do corpo.*

De patético, a história do menino passou a encorpar veracidade, porque, diante da realidade dos fatos, é impossível ter argumentos opostos. Então, Penélope era toda ouvidos.

O mensageiro: *Como dissera, minha cabeça crescia como capim depois da chuva. O que fazer? Trovoadas de situações, relâmpagos de medo... Quanto tempo ficaria com a capa? Apareceu do nada, desapareceria também... Animais feridos sempre se aproximam dos humanos como última opção à sua dor. Assim, voltei para casa, lá me sentiria seguro, mas, no caminho percebi: nossa Senhora mantinha o padre batavo preso porque ele valeria algo, senão o teria enforcado no dia da captura. Se, em vez de matá-lo, eu o escondesse? Somente os deuses saberiam do meu plano, corria o risco de a Amazona conhecer os fatos. Nesse caso, realmente elas teriam linha direta com os deuses e eu estaria morto. Sob o fio da navalha, comecei meu plano enrolado no manto de cota inquebrável, adentrei pelos fundos da casa despercebido aos olhos do cavaleiro de guarda. Havia uma mucama no pátio, passei. Ela olhou em minha direção, espantada, parou, rápida unção de proteção aos deuses, retornando seus afazeres. Com isso, ganhei confiança. Casa vazia naquelas horas. Já no calabouço, suspeitei que o padre morreria de medo, pois enquanto eu atava as mãos dele, o coitado suava horrores, clamava aos deuses na língua materna com tal fervor que causava medo em mim. Amarrei os pés espaçados o suficiente para caminhar. Estava com um punhal em riste ao levantar o manto e o absorver para junto de mim. "Se deres um pio faço picadinho de Vossa Reverendíssima." Um brutamonte daqueles, medroso, concordou. Saímos da casa, fiquei perdido. "O que faço?" Improvisei. Seguimos pela rua, caímos aos pés da capela. Vazia. Trêmulo, ele disse: "O capelão responsável deixou a cidade." Lá dentro, retirei o manto, jogando-o na extremidade do primeiro banco. Precisava marcar o lugar para depois encontrar, a coisa* era invisível. Ainda atado o conduzi ao pequeno porão nos fundos e lá o enclausurei. Engraçado, ele não pediu clemência, resignado como um animal à degola, em silêncio, apenas tremia...

Penélope: *E o manto? O que fizestes?*

Mensageiro: *É, aí mora a incerteza de lucidez... Voltei ao banco marcado, para minha surpresa desaparecera. Fiquei a apalpar por todos os bancos da capela, ajoelhado refiz também o assoalho, sem sinal...*

Cabisbaixo, o mensageiro se calara.

Penélope: *Recordo os padres no convento, sempre proclamavam estrofes de poetas gregos e de lá imergiam diversos deuses, cada qual com um propósito para moldar a terra tal como a conhecemos, desde criança ouço desses poetas. Lembro-me de um dos deuses, o mais feio dentre eles... Criança, não aceitava a existência de um Deus feio e manco, mas, entre suas virtudes, estava produzir ferramentas de guerra indestrutíveis, e tinha um manto de cota invisível dentre suas obras... Parecido com vosso relato. E quanto tempo vosmecê ficou invisível?*

Mensageiro: *Um quarto do dia... Interminável... Quero que guardeis essa missiva, e se ao raiar do dia eu não retornar, entregai em mãos à nossa Senhora...*

Lágrimas. Como desde tenra infância viveu sob as batinas de homens de fé, Penélope aprendera sobre o poder das súplicas... Propôs uma oração aos deuses; para o garoto, qualquer ajuda era bem-vinda, aceitou.

Deixei-o falar, pois sabia que "teria ajuda dos deuses"... Donde caiu o manto? Dos céus, evidentemente... Sempre assim. Quando fazem sacanagem conosco as desculpas ficam ao encargo do além. Herdeira precisava puni-lo severamente... Esperamos, no desenrolar dos fatos.

No sopé do morro das araras, o comboio dos três capitães parou para descanso rápido. Nesse ínterim, um mensageiro "dito" em nome do Senhor do castelo alcançou retaguarda deles, com notícia que deveriam recolher-se novamente ao castelo. Missiva curta, sem mais acrescentar. Discussões. Francisco de Menezes, o capitão mais experiente entre eles, somente escutava. Conseguia, dentre diversos aromas, pinçar cheiro de conspiração e sabotagem na raiz da notícia. Só que o fator tempo é impiedoso nesses casos, deixando de lado sua disciplina constante, sai em disparada, mais ligeiro que ele mesmo. Quando deram conta, o sol se escondia atrás das colinas. Até então quieto, Francisco de Menezes ordenou que dois capitães retornassem ao castelo, e ele prosseguiria para a capital. Ergueram pouso ali; antes de raiar o dia sairiam pelo caminho. Feito.

Gosma de barro misturada na argila mole preenchia os espaços entre os dedos dos pés a tragar para profundezas do brejo, janela de friagem a subir pelas pernas. Esse charco impregnava as pernas de ambos, que despendiam força descomunal para se libertarem a cada passada. Nessa sofrência, ainda lutavam sufocando o som dos movimentos, sendo invisíveis à guarda do alto muro. Cheiro úmido de brejo. A travessia do alagado seria pelo lado sul no ponto mais estreito, evitariam o mosteiro tomado pelos contrários desde o primeiro ataque contra a cidade. Ressabiados, iriam de jangada pela banda estreita do alagado, depois iniciariam a invasão, contornando por sob as águas até aos muros. Para tal, usariam ferramenta desenvolvida pelos antepassados do régulo guerreiro, espécie de zarabatana de bambu noviço. Conseguiam, com a cabeça imersa na água, respirar pelo orifício por longo tempo, camuflados no espelho d'água. Avanço cauteloso. Dificuldade maior estava no retorno com o padre batavo nas costas, sabiam disso. Aportaram aos fundos da rua dos mercadores, no lado oposto do alagado. Desconfiados, deslizaram pelas taboas e arbustos das margens sem, no entanto, incomodar a cantiga dos brejos. Subiram talude apoiados nas sombras da noite. Correram pelas ruelas. Quando avistaram a capela, uma dupla de soldados em frente ao Cruzeiro fazia rondas por lá. Parados. Entre atacar e esperar o desenrolar dos fatos, precavidos, tiveram paciência em aguardar os dois concluírem um dedo de prosa, para depois seguirem pela sentinela noturna. Coração do mensageiro saía pela boca. Ao sinal do régulo guerreiro, avançaram para capela. Deram de comer ao padre batavo. Silêncio. Providenciaram bebida. Gotas de unguento tratadas pelas mãos de anciãos moradores nas profundezas das matas. Aquilo, misturado na bebida, era o suficiente para apagar o padre. Horas depois ele apagou, de medo ou realmente efeito da poção... De retorno, arriscaram contornar pelo muro até chegar ao alagado. Régulo guerreiro estava sempre atento para detalhes de defesa da cidade, desde distanciamento das sentinelas no alto das muralhas até as bocas de fogo, já instaladas pela cidade. Transportaram padre amarrado numa rede presa em dois pontos de caibro roliço com sua extremidade amparada pelo ombro de cada um. Retiram o padre da rede ainda mole pela poção. Com os bruços, agora amparado na madeira, de cabeça fora da água, escorreram para longe dos muros.

Mares domesticados, talhados inúmeras vezes por embarcações oriundas da Velha Senhora para os recônditos mais remotos do mapa, diminuindo distâncias dos reis a seus súditos. Os Pigros trilharam nestes novos trajetos, fazendo do futuro incerto seu lar. Imersa nessas situações contraditórias, Herdeira distanciava-se dos fatos e, como ave ligeira, plainava a observar paisagens possíveis. Novo dia. Deitada no canapé, olhar fixo na infinitude, transpassava teto de piaçava, perdia-se no firmamento... *"Caso derrotassem os contrários, como a corte receberia tal negócio? Leais em defender propósitos reais dalém-mar...? Mensagem de força própria, sendo o prenúncio de emancipação precoce em relação à Coroa...? Continuaríamos sozinhos, correndo com próprias pernas, primeiro os batavos, depois os franceses, que, naquela altura, já ciscavam pelas bandas do norte adentrando no delta do grande rio... Mesmo na vitória, o Rei enviaria um dos seus pares na governança destas terras...? Firmar acordo com os contrários para dar cabo aos combates e romper com a Coroa...? Em caso de derrota? Ficaríamos em pé... Caso suspeitassem de pedras preciosas, nós da terra estaríamos fritos porque viriam com força redobrada... Dariam as caras também os franceses... Poderia usar essa notícia como salvo-conduto em caso de derrota: ouro..."* No íntimo seus monstros baniam dos pensamentos a palavra derrota. Herdeira, nessas paragens diversas, tinha noção das dimensões do tabuleiro, qualquer jogada sua repercutiria na corte e nos reinos adjacentes. Ledo engano imaginar que passou despercebido: "*Matuidi vive de amores com senhorita Catharina*", e, no meio das obrigações de governadora, encontrava um gole de tempo para vociferar contra os pombinhos. Como?! Quais eram os interesses de Matuidi? Notícias da prisão do governador chegara no castelo? E o padre batavo? O que diria da notícia? Na mesma cabana de Herdeira, Penélope estava deitada no canapé de canto. Dormir em redes era sofrível. Estava acordada, só que paralisada pelo teor do manuscrito. Depois da saída do mensageiro, ela tomara coragem para ler os papéis retirados dos aposentos do padre Antonil. É assunto sério, necessário explanação minuciosa para os envolvidos não serem fritos por julgamentos rasos, mas, em linhas gerais, é o seguinte: o Rei, Dom Adormecido, cara meio sem noção, esquecera o básico: *perfume de mulher casada é pólvora...* Nada. Foi atrás do rabo de saia errado, logo a mulher do Moloco, maioral do norte africano. No sorriso deste cara escorria sangue, por aí dá para ter ideia da delicadeza com seus desafetos. Dom Adormecido desapareceu nessa incursão pelos rincões do continente africano, nunca mais visto. As crônicas dos reis lusitanos possuem vasta história sobre o fim dele. Nasce um bebê, fruto daquele amor proibido, assim. Um padre da companhia, ciente do desfecho fúnebre para o bebê, leva-o escondido num navio mercante para Rates, aquela que seria Mãe de Penélope. Ela, nos anos áureos da adolescência, era de uma beleza estonteante oriunda da miscigenação das raças, caminhava numa tarde de sol pelas ruas da capital perto do palácio real. No caminho cruzou um príncipe espanhol cujo reino, àquela altura, vivia uma aliança com os dali. Pronto: outra merda. Príncipe calou os de Rates depois de sobejar de ouro o baú da casa. Desta feita, padre Antonil, incumbido de esconder a vergonha da Mãe de Penélope, com ordenança esfarrapada do cardeal, recebeu missão de anunciar o santo evangelho nas terras dalém-mar. Saiu de Rates às pressas levando o bebê. Caso o Rei suspeitasse desse negócio, uma forca seria pouco para conter a ira de Vossa Majestade. Penélope era sangue azul em dois continentes, avós, Pai... todos maiorais em seus domínios. *"Minha Mãe está viva?"*, martelava seu coração. Herdeira conhecia sua história? Quando vencessem os contrários, entregaria aqueles manuscritos à Herdeira... Talvez descobrisse onde estava encarcerado o padre Antonil. Conseguiria mais detalhes dos seus? Por que ele nunca contou?

Faixa estreita de areia depois do terreno ressabiado ia até aos pés da escarpa formada entre tantas desavenças das instáveis placas tectônicas. Desnuda de arbusto, expunha rigidez de sua silhueta marrom-avermelhado com faixas transversais de sobretons ao redor da cor principal. Já no topo, a cidade, de fato, apoderou-se do terreno macio com suas casas, igrejas, palácios e falcatruas, costurada por ruas calçadas de basalto que avançavam até os muros limitados pelo alagado. Logo depois, os campos de lavoura que abasteciam a cidade, competindo com a natureza selvagem da verde mata, vários talhões de sobretons também verdes, próximos aos alagados, ciscando sobre o brejo. Plantação de aspecto simples para olhar desavisado, um capim-braquiarão, quaisquer seus molhos atingiam, no máximo, a cintura de um homem. Naqueles dias, um sol causticante perdera para a lua de chuva mansa, repercutindo em cachos carregados com sementes que pendiam do topo das varas dando outro molejo aos movimentos, olhando aquelas criaturas do alto quando da passagem do vento vindo do mar. Uma alternância no sacolejo de topo verde e derivados do verde tornam-se em ondas, desenrolando-se por sobre manto da plantação. Esse inesperado vaivém provocava revoada dos pássaros naquelas horas da manhã, que usufruíam das sementes primeiras. De vizinho, outra plantação com folhas cascudas que pinicavam os desavisados quando caminhavam por ali, ornadas de flores grandes de amarelo-palha e roxo brilhoso nos arredores do pistilo, tomando um espaço tímido do terreno. Depois mandioca, feijão, tudo mais para alimentar a cidade. No silêncio da aurora, pássaros mantinham revoada incomum, inquietude tamanha que despertara atenção do negro, lá no aldeamento. Já era tarde. Pelotão dos contrários rompeu o cinturão verde da plantação, avançou para o aldeamento. Os nativos foram surpreendidos. Soldados da terra, naquela manhã, já atacavam ambos os portões da cidade. Ali estavam totalmente desamparados. Ao som dos primeiros tiros, Herdeira e Penélope saíram da cabana preparadas para o pior. O desespero tomava conta das negras e suas crias, num escarcéu de tristezas: choro, gritos de lamento aos deuses que paralisou Herdeira. Um toque no ombro:

— *Senhora.*

Era o régulo guerreiro. Sabia das emboscadas de varapaus preparadas pelos nativos circundando a aldeia. Então ordenou que um dos negros disparasse. Aquilo retardaria um pouco o avanço dos contrários. Posicionou o guerreiro, mais alguns negros armados, em pontos estratégicos da aldeia. Ela, com Penélope, retiraria as mulheres e crianças pelos fundos da aldeia. Combinaram que eles também fugiriam. Fariam resistência somente para as mulheres ganharem distância na fuga. Corriam pela picada, as crianças ainda choravam. Ao serem surpreendidas na retaguarda por uma matilha de contrários, o mensageiro levara um golpe, cambaleando pelas bordas do mato na iminência de ser destroçado, quando um zumbido de flecha transpassa o peito do agressor. A haste da flecha vibrou, fincada na tábua de carne do corpo que caiu morto. Surgem, por entre as ramagens da mata, Amazonas com fúria desmedida sobre os contrários, apagando-os da terra dos viventes, alívio geral nas mulheres. As amazonas arrastam como podem o mensageiro para não retardar a fuga. Silvo longo ressoa pela mata. O mensageiro, meio grogue, entendeu mensagem: "*O batedor dos capitães estacionados no castelo anunciava aproximação do aldeamento*". Exalava dor por todo o corpo. Mesmo neste triste estado, respondeu com outro silvo. Quarto de tempo na frente, encontram comboio de Francisco de Menezes. Herdeira se apresenta, solenemente ele curva-se diante dela, depois conversam, anunciando novas de ambos os lados. Herdeira fica emputecida diante da história. "*Missiva ordenando retorno de dois pelotões ao castelo?! Quem ousa infligir minhas ordens?*", gesticulou, enfatizando com as mãos sua indignação. contudo no seu íntimo... "*Serei impiedosa com estes incircuncisos!*" Cientes do ataque-surpresa dos contrários, o capitão saiu em socorro do aldeamento, entretanto, liberou um mensageiro de confiança para trazer dois pelotões imediatamente à capital. Herdeira procurou pouso para mensageiro na roça de um caboclo à margem direita, já no término do caminho dos animais. Por lá estacionaram. Os da casa receberam gostosos, cientes de hospedarem a Herdeira. Penélope e as amazonas montavam guarda dalém das roças, enquanto as negras reparavam o corpo do mensageiro com unguento e especiarias; ele estava desacordado. Herdeira revivia o momento que conhecera o guri. Amava-o, porém, não podia descuidar de todo o povo, que dependia de suas decisões. Uma amazona foi despachada para aldeamento em buscas de notícias da capital. Poderiam utilizar este ataque para surpreender os contrários invadindo a cidade... Seria isso que eles pretendiam? Como sabiam do aldeamento dos negros? Resgatariam o padre batavo? Esta possibilidade estremeceu todo o seu corpo, correu então para o mensageiro... Com as duas mãos, fez um pequeno travesseiro para a cabeça desacordada dele:

Herdeira: *Onde está o padre batavo? Onde está o padre batavo?*

Diante da indiferença, lágrimas escorriam pelo rosto dela. A negra junto deles, com olhos pregados no chão, respeitava a dor de sua Senhora. Herdeira, com as costas das mãos, secou as lágrimas, impôs outra mão na fronte do desfalecido, misto de cantiga com lamentos, proferiu sequência de palavras em latim abençoando-o, depois, em passos firmes, saiu.

Herdeira: *Quantas guerreiras possuímos?* — porém, antes da resposta daquela de capa escarlate, ordenou: — *Vamos para o aldeamento. Assim que vencermos os contrários atacaremos de surpresa a cidade. Somente manteremos o maioral dos batavos vivo. Tão somente retende um trio de Amazonas de confiança com Penélope para proteger estas paragens!*

Os varapaus nem fizeram cosquinhas nos contrários, avançaram por cima dos seus mortos como se não existissem, com vestimentas de colorido que destoava do verde. Olhos nativos, ao enxergá-los, amedrontavam pela impressão de grandiosidade, entretanto tornavam-se alvos fáceis às flechas. O régulo guerreiro amoitado num ponto estratégico do descampado, matutava como enfrentá-los. Não possuía destreza de estações passadas, mas treinara muito no castelo na ausência de Herdeira, e depois com Catharina de Rates no manuseio das armas de guerra em exercício diário que preenchia metade das manhãs no solário. Com aquela donzela de aspecto frágil, readquiriu confiança necessária para adentrar em campos de batalha, meio esquisito. Era revigorante sentir o sangue pulular nas veias, com o corpo enrijecido a transbordar suores. Já a ausência do dedo era imperceptível. Como de costume, em batalhas, soltou silvo para agrupar seus combatentes, e os negros obedeceram, simples. Mergulharam no meio do verde, lado aposto ao avanço dos contrários, sob batuta do régulo guerreiro. Chuvarada de flechas abatem os inimigos. De imediato, os defensores correram mato adentro, circundando as bordas do aldeamento, agruparam. Chuvarada de flechas sobre os inimigos, novamente alteraram posição. Contrários atordoados, descarregavam trabucos à moda bosta, indistintamente.

Alguns cambaleantes invadiram as primeiras malocas para esconder-se das flechas. Desordenados, lutavam contra alguém invisível. Essa desvantagem não significava derrota, considerando que se apoderaram do aldeamento. O régulo guerreiro mais alguns negros recuavam mata adentro. Deixaram de rastro corpos de seus irmãos mortos, porém, ele voltaria para retirar do paiol o padre batavo. Parou em um local seguro, confidenciara sua intenção aos negros, silêncio. Fumaça tímida da noite passada sinalizava o centro do aldeamento. As coisas estavam quietas por lá. Campeando na dianteira, sem incomodar cantiga dos pássaros nem alterar o farfalhar das folhas, deslizava invisível pelo mato, espiou. Ainda em posição de combate, os contrários buscavam qualquer motivo no verde para suspeitar dos nativos, entretanto, ninguém nos arredores do paiol. Demais malocas ocupadas. Única de pau a pique preenchida com varas, impossível enxergar interior: cilada? Silvo longo, chuvarada de flecha oriunda do lado oposto do paiol se abateu sobre os contrários. De imediato, trabucos descarregados àquelas bandas. Nesse ínterim, régulo guerreiro encostou no paiol com tocha na mão, ateou fogo no sopé das estacas. Ao alastrar pelos fustes secos, ele se escondeu novamente no mato. Atento. O fogo guloso devora a madeira, soltando baforadas de fumaça espessa a chacoalhar as ramagens das árvores nos arredores, de calor tamanho que aumentou a área destruída. Cambaleantes, saíram do paiol em fila dois contrários, seguidos do padre batavo aprisionado por cordas; uma lâmina ágil degola o segundo da fila. O primeiro, surpreendido, virou-se para ver, quando outra lâmina impiedosa também penetrou em seu peito, e, com os olhos vítreos enxergando o fim, ele caiu morto. O padre batavo estava congelado. O régulo guerreiro arrastou o padre batavo pelo mato quando um silvo se fez ouvir por sobre as árvores. Homens dos capitães estacionados no castelo? Antes de ordenar os pensamentos, estrondo de trabucos saíram do mato para atingir o meio do aldeamento. Francisco de Menezes e seus homens atacaram os contrários. Negros gritaram uivos de alegria. O chão tremeu. Emergiu do mato uma voz firme no dialeto dos Países Baixos, conclamando contrários a entregarem suas armas... Com baixas consideráveis e caminho de fuga incerto, pois em cada instante eram atacados de posições diversas, desconheciam o tamanho da tropa inimiga. Rendição, única saída sensata.

Por aquelas horas, o mensageiro, que reteve os capitães, confidenciava a alguém nas sombras da figueira-brava: *Ficaram desconfiados, assim mancomunaram por horas. No final da tarde, o capitão Francisco de Menezes decidiu prosseguir, e os demais retornaram.*

Matuidi responde: *Será que desconfiam? Não esqueçais: fazemos isso em nome de Deus... Agora, pegueis víveres e ide para os currais do norte, ninguém saberá desses negócios.*

Francisco de Menezes conseguia os detalhes nas estratégias dos contrários com um prisioneiro, o maioral deles, na chegada de Herdeira com as demais Amazonas. Sem titubear ou perguntar o que rolava por lá, Herdeira enterrou um punhal no peito do refém. O mesmo de sempre: olhos esbugalhados, cuspindo sangue, balbucia palavras inteligíveis, depois desmorona. Francisco de Menezes, sem entender qual propósito da fúria de sua Senhora, demonstrou irritação, mas conteve-se calado. "*Que merda é essa?*" Ele detalharia os negócios dos contrários, engoliu seco. Enquanto o maioral dos contrários espatifou-se morto, combatentes em volta também com caras de incógnita na espera de explicações de Herdeira, uma voz rompe o hiato de espera:

— *Maria! Minha filha...*

Pior que ser atacada por inimigos é uma voz tão familiar quanto irritante sobrepor sua autoridade diante dos súditos seus apenas com a força da presença dela. Atônitos, todos tornam à novidade que se acercou deles: a Mãe de Herdeira, junto de uma dupla de cavaleiros postados nas orlas da mata. Herdeira, sem perder compostura, orientou brevemente Francisco de Menezes sobre quais seriam os próximos passos para vencerem os inimigos.

Antes mesmo de sair do círculo formado pelos combatentes, voltou-se para Ele: *Ficaremos estacionados aqui até as novas dos que atacam os portões da cidade; e mais: enviaremos espias para dentro dos muros da cidade ao cair do dia. Enquanto isso, vamos refazer as defesas do aldeamento, mas, antes, distribuí vossos melhores vigias pelos pontos estratégicos em relação à cidade. Neste momento, precisamos de sobriedade para decidir como abater por completo os inimigos, também entender como eles conseguiram nos atacar.*

Limpando as mãos sujas de sangue, tranquilamente foi ao encontro de sua Mãe, surpreendendo o comandante. Um abraço efusivo sem palavras, no entanto, cheio de amparo emocional; Herdeira se segurou para evitar as lágrimas. Os cavaleiros, respeitosamente, deixaram-nas a sós. Herdeira ainda estava enfurecida com a ousadia de sua Mãe em deixar o castelo para acompanhá-la na batalha. Senhora sua Mãe leu as intenções da filha e sorriu com afeição. Aquilo fora de tanto forte que apaziguou o coração dela. Outro abraço. Daí em diante, palavras de cumplicidade entre Mãe e filha emergiam com naturalidade:

Senhora sua Mãe: *Estou orgulhosa de vosmecê... Governadora.*

Herdeira: *Como estão as coisas no castelo?*

Senhora sua Mãe: *Papai retornou... Catharina de Rates... O régulo guerreiro é um homem excepcional, saiu do castelo um dia antes de nós, mas veio em disparada, e vosmecê sabe como é lento o andar de uma dama.* — A ironia da fala extraiu sorrisos delas. — *Cansei das aventuras com o negro... Resgatei a mucama dos currais do norte... Ela estava pele e osso...*

Nisso, o semblante de Herdeira decai.

Senhora sua Mãe prossegue: *Minha filha... O oposto do erro não é o acerto, e sim a submissão ao perdão... O primeiro ato de reconhecimento do erro. Isso dizia vosso avô. Ela certamente perdoará vosmecê, aliás, insistentemente pergunta notícias vossas... Diz também sobre um talvegue ao sul do pôr do sol... Eu sei lá o que é isso!*

Herdeira: *Mãe, vosmecê voltará. Aqui é perigoso, estamos nesse aldeamento sem conforto. Mãe, nós padecemos as dores de uma guerra! Precisamos proteger a mucama daqueles que mataram o negro no calabouço, lembrastes?*

Conforme colocava os fatos em única tacada, deixava sua Mãe em alerta.

Senhora sua Mãe: *Mas por quê? Não! Enviarei mensageiro a vosso Pai contendo essas obrigações com a mucama, mas ficarei convosco. Concentrai-vos em conduzir nosso povo para a vitória. Das demais coisas cuidarei eu. Aliás, manejo muito bem uma espada...*

Impossível relutar frente à determinação gigante da sua mãe.

Herdeira resignada: *Chamarei por Penélope para mostrar nossos aposentos.*

Sorrisos, depois outro beijo materno.

Senhora sua Mãe: *Filha, quem é o prisioneiro nas mãos do nosso guerreiro?*

Herdeira: *O padre batavo, que espiava estas terras a mando dos Senhores dos Países Baixos, parentela vossa... Atualmente, nossos inimigos... Estou aliviada, pois pensara tê-lo perdido...*

O cara, apesar de cabisbaixo, mantinha olhar aristocrático, porque, do resto, assemelhava-se a um andarilho... A Mãe estava indignada, entretanto, processando a ideia de os consanguíneos serem inimigos atracados na baía... Pensamentos voaram aos pés dos antepassados fincados nas cercanias da capital da pátria dos Países Baixos. Aquele esquema de sempre, pensar nos verões de céu estrelado com brisa suave agitando os cabelos. Dos invernos encolhidos ao redor da lareira sob saraivada de longas conversas a respeito do mundo, escutando histórias dos viajantes ou estrangeiros na borda dos copos suntuosos de cerveja. Recordava também as discussões envolvendo a fé de cada pessoinha, mas o maioral sempre dizia: "*Não aceito o princípio de que os monarcas governam a alma de seus súditos*". Aquilo acalmava os ânimos por ora.

Sua mãe continuou em seus desvaneios: "*O que tenho de lá?*" Passa por rápida revisão e apercebe-se que nada trouxera consigo: "*Baú de moedas? Sim. Herança por direito. E aqui, quem sou? Tenho minha família... Fé em Deus... Propriedades a perder de vista... Poderia me apresentar ao maioral dos batavos? Acalmaria essa matança? Um cavaleiro da mamãe até a roça onde o mensageiro e Penélope estavam acolhidos*". Às voltas com Francisco de Menezes, enquanto os combatentes não retornavam do assalto aos muros da cidade, discutiam possíveis ataques, carta aberta sobre cavaletes. Numa improvisação de tenda, no centro do aldeamento, marcava com maravalhas pontiagudas pontos estratégicos, ora de defesa, ora de ataque. Desconsideraram enviar espias para dentro dos muros da cidade: muito arriscado nesse primeiro momento... Depois sim... Também o situou sobre o importante prisioneiro. Sem perguntas por parte dele. Agitação tamanha para recompor defesas, mais preparativos fúnebres dos mortos naquela manhã. Deixada sozinha na tenda, Herdeira detalhava a estrutura para organizar o aldeamento, responsáveis pelas defesas, batalhão de ataque aos portões da cidade; designaria um chefe dos espias, quem providenciaria víveres mais água; e a comunicação com todas essas frentes ficaria com seu mensageiro, quando se recuperasse. Conheceria de imediato a quantidade de víveres que possuíam, armas, munições, somatória de combatentes. Entretanto, foi surpreendida por um homem aos gritos de súplicas, que adentra no aldeamento sob as duras mãos do cavaleiro de sua Mãe, que saíra para trazer a salvo o mensageiro e Penélope. Campeando atentamente pelas bandas da roça do caboclo, surpreendeu um espia dos contrários de cochilo num mosto de colonião. Ameaçando tirar um quinhão da orelha, dedos, línguas ou parte que valha, qualquer desgraçado desembucha o falar... Desde quando tomaram a capital, os contrários espiavam o aldeamento dos negros. Tudo mais das fraquezas da terra a saber aos batavos.

A Amazona, aquela de capa escarlate, a sós com Herdeira: *Precisamos liquidar com o padre batavo... Está prisioneiro de Vossa Senhoria. Há* pouco o vi aqui no aldeamento. Isso é ordenança dos deuses... Sabendo estávamos que o mensageiro já o havia feito...

Herdeira, olhos no chão, concordou com fiapo de voz: *Eu também pensei.*

Enquanto matutava no tabuleiro qual peça mover, qualquer palavra distorcida aquebrantaria a confiança dos maiorais... O mensageiro fez merda, ralhou para si. Contraponto. Benevolência é dom dos céus.

Voz impositiva: *Lá nas minhas herdades, uma donzela carrega no ventre o filho desse batavo...*

Quis saber a Amazona: *Catharina?*

Herdeira: *Sim... Aguardaremos as próximas luas.*

Amazona: *Aguardaremos...*

O assunto ficou por assim. Sozinha, anotações pinçadas das falas dos presentes segredavam os dissabores do dia. Herdeira, naquela noite, na escuridão dos olhos fechados, estava em paz, os monstros de outrora desabitaram seus sonhos... Seria o retorno da mucama para o castelo? Alguns dias depois. Desgraça pouca é bobagem: enquanto o comboio do Senhor do morgado saía nas primeiras horas da madrugada rumo ao norte, carregado de produtos da terra para despachar à Velha Senhora, com alguns cavaleiros e sem os pelotões que já estavam em combates na capital, os serviçais nos arredores do pátio da casa faziam preces chamando companhia dos deuses para sorte daqueles envolvidos na empreitada. Com Matuidi garboso na dianteira, foram atacados de assalto pelos caetés, ainda nos portões do castelo. Aquilo virou uma tremenda bagunça; cavalos, na tentativa de fuga, presos pelo peso das cargas, assustados, relinchavam como loucos, as serviçais esconderam-se nos porões do castelo, também numa gritaria ímpar. Cavaleiros safos, sempre preparados para o pior, contra-atacaram os intrusos, porém, alguns deles já haviam invadido o terreiro principal do castelo, muvuca estabelecida. Catharina de Rates, trêmula, respirou fundo, ciente do significado de todo o tropel no pátio, e deixou confiante seu aposento para garantir vida à semente que carregava no ventre. Primeiramente precisava sobreviver. Lutaria por isso. Posicionada num parapeito superior do castelo, disparava seu arcabuz contra os inimigos. Ato do tiro, carregar arma, depois ajustar o foco da pontaria e disparo era pouco eficaz em contraponto aos movimentos ligeiros dos caetés no terreiro. Fecharia o portão principal. A ideia brilhou forte na cabeça da donzela. Aqueles, estando fora dos muros, ficariam à própria sorte? Cavaleiros experientes... A mucama da casa chegou apavorada, pedindo para enviar um pedido de ajuda à aldeia de índios amigos nas partes baixas do castelo. Quem seria o mensageiro? A mucama prontificou-se.

— *Não!* — retrucou a donzela. — *Desconheço este castelo, preciso de alguém como vosmecê aqui... Os filhos das negras, onde estão? Um deles irá... correi, vamos, achai um!*

Escondeu Inês de Rates, sua Mãe, num cômodo contíguo aos aposentos superiores. A mulher, quase desfalecendo de medo, não tinha notícias do marido desde que fora feito refém pelos contrários. Se perdesse também sua única filha, seria danoso sobreviver, beijos em lágrimas.

— *Sede forte* — repreendera Catharina.

Aquela donzela, outrora de pele branca com curvas econômicas, de adjetivos frágeis, tornou-se numa gigante: espada em punho, arcabuz nas costas, desceu cautelosamente as escadas com a mucama na retaguarda. O jovem filho das negras, sorrateiro, escorregou pelos porões do castelo, saindo nas ribanceiras dalém dos muros. Livre dos caetés, levando mensagem de socorro. Catharina de Rates ordenou que fechassem todas as portas do piso inferior de acesso ao átrio interno do castelo, orientou as negras a prepararem vasos com água para apagarem o fogo, caso os inimigos usassem desse artifício para romper as portas internas. Juntou três negros dos serviçais, saíram com a missão de fechar o portão principal do castelo. Já no átrio interno, quando olhou para conferir a coragem deles, foi surpreendida pela presença da mucama. Facão também em punho...

— *Darei minha vida para proteger este lugar.*

A donzela calou. Saíram do átrio interno, percorrendo rapidamente a parte baixa do castelo no cômodo contíguo ao terreiro. Com apenas uma porta separando-os da peleja, ouviam urros indistintos de corpos em ebulição. Catharina, na dianteira, posicionou os negros para abrirem a porta. Eles sairiam na sequência, atrás deles, duas negras fechariam aquela entrada. Feito. Com espada talhada nas mãos firmes, a donzela foi jogada aos lobos. Os primeiros raios do dia dissipavam os vultos dos combatentes, proporcionando a origem de tal e qual. Nisso, a donzela fincou no peito do primeiro despercebido a lâmina noviça de sua espada. Últimos suspiros acompanhados de clamor enérgico numa linguagem desconhecida, trôpega, paralisou a menina que escutava ao longe "*Senhora! Senhora! Senhora!*" quando um corpo desmoronando ao chão resvalou no seu, provocando o desequilíbrio dela. A mucama abateu um desgraçado prestes a degolá-la. Acordou! Após outra repreensão, junto da mucama, corpo com corpo, dilaceraram os oponentes. Junto de outros guerreiros chegaram fácil ao portão. Fechado. Poucos caetés resistiam no terreiro. Logo perceberam-se reféns da própria sorte. No meio do círculo fechado pelos da casa, os inimigos conheciam seu futuro próximo. Dois deles deitaram os próprios corpos sobre a lança desnuda e, silenciosamente, se apagaram do mundo dos viventes; outros três renderam-se aos da casa. Os cavaleiros, na parte externa dos muros, também conseguiram colocar em retirada os caetés. No balanço final, perceberam poucos inimigos para aquele tipo de ataque. Dentre os feridos, o Senhor do morgado saíra muito debilitado, atingido na perna e na lateral do abdômen. Fora carregado imediatamente para o interior do castelo nos braços dos negros. A mucama conteria imediatamente aquelas feridas de seu Senhor. O castelo ficou sob ordens de Matuidi. Com desculpas de que causaria incômodos à Senhora esposa e sua filha, atual governadora, não enviou as novas do ataque para a capital, tomando sozinho a decisão de despachar um comboio carregado dos produtos da terra imediatamente para o porto do norte, somente com alguns cavaleiros juntos aos índios da aldeia baixa que, naquela altura, chegaram em socorro nos portões do castelo. Corpos lançados em covas rasas dalém da figueira-brava na borda das matas. Dois homens da casa, abatidos no combate, foram queimados sob solenidade do corpo eclesiástico residente, com cantiga dos negros dali. Lágrimas nos olhos da donzela. Apenas enxergava os olhos esbugalhados do primeiro caeté abatido. Sem fome, passou o dia bebendo apenas água. A mucama, ciente dos monstros que vagavam na cabeça da menina, assim que deixou seu Senhor, acercou-se dela com alguns incensos exalando duma espécie de bule de madeira e cantarolando cantiga da terra de seus pais. Aquilo deixou o coração da garota pesaroso, em transe, transportando a campos distantes de verde sutil. Em poucos passos, escorregou os pés na areia macia da praia, composição do farfalhar das ondas, assobio dos ventos e brilho do sol. Era de enorme paz. Abriu os braços, correndo de alegria, chapando em dose máxima naquele momento. Ao longe, avistou outra donzela. Parecia Herdeira. Desconfiada, acercou-se dela. Sim, era Herdeira. Também sobejando de alegria exposta num sorriso largo, abraçou a donzela. Sem palavras, sentou-se na areia olhando para o horizonte de águas sem fim. A donzela fez as honras a Herdeira, sentando-se junto dela.

Herdeira falou suavemente: *Devo minha gratidão a vosmecê por proteger minhas herdades, minha mucama e, principalmente, Senhor meu Pai...*

Sorriram, quando donzela disse: *Mas foi a mucama que salvou nossas vidas.*

Despertou. Só no aposento, a noite ia alta no teto das matas. Ao longe, o ruído incansável dos ventos vindos da praia, a donzela em completa paz. "*Quanto tempo fiquei aqui? Que dia é hoje?*" Tranquilamente voltou para a cama, ansiando pelo raiar de rotinas do novo dia. Seu abdômen estremeceu com a pessoinha também em consonância com a vida, refletindo num sorriso de paz da jovem Mãe. "*Avisarei Herdeira que estamos bem...*", pensou. Ao raiar do novo dia, sem desconfiar das intenções sacanas de Matuidi — homem confidente de seu Senhor —, sob as barbas dele, enviou uma mensagem para a Herdeira pelas mãos de um negro, filho de uma das serviçais do castelo.

Minha estimada Senhora, prima consanguínea e irmã na fé: Diante do nosso Deus confesso apreço a Vossa Senhoria, hei de servir e defender-vos fielmente. Tendo Deus como testemunha, relato com minhas palavras o que já é de vosso conhecimento, para assegurar e tranquilizar-vos das coisas presentes. Os gentis destas terras, sem temor a Deus, nos atacaram, quatro luas atrás, na saída do comboio com produtos da terra, rumo às capitanias do norte. Com a espada imperiosa dos deuses, conseguimos resistir, dizimando os incircuncisos. Senhor vosso Pai está quase curado dos emplastros sofridos, e vossa herdade está segura.

Sua estimada serva
Catharina de Rates

O início da missiva seguia a rasga-seda formal de sempre, mas o conteúdo cairia como bomba no aldeamento dos negros. Só que, antes da missiva aportar por lá, a boa fama de guerreira da donzela corria pelas línguas incansáveis dos mascates que viviam pelos sertões, trazidas aos ventos até aos ouvidos de Herdeira. Catharina de Rates lutou com bravura indômita, ao lado dos cavaleiros, o Senhor do morgado e seus serviçais, contra o assalto dos temidos caetés.

— *Como assim?* — Aquele que ventilou tais notícias fora inquirido para mais detalhes do ocorrido. — *Donde escutáreis tais novas?!*

Escutou de alguém que escutara por tabela de outro alguém, notícia esparramada pelos sertões sem antes passar pelo crivo da governadora.

— *Quem faria tal insubordinação?*

Com a estrutura do aldeamento montada, responsáveis pelas defesas, batalhão de ataque aos portões da cidade, chefe dos espias, quem providenciaria víveres, água e comunicação com todas as frentes, por instantes Herdeira deixou de lado a organização desses afazeres, chamando Francisco de Menezes, a Amazona, o régulo guerreiro e o maioral dos negros para entender os caminhos do boato. Primeiro o retorno dos dois pelotões pelas mãos de mensageiro vindo do castelo, agora um ataque sofrido pelos da casa, sem notícias do Senhor vosso Pai?! Enquanto refletiam incrédulos com as novas, chega pelas mãos do mensageiro, todo estropiado, o filho dos negros oriundo dos castelos, a missiva de Catharina de Rates. Leitura em alta voz...

Francisco de Menezes, do alto de sua experiência, esperou os ânimos acalmarem para opinar com voz grave: *Devemos ficar com um olho na cuia e outro no cão* — mas, com o dúbio entendimento daquela fala, foi necessário explanar melhor as ideias, e assim o fez com calma. — *Não podemos deixar a capital; entretanto, fechar os olhos para o castelo poderá comprometer nossa vitória aqui... Como enviar produtos da terra para vender enquanto estamos em guerra e precisamos de todos os víveres? Quem é o fiel escudeiro do Senhor vosso Pai? Quem tomaria as rédeas do castelo na ausência dele? Quem quer que seja, por que não nos avisou?*

A resposta óbvia para a última pergunta foi dada por ele mesmo: *Esse alguém não quer que saibamos...*

Nisso, a Senhora sua Mãe irrompe na tenda, em lágrimas: *Sabeis de vosso Pai? Sabíeis dele?*

Para evitar o confronto desnecessário, Herdeira levantou a missiva ainda em suas mãos, apontando o negro, seu portador, que naquele momento saía pelo arraial escorando o mensageiro. Com sinal da cabeça, ordenara aos seus confidentes que esperassem fora da tenda. A Senhora sua Mãe, em dois piscares de olhos, engoliu a missiva, ficando calma, apoiando as duas mãos sobre o tablado. No centro da tenda, deu um forte suspiro, expurgando a barcaça de preocupações com seu Senhor.

Senhora sua Mãe: *Voltarei para cuidar de vosso Pai...*

Herdeira a abraça carinhosamente: *Ainda não, primeiro precisamos saber quem distorce as coisas com intento de destruir-nos e a nossas herdades.*

Com as lágrimas compreendendo a gravidade dos fatos, assim, obediente, deixou a tenda. Silenciosamente em torno do tablado, confidentes, novamente manuseavam na mente possíveis manobras do inimigo oculto pelas bandas do castelo.

O régulo guerreiro sugere: *Como chegastes a essa notícia... Há de se supor que no castelo ninguém desconfia que na capital chegara tais notícias... Se infiltrarmos um dos nossos nas herdades da Senhora para serem os olhos da capital no interior dos muros do castelo.*

Herdeira, desanimada, interpelou: *Quem seria?*

O régulo guerreiro: *Enviaríamos o mensageiro pelas mãos de uma guerreira Amazona com a desculpa de que necessita de cuidados especiais para os ferimentos...*

Herdeira, empolgada: *Ele confidenciaria com a mucama nossas intenções contra os perigos desse inimigo oculto... O negro que trouxera as novas ficará conosco até descobrirmos esse incircunciso... Qual a intenção de Catharina?*

Francisco de Menezes: *Na missiva ela diz que "relato com minhas palavras o já conhecido de Vossa Excelência...".*

Antes de completar seu raciocínio foi interpelado por Penélope, que se reunia a eles no interior da tenda: *Então ela é fiel a vós, minha Senhora! E provavelmente pensa que a notícia do ataque já é de vosso conhecimento, com isso só quis mostrar lealdade...*

Francisco de Menezes completou: *Também penso assim...*

De posse de suas responsabilidades, Herdeira: *Não teremos todas as respostas agora. Farei uma missiva respondendo Catharina, rogando fidelidade sem abrir a boca com ninguém no castelo. Esta carta irá pelas mãos do mensageiro.*

Ordenou também preparar uma amazona e o mensageiro para saída imediata rumo ao castelo.

Herdeira: *Pensaremos num nome para agilizar nossas mensagens entre o castelo e o aldeamento daqui, com as frentes de batalha. Precisamos de alguém de extrema confiança.*

O maioral dos negros indicou o filho. Todos concordaram.

Minha estimada irmã:

Abraço-vos fervorosamente em felicitações por vossa coragem, destreza em defender minhas herdades, o Senhor meu Pai e os demais da casa. Agradecida a Deus por amparar meus passos com uma alma tão fiel como vós, é, entretanto, bem sabemos que um logro vive dentro dos muros do castelo, pois desconhecíamos dos infortúnios causados pelos caetés. Fique ciente das decisões de quem governa nossa casa sem vos perceber. Rogo-vos altiva prudência com discrição desmedida para todos; a exceção da mucama, mantenha esse negócio em oculto. Sede zelosa com o portador destas novas, é nosso irmão de fé.

Receba a manifestação dos sentimentos mais puros: amor e amizade, a vós, irmã, e ao fruto do vosso ventre.

Maria Roothaer

Ao derramar a última gota da tinta, pensava por que odiara Catharina. Foi o estopim depois de sofrer ataques quando retornava da capital ao castelo...

Herdeira matutava: *"Pensei na autoria do governador... Ainda descobrirei quem foi o mandante... Pobrezinha da minha prima. Será conhecida por ela a origem do Pai de seu filho? Por que não perguntou por ele? Seria ele o Pai da criança?".*

Entretanto, a frase do Francisco de Menezes ainda martelava na cabeça dela: *"Um olho na cuia e outro no cão...".* Herdeira desenhava possibilidades, reavaliando uma decisão com único intento, retirar os batavos das embarcações, objetivo maior, carente de discussão para abrangências daquela decisão. Os inimigos teriam também duas preocupações, defender as embarcações e defender a capital. Teriam soldados suficientes? Conseguiríamos duas embarcações para enfrentá-los na baía? Poderíamos surpreender com batéis somente para lançar fogo nas embarcações com intuito de controlar a atenção deles. Que eles olhem somente para o lado indicado por nós. Entorpecida com essa ideia, fixava no tabuleiro maravalha representando ataques simultâneos com possíveis reações dos contrários e suas capacidades de defesa diante do monstro acuado. Conhecedora do inventário das tropas, novamente com maiorais reunidos, expôs sua estratégia para derrotar os contrários. Com doces palavras lançara em rosto deles quão simplista fora a decisão anterior de deixar escapar a porteira para a vitória. Todos em introspecção imediata: *"Quase faço merda...",* ninguém quer admitir. Ciente da necessidade de maturação da estratégia de ataque, liberou-os para pensarem por tempo suficiente. Com ressalva: *"É possível haver infiltrados entre nós. Boca fechada!".* A gentileza aliada à firmeza nas colocações fazia a boa fama de Herdeira se esparramar pelos sertões de dentro, sendo as demais capitais das encostas conhecedoras de tais feitos da mulher. No raiar de outro dia, os batavos entregaram missiva a um dos capitães responsáveis pelos ataques no portão, sem perguntar como isso aconteceu em pleno fogo cruzado de ambos:

Estimada Senhora Maria Roothaer;

Os prisioneiros sob nossos cuidados, o governador destas terras e o padre Antonil, serão deportados para o reino na próxima lua nova.

Saudações fraternais
W.

A missiva, de tão sucinta, abriu caminho para um pelotão de perguntas sem respostas aparentes: *Por que nos avisaram? Por que endereçada a Herdeira? Sabiam de sua governança? Isso fortalece a ideia de haver infiltrados entre nós... Por que saudações fraternais? Conhecem a parentela de Mamãe? Por que disseram exatamente quando a embarcação irá? Despacharão as cargas saqueadas? Como serão deportados, somente numa embarcação? Virá outro navio de carreira?* Herdeira percebe o jogo de tabuleiro fervendo; cada mudança em falso derrubaria o Rei... *Eles utilizam do mesmo fel, querem que olhemos para onde eles querem que olhemos... Em qual lugar eles colocaram os prisioneiros? Provavelmente nas embarcações, porque foram reféns antes dos batavos tomarem a capital; mas em qual embarcação? Sendo assim, nossa ideia de ataque simultâneo desvanece...*

Penélope: Precisamos nos despedir dos prisioneiros antes da partida. Enviai uma missiva com essa necessidade e eu irei para as despedidas... — Todos ficam atônitos, mas ela prossegue. — Em qual embarcação eu entrar, bom, daí vosmecês já sabem: ataquem outras...

No íntimo gostaria de também ser refém para ir rumo às terras da Velha Senhora... Pretendia conhecer sua Mãe. Padre Antonil teria aquela resposta, somente ele. Os maiorais, escaldados pela decisão anterior, trabalhavam com cenários diversos entre ataques, defesas; entretanto, Francisco de Menezes tem sempre em mente libertar a capital, mesmo sem necessidade de vencer os batavos. Na ideia dele, o apoio do reino ou mesmo das capitanias do norte via marítima seria inevitável, sendo eles capacitados na tarefa de vencer os contrários. Já Herdeira, nas entrelinhas, enxergou poço sem fundo nos olhos de Penélope, despercebido na superfície... Trégua mínima para fortalecer as ideias em convicção de certeza do êxito na execução de cada qual.

A sós com Penélope, Herdeira: *O que perturba vosso coração?* — Silêncio. — *Por que vos lançastes à frente para visitar padre Antonil?*

Silêncio rompido pelas lágrimas de Penélope. Vestida como as guerreiras amazonas, retirou do alforje uma carta encontrada no convento dos beneditinos. Remetente, bispo de Rates, com recomendações do padre Antonil e do bebê a ser recebido nas companhias religiosas dalém-mar.

Herdeira: *Vosmecê é sangue da linhagem dos ibéricos...?! Sempre desconfiei de vossa veia guerreira... Ibéricos são inimigos mortais dos batavos, sabeis? Caso descubram suas origens, os batavos poderão fazerdes refém, estais ciente?*

Penélope, meio que implorando: *Mas padre Antonil tem as respostas que procuro... Minha Mãe vive?*

Com todo carinho de irmã mais velha, Herdeira: *Mandai uma carta para ele... A resposta será a mesma.*

Penélope insistiu: *Somente olhando nas janelas da alma saberei da veracidade do que ele diz...*

Cada contra-argumento deixava Herdeira convencida de que Penélope daria cabo a tal empreitada. Suicídio? Penélope nas entranhas do inimigo, diante de prisioneiros reprováveis que fariam de tudo para entregá-la de bandeja aos lobos. Ela, sangue legítimo da realeza ibérica. Seria presa.

Herdeira: *Vamos tentar antever a surpresa dele na vossa presença, mas, antes enviaremos carta aos batavos, exigindo essa entrevista a sós, de despedida...*

Pensou também em Catharina, quanto ficaria devastada com a notícia. Pior seria não a informar da situação. Primeiro, missiva imediata ao castelo.

Minha estimada irmã, sobre desígnios dos Céus recebemos notícias do destino para o Senhor vosso Pai. Tendes algumas palavras a lhe dizer? Partirás para os Países Baixos sob o jugo dos batavos na próxima lua nova.

Anseio ardente em vos abraçar
Sua Maria Roothaer

Tinha cuidado em extremos para fazer tal missiva adentrar totalmente despercebida no castelo. Pelas mãos de um mascate de confiança dos negros, enviou a carta escondida dentro de um santo esculpido milagrosamente nos detalhes de imaculada verdade, em madeira de lei para adornar borda da cama do mensageiro, naqueles idos, já acomodado no interior do castelo para se curar de suas feridas.

Enviou aos batavos:

Estimado Senhor W.

Rogamos entrevista de despedida com os prisioneiros, antes da partida.

Saudações
Maria Roothaer

Por si só, é penoso o retorno da capital para o castelo, pior quando o corpo está aos frangalhos. Com a noite no encalço, sob ordens expressas de Herdeira de que o castelo estava comprometido por mãos deploráveis, mensageiro e amazona saíram imediatamente. Pernoite nas roças dalém do morro das araras. Um caboclo daquelas bandas servia como soldado na companhia dos negros, ia de escoltas da dupla até as roças. Espia dentro da própria casa... A situação inquietava o mensageiro. Quanto confiaria tais pensamentos na Amazona, sua companheira de jornada? A cavalgadura dela, de tempos em tempos, esborrifava pequenas labaredas de fogo pelas narinas, filha dos deuses. Estavam em guerra. Cavalos de andar desconjuntados junto do farfalhar dos arbustos da picada abrindo passagem destoavam na mata, e o trio avançava. Audição em alerta máxima na escuridão da noite estrelada. O caboclo, conhecedor daquelas paragens, era todo olhos deles. Ressabiados, aproximaram-se do casebre de sapé. Antes desceram das cavalgaduras, deslizando em silêncio até o pequeno terreiro, arredios a inimigos. Os da casa acordaram também, indecisos sobre quem estava à porta. Voz conhecida do caboclo acalmou as incertezas, a Amazona foi amparando o mensageiro, acomodaram-no num canto sob a luz de uma tocha. Num quarto de hora, tudo se aquietou em completa escuridão, o casebre em repouso. Antes de o sol chegar ao topo do dia, o mensageiro e a Amazona foram anunciados no portão principal do castelo, que, depois do ataque dos caetés, permanecia fechado. Serviçais, capitaneados pela mucama, receberam os viajantes. Contornando o pátio pelo lado da capela, foram introduzidos no átrio interno pelos fundos passando por Catharina de Rates que, àquelas horas, descansava por ali. De imediato, se juntou ao grupo. No átrio interno, vozes relatando notícias da capital sobrepostas por outras vozes replicando as mesmas notícias chamou a atenção de Matuidi e do Senhor do morgado, que, ainda meio torto, se achegou até eles. Antes de inquerir notícias dos seus, ordenou instalarem o mensageiro no andar dos hóspedes, o mesmo de Catharina e sua Mãe. Matuidi manteve distância, encucado com presença do mensageiro. Por que Herdeira tinha tanto apreço por ele? Entre outras preocupações de uma mente sacana. O mensageiro estava deitado no canapé quando a mucama saiu em busca de loções para os cuidados das feridas dele. Ele ordenou, num entreolhar rápido para a Amazona, que ela guardasse a porta do aposento, deixando-o a sós com Catharina. Em pianíssimo:

— *Há um inimigo dentro desta casa.*

Catharina de Rates, com cara de espanto, ficou curiosa por mais detalhes. Aproximando-se do canapé, o mensageiro depositou nas mãos dela a carta enviada pela Herdeira. Depois de juramentar que ninguém saberia daquela missiva, ela foi liberada.

— *Como estamos?* — Quis saber Amazona ao lado do leito após a saída da donzela. Combinaram como comportarem-se nos próximos dias, simulando recuperação tardia.

— *Ainda preciso acercar-me da mucama* — respondeu o mensageiro. A mucama, de retorno, orientou os serviçais a deixarem um vaso de água na extremidade do canapé, enquanto limpava os ferimentos. A Amazona, a par dos negócios, esperou a saída dos serviçais e fechou a porta do aposento. Garantia segredo das falas deles. Rosto indiferente, mucama escutava sobre um inimigo dentro da casa com pretensão de destituir os Pigros das herdades legitimada pelo Rei. Neste ínterim, o jovem entregou as saudações enviadas por Herdeira. A velha sorriu afetuosamente. Na escuridão silenciosa das cantigas noturnas, amparada no brilho de um fiapo de chama, Catharina de Rates leu a missiva de Herdeira. Com urgência, calaria o portador de sua carta a Herdeira de tal negócio, suplicaria ao mensageiro por mais notícias da capital. Vivendo por anos em palacetes aristocráticos, sabia amortizar olhares atravessados, ouvir sussurros de intenções dilatantes e ademais falcatruas negociadas em sinais surdos. "*Como sabe o que trago no ventre?*". A noite estendeu-se por intermináveis horas, em cochilos curtos tentou antecipar a chegada do sol, em vão. Respeitando rotina, saíra aos primeiros sinais do novo dia para átrio iniciando treinos diários. Naquela manhã, a Amazona em silêncio postou-se junto de Catharina, repetindo movimentos de ataque, defesa. O sol extraía delas suores em abundância, obrigando a parada para refeição. Afinidade instantânea. As duas donzelas sentadas na cozinha dos serviçais, vazia àquela altura, quando chegou a velha mucama. Conversavam animadamente: "*Quem sou? De onde vim? Meus pais? Meus temores?*". Respostas alongadas em certeza de confiança em ambos os corações. Catharina confidenciou a necessidade de mais entrevistas com o mensageiro. A Amazona desconversou, ciente da ausência de barreiras a ouvidos detestáveis no interior do castelo. Saíram pelo lado da capela ao pátio sob as sombras da figueira-brava.

A Amazona fez uma recomendação firme esperando pelo consentimento de Catharina: *Qualquer assunto concernente à Herdeira, o mensageiro e a capital conversaremos fora da casa.* — Catharina assentiu, então ela continuou. — *Temos muitas notícias a vosmecê... Traremos ele para uma caminhada no cair da tarde. O negro, portador de vossa missiva para a capital, foi retido por Herdeira para vos preservar... A mucama já está orientada em dar notícias do paradeiro dele aos parentes.*

Aquela orientação acalmou a donzela.

Na boca da noite, da saída da dupla mais o caboclo indo para o castelo, Penélope adentrou na cabana, mesmo antes dos cumprimentos reduzidos. Não que desrespeitasse a legitimidade de governadora de Herdeira, só que o amor genuíno entre aqueles corações tornava desnecessário viverem *sub judice* de gestos protocolares. Um folhetim com detalhes das peripécias do mensageiro enrolado no manto de cota inquebrável, tornando-o invisível, nas palavras dele, com posterior sequestro do padre batavo, fora exposto a Herdeira. Olhos rapidamente sendo conduzidos por traços de escrita impecável, nesta primeira passada, já atônita com o conteúdo abundante em detalhes. Daí, na sequência, vem uma chuvarada de perguntas óbvias. Aquilo que não é como acreditamos soa como irreal, loucura pura, pensando um pouco a respeito percebemos: nada ao redor junta as partes do todo com coerência. Vivemos num mundo incoerente. Este senso de compreensão da merda, resgata do plano pictórico os fatos ali relatados, indo em passadas largas ao perdão do mensageiro. Assim, pediu mais tempo para reler aquilo.

Herdeira sussurrou: *Nesta incoerência do mundo, tentarei que minhas decisões destoem deste lamaçal de asneiras. Como está minha Mãe?*

Penélope: *Seguindo a rota das responsabilidades de seus desígnios.*

O mensageiro ia escorado na Amazona, temendo se espatifarem no chão; caminhavam cuidadosamente pelo pátio nas bandas da capela até a sombra da suntuosa figueira. Catharina saiu da penumbra, esperava pela dupla. Ele, em pormenores, detalhou, segundo o próprio ato de bravura em conter o avanço dos contrários sobre o aldeamento dos negros com posterior fuga, rebuscado de detalhes insignificantes para tédio da Amazona, obrigada a consentir. No desabrochar dele, outros tantos sentimentos, ela se tornava mulher mundana. A impaciência no limite da explosão:

— *Dizei por que estamos aqui.*

O garoto resgatado detalhou o propósito de estarem acolhidos dentro dos muros do castelo, depois mensurando com peso de morte, caso fosse à tona o segredado por eles. Dito isso, expôs os intentos de Herdeira para pôr em retirada os incircuncisos quando Catharina indagou sobre os pormenores da vida no aldeamento. O mensageiro se deteve em descrever o prisioneiro ilustre. Ela ouvia com feição imutável; incontidas, duas grossas lágrimas rompem na indiferença do rosto. Sensação de sacaneada, agia como sobrepeso ao andar de Catharina. O mensageiro e a Amazona ficaram pelo pátio da casa enquanto ela, com passos arrastados, ia ao encontro da capela. Na porta de entrada, caiu pela esquerda, adentrando no castelo. Também pela esquerda saiu da antessala, adentrou num cômodo maior e, com gestual rápido, cumpriu formalidades exigidas, dando referências ao Senhor do morgado junto a seu fiel conselheiro. Até então, não notara quanto era engolida pelo olhar apaixonado daquele conselheiro. Ainda de corrida para o interior da casa, em simultâneo, pensava: *"Quem seria aquele homem no qual o Senhor do morgado confia?".* Vez ou outra, relembrava das falcatruas palacianas vividas na capital, presa fácil em recordar. Há pouco, fora sacaneada no mais protegido dos sentimentos, mostrara-se frágil como tudo feito pelas mãos dos homens. Desvencilhando-se dessa tristeza, direcionou os pensamentos aos riscos que corria seu Senhor em confiar naquele servo mestiço, ossegredos do morgado. Esquecera-se dos inimigos prostrados na capital?! Querendo provar para si que não era ingênua, fortalecida pelos negócios da capital segredada a ela nas sombras da figueira, propôs acercar-se daquele servo, usando todo o possível para desvendar suas reais intenções. Percebeu naquele olhar vítreo fragilidade suficiente para derrubar homens poderosos, mas, naquele exato momento, ainda estava machucada pelas notícias... fragilizada. Líquido viscoso extraído de frutos da terra, bebeu gostoso. Pães, queijo com outros quitutes servidos pela mucama ciente de alimentar duas criaturas.

Catharina: *Quem é aquele que acerca o tempo todo com nosso Senhor?*

Respondeu a mucama: *Don Diogo Matuidi. Filho do Mameluco, guerreiro nativo destas terras, casado com uma filha dos maiorais indígenas...*

Depois de três dias desde o retorno, o mensageiro encontrou na cabeceira da cama pequeno filho dos deuses esculpido com detalhes em madeira de lei, presente de Herdeira.

— *Chegou hoje da capital* — disse a mucama. O mensageiro ficou intrigado. Por que do presente? Mereceria tal honraria? *"Só fez merda"*, pensou...

Enquanto manuseava o presente, a Amazona entra de supetão. Ele, de susto, vacilou tendo que pegar a peça perto da bacia de água. É oco?! Ela, de vigília na porta para o mensageiro retirar das entranhas do Deus uma carta, remetente: Herdeira. "*Más notícias para Catharina!*" Impossível conter as lágrimas com notícias dessas. Amparada pelos dois, Catharina foi aos aposentos de sua Mãe. De imediato preparou sua ida para capital, logo ao amanhecer.

Sua Mãe: *Se ele for embora irei também! Se ele for morto, morrerei também!*

Aos gritos, imediatamente abafados, ninguém saberia de tais negócios. Sairia do castelo sobre outro pretexto, caso contrário, ficaria às claras como as mensagens do aldeamento adentravam os espessos muros do castelo. Em períodos de guerras, a espiral de merdas é tão impiedosa que destrói qualquer possibilidade de virtude moral; contudo, você possui unicamente força de vontade para exterminar o outro, já os bundões querem fugir. O Senhor do castelo providenciou o necessário para a jornada da mulher de seu primo até a capital, desconhecendo o real propósito da visita: Inês de Rates. Na despedida, Catharina enfiou nas vestes de sua Mãe duas cartas. Os destinatários: Herdeira e seu pai. Uma despedida recheada de palavras de fé com esperança, mas no pé do ouvido: "*Entregai esta carta nas mãos de Maria Roothaer, e a outra pro Papai.*" O mensageiro, daí em diante aos pés da figueira, aprimorava técnica de esculpir na faca animais de madeira que iriam de presente à Herdeira.

No aldeamento, ainda pensavam sobre a proposta dos batavos. A partida de uma nau significa que eles ficariam mais fracos; independente de quantas naus iriam de carreira, isso proporcionalmente os enfraqueceria. E por que avisar? Intrigante... Na mesma manhã da partida de Inês de Rates do castelo, os espias dos nativos, nas bordas da baía antes de raiar o dia, trouxeram para o aldeamento notícias da partida de uma frota dos batavos. "*Como assim?! Frota completa?! Ficando apenas* cinco?! Afinal, o que pretendiam? Atacariam outras capitanias mais ao norte?" Independente das intenções deles, havia o compromisso das despedidas dos prisioneiros. Será que ficaram? Ainda estamos a alguns dias da lua nova...?! Olhando na direção proposta seguindo o fluxo das águas, Herdeira despachou uma missiva aos contrários:

Estimado Senhor W.

Amanhã, ao raiar do dia, estaremos no portão norte para a entrevista de despedida com os prisioneiros.

Saudações
Maria Roothaer

Herdeira: *Estão totalmente enfraquecidos; quantas bocas de fogo ainda têm por embarcação?*

Os capitães, de bate-pronto: *Em média quarenta...*

Herdeira: *é possível terem instalado parte delas pela cidade? Talvez nos mercados da parte baixa, para defenderem-se daqueles que virão em nosso socorro?*

Em uníssono: *Sim... Isso é possível...*

Deixando tais munições para depois, como atacariam outras paragens? Tinham muitas perguntas sem respostas para o equilíbrio das forças.

Herdeira: *Arriscaremos. Desconhecemos os intentos, apenas olhamos na direção proposta por eles, sim, faremos isso. Entretanto, percorremos atalhos desconhecidos surpreendendo as defesas da cidade... É a única chance para a vitória. Colocai espias hoje dentro da cidade... precisaremos de informações das defesas... Adentrai pelo muro. Importante: lutamos pelos nossos! Essa terra pertence a nós e aos filhos dos nossos filhos! Defenderemos com sangue!*

Ali reunidos em comunhão, vibravam em consenso com o discurso de Herdeira. Valentes, esmurravam o próprio peito absorvendo palavras, o divino, com força desmedida de vitória num único ser.

Herdeira: *Quem adentrar os muros e, por designo dos céus, vier a cair nas mãos dos incircuncisos, por nós, morra sem dizer uma palavra!*

Herdeira tinha plena consciência. Querer destoava muito de ter possessão das coisas como regente daquelas paragens.

Depois de despachar os capitães a sós na tenda com a carta da cidade aberta, Francisco de Menezes, o maioral dos negros, a Amazona e Penélope: *Não temos acesso direto à baía, achegaremos nas embarcações saindo depois da ponta da barra em mar aberto às vistas da baía... Exceto à noite... Quantos homens conseguimos adentrar pelos muros despercebidos pelos vigias?*

O maioral dos negros: *Doze dos meus homens, caminhando por sobre capim seco são inaudíveis...*

Francisco de Menezes. *Sete dos meus são capazes...*

Amazona em silêncio...

Novamente Herdeira: *Estamos dizendo dezenove? Dividiremos em três grupos: o primeiro abaterá os vigias, ficando sob os muros na retaguarda da entrada, já no segundo grupo serão necessários os mais destros dos homens, pois eles adentrarão invisíveis pela cidade, derrubando os incircuncisos em total silêncio...* — Sempre apontava para figuras inanimadas na carta, representadas por maravalha. — *O terceiro fará reforço dentro da cidade, e os que ficarem sob os muros adentrarão na retaguarda. Atacaremos por dentro da cidade os portões para a entrada das tropas... Os moradores poderão alarmar nossa entrada...*

Penélope provocara: *E se os contrários usam dos mesmos artifícios, deixando a cidade para cair de assalto sobre nós numa emboscada?*

Herdeira: *Enviai patachos dalém da ponta da praia, verificai realmente a partida da frota.*

Naquela época também, quando precisavam de tempo, ele voava. Sol a pino, chega missiva dos contrários:

Estimada Senhora Maria Roothaer:

Nosso batel estará ancorado próximo ao portão norte à espera de Vossa Excelência.

Saudações fraternais
W.

Intrigante, mais uma nau iria embora? Então a frota foi de carreira... Ao norte? Herdeira procurava astúcia onde não tinha, pois reescrever os intentos dos contrários, nada garantiria certeza de vitória, sendo inócuo pensar em estratégias militares como tinha feito até então, precisa demais... Faria o simples bem-feito. *"Na parte baixa da cidade havia aguada em abundância, víveres?! Sitiados dentro dos muros morreriam por inanição".* Pensamentos atordoavam Herdeira, principalmente pela possibilidade de vitória sem derramamento de sangue. Tal vitória se perpetuaria na história. No cair daquela noite, na chegada de Inês de Rates, um pequeno alvoroço se estabeleceu no aldeamento. Herdeira percebeu alguns aldeados em demasia alegria.

O maioral dos negros comenta, em advertência: *Por quê? Não possuímos vinho, Senhora, bebemos fermentado forte feito do fruto da terra... Um gole para ficarmos felizes... Mais que isso, é escárnio.*

Herdeira: *Quero provar.*

O maioral relutou, um tanto quanto constrangido por não possuírem o melhor para sua Senhora: *É um paladar desagradável, Senhora.*

Labaredas de fogo escorreram por sua garganta, incendiando ínfimos pedaços de seu estômago, águas levemente povoaram os olhos. Amargou o rosto, torceu as mãos ajudando a dissipar o furor do líquido, mas, destemida, esvaziou o pote. Outro gole graúdo secou o segundo pote.

Herdeira: *Quanto disso possuímos?*

Ainda com rosto amargo.

Resposta: *Dois tonéis, Senhora.*

Mudança da estratégia... Num canto com maioral: *Quero hoje esses dois tonéis dentro da cidade pelas mãos dos dezenove guerreiros... deixai na taverna da Rua Direita.*

Pouco depois, fazendo honras para Inês de Rates, impossível manter a severidade da ocasião, riso fácil, incontrolável. Sua mãe fez consideração da situação dos prisioneiros enquanto Penélope amparou Herdeira para repousar. Ela, de fala trôpega, relutava, mas, sem forças, cedeu. O canapé girando flutuava do chão e ela derivava dos sentidos, cantarolando entre gargalhadas tonitruantes com situação de deslocamento da terra. Blocos do muro, mistura de barro, taipe, pedra, mesmo frouxos na amarração, difíceis de retirar. Os doze guerreiros trabalhando inaudíveis para as sentinelas dos contrários, passagem aberta para adentrarem, fazem proteção aos sete guerreiros que traziam o líquido precioso a corações saudosos da pátria Mãe. Impossível rolar tonéis pelas ruas de calçamento de pedras irregulares. Trouxeram uma mula para facilitar o transporte. Impraticável segregar tal tarefa pela cidade! O trote do animal já gritava a ouvidos acordados. Algo de passagem, mais sacolejo, provocava rastro do destilado. Assim sendo, os guerreiros encabeçaram o animal pela Rua Direita, dando-lhe dolorosa chibata. Em disparada, desapareceu sozinho na escuridão da cidade. A cabeça de Herdeira explodia de dor quando foi acordada por Penélope. Levantou-se pela força das obrigações, com andar lento no controle do ardor da cabeça. Notícias do sucesso dos guerreiros, com ressalvas das dificuldades, foi dada como vitória por todos, consentidas pela Herdeira. Penélope entrega uma carta oriunda do castelo pelas mãos da Mãe de Catharina:

Minha estimada Senhora, prima consanguínea e irmã na fé, Diante do nosso Deus sempre confessarei apreço a Vossa Excelência. Hei de servir e defender-vos fielmente, tendo Deus como testemunha, relato aqui os designios que foram confiados a mim. "Fiquei ciente das decisões de quem governa nossa casa...", e cá estou em relatar-vos que vosso Pai tem demasiada confiança a um servo, Diogo Matuidi, filho do mameluco nativo destas paragens. Acercar-me-ei dele com prudência desmedida, mas com astúcias necessárias para extrair os reais intentos daquele coração.

Sua estimada serva
Catharina de Rates

Inês de Rates iria com Penélope, porém a Mãe de Herdeira fez questão de ir junto: *Somente eu falo a língua dos batavos... Respeitarão minhas origens.*

Imprevistos diferentes do planejado irritavam Herdeira, entretanto, com a cabeça em chamas vivas, sem resistências, consentiu. Como previam os batavos, os nativos não entraram na cidade pelos muros durante a visita de despedida. Ao longe, apenas acompanharam o batel deslizar pelas águas da baía rumo à primeira embarcação, ancorada pelo lado norte. Palavras num fluxo constante de coisas inanimadas, abstratas, sem vírgulas, excluindo as pausas para respiração aos ouvintes, ritmo irregular, mesmo ciente da ilusão de preencher o tempo com esse artifício, continuavam nesse esforço desmedido de assuntos incoerentes, em modo espera. A altivez permanente do tempo em acomodar, assenhorando dos espaços esculpidos pelos humanos, é pequena? Sem respostas, apenas imploram para que continue assim. O tempo se esparrama, irritando todos nessa briga interminável de correr atrás de um referencial invisível que surge todas as manhãs interruptamente. Na cabeça de Herdeira, outras palavras discorriam enquanto esperava por notícias, missiva de Catharina de Rates. "*Como o Senhor meu Pai deu usufruto das nossas herdades a Dom Diogo? Extraía informações escondidas nas entrelinhas com força tamanha de doer os dedos. Se eles estavam de namorico, segundo mensageiro, 'Matuidi vive de amores com senhorita Catharina...'*", um sorriso tímido escapou: "*Não, não... Catharina é inocente de tais sentimentos dele... O mensageiro confidenciou a ela sobre o padre batavo?*". Alaúde, sob marcação ritmada de tamborim, denunciava a alegria interminável dentro da cidade com sol trabalhando normalmente. Notícia quente chegara dos espias infiltrados dentro dos muros:

Maioral: *Poucos disparos de defesa nos portões, minha Senhora...*

Herdeira: *Possuímos mais destilado?*

Maioral: *Meio tonel para meus homens, Senhora... Alguns dias de fermentação, faremos mais...*

Continuou Herdeira: *Assim seja! Aquilo que possuímos adentraremos novamente pela cidade; mantende nossos homens em ambos os portões, sem atacá-los.*

"*Que estratégia é essa?*", os principais se perguntaram, sem palavras, somente pela cara de incógnita.

Ciente da incerteza causada por aquele despacho, Herdeira: "*Como não atacaremos os portões?!*". *Há de se perguntar:* "*São necessários muitos soldados na defesa?*". *Homens ociosos com destilado em abundância... Ficarão frágeis, é o que precisamos...*

Alguém canta: *Senhora, os negros em vossa herdade também conhecem deste destilado...*

Herdeira em transe: *Ótimo, despachai homens, que tragam o quanto puder.*

A expectativa de vitória contagiou imediatamente os principais, que deixaram Herdeira para providenciar o necessário: trazer do castelo, fabricar, transportar o destilado da terra para o interior da cidade e aquilo mais possível para terem daquela bebida.

Anunciou a Amazona: *Dessa feita, nós adentraremos na cidade; precisarei somente da ajuda do régulo guerreiro.*

Irreverente, o tempo novamente subverte a necessidade deles. Com a noite adentrando de caminho, ainda sem notícias da visita. Como querendo esquecer do temor de perder sua Mãe, Penélope e Inês de Rates enchiam a cabeça de outras coisas; a derrota dos contrários com aquela estratégia arriscada de entupi-los com destilado certamente facilitaria as coisas, disso tinha plena convicção. Os romanos já diziam: "*Panem et circenses*", conhecido como "política do pão e circo".

Herdeira acrescentou vinho: *O povo quer pão, vinho e circo... por aqui daremos destilado da terra.*

Destruição tal qual muitas bocas de fogo... Estava convicta dos resultados dessa estratégia. Então a noite chega na segurança de uma habitação. Quaisquer olhos fechados se perdem nas ansiedades do vir a ser de que as coisas nunca sairão conforme previsto; no caso dela, os guerreiros fielmente responsáveis em proteger o aldeamento dos inimigos e ela com a força dos deuses. Dormiu na expectativa de acordar ao chamado de Mamãe.

Depois que Inês de Rates saíra rumo à capital, as coisas no castelo voltaram à toada costumeira. Catharina, logo depois de terminar a rotina de exercícios, manquejava nas dificuldades impostas pelo rebento no ventre; com o rabo de olho, enquanto adentrava pelos cômodos do castelo, procurava Don Diogo. Nem precisaria de esforço, pois era ela a primeira coisa que os olhos dele também buscavam. Arrumava desculpas para ir pelos átrios sabendo que a donzela estaria descansando por ali. Outrora, um olhar invisível sempre acompanhava a formalidade dos cumprimentos. Naquela manhã, um olhar vívido com sorriso complementou as palavras respeitosas do encontro, enchendo de coragem o coração embasbacado de Matuidi. Puxou conversa. Os efeitos da presença de Catharina eram desastrosos para seu corpo, perdia fácil o discernimento dos sentidos desejando possuí-la, apalpá-la, mordiscá-la, beijá-la, enamorar-se dela.

Assim, sua fala trôpega soa até infantil: *Como estais, donzela?*

"*Isso é pergunta de se fazer para uma dama?!*", falava por dentro de si.

Catharina: *Estou bem, mas a pensar em Mamãe e Papai... O que será deles? Na próxima lua nova levarão Papai prisioneiro aos Países Baixos.*

Confidenciou ao ouvido dele, com cumplicidade, de forma arriscada, pois ele poderia perguntar como sabia daquilo... Curvou em dores os olhos ao chão, e aquele gesto de tristeza encheu de melindre o coração de Matuidi. Ele improvisou harmonização entre almas tão distintas.

Matuidi: *Vosmecê precisa espairecer um pouco... Poderíamos descer hoje no meio do entardecer até a aldeia dos índios leais ao nosso Senhor, perto da praia... Vosmecê sairia um pouco do castelo... Conheceis alguma coisa dalém dos muros?*

Timidamente, com candura impecável, balbuciou: *Não!*

Ela sabia das dificuldades, mesmo numa pequena caminhada, em esconder o fruto em seu ventre, mas, em prol do bem maior, aceitou a proposta. No alforje ela levava alguns víveres mais o cantil de água que Matuidi prontamente colocou no ombro. Desciam pela picada aberta em anos de convívio entre castelo e aldeia. Desnecessário descrever a abundância de plantas na variedade de cores, espécies, cheiros, além da sonoridade das cantigas dos pássaros. A jovem sentiu um pouco a umidade dos arbustos no calor abafado sob a copa das árvores. Recebidos com honras pelos poucos índios, maioria mulheres com suas crias, os demais campeavam pelos matos, explicara com propriedade Matuidi. A donzela fez atenção somente por respeito, atentava para outra coisa. Sorriso fácil para crianças que os rodearam. Sentou-se com eles cantarolando, em língua da terra, proteção aos deuses, provocando delírios de alegria nos guris. Margeando o riacho, chegaram na praia.

Catharina: *Como vosmecê convenceu o Senhor do morgado a deixar seus afazeres do dia para descer comigo até a praia?*

Demonstração de poder sempre foi um dos pilares da sedução, de bate-pronto Matuidi fê-la ouvir uma multidão de proezas: *Desde muitas estações passadas, compartilho das decisões nos engenhos do norte com meu Senhor, mas, depois que Maria ficou sitiada na capital e ataque dos caetés no castelo, no qual vosmecê bravamente também lutou, eu sou fiador de tudo feito por ele, desde escambos diários até negócios dalém-mar, obviamente também dos engenhos ao norte.*

Com intentos definidos, as perguntas de Catharina eram disparadas em pontos vitais, soando somente como despropositadas à um coração enamorado: *Por que nosso Senhor não ofereceu a Vossa Senhoria a mão de Maria em casamento?*

Ele: *Não sei... Maria é uma mulher inacessível, nunca nutri afeição por ela...*

Matuidi não desperdiçou a oportunidade; acomodados nas sombras de alguns coqueiros, com sol descendo por trás deles, dourando de beleza o branco das ondas, foi criando a atmosfera perfeita: *Minha afeição é por vosmecê, Catharina...*

A donzela não esperava tão cedo aquela declaração; apenas arrumou o corpo, facilitando a investida de um beijo dele. Matuidi tomou coragem, aproximando rosto com rosto.

Ela levantou-se: *Precisamos partir para adentrarmos no castelo antes do anoitecer.*

Nos pontos mais íngremes no trajeto de retorno, ela gentilmente cedia sua mão para ele. Na metade do caminho, estavam de mão dadas.

Assim, chegando nos portões, confidenciou ao pé do ouvido dela: *Anseio encontrar vosmecê amanhã.*

Naquela noite, os olhos de Catharina, também fechados, se perdem nas ansiedades do vir a ser de que as coisas nunca sairão conforme previsto, pensando somente em Inês e seu Papai. Os galanteios de Matuidi continuavam inaudíveis a ela, já suas confidências em relação ao morgado a preocupavam muito. Com discrição redobrada, diria aos irmãos sobre o peso das decisões de Matuidi e quanto aquilo poderia apagar o poderio dos Pigros daquelas terras. Assim, fariam saber à Herdeira sobre os negócios dentro do castelo da torre. Logo pela manhã, saindo para a rotina de exercícios diários ao pé da escada, a primeira pessoa que encontrou foi Matuidi. Passara a noite ali à espera dela? Ainda provocando dificuldades nas investidas dele, Catharina manteve as formalidades pertinentes, excedendo um pouco no sorriso.

Ele: *Hoje podemos cavalgar novamente pela praia?*

De repente, num choque, a voz dele perpassou seu corpo, provocando furor nas entranhas. Muitas labaredas de fogos irradiavam por completo nela. Respondeu com suscinto *"sim"*. Ele percebera? O que seria aquilo? Fervia de desejos. Queria agarrar aquele homem, deixá-lo entrar com ímpeto em seu corpo desnudo. Eram desejos carnais, mas de tal potência que Catharina se apoiou na estrutura da escada para ficar em pé. Ofegava por dentro e temia enrubescer na presença dele. Fez contenção imediata nas palavras, repetido num *"sim"* brusco para encerrar aquela entrevista. A imortalidade da Amazona impedia-a de entender aquelas sensações de desejos ainda a irradiar pelo corpo de Catharina. E irritava-se por ela não manter os exercícios em sincronismo perfeito; desde o primeiro dia, fazia-nos facilmente. A mucama cantarolava nas bordas das panelas, envolta num cheiro delicioso de guisado misturado aos temperos da terra. Olhava de tempo em tempo as duas mancomunando na mesa.

Discreta, Catharina escorreu para os lados da Amazona uma carta: *Precisamos enviar para Maria, de imediato. Fazei saber esse negócio ao mensageiro...*

Interpelou a Amazona: *Por isso vosmecê estava trôpega pela manhã?*

Catharina: *Não... Vamos ao meu aposento.*

Muitos panos cuidadosamente sobrepostos para esconder o rebento sobre a saliência do abdômen da donzela, a Amazona, em silêncio, somente apreciava a beleza daquele corpo... Catharina, em completa nudez, sentou-se no canapé, puxando a Amazona para perto de si...

Catharina: *Desconheço o motivo, mas percebestes como estou trêmula?*

Deslizava a mão da Amazona suavemente por seu corpo. Desejos novos trespassaram por sob a pele dos dedos da Amazona a irradiar, indistintamente, até o ponto mais remoto dela. Essa dose de humanidade despertou a Amazona num salto, saiu de perto de Catharina para excomungar tais sentimentos.

Catharina, num olhar de súplica, balbuciou desolada: *Foi isso que senti na presença daquele homem. Nada tenho de afeição por ele... Incrível...*

Naquela tarde, sob as sombras dos coqueirais, ciente dos caminhos incontroláveis navegados, segredou para Matuidi aquilo que trazia no ventre, seu ódio pelo padre batavo, mais a ebulição sofrida no corpo por aqueles dias sob o som da voz dele, com exceção do trabalho de desvendar as intenções de sua mente sacana. E ele? Sorriso apagado, beijo na testa dela.

Levantou-se: *Vamos... Precisamos acercar-nos do castelo antes do anoitecer, pois os caetés voltaram a campear a cá.*

O mensageiro, desde pequenino destro em armas, em poucas tentativas esculpiu em madeira, quase na perfeição, um cavalo oco. Noutra feita, uma onça em tamanho maior, perfeita e oca. Antes de o sol aportar no pino pelas mãos de um mascate rumo à capital, iam para Herdeira como presente esses mimos em madeira com ventre sobejando dos negócios escusos feitos no castelo.

Nas primeiras cantigas dos pássaros, na escura alvorada, Herdeira desperta. Pensava na segunda noite sem notícias do seus em visita aos prisioneiros. Tomaria a decisão de invadir a cidade surpreendendo os contrários com intento de possíveis negociatas em favor dos visitantes... Colocaria o padre batavo na mesa de negociação? O maioral dos negros, com cuidado, prostrado na porta da tenda, chamou por ela.

Junto com espias, trazia novas das embarcações: *Senhora, a embarcação na qual adentrou Senhora vossa Mãe saíra a pouco de carreira.* — Hiato de silêncio no entendimento da notícia, maioral continuou. — *Observamos que deixaram um batel na deriva e nossos homens já saíram para o resgate...*

Herdeira apenas comentou: *Partiram dois dias antes da lua nova...*

Solicitou os principais. A Amazona noticiou sucesso da empreitada na qual levaram destilado para o interior da cidade.

Francisco de Menezes: *Estamos preparados para atacar a cidade... Senhora, nosso patacho seguiu de cabotagem dalém da ponta da praia, certificaram da ida da frota dos batavos de carreira.*

Herdeira consentiu: *Vamos ao encontro do batel tido à deriva... Mantende as tropas preparadas, principalmente, cuidai das nossas defesas...*

Foi interpelada por outro espia: *Senhora, um mascate insistiu para entregar este presente* — e depositou em suas mãos uma onça esculpida nos detalhes em madeira, transmitindo o virtuosismo do artesão.

Herdeira, com sorriso largo: *Agradeço...* — e cuidadosamente extraiu do ventre do animal uma missiva de Catharina.

Minha estimada Senhora, prima consanguínea e irmã na fé. Diante do nosso Deus sempre confessarei apreço a Vossa Excelência; tendo Deus como testemunha, relato aqui os designios que foram confiados a mim, com todo esmero me fiz saber pelos lábios pecaminosos de Matuidi: "Eu possuo usufruto das herdades dos Pigros pelas mãos do Senhor do Castelo". Minha estimada Senhora, rogo a Deus com fervor para que vos dê prudência com abundante sabedoria para tratar desse negócio.

Sua estimada serva
Catharina de Rates

Ainda com os principais: *Senhores, descobrimos quem é incircunciso dentro das herdades do Senhor meu Pai.*

Ao régulo guerreiro: *Saí imediatamente para o castelo, levando notícia ao Senhor do castelo: vossa filha precisa de Don Diogo Matuidi para conduzir frente de ataque na capital. Que Matuidi apresse em atender ao meu chamado! E vosmecê fique por lá; somente reuni nossos irmãos índios, aguardai minhas próximas instruções...*

O régulo guerreiro, antes de deixar o aldeamento, relatou a Francisco de Menezes os pontos cegos da defesa da cidade, de quando resgatou o padre batavo, evidentemente omitindo o propósito porque adentrou pelos muros. Ele, um guerreiro pertencente à tribo indígena leal ao Senhor do morgado, mas não menos dócil aos brancos, lutando com objetivo definido em defesa de suas terras, lançava mão das armas quando necessário. Naqueles idos, conversa era de pouca valia, prevalecendo a força dos braços; nisso eram mais que excelentes..

Herdeira aos principais: *Lembrai-vos, sempre há entre nós homens passando por invisíveis a trabalhar em favor dos contrários... Boca fechada sobre esse negócio!*

Evidentemente, aqueles homens entenderam qual fim teria o Senhor Matuidi. No caminho, ao portão norte, eles contornaram parte do muro da cidade. Por aí foi audível o som de alaúde repicado por ritmo pulsante de tamborim com vozeirões alegres em cantigas saudosas da terra pátria. Algumas discussões acaloradas a prolongar noite infindável. Os de caminho também perceberam pouquíssimos sentinelas nos muros da cidade. Herdeira, sobre a evidente fraqueza deles, fruto de sua estratégia, somente de olhar malicioso, sorrira ao maioral dos negros. Os primeiros raios do sol espelhavam-se nas ondulações das águas, dois batéis ancorados com homens ao redor em estado de condolências estavam ali, simplesmente parados. Herdeira percebeu a tristeza no ar, um dos batéis revestido de sangue. Herdeira, em desespero, sem aperceber Penélope deitada, desacordada na areia, inconsequente correu pelas pedras e em dois passos venceu a praia, entrou nas águas geladas, acercando-se do batel. No meio do lamaçal de sangue, somente uma cabeça decapitada coabitava entre as desgraças. Inês de Rates. Herdeira escutou ao longe grito do maioral dos negros, que já desfalecia. Resquícios de moralidade impediam o desrespeito aos inimigos no auge das batalhas, sendo a mímica o único meio de comunicação de ambos os lados. Isso rolava normalmente no velho mundo. Por ali, os índios acampados no sertão de dentro, depois de aniquilar os adversários, ainda espatifavam o crânio deles no porrete. Aqueles homens, por anos de combates nestas paragens do novo mundo, também se deformavam no desenho oculto dessas regras infames, imposição nas derrotas. Retribuíam na mesma feita em caso de vitória, opróbrio de tal ato perpetuado. Absortos em silêncio, revendo os pilares dessa doutrinação escrita em sangue, indiferentes um ao outro, comungavam das mesmas intenções. Por que decapitar?! São batavos...?! Esperavam solenes o corpo de Inês de Rates despejado na praia pela alteração das marés. As sombras da noite aniquilavam os últimos raios de sol sobre as árvores, o farfalhar do vento de passagem nas ramagens do verde em timbre com o estralar das labaredas na fogueira, quebrava o silêncio fúnebre. As negras adentraram o aldeamento. Carregavam por dois varais Inês de Rates envolta em panos crus. Firmes nas responsabilidades do governo da terra, Herdeira, com olhar de cólera, mantinha a aparência imutável, sem desrespeitar a solenidade do ritual. Controlava ardente o desejo de retaliar na mesma feita: decapitar o padre batavo... Não... E Catharina? Uma notícia, duas desgraças... como anunciar tal coisa? E, diante de seus olhos, o cortejo seguia compassado. O padre, em linguagem simples da terra, proferiu salmos para o conforto dos corações em luto. Sem demasias nos lamentos, colocaram o corpo no seio da terra. Ao término do ritual, chegou no aldeamento um pequeno comboio oriundo do castelo. Traziam três tonéis de destilado.

A Amazona confidenciou a Herdeira: *Deixarei dois destes dentro dos muros da cidade.*

Ela passara a noite inteira acordada, trocando os emplastros sobre as feridas de Penélope, que, em estado febril, falava coisas desconexas. O relato dela seria fundamental para finalizarem a autopsia daquela tragédia, contudo, Herdeira tinha tempo em refletir numa retaliação. Arrasariam em definitivo com eles. Nos devaneios das possibilidades do vir a ser, ela começou a pensar em como utilizar o neto dos contrários para algum fim. Seria de conhecimento deles que Inês de Rates também era avó desse bebê?! Quem em plena lucidez faria tal atrocidade de decapitação? Ali, absorta nesses pensamentos, relembrou a primeira carta dos batavos com indulto da visita. Provavelmente o padre Antonil relatou sobre os conterrâneos de Mamãe nos Países Baixos e a governança desta capital estaria *sub judice* da neta dos mesmos Senhores, mas eles foram capturados antes da ordenação?! Ah! Infiltrados... Espias! Sim, os espias... Os caras hábeis na comunicação... Então, por que dizer exatamente quando partiria a embarcação? Sem qualquer manifestação de apoio do reino dalém-mar por sua bravura em combater os contrários, Herdeira, receosa daquela morosidade real, torna-se contra ela. *"Ordenariam os seus como cavaleiros reais? O governador fora prisioneiro em embarcação de carreira... terei autono-*

mia para tal?" Estas perguntas esvaneceram-se no ar. Outro gemido de Penélope clamando ajuda imediata.

No castelo, a chegada do régulo guerreiro junto com dois negros provocou murmúrios no pátio, pouco antes do sol chegar a pino. Estavam exaustos, pois foram de correria sem paradas. O Senhor do morgado e Matuidi assenhoraram-se deles. Convicto das obrigações a si confiadas, o régulo guerreiro, com firmeza, delatou o propósito de sua missão. Catharina, avisada pela Amazona, também fora ao encontro; o guerreiro já declarava as palavras de Herdeira. Matuidi olhou ao seu Senhor, desqualificando de incoerente aquele pedido desamparado.

O Senhor refletia, olhos voltados ao chão: *Não decidiremos agora vossa ida para a capital... Vamos adentrar e pensamos a melhor maneira de socorrer Maria e como defender nossas herdades... Fornecemos alimentos, armas... Inclusive aguardente... Ainda precisam de mais?!*

Frutos das palavras na última missiva? Contornando a casa rumo às estrebarias, o régulo guerreiro cruzou com o mensageiro saindo da capela. Cumprimentos afetuosos, o jovem ficou surpreso pelo encontro. Num mesmo gesto rápido, ordenou aos negros que continuassem, e passou a rédea do cavalo a um deles e indicando a direção da estrebaria. Amparou o mensageiro, que ainda andava de apoio; caminharam longos quarenta e poucos passos até as sombras da figueira-brava. Amigos de longa data, num reencontro fortuito para quem os observasse; mas a Amazona e Catharina fizeram outra leitura dos dois. Abraços sem formalidades com sua pupila, Catharina. Amazona, já quase humanizada, cedeu ao corpo daquele gentil guerreiro.

Ele: *Vossa carta chegou hoje pela manhã nas mãos de Herdeira, e cá estou... entenderam?* — O grupo consentiu, então continuou: — *Nunca conversaremos juntos... Pois somente Matuidi é incircunciso dentro destes muros?*

Eles: *Desconhecemos outros...*

O régulo guerreiro: *Agora descerei aos meus para preparar o batalhão de guerra, aguardaremos as próximas instruções da capital...*

Interpelou Catharina: *E meus Pais?*

Guerreiro: *vossa Mãe, Penélope e minha Senhora, a Mãe de Herdeira, estão a duas luas nas embarcações dos contrários... Somente na minha saída recebemos notícias pelos espias que uma embarcação se foi de carreira, deixando um batel à mercê. Nesse ínterim, Herdeira recebeu sua missiva, assim ordenara minha vinda a vós...*

Catharina curvou a cabeça e, com as costas da mão, esfregou um lágrima sorrateira. Sabia da fidelidade do guerreiro; possibilidades de desgraças povoavam os pensamentos dela. O mensageiro, amparado pela Amazona, voltou para casa.

Lá, Matuidi perguntou: *Viram Catharina?*

Somente apontaram a figueira. Apressado, foi ao encontro dela. Os dois estranharam a urgência dele. Fragilizado pelo amor que há tempos devastava seu corpo, sem tempo de discernir tais sentimentos, evitando ser morto por eles, pensou somente em Catharina. Ela, debruçada sobre as mãos com os olhos pregados no fundo da mata e em silêncio, nada enxergava, exceto seus pais.

Ao longe, Matuidi a desperta: *Catharina! Catharina...* — Desprovido de formalidades ou meias palavras, despejou aos pés dela toda afeição, desejo. — *Não me interessa de quem é o fruto de vosso ventre... vosmecê terá minha devoção até na eternidade dos deuses... Lutarei contra qualquer exército por vós!*

Com olhos surpresos, ela tampou a boca para não dizer: "*Estais louco?*". Embrenhados nas bordas da mata depois da figueira-brava, Catharina deixou-se levar pelas mãos dele. Certos de estarem ocultos às vistas alheias, pararam. Ali consumiram-se em prazer. Deixaram fluir os desejos carnais, gemidos de prazer começavam no grave forte, se apagavam num agudo infinito e ritmado pela pulsão do êxtase; assim, ela pedia mais dele. Ofegante e teso. Ela clamava por mais. Deitados na recomposição das forças, preenchiam o momento em sussurros doces com esparsas carícias.

Matuidi: *Farei isso, sim...*

Catharina ia manifestar sua desaprovação e, com dedo em riste, ele pediu o silêncio dela: *Provarei ao meu Senhor o merecimento de parte da herança deste morgado... Isso é meu por direito, pois parte destas herdades foram dos meus antepassados... Os Pigros chegaram depois e querem todas as terras ao norte até o grande rio... Meu Senhor, reclamais dos caetés... Eles realmente são os donos destas paragens...*

O prazer, que até então desvanecia em suavidade, foi espraiado numa porrada, provocando a sensação de repulsa no corpo de Catharina.

Sem demonstrar indignação, ela: *A Amazona procurará por mim, meu amor... Precisamos retornar... Irei na frente... Esperarei por Vossa Senhoria na ágora onde estávamos. Já não preciso esconder nosso filho...*

Com sorriso moleque de canto de lábios, manteve os panos envoltos a esconder o fruto do ventre. Com um beijo delicado e totalmente entregue ao momento, deixou-o.

A longínqua caminhada até a ágora deixara o mensageiro cansado; aproveitava da ocasião? A sós nos aposentos, os pensamentos do mensageiro revisitavam suas presepadas recentes, entendia que foi desaprovado por Herdeira ao esconder o padre batavo... *"Por que Amazona de capa escarlate escolheu a mim? Com tantos homens experimentados em batalhas com fidelidade de sangue à Herdeira?"* Resoluto: *"Quando essa bagunça acabar, com calma explicarei para a Herdeira meu desejo de protegê-la, pois desconhecia os intentos das amazonas... se fosse blefe? A morte do padre batavo encomendada pelo padre Antonil? Até mesmo o governador, por que não?"*. Caminhos possíveis no desenho mental do jovem... *"E os deuses? Será que existem mais de um? Por que o manto invisível caiu sobre mim? Por que não disseram para as amazonas? Minha morosidade no proveito da invisibilidade... Poderia romper linhas inimigas, inclusive descobrir os meandros das embarcações... Atenção somente em livrar o pescoço do padre batavo seria a mão dos deuses?! Eles tudo sabem..."* Estes, mais outros cenários contraditórios se desenhavam na cabeça do mensageiro. *"É uma lengalenga esse negócio de decidir as afirmações. São escritas em areias. Quando tudo já está em andamento com notícias das desgraças correndo soltas pelos corredores do castelo, aí um filho de Deus, na minha opinião é melhor... Voltam as discordâncias do vir a ser, colocando em contradição até os fofoqueiros; acabei de escutar da boca dele... Não é mais... Voltam novamente, novamente... Até decidirem erroneamente sob o julgo desses fofoqueiros... Esses rumores percorreram escadas."* O silêncio da cozinha subira dois lances de escada, adentrando pelo corredor dos aposentos até o mensageiro. Resgatado do mundo pessoal, escutava tudo passível, discretamente depositando nas mãos parcas palavras. *"Incircunciso, acredita ter por direito estas paragens, irá à peleja para mostrar seu valor".* Corpo de jovem, coragem de homem, contudo não era um estrategista como Herdeira. Dificuldades para imaginar qual peça movimentar na próxima jogada. A Amazona? Teria ela tais habilidades? Ela também refutou, mas jogou a responsabilidade para o régulo guerreiro...

Ela: *Régulo guerreiro...! Como ir até a aldeia? Vou buscar ele...*

O mensageiro despachou a guerreira para aldeia próximo à praia, ele não foi. A bagunça naquelas horas no castelo fez a Amazona sair despercebida dos olhos sacanas. Armadilhas dos índios desmontadas pelos dotes de guerreira celestial, surpreendendo os maiorais dos índios que mancomunavam com régulo guerreiro na oca principal da aldeia. Armas em posição de ataque, sendo apaziguados pelo ancião, que, na língua nativa da terra, indagou:

— *Por que os deuses a trouxeram para cá?*

O régulo guerreiro entendeu a urgência da visita, e a permissão foi concedida pelo maioral.

A Amazona, a sós, expôs as falcatruas da mente sacana dentro dos muros do castelo: *A terra é dos antepassados dele?*

O guerreiro debochou. Avistando a fumaça na torre do castelo, o pelotão de indígenas subiria para guerra. No pátio os animais eram preparados para a partida à capital. Junto deles, também recebendo preparativos, a cavalgadura do Senhor do morgado. Os da casa estranharam... É uma merda quando combinamos alguma coisa com outrem, o desgraçado faz segundo bel-prazer, diferindo do combinado. Necessário você ajustar-se à nova ordem das coisas, de irritação tamanha que tudo fica espremido, dificultoso. O Senhor do morgado iria no lugar de Matuidi comandar a frente de ataques aos contrários.

Clamavam vozes de persuasão: *Até ontem estáveis convalescente?!*

Retrucou o Senhor: *Os caetés são guerreiros verdadeiros... batavos são frouxos!!! Eu governarei o reino dalém-mar na ausência do governador! O que a pobre Maria sabe de guerras?!*

Catharina, ajoelhada aos pés do tio, por consideração, primo de seu Pai por assim dizer, implorava a permanência dele no castelo: *Meu Pai já é prisioneiro dos contrários, estamos sem noticiais de Mamãe, por favor!*

Em lágrimas. Conhecedora do plano de Herdeira, ela despejaria um rio de lágrimas aos pés do tio para impedir sua partida. Naqueles dias, as emoções emanavam em abundância do corpo da donzela, a verve guerreira dela adormecia. a mucama acercou-se dela, amparando-a para que se levantasse. As crias da casa também estavam em prantos. Os homens, perfilados em reverência ao seu Senhor, esperavam pelas ordens de partida.

Matuidi: *Senhor, pernoitai conosco saindo antes do amanhecer...*

Resoluto: *Partiremos imediatamente!* — Apontou ao régulo guerreiro, que já se acercava do grupo. — *Ele veio de carreira, sem paradas: então, precisam de nós com urgência... sairemos de imediato. Não posso prometer paz... Tão somente a eternidade... Porque ambas dependem de vossas mercês, entretanto lutarei até a morte, se necessário for, para preservar nossas herdades de qualquer que seja o inimigo, pois, garantidas nossas possessões, Vossas Senhorias buscarão pela paz com Deus, para vós e os filhos de Vossos filhos.*

Sem aplausos ou urros para fiar aquelas palavras. Lágrimas.

Para Matuidi: *Vossa Excelência cuidará dos negócios do castelo defendendo-se dos inimigos que porventura chegarem às portas... Com ajuda do régulo guerreiro, nosso homem de confiança.*

O padre, num latim trôpego, indecifrável a ele também, abençoara a comitiva que imediatamente deixa o pátio do castelo. Logo depois, os portões fechados, mas os convivas, com alguns cavaleiros ainda, permanecem em silêncio no pátio, prevendo desgraças futuras sobre castelo. A mucama ampara Catharina para o interior do castelo. O guerreiro, o mensageiro e a Amazona adentram a capela. Ali, a onipresença marcante dos ventos uivantes é silenciada, a criar um antro de quietude dentro da capela, onde o som do caminhar dos três se multiplica para apagar nas alturas da abóboda, obrigando cada qual a pisar cuidadosamente em reverência aos deuses. Com melindres, procuram seus lugares nos primeiros bancos junto ao púlpito. Cientes da proteção daquela mesma quietude da penumbra dos últimos relatos do dia, conluiaram em prender Matuidi no calabouço.

Naquela interminável madrugada, Herdeira redigira diversas missivas para o castelo com anúncios dos dissabores por eles vividos, nada de proveito. Escrevera duas possíveis de entrega relatando triste mensagem, sem destruir os corações enlutados: uma endereçada a Catharina e outra, ao Senhor seu Pai.

Minha estimada irmã, sobre os infortúnios por nós vividos nestes dias, coube aos Céus abrigar vossa Mãe, nossa estimada Inês de Rates. Seguimos as considerações fúnebres que elevada alma merece. O Senhor seu Pai, a Senhora minha Mãe e o padre Antonil foram prisioneiros para as terras dos batavos, disto ainda não estou certa.

Anseio ardente em vos abraçar
Sua Maria Roothaer

Querido Papai, meu Senhor: sobre os infortúnios por nós vividos nestes dias, a Senhora minha Mãe, vossa esposa, o padre Antonil e o governador, vosso primo, foram prisioneiros para as terras dos batavos, disto ainda não estou certa. Coube aos céus abrigar nossa estimada Inês de Rates. Seguimos as considerações fúnebres que elevada alma merece.

Sua Maria Roothaer

Naquela madrugada, quando terminou a missiva parao Senhor seu Pai, soa pela mata um silvo de alerta dos espias, aldeamento de prontidão.

Soldados de vigia: *Alto! Quem vem lá?*

Réplica ensurdecedora: *Senhor dos morgados dos Pigros!*

Surpresos. "*Como assim?!*", diziam sem palavras. Herdeira impressionada com o rumo em que as coisas andavam, nada do planejado acontecia, deixava-a com o nervo à flor da pele. Por que seu Pai estaria ali? De pouco em pouco, os maiorais apareciam pelas bordas do aldeamento, achegando-se até eles. Desconfiados. Primeiro pela presença ilustre do Senhor do morgado para apresentar-se no aldeamento naquelas horas. Muito antes do raiar do sol, saiu do castelo na boca da noite e veio de carreira. Qual motivo dessa urgência deliberada? Partida de Mara Roothaer? No exercício de sua governança, Herdeira preocupou-se primeiro com seu Pai... *Como estais?* Longo abraço afetuoso seguidos de beijos de carinho. Lágrimas contidas no ombro do velho.

O Senhor seu pai desperto de suas curiosidades, perguntou por sua esposa:

Herdeira: *Feita refém, partira na madrugada anterior, provavelmente com destino aos Países Baixos, terra dos seus... acreditamos nisso, pois a embarcação que eles estavam foi de partida.*

Ele deu um uivo de tristeza simples. Alívio?!

Depois do rasga-seda com emoções contidas, vestida na figura de governadora: *Por que viestes? Onde está Matuidi?*

Senhor do morgado: *Vim para liderar o ataque de retomada da capital...* — Apoderou-se do momento em tom impositivo. — *Eu liderarei esse ataque! Na ausência dos governadores pela mão do Rei, a governança destas terras reais está sob minha responsabilidade...*

Sua fala não convergia os maiorais para o lado dele; entendiam como clamor de um homem amargurado. No entanto, Herdeira, atônita com a audácia do Senhor seu Pai, tentou persuadi-lo daquele assunto, em vão. Ele bruscamente deferiu nela um golpe, neutralizado pelas habilidades aguçadas de luta de Herdeira.

Ela, em movimentos rápidos a utilizar a própria força do golpe, imobilizou seu Pai, punhal esfolando garganta dele: *Levarei vosmecê daqui, protegerei vosso nome da vergonha e opróbrio.*

Palavras proferidas na raiva da desavença, com boca espumando, fúria colada na cara dele que, contendo gemido de humilhação, foi arrastado aos trancos para o interior da tenda. Amarrado. Seus cavaleiros intentaram intervir sendo, de imediato, impedidos com vigor pelos maiorais.

Herdeira ofegava de raiva apoiada no tablado que continha a carta da capital: *Agis como louco! Nossas herdades nas mãos do mais vil dos homens? Por que viestes no lugar dele? Ele o convenceu? Queres morrer? É isso?*

Em ebulição, estas perguntas, afirmações, inquietações, ferviam dentro dela. Agiria para desafogar aqueles sentimentos de incapacidade. Saiu.

Procurou pelos maiorais, mais Amazona: *Precisamos agir baseados na razão da vitória, sem esquecermos do castelo... Isso diz somente a mim...*

Francisco de Menezes: *Senhora, para vencermos aqui precisamos dos víveres do castelo, sem isso, nunca venceremos...*

Os demais consentiram.

Herdeira: *Informaremos ao régulo guerreiro para conter Matuidi.*

Amazona: *Uma das guerreiras adentrará os muros do castelo com mensagem aos nossos, partirá ao raiar do dia...*

Herdeira: *Passai na minha tenda... Entregarei missiva com descrição dos negócios a ela.*

Além da mensagem ao régulo guerreiro junto aos demais irmãos no castelo, a Amazona também portaria triste missiva para Catharina.

Ao término das discussões, a Amazona relatou sucesso da empreitada contra os batavos: *Quase não possuem guardas nos muros, vivem numa festança sem fim... Conseguimos deixar os tonéis na taberna da Rua Direita sem dificuldades...*

Aves de sobreaviso com piados em modo quieto aguardavam prenúncio do novo dia. Assim, todos retornaram às tendas. A noite seguira normal. Seu Pai, recostado no esteio da tenda com o pescoço pendente, jazia aos roncos. Ficara com Penélope. Quando não se tem posses, viver é aflitivo... Sonhar em ter também o é. No decorrer do tempo, essa mesma dualidade se incorpora na vida de pessoas normais que conseguem dormir, mesmo com uma faca no pescoço, contudo, para grandes almas designadas pelos deuses para propósitos maiores. As aflições adquirem dimensões estonteantes quando comparadas às de pessoas normais. Também, no exercício desses sacerdócios, o tempo extrai importância dos fatos, convencendo essas almas que tais aflições só têm tamanho. Desapegam dos detalhes que incomodam simples mortais. Para eles são somente simulacros da realidade. Herdeira, nesses emaranhados de circunstâncias multiformes adimensionais como diante do tabuleiro de jogadas infinitas, titubeou por alguns instantes: *"Como fugir daqui?!".* O desânimo perdurou até que um soluço de Penélope — já sem febres e recobrando os sentidos — reacendeu as forças no coração de Herdeira.

Penélope, na tentativa de acomodar seu corpo no canapé: *Estou com fome.*

Pequeno gemido. Recoberta de emplastros. Herdeira correu para acender o fogo, com o pouco de mantimentos fez uma mistura de raízes num ensopado xaroposo. Enquanto fartava-se do alimento, Penélope *poco a poco* relatava os infortúnios da visita ao navio dos contrários.

Conta ela: *O maioral dos batavos nos recebeu comedido, mas com honras, principalmente depois de Sua Senhoria, Mara Roothaer, apresentar-se a eles...* — Esse nome provocou lágrimas em Herdeira. — *Pedimos entrevistas a sós. Houve certa resistência da parte deles, depois aceitaram na condição de que descêssemos desarmados, por lá ficou meu punhal.* — Parou o relato para tomar mais do caldo até limpar o fundo da cuia. — *Os prisioneiros ficaram pasmos diante de nós... Riam de felicitações... O governador, em lágrimas, recebera gostoso sua esposa... Já Inês, entregue às emoções carnais, despreocupada dos demais, escondida atrás de algumas sacas de grãos, embriagara-se de prazer como animal no cio. A Senhora vossa Mãe e eu acercamo-nos do padre Antonil. Ele, ouvindo qualquer gemido mais intenso de Inês, imediatamente fazia o sinal da cruz, protegia-se dos próprios desejos.* — Ela completou com sorriso sacana no canto dos lábios, seguido de um *"ai, ai!"* antes de retomar seu relato. — *Não consigo rir, sinto dores pelo corpo... Como prevíamos ficar poucas horas com eles, busquei aquilo que me trouxe até ali: minha Mãe vive? De início, minhas perguntas suscitaram estranheza em vossa Mãe, que permanecia em silêncio... Esse tipo de conversa é algo trabalhoso. Vosmecê pensa ótimas perguntas, de repente, na flor das emoções, as coisas desaparecem nos deixando com pensamentos desconexos, complicando enxergar segredos escondidos por seu oponente... Minha Mãe vive? Insisti com ele... Padre Antonil: "Sim! Até última missiva de Rates, sim". Então eu insisti: "Onde ela está?". Padre Antonil: "Deixou Rates indo na Ordem das Irmãs Clarissas Capuchinhas, para Granada...". Uma felicidade misturada com tristeza pela impossibilidade de conhecê-la... "E meu Pai? Quem é meu Pai?". Eu tinha respostas para essa pergunta, somente queria ouvir da boca dele... "Ele vive?" Padre Antonil ficou encolhido, com olhos colados no chão, respeito imposto pela presença da Senhora sua Mãe.* — A cada menção a Mara, os olhos de Herdeira transbordavam em lágrimas. — *Ele demorou nas respostas... Eu insisti: "Quem é meu Pai?". Padre Antonil: "Carlos, príncipe das Astúrias...". A Senhora sua Mãe, sem entender dos fatos, meio horrorizada, pedia silêncio absoluto daquela conversa. De simples visitação aquilo passou a um confessionário... Parecia que o padre carregava aquelas palavras em seu alforje, por muito tempo, esperando aquele momento para distribuir aos corações famintos... "Por que esperastes tanto para dizer-me?" A essa altura, Senhora sua Mãe já estava em desespero, pois, à menção aos espanhóis, seríamos mortos ou também feitos reféns... Ele: "Em qualquer parte da costa dos mares do sul, colocando os pés a carregar em si nome dos seus, seria morta... Terá paz somente no delta do Rio da Prata no extremo sul... Entendestes?!". Já querendo disciplinar-me... A Senhora sua Mãe interveio com rigor: "Calai-vos! Responda as perguntas...". Eu: "E minha avó?". Padre: "Sim, ela também vive... Perdida em algum rincão africano... Será fácil encontrá-la, pois é mulher do Moloco, o maioral daquelas bandas cujo paradeiro eu desconheço... Nas missivas dos irmãos de lá, não há menção a ele". A Senhora sua Mãe afetuosamente me abraçou: "Minha filha... Minha filha... Vosmecê terá minha casa como vossa casa, meu coração como vosso... Estou certa que também tereis o coração de minha filha como irmã".* — Nesse ponto do relato, as duas já estavam em lágrimas: Herdeira e Penélope; abraços seguidos de um *"ai, ai"...* Risos tímidos da cumplicidade de duas almas irmãs... Penélope continuou com o relato. *"Nos despedimos dos prisioneiros ao subirmos no estibordo da embarcação. Senhor W. exigiu que retornássemos, pois estava tarde e o mar, muito agitado. Seria perigoso deixarmos a embarcação naquele momento... Assim, iniciaram nossos infortúnios. Senhora Inês novamente se apegou ao seu Senhor com demasiado desejo, indo até antes dos batavos servirem a refeição. A inquietude dela nos provocava tensão. Andava pelos cantos do porão do navio procurando motivos para escapar... Num dado momento, encontrou uma janela. Abriu. "O mar está calmo...", murmurou a nós. Preocupação tamanha nos sobreveio, sim, era a primeira noite. Assim, combinamos de seguir as recomendações deles e, nas primeiras horas do dia, deixar a embarcação. Inês não. Queria deixar de imediato, levando consigo o governador. Naquela manhã, o Senhor W. foi chamado de imediato para a cidade; ficamos à mercê dos marinheiros, que não eram batavos em sua maioria... Segundo a Senhora sua Mãe, mercenários europeus... Inclusive, tinham a bordo alguns espanhóis... Vossa Mãe professa quase todas as línguas deles... Exceto dialeto da alta saxônia, segundo ela. Nessa feita, não estávamos mais com os prisioneiros. Ficamos com marinheiros nos afazeres diários, no aguardo do Senhor W... Barco ancorado pouco se faz... Jogatina e adivinhai? Tinha duas ânforas com destilado forte da terra. Sim, estavam todos saltitantes... A impulsividade de Inês levou junto dos homens em suas festanças, somente três mulheres a bordo, na ausência do Senhor W. para impor limites. Arquitetando a fuga do governador, Inês de imediato se enroscou com o marinheiro, o primeiro na linha de sucessão do Senhor W., porém o mais escarnecedor dos homens. Em dado momento, foram para a cabine do Senhor W. para se satisfazerem. Depois de algum tempo, os gemidos e a risadaria cessaram. Inês sai de lá arrastando, todo ensanguentado e já morto, o marinheiro. Com a faca em riste, ameaçava quem se aproximasse. Exigia a livre passagem, pois nós desceríamos da embarcação. Num hiato de silêncio, apreensão. Cada qual calculava as forças que tinha para eliminar aquela ameaça. Eu pensava em como sair com vossa Mãe dali. Inês, depois, estaria por si só. Disso ela também tinha certeza... Gritava loucamente, cobrava ação para a exigência dela. Somente um jovenzinho marinheiro, com as mãos estendidas ao alto, pedia calma, usava um dialeto trôpego, mas entendível. Saiu para o canto da embarcação, soltando as cordas até liberar a descida de um batel. Isso acalmou Inês o suficiente para ser surpreendida por um mercenário. Sem misericórdia, ele a golpeou com tal potência que ela caíra totalmente desfalecida. Inconsequente, parti para defendê-la, derrubando aquele agressor e mais alguns, muitos outros. Cambaleantes pela bebida, eram presas fáceis. A Senhora sua Mãe, de posse de uma espada, também adentrou na briga. Derrubamos muitos deles até eu levar uma pancada, quando apaguei... Recobrei os sentidos. Eu e a Senhora sua Mãe estávamos amarradas...* — Penélope, em lágrimas, tomou fôlego. — *Eles, em festa, abusavam de Inês amordaçada e amarrada num totem nua, servindo de escárnio a eles... não sei dizer se o governador presenciou parte disso... Quando todos fizeram as honras, trouxeram um machado, consumando a morte dela por decapitação... escuto até agora o estampido da lâmina contra o toco, decepando Inês... Urros de alegria, brindes de satisfação, o corpo dela em espasmos vibrava em decrescendo, dando mais alegria a eles... Jogaram o corpo no mar... Salvas de canhão... Com a cabeça pendurada na mão, um dos marinheiros gritava: "Quereis mesmo ir embora? Quereis mesmo? Então ide!...". Novamente perdendo meus sentidos, escutei ao longe a voz firme e impositiva do Senhor W. Acordei aqui na tenda... Vossa Mãe não tinha ferimentos iguais aos meus.*

Pássaros na revoada costumeira, antes dos primeiros raios do sol, já estavam proclamando novo dia.

Herdeira: *Gostaria desse relato para o padre batavo... Ele terá noção de qual será o soldo dos batavos em nossas terras...*

Penélope, apontando ao Senhor do morgado: *Quem é?*
Ele jazia ainda em roncos, amarrado no esteio da tenda.
Herdeira: *O Senhor meu Pai!*
Penélope, surpresa: *Amarrado?!*
Herdeira, justificando aquela punição: *Depois da saída de vosmecês, recebemos cartas do castelo pelas mãos de Catharina apontando para o verdadeiro incircunciso dentro dos muros, adivinhai? Matuidi; o Senhor meu Pai o tinha como filho pela estima derramada a ele.* — Herdeira continuou. — *Ao saber desse negócio, de imediato solicitei a vinda de Matuidi para a capital com o intento de fazer dele prisioneiro até o término dessa invasão... Sei que ele granjeia nossas herdades como em usufruto, está de coração dobre para Catharina e a ela segredou todas as suas intenções. Acercariam do aldeamento ontem, no final do dia, mas, no início desta madrugada, o Senhor meu Pai chega de caminho... Depois, proferindo discursos de liderar ataque à capital sendo que, na ausência do governador, cabia a ele governar as propriedades reais dalém-mar...*

Penélope: *Provavelmente as notícias de vossa Mãe e Inês tenham alterado suas faculdades...*

Herdeira: *Pouco provável... Escrevi uma carta a ele* — apontou ao tablado, a carta despropositada por lá. — *Nem enviei... Anunciei as tristezas de Mamãe quando ele chegou aqui. Ficará preso até entender a gravidade da situação das nossas herdades...*

Pobrezinho, sussurrou Penélope e então perguntou: *Como aniquilaremos Matuidi?*

Herdeira: *O régulo guerreiro fora portador da notícia da vinda de Matuidi a cá. Ficou estacionado por lá com um pelotão de índios nossos irmãos. No aguardo do meu chamado, será avisado para acercar-se do incircunciso, ainda hoje.*

Penélope: *Aniquilando estes invasores, irei no velho continente procurar minha Mãe...*

Herdeira: *Irmã, irei convosco, pois procuraria pela minha também...*

Matuidi, garboso da nova condição assegurada por seu Senhor, imediatamente despachou uma missiva por um cavaleiro da casa, saindo em direção aos currais do norte, logo após seu Senhor. Ele, ao deixar o pátio já na condição de "Senhor do castelo", procurou por Catharina. Encontrou-a na cozinha com a mucama, que fazia chá para acalmar seus monstros. Solícito, ele propôs conduzi-la aos aposentos. A donzela ainda fervia em desejos carnais por qualquer homem. Por que não mostrar vossos aposentos? Desafiado, prontamente escoltou a donzela para os aposentos na extremidade do corredor, no segundo lance da escada. Ela, de novo com sentimentos em ebulição e sem tempo para meias palavras de decoro das formalidades necessárias, simplesmente seguiu o furor dos desejos. Em pavorosa, despiram-se num emaranhado de corpos com grunhidos de fruição e quero mais. Adentraram na noite de céu claro. O mensageiro, limitado pelas sequelas impostas pela surra levada dos contrários, propôs localizar Matuidi, deixando as demais ações por conta da Amazona e o guerreiro. Guiado pela sonoridade do casal, foi fácil marcar em qual aposento estavam. A mucama foi orientada a impedir qualquer um de ir de passagem aos aposentos, calabouço preparado. Sem satisfazer donzela na plenitude, Matuidi, totalmente esgotado, naquele momento de recomposição das forças, imerso numa pequena madorna, acorda com a friagem do punhal esfolando sua garganta sob os gritos desesperados de Catharina. No escuro do aposento, tomando ciência da situação, apercebeu-se pelo vulto furor nos olhos do régulo guerreiro. Clamou pela vida de Catharina que ainda aos gritos foi arrastada pela Amazona para fora dos aposentos. Matuidi aproveitou a saída deles e reagiu... O infeliz foi duramente golpeado, desfaleceu. Lugar úmido, abaixo do nível dos primeiros cômodos, pequena passagem. Saídas na parte superior permitiam a entrada de ar e luz aos convivas. Calabouço.

Catharina já estabilizada do susto... *Por que não avisastes?*

Eles: *Não tínhamos tempo e ele perceberia nossas intenções... Assim, ele nunca desconfiará de vosmecê... fareis algumas visitas para ele no calabouço...* — Intentaram a necessidade de guardar a entrada do calabouço. Eles: — *Há um problema... O que diremos aos da casa? Vão se rebelar ao saberem de vossa leviandade ao Senhor do morgado... Matuidi fora de caminho para a capital... Não! Diremos verdade...*

Esses e outros negócios pipocavam. Habilidades de lutas não importavam naquela batalha sem armas.

O régulo guerreiro: *Na chegada do Senhor no aldeamento dos negros, Maria nos anunciará os próximos passos.*

Assim, fiados consentiram. Os índios irmãos fariam as honras sob sol e lua. Desde então, feito. Noite de céu claro discorreu de costume para assegurar noite tranquila às almas inquietas.

No aldeamento duas almas abraçadas, embebedadas nas tristezas do luto, desmedido esforço para ater a retaliação na razão dos fatos sem enveredar pelo atalho da vingança, foram despertas pelo chamado da Amazona, indo de caminho para o castelo. A primeira missiva pesada de tristezas condoía em Herdeira pressuposição das tristezas no coração de Catharina. A segunda missiva:

Querido irmãos, sobre os infortúnios por nós vividos nestes dias, cientes do ogro que jaz dentro dos muros do castelo intentando usufruir das nossas herdades, é necessário de imediato detê-lo! Prendei Matuidi no calabouço. Catharina conduzirá nossa casa no caminho da verdade, até o retorno do Senhor meu Pai. Que os deuses estejais conosco!

Estimada Maria Roothaer

O cavalo da Amazona, inquieto, com o pescoço abaixado, abanava a cabeça de tempos em tempos, borrifando pequenas labaredas de fogo. A Amazona, impassível sobre aquela cavalgadura, aguardava sua Senhora.

De posse das cartas e sob bençãos proferidas por Herdeira, cutucou com sutileza as ancas do animal, saindo pelas bandas do mar. Cavalgando com firmeza por sobre as árvores, o sacolejo das asas do animal dava firmeza para percorrerem trajeto das águas. Herdeira, atônita, os acompanhou até se perderem no crepúsculo do horizonte. Pasma.

Transparente com a brancura do mármore, adentrou na tenda, desesperando Penélope e o Senhor seu Pai já desperto: *Encontrastes com os deuses?*

Logo ralhou com ela o velho. Herdeira respondeu com trêmulo e espremido "*Sim*". Equalizou as forças internas do corpo em respiração pontual e cíclica para depois voltar aos dois dentro da tenda dizendo sobre os negócios da terra, como começariam aquele dia. Sob os primeiros raios do sol, o aldeamento em efervescência misturado à ansiedade de retaliar os contrários. Na verdade, estavam fartos de viverem naquelas condições, precisavam usufruir de suas herdades nas proporções da vida. Ali, a sequência rígida dos dias da semana perde seu propósito, não importa se hoje é o dia primeiro da semana exclusivo para negociatas nos mercados na cidade baixa, eles estão fechados. Teríamos a missa pela manhã, também não haverá. Aqui não há igrejas... Aniversário do padroeiro, desculpe, sem víveres para tal. Então, a passagem de um dia por outro dia fica sem função definida diante do movimento impiedoso das estações. Apenas mais um dia de espera do invisível inimigo. Herdeira, combalida pelas insônias, com emoções abundantes da noite mal dormida, saíra junto com espias que campeavam pelos portões da cidade. Outros ficavam de olheiros dalém da ponta da praia a possíveis embarcações adentrando na baía. Abençoou-os. Homens, Senhores dos seus ao redor dela, esperavam ordem de ataque.

Herdeira: *Os tempos são chegados, não hoje... Será a prudência nossa companheira... Alguns dias mais e estaremos livres!* — Enfatizando em extremo a palavra livre, esperou a onda da empolgação neles abrandar e prosseguiu. — *Preservaremos os baluartes da cidade porque não há tempo para reconstruções... os franceses já campeiam pelo delta do grande rio... Açúcar da terra é vendido a preço de ouro no velho continente...*

Aos maiorais somente: *Boca fechada, há incircuncisos entre nós! Manterei Senhor meu Pai preso até consumarmos invasão...*

Consentiram.

Ao leal irmão meu: Saudações!

Tempos já são chegados: retomaremos as herdades dos nossos antepassados por direito. Apressai em cair de assalto sobre o Castelo da Torre. Como Senhor destas paragens, facilitarei tal empreitada.

Queime esta carta.

Manhã de céu claro azulado até as extremidades, talvez isento de chuvas no cair da tarde, um pouco dourado, sim, pois o sol ainda ia preguiçoso. Por estas bandas, a toada de sempre. Obstáculos de pedras robustas intransponíveis a tiro de calibres mortíferos, mesmo em curta distância, nada impedia na presença da Amazona adentrando com seu cavalo pelo meio da fortaleza de pedras. Loucura. Invisível aos mortais. Deixou o animal no estábulo provocando revoar de relinchos por ali, de todo acalmados por cantiga suave daquela Amazona. Sua cavalgadura ainda borrifava pequenas labaredas de fogo afadigada pela viagem. Deslizando pelos corredores, enxergando dalém das paredes como se estivesse num descampado a céu aberto. Pavimentos nus a quem transitasse pelas redondezas: veriam os da casa deitados em canapés ou no trato diário da condução daquelas propriedades.

Fácil encontrou sua irmã, Amazona: *Despertai vós que dormis!*

Cumplicidade.

A da casa, já com dose excessiva de humanidade, tratou do rasga-seda, sendo repreendida pela objetividade da portadora das missivas: *Régulo guerreiro, Vossa Mercê e o mensageiro* — apontara uma missiva. — *Esta é para Catharina.* Reunidos nos aposentos de Catharina, primeira carta: *Prender Matuidi.* Já tinham feito.

Catharina sugeriu, já legitimada pelas obrigações a si conferidas: *Apresentaremos esta missiva a cá. Reuni todos no pátio de imediato. Quero privacidade,* pediu com segunda carta em mãos.

Ouvem-se alaridos de tristeza.

A mucama conteve os danos imediatos ao bebê: *Pensai no dever de protegê-lo...* — ralhou a velha.

Abraços afetuosos atenuando as tristezas de nada valia. Dor. Alguém anuncia, serviçais e cavaleiros no pátio. Única opção era ter força. Catharina, num discurso firme, apresentou a missiva de Herdeira, sem meias palavras sobre Matuidi. Todos da casa ficaram aterrorizados. Do calabouço, Matuidi ouvia a voz de Catharina em tom firme, entretanto, a constância do vento impedia de discernir o conteúdo da fala. Afogou em seus dissabores. Já na cabeça de Catharina: "*Qual seria a dinâmica dos negócios operados dali desdobrando para todas as possessões dos Pigros?*" Pedia ajuda... Enquanto restabelecia a saúde no castelo, o guerreiro acompanhara sua Senhora nas transações diárias com mascates e rendeiros das redondezas. Quanto ao engenho, o mensageiro lembrou do padre da companhia de Antonil aldeado com Herdeira, primeiro na sucessão, depois do próprio padre Antonil, aquele que ungira Herdeira governadora. A Amazona, portadora da missiva ao castelo, ciente de seus poderes, retornou de imediato para o aldeamento, levando consigo o pedido de ajuda ao padre dos beneditinos, primeiro da linhagem de sucessão eclesiástica. Impossível imaginar a cabeça da donzela, gestante com hormônios pululando nos ínfimos espaços de suas entranhas, fruto do ventre dia após dia com mais peso de sua importância, também a viver dias de luto por sua Mãe e sem notícias do paradeiro do Senhor seu Pai... Longe de sua casa, de seus serviçais... Tratando dos negócios das herdades dos Pigros. Como conseguir?! Sem saber que "(...) grandes almas designadas pelos deuses a propósitos maiores, aflições adquirem dimensões estonteantes (...), também no exercício desses sacerdócios, o tempo extrai importância dos fatos convencendo estas almas de que tais aflições só têm tamanho (...)". A colocação por si não satisfaz nenhuma proposição. Almas sem opções lutam pelo que têm, simples! Na rabeira das notícias trazidas pela Amazona, os sertões de dentro ventilavam em seus poros as atrocidades perpetradas pelos batavos contra Inês de Rates, obvio que esta cantiga fúnebre ouviu Catharina. A mucama a amparou.

Naquela manhã, nos currais do norte, chegava missiva enviada por Matuidi. Seu irmão, sangue do seu sangue, depois de conhecer o conteúdo, queimou a missiva. Estranhamente, sacou seu punhal e cravou-o, sem misericórdia, no peito do portador das novas. Olhos surpresos, boca entreaberta, súplica, últimas clemências curvando pelo peso do corpo sem controle dos gestos, caiu morto. Imóveis, os demais homens presenciaram tal feito sem murmúrios ou consternação. O próprio algoz arrastou o corpo para fora do pequeno curral a providenciar a morada eterna. Sairemos com sol a pino para acercarmos dos muros do castelo, na boca da noite. Surpreenderemos os dali na madrugada. Tudo será nosso. Vós recebereis as honrarias dos cavaleiros do Rei. Urros de alegria.

Esperar a sucessão das coisas diverge de nada fazer à espera das mesmas coisas. Os dias longe do castelo, imerso numa batalha constante, revigorou a verve guerreira do régulo índio. Confiante, mesmo com a limitação da mão, novamente uma arma tornara extensão do próprio corpo. Dito isso, passou em revisão das defesas do castelo, mensagem de alerta para os índios, irmãos aldeados nos arredores e no castelo sempre mantendo os portões fechados. Procurou pelos serviçais da casa capazes de empunhar uma arma. Com cavaleiros e soldados ali presentes, passaram aquela manhã em treinamentos de defesa do castelo. Temiam novas investidas dos terríveis caetés. A Amazona, já inteirada nas rotinas da casa, participou dos exercícios de combate, surpreendendo os homens com sua destreza e valentia. Avisos de ataques eram anunciados pelos corredores da casa, inclusive as crias dos serviçais sabiam por onde fugir. Catharina seguia de cara enfiada nos livros de registros dos negócios do castelo da torre. Aos mascates, que batiam pernas por aquelas bandas, foi anunciado o momento de abertura dos portões para a entrada dos rendeiros com produtos da terra nas negociatas diárias. Assim, evitariam ataques-surpresa. Aguardava o padre dos beneditinos para os entendimentos da contabilidade dos engenhos ao norte. Na manhã seguinte, liberaria um comboio de víveres ao aldeamento dos negros em socorro de Herdeira, outro rumaria ao norte para escambos nos principais portos daquelas capitanias. Tirou um fôlego num bocado de cozidos preparados pela mucama. De passagem, rumo à capela, avistou pelotões em treinamentos de combate; curiosa, acercou-se do régulo guerreiro.

Ele ponderou: *Minha Senhora, os soldados precisam de altivez na defesa de nossas herdades, são deles também...*

Limitada pela cria no ventre, abençoou-o, seguiu à capela. No silêncio da abóboda de altura celestial, o barulho de seu caminhar no assoalho de pedra incomodava o coração atemorizado pelas tristezas recentes, repensava cada pisada no maior silêncio possível. Duas pequenas portas laterais abertas permitiam correr luminosidade por ali. Naquele andar submisso, acercou-se do púlpito. Ao colocar os joelhos no genuflexório, seu ranger se fez ouvir até no ponto mais alto da abóboda. Ajoelhada. Na devoção dos olhos fechados, não pedia aos céus exércitos celestiais em seu favor, pois a força da sua espada e destreza da mira eram capazes de defender os dois ali presentes. Enxergava nas virtudes da fé lugares onde verdes das matas fossem realmente verdes, tingidos no máximo por tons e sobretons ao redor, e os homens fossem somente animais homens, na exclusividade dos sentimentos pertinentes a essa condição de animal; nada mais desejava alcançar com sua fé. Sorriso último de

Inês se fez presente nas súplicas da donzela, bem como a proteção dos deuses a seu Pai. Lágrimas em abundância vertiam por seu rosto já em rubor. A separação dos seus, ferida aberta no íntimo do coração dela. Sob últimos raios do sol, resvalando sobre as copas das árvores maiores a penetrar no topo do calabouço, Catharina, com anuência dos irmãos, descera para visitar Matuidi. Lamentos por parte dele.

Catharina: *Estou presa no meu aposento, permitiram vir somente até Vossa Mercê...*

Matuidi: *Eles vos machucaram?* — Amaldiçoava a todos. Possesso em querer revidar tal afronta, mas com carinho, apalpava o rosto da donzela. — *Por que chorastes?*

Ela: *Mamãe...*

Catharina em lágrimas genuínas, partiu coração de Matuidi.

Resgatou-a em seus braços: *Sejamos fortes... Sejamos fortes... Trazei amanhã, escondido, o necessário. Eu redigirei uma carta aos meus irmãos, homens de confiança estacionados nos currais do norte, eles labutam na expansão das pastagens de gado do Senhor do morgado. Daqui sairei antes do retorno do Senhor.*

No estado deplorado, sem o poder de sedução de outrora, lançou mão de subterfúgios futuros, intentando colocar a donzela contra seus Senhores...

Ele: *Essas herdades são minhas... Com a ajuda dos meus que virão em socorro teremos estas possessões rapidamente... Preciso de vosmecê, amada minha, princesa minha... Vós reinareis sobre esta herdade!*

Combalida por se lembrar de sua Mãe, a donzela expôs seus lábios como oferenda de um beijo demorado. Matuidi confiava em Catharina conquanto precisasse dela, já Catharina... Ao sair do calabouço ela confidenciou aos irmãos a necessidade de Matuidi em redigir missiva: *Os dos currais do norte, em poucas horas, campeariam pelos arredores do castelo...* Eles acenaram em concordância. Tal carta passaria por eles antes do destinatário. Conhecer os meandros, vigiar, cuidar das terras está no ínsito dos indígenas. Ligação de vida aos deuses, em silêncio havia diálogo direto com plantas, árvores e animais. No finalzinho da tarde, no perscruto rotineiro de usufruir da terra sentiram, no exalar das plantas, cheiro de morte no andar sacana dos forasteiros oriundos do norte campeando nas bordas do castelo a espiar com malícia os movimentos da casa. Régulo alertado. Aldeia dos índios irmãos atacariam a retaguarda ao sinal de fumaça lá da torre... Quem seriam eles? Chegaram do norte...

O mensageiro: *Amazona de capa escarlate, nos primeiros dias do cerco na capital alertou-me dizendo: "Começaremos por ele (padre batavo) até nossas espadas chegarem com furor àqueles escondidos na banda do norte. Destruiremos por completo aos que se opõem nos caminhos dos deuses".*

Catharina, o guerreiro e a Amazona desenhavam melhor defesa do castelo de possíveis ataques.

Sugeriu o guerreiro: *Conservaremos alguns com vida... Alarmemos a saída dos comboios na madrugada...*

Interpelado por todos: *Como?*

Catharina: *Quando iniciarmos os preparativos para a jornada, abriremos os portões...*

Contra-argumento: *Eles nos surpreenderão antes disso.*

Catharina sugeriu outra ideia: *Colocaremos um pequeno comboio de caminho agora; deixaremos os portões abertos, sinalizaremos fumaça no alto da torre para a aldeia dos irmãos nas bandas da praia, os esmagaremos no pátio da casa...*

Eles: *É arriscado!*

Catharina, incisiva: *Ainda, quem sairá como isca?*

A Amazona se prontificou: *Nos lombos do meu cavalo, desaparecerei pelos bosques. Eles nunca encontrarão meus rastros... Volto antes do amanhecer.*

Catharina: *Matuidi confidenciou a mim, "Com a ajuda dos meus que virão em socorro teremos estas possessões rapidamente...". Serão eles?* —

Silêncio, até que Catharina se manifesta. — *E se fôssemos eles... Estamos a espiar o castelo... Desde nossa chegada, os portões estão fechados... No início da noite os portões são abertos, saindo somente um cavaleiro de caminho... Os portões permanecem abertos depois dele... Vosmecês atacariam? Primeira pergunta, por que o portão permaneceu aberto?*

O régulo guerreiro rebate de bate-pronto: *Emboscada...*

Ele está ciente dos erros cometidos, na tomada da capital reproduzia os caminhos de ataque mais defesas do castelo para aniquilar os inimigos. Tempo cruel, agia normalmente já.

Catharina perguntou: *Um quarto da noite?* — E, sem esperar pela resposta, emendou. — *Atacar-nos-iam agora?*

Eles: *Sim...*

A Amazona: *Como?*

O guerreiro: *Conseguem adentrar pelos portões, escalando os muros...*

Mais silêncio de dúvidas...

Alguém questiona: *Quando os comboios sairão?*

Catharina: *Saem sempre nas matinas.*

O guerreiro: *Pelos muros será impossível adentrar no castelo. Reforçaremos as defesas nesses pontos... Atacarão na saída dos comboios.*

O mensageiro: *Como sabem do comboio?*

O guerreiro: *Rendeiros no entardecer, durante o entra e sai pelos pátios da casa, traziam víveres amontoando outros tantos dos celeiros... Possível que acompanharam essas movimentações pelos daqui...*

Catharina: *Aguardaremos. Ajudai na guarda dos muros. Não tomarei parte na batalha* — apontou rebento na barriga saliente. — *Caso ataquem dentro do pátio, farei tiros de arcabuz do alto da casa... Os deuses estão ao nosso lado.*

Abençoou-os indo para seus aposentos. Os mortais aceitam de bom grado encontros de trabalho sem resultados práticos; para a filha dos deuses, as coisas ardiam nos ouvidos longe da humanidade possível de aceitação desses fatos. A Amazona resolveu por si somente, colocou-se a caminho num ato, digamos, transgressor. Desnecessário abrir os portões com sua cavalgadura. Passou pelas pedras do muro tranquilamente, margeando bordas da mata seguira para norte. Pequeno trote pela picada, já aberta, onde seu animal deslizava num voo à meia altura. Assim, começou a borrifar labaredas de fogo pelas narinas. Ela escutou um rebuliço de passos em retirada adentrando nas profundezas das matas, enxergava como na luminosidade do sol do meio-dia: poucos homens. A saber, uma dúzia.

Retornou para o castelo: *Atacarão apenas a saída do comboio. Não precisaremos de ajudas dos índios irmãos.* Nas matinas, cientes da incursão da Amazona, estavam preparados. Os da casa estavam fartos de guerras, descansavam. Adentrando em outra peleja, avassalariam aqueles intrusos. Antes da partida do comboio, alguns cavaleiros saíram do castelo em direção à aldeia na praia. Por passagem aberta durante a fundação do castelo cravado em pedras, um caminho secreto desembocava dalém do primeiro cinturão da mata. Atacariam a retaguarda dos intrusos. O comboio recebera benção do capelão. Amparados nessa proteção divina, saíam lentamente pelos portões do castelo. Cavaleiros vestidos de rendeiros juntos dos animais de carga, surpresa preparada com carinho para aqueles salteadores. Dito e feito. Os intrusos caíram de assalto aos urros. Animais de carga em desespero. Desconheciam a encenação. Sinceros, relinchavam. Intrusos surpreendidos pelos cavaleiros misturados ao comboio esboçaram recuo, sendo dizimados pelas espadas dos da retaguarda. Dois sobreviventes. Um irmão de Matuidi, até então desconhecido deles, escapou rumo à capital. A Amazona seguiu seu rastro. Outro, feito refém, foi entregue ao régulo guerreiro. Abreviaria os sofrimentos dele, desde que as intenções perversas fossem reveladas. Simples. Não! Sempre há um turrão para dificultar as coisas, onerando meu tempo para encontrar palavras adequadas na demonstração de quanto ele se ferrou nessa decisão insana de fechar a boca na defesa do propósito oculto, recheado de gritos coloridos de vermelho sangue...

O régulo guerreiro, inconformado: *Vosmecê é nativo destas paragens? Os contrários jazem na capital... Precisamos de todas as ajudas possíveis... Por que nos atacastes?*

Mais porrada no lombo do teimoso... A Amazona, em sua cavalgadura celeste, ia no encalço do moribundo. Ele, trôpego, arrastava-se pelas picadas mata adentro. Aos da casa, mais um fugitivo. Desconheciam seu parentesco. A Amazona, infiltrada na bruma úmida da madrugada, de passadas inaudíveis, passou por ele. Pretendia antecipar o anúncio da chegada do tal no aldeamento. Ela desconhecia a presença nas imediações do padre beneditino, chamado às pressas para ajudar Catharina nos livros contábeis dos engenhos do norte. Ele dormira nas roças prostradas no trajeto para a capital. Naquela madrugada, depois das orações costumeiras, pôs-se a caminho em direção ao castelo, indo ao encontro do fugitivo. O bom samaritano encontrou o fugitivo. Aos olhos dele era apenas um moribundo filho de Deus precisando de ajuda; desceu unguento nos ferimentos, reanimou-o com um gole de água fresca. Em estado febril cambaleava sobre a cavalgadura do padre. Anunciados nos portões do castelo, com anuência de Catharina, de imediato foram amparados pelos da casa. A necessidade de resolver os problemas dos engenhos do norte impediram Catharina de se alongar nas perguntas de onde o padre encontrara tal sujeito. Sem ligar os pontos entre o ataque que sofreram na madrugada com ele, o coiso ficou por pobre coitado atacado por índios. Tudo de ruim por aquelas bandas caía na conta dos caetés. Assim, mais um inimigo conduzido pelas mãos da boa intenção ao seio do castelo. A Amazona adentrou no aldeamento, relatou o pequeno infortúnio do ataque sofrido pelo castelo, dos vaqueiros do norte com os demais detalhes da vida dentro das muralhas, inclusive a prisão de Matuidi. No meio da tarde, nas bordas da mata, sob chuvisco moroso, o régulo guerreiro deitou o último pedaço do refém alimentando uma fogueira, que soltava baforadas de fumo viscoso de cheiro gorduroso, tingido de parcela dos segredos revelados. A Amazona, desconfiada, depois retornou do aldeamento dos negros. Findando o dia, campeava pelo trajeto da capital ao castelo no rastro do fugitivo. Como ele não passara pelo aldeamento?! A convivência terrena dissipava as virtudes divinas imbuídas nas amazonas. Por quê? Parou no lugar onde passara despercebida por ele, "*Nunca retornaria para o castelo*", pensou. Não enxergava o paradeiro do fugitivo. De entrada no castelo, confidenciou aos seus o rigor com que a Herdeira tratara o Senhor seu Pai no aldeamento.

ADÁGIO

Alguns dias depois no castelo, o moribundo seguia acolhido e tratado com carinho pela mucama, ela sem saber que cuidava de uma víbora. Como tal, ele esquadrinhou os passos de todos num piscar de olhos. Inclusive o estado do prisioneiro, seu irmão Matuidi. Enquanto estava coberto de emplastros, imóvel de dores, seus apetrechos ficaram pendurados no átrio próximo da entrada da cozinha.

O régulo guerreiro interpelou a mucama: *De quem são?*

Aflorava do interior do bornal um cabo de punhal trabalhado com as insígnias dos Cavaleiros de Rates. *"Como?! Mesmos homens que atacaram Maria?!"* Desconfiado, em silêncio demonstrou seus receios para a velha mucama. Seria ele o assassino do prisioneiro logo depois do ataque sofrido pelo comboio de Maria? Conforme o hóspede melhorava, o guerreiro acompanhava pelas sombras os passos dele, até encontrá-lo mancomunando com Matuidi por uma das frestas do calabouço. Logo depois de perder a primeira orelha, delatou ser consanguíneo de Matuidi. Artifícios macabros para dominar as herdades dos Pigros, iniciando com ataque ao comboio de Maria. Cheiro enjoativo de gordura dissipava junto da fumaça decompondo o corpo do irmão de Matuidi, enquanto o guerreiro, Catharina, a Amazona e o mensageiro discutiam como alertar Herdeira do incircunciso. Descobriram que os punhais foram roubados do convento dos beneditinos, também conheceram a rede de comparsas que eles possuíam, que abrangia a capital, o castelo mais as malocas de entorno, com tentáculos, inclusive, dentro dos sacrossantos muros dos beneditinos, sendo algumas cartas provenientes de lá, com o intuito de culpar o padre Antonil de todas as desgraças vindouras sobre os Pigros.

CAPÍTULO XIV

Retomada

Aliviado, ao saber da decisão de Herdeira em atacar a capital, confesso... Sou impaciente, contudo não sou dono da história. Descrevo o que rolou concentrado fidedignamente nos fatos. Novamente meu tempo seria sobrecarregado para encontrar palavras adequadas na demonstração da demora, mais de algumas eternas semanas se passaram. Ocultar do roteiro os acontecimentos destes dias no aldeamento em nada comprometerá o resultado, garanto: não haverá dolo às partes. Exceto uma carta do castelo endereçada à Herdeira merece postagem aqui:

> *Minha estimada Senhora, prima consanguínea e irmã na fé, Diante do nosso Deus confesso apreço a Vossa Excelência, hei de servir-vos e defender-vos fielmente. Tendo Deus como testemunha, relato os acontecidos por nós vividos a cá nas vossas herdades. Contudo, dias depois de vencermos com bravura os vaqueiros do norte que caíram de assalto sobre*

o castelo, por deszelo, acolhemos na vossa casa um moribundo... Era uma víbora, descoberta pelo régulo guerreiro. Irmão de Matuidi. Ele, em palavras descreveu todas empresas de Matuidi contra vós, minha Senhora. Desde tempos remotos, em que adulteraram as negociatas dos vossos produtos na capital, para que vós saísseis do castelo e esses incircuncisos tivessem como ceifar vossa vida... Até o presente termo. Doravante, vossas herdades estarão livres desse mal.

Sua estimada serva

O narcisismo de toda glória é obstáculo natural na compreensão dos esforços que precedem tal feito. Herdeira batalhava para acalmar a monstruosidade dos pensamentos imersos num infindável mar de temores com desgraças ao redor, esboçavam em nítidas linhas silhuetas do próprio corpo destroçado pelos inimigos. Com urgência, precisava derrotar aquele íntimo adversário. Esforço oculto, incapaz de interferir na força de sua aparência aos outros, mulher de sentidos mudos. O castelo estava protegido. Sim, era Matuidi perseguindo-a nos mercados da parte baixa na primeira ida à capital com os cavaleiros. Desvencilhando-se desses temores, pensava em qual seria a próxima outra batalha. Leviano pensar assim? Entretanto, firmava sua estratégia com certeza da vitória. Sonoro metálico dos apetrechos de guerra em formação pelas mãos silenciosas de guerreiros de futuro incerto, também imersos no mesmo mar de temores de Herdeira, marcava início da retomada da capital. Dia terceiro do mês das águas. Cheiro inebriante de terra molhada chegava a eles pela brisa do mar, chovera na madrugada.

Herdeira: *Discurso celeste encorajador da vitória, liberdade das herdades terrenas.*

A expectativa daquela pregação assenhorou-se dos demais aldeados, capitães, soldados, que sem distinção mordiam as caldas da vitória. Batalhões preparados por seus maiorais, amazonas perfiladas junto deles.

Herdeira continuou: *Antes da cantiga dos primeiros pássaros nesta madrugada, adentraremos pelos muros, abriremos os dois portões para ataque massivo sobre os contrários. Nossos batéis surpreenderão cada qual uma embarcação, atiçaremos fogo, fogo!*

A convicção das palavras derramava confiança pela fúria dos olhos associada à intensidade da voz. Todos embriagados. Urros. Saíram. Despediu-se de Penélope, lágrimas contidas. Beijo rápido na fronte do Senhor seu Pai. Desde pequenina, no íntimo desprezava as pregações firmadas na redenção eterna declamadas nas vigílias das capelas de abóbadas infinitas e, logo mais, pelas falas de todos cristãos. Mas ali, com o fim vívido na batalha prestes a começar, dava ouvidos às promessas passadas na espera de sua própria salvação futura. Próximo da aurora, a capital caíra sob o furor dos nativos. Os contrários foram surpreendidos, pois, navegando no destilado da terra, amparados por corpos nus de alguns nativos com algazarra desmedida, sempre companheira de tais ingredientes, que descuidaram das defesas da cidade. O maioral deles, trôpego, saíra em pavorosa pelas ruas, mostrando sem pudor suas vergonhas, e fora abatido por um negro. Sorriso da balbúrdia jazia naquele corpo inerte, ironizava os nativos? Ademais, rendições preservavam o próprio rabo; porém os nativos, na força das porradas, expurgavam maus pensamentos carregados até ali, mesmo sobre corpos desfalecidos, e mantinham a intensidade da pancadaria num desapego com a vida alheia. Alguns gritavam nome da Senhora Mãe de Catharina, em vingança!

Naquela manhã no aldeamento, o Senhor Pai de Herdeira sabia que era vigiado, pois alguns não foram à batalha, denunciados pelos gritinhos comedidos das brincadeiras com as crianças. A carta escamoteada perto do tablado, suporte para desenhos das estratégias de ataques com discussões afins, conseguiu com os pés trazer perto de si. Já na leitura das primeiras palavras, sentia cheiro de merda logo adiante: "*Querido Papai, meu Senhor, sobre os infortúnios por nós vividos nesses dias, a Senhora minha Mãe, vossa esposa, o padre Antonil e o governador, vosso primo, foram prisioneiros para as terras dos batavos...*". Ele, amordaçado pela própria filha, novamente reviveu a dor da separação. A esposa indo refém dos batavos ao velho continente, ao homem restou lágrimas de dor misturadas às maldições mais as juras de revanche. Destruiria todos aqueles que o fizeram beijar o chão daquela tenda paupérrima. Não era um qualquer, Senhor de todas as terras do norte até o delta do grande rio. O rugido de dor ouvia-se longe, atraindo crianças a observar de soslaio pelas frestas da tenda quem seria aquele chorão. A perda repentina de todas as forças o fez esmorecer em completo silêncio recostado no esteio da tenda. Sol a pino, um alguém de pele jambo brilhoso, cabelos pixains despontando rebeldes, sem sufocar o rosto sinuoso, nariz quase sem ponta negligenciado pelas laterais de sutil volume para depois desembocar nos lábios carnudos, igualmente às nativas da terra, entrou na tenda. Ela possuía um sorriso largo, sério, honesto formando duas covinhas nas extremidades dos lábios, na junção com as bochechas. Esse conjunto, em consonância com o olhar profundo, capaz de transpassar a alma do ser olhado. Corpo esguio, ainda sinuoso nas ancas, não perdia em beleza pela roupa simples que vestia. Já seu caminhar seguro denunciava a nobreza de seu sangue. Toda respeitosa, serviu guisado de miúdos com raízes e grãos da terra. Sentou-se ao lado dele, observava aquele Senhor de pele talhada pelo sol, mas sem as marcas da pobreza; sabia ser o Senhor do morgado. O Senhor agradeceu por meio de sorriso satisfeito... estava faminto. Aquele encontro favorecia aos dois. De imediato, ambos perceberam a oportunidade, pois ele precisa retornar urgente ao castelo e ela sonhava viver fora do aldeamento onde não correria perigo dos assaltos dos donos de engenhos com propósito único de escravizá-la. O Senhor também o era. Mal sabia ela. Ele, experiente em negociatas ao longo da vida, começou comer pelas beiras, desembestou a falar do castelo com terraço debruçado sobre o alto do mar perdendo-se de vista. Ritual para acender tocha na torre de sinalização às embarcações oriundas dos mares do norte, toda estrutura em pedras maciças capaz de resistir a tiros de potentes canhões mesmo em curta distância, átrios interligando as partes baixas com os pavimentos superiores do castelo... Sim, muitas escadas de acesso. Janelas dos aposentos superiores, algumas dispostas ao infinito verde das matas. Banheiras de madeiras nos aposentos, "*Já imaginastes?*". Nas suas negociatas, algo de valor pendia para um dos lados da mesa. Ele sempre exaltava em importância os seus produtos, subtraindo do oponente aquilo que desejava na permuta para si. Porém, ali acreditava nos anseios ocultos daquela estonteante mulher, incerto quanto a isso, continuava. Os olhos vívidos dela brilharam, consciente da astúcia daquele Senhor, confirmava as histórias, já conhecidas, contadas pelos mascastes que transitavam entre a capital e os vilarejos sertão afora, sempre de passagem pelo aldeamento dos negros. Ele readquiria forças transmitida na confiança da sua própria voz enquanto falava das posses agregadas às vitórias em batalhas recentes. Em galanteio direto, fez-se de coitado no relato de quando fora atingido pelos caetés.

Então comentou, implorando: *Estou sem mulher... Sou prisioneiro de minha filha... Minhas herdades, vosmecê poderá usufruir quanto quiser. Apenas me liberte...*

Um pequeno sorriso despontou na extremidade dos lábios da mulher.

Aproximou da boca dele num prenúncio de beijo faminto, de repentino, escorregou seus lábios pelo rosto até sussurrar no ouvido: *Não serei vossa escrava... Conseguis fiar isso?*

O contragolpe secou as palavras na boca dele. O que tinha ali senão palavras? Representação sonora do que se quer dizer, necessidade gigante de explicações filosóficas de tudo, como se tudo ficasse doce e não fosse foder com ela. As cicatrizes na memória dela mostravam o sabor ardido da vida em gotas de desespero quando, além das cotas ferradas do dia a dia, ainda surgiram da baía os disparos secos dos canhões, transformando a revoada costumeira dos pássaros em voos aflitos nos roçados da redondeza, enchendo de mais insegurança o coração daquela mulher junto da irmandade no aldeamento. Aquilo que se quer dizer, vazio nas palavras, privado de oferecer-lhe proteção ou coisa que valha, nunca ecoaria naquele coração bruto. Vivia porque tinha que viver, assim era. Fora disso, estava bloqueada a sentimentos desnecessários que naqueles idos andavam tão em alta nos corações frívolos. De gestos finos, despediu-se do Senhor, saindo da tenda num andar firme para reafirmar a nobreza da sua linhagem. O senhor surpreso, soltou um suspiro profundo de puro desalento, olhou aos céus em desespero. Andando por esse aldeamento seria reverenciado, cortejado por todos, por que ainda estava preso? Ninguém dava a *mínima* para ele? A porrada inesperada recebida da recepção no aldeamento somado às notícias da mulher despira o orgulho cego daquele homem. Desde tenra idade ditava as ordens a quem cruzasse seus caminhos, entretanto, respeitado nem era pela destreza de empunhar um arcabuz ou na força da espada, era pelo peso de suas riquezas. Preso, já não era senhor de suas posses, resumindo a vida a uma sequência de desilusões, sempre na dependência da boa vontade de outrem. Mesmo aquilo que deveriam fazer por dever de ofício, fazem-no com desdém para o pobre coitado, como outro qualquer, assim pensava. Ela passeava pelo aldeamento numa tranquilidade de fazer invejas aos celestiais querubins, pois, já antes de oferecer o prato ao Senhor, tinha arquitetado seus intentos para com ele. O tempo seria poderoso para amedrontar mais o coração dúplice daquele homem, depois amolecido, seria facílimo de moldá-lo.

No meio da tarde, adentra na tenda anunciando em bom tom a fuga deles: *Vosmecê ireis amarrado.*

Incrédulo, mas de palavras surdas consentiu.

Soltando-o do tronco, comentou: *Depressa, o padre batavo já nos espera.*

Esse último aviso deixou o pobre Senhor em pavorosa. Como assim, o infiltrado iria junto deles?! Única opção, sem titubear, saiu após ela. Em fila indiana com a mulher na retaguarda, contornaram o aldeamento pelos lados das lavouras até encontrarem uma picada rumo ao norte. Eles iam amarrados por cordas transpassadas nas mãos e pelos tornozelos, ligando ambos num andar falso, diria lento. Na trilha donde estavam, ao olhar na retaguarda, avistavam por entre as copas das árvores um fio de fumaça leve a cingir o horizonte, o entardecer, sinal de que o aldeamento ficara para trás. Iam pela trilha quando um guerreiro dos negros em silêncio tomou a dianteira deles, abrindo caminho para o grupo. Naquela toada chegariam no castelo na aurora do novo dia. Astuta, a mulher sabia dos riscos de tal decisão. Em redor da fogueira, devorando um guisado num roçado de parentes dela, o Senhor interpelou a mulher sobre companhia do padre batavo.

Mulher: *Sobre tal negócio devo vos dizer, meu Senhor, caso não façais tudo sob minhas ordens, este* — apontou ao desfigurado padre — *visitará o Hades. Vossa Maria culpará quem por essa perda?!*

O Senhor, com os olhos fixos na fogueira, murmurou a si: "*Nunca lidei com um alguém de astúcia tão elevada*". De tantas idas e vindas entre a capital e o castelo, cujo caminho é conhecido por todos pelos infortúnios apresentados neste trajeto, é de imaginá-los o tempo todo com o cu na mão, apreensivos contra os temíveis caetés. Por outro lado, salteadores seriam repelidos facilmente. Caso o bicho pegasse, somente a mulher com o guerreiro fariam as honras aos indesejados. O Senhor sonhava encontrar com qualquer um dos seus súditos oriundos do castelo, sob suas ordens fariam picadinhos da mulher e do guerreiro. No entanto, somente pássaros em polvorosa observavam a passagem deles para depois voarem em cantigas irritantes ao Senhor do morgado. Animais de pequeno porte ciscavam aqui, acolá, dando espiadinhas ligeiras para se apagarem nos tons escuros dos rodapés das matas. Burburinho peculiar das matas, um contraste ao silêncio do pequeno grupo que avançava lentamente. Há tempos passaram a serra das araras, o sol no ponto mais alto do céu os sacaneava. "*Estão em passos de tartarugas, hein?! Naquela toada, se acercariam do castelo quando as estrelas estivessem em destaque na negritude do firmamento*", a mulher estava ciente disso. Contudo, na sua imaginação, o simulacro daquele momento tinha em crescendo o som dos homens de Herdeira no encalço. Como deixaria sair uma carga de valor imensurável sem receber o equivalente em moedas? A mulher, com isso, enxergara aquilo que todos veem, mas não enxergam. Onde mais é menos, e o contraponto do menos era ser do tamanho de um gigante. Assim, ao se levantarem da refeição retornando ao caminho, a mulher anunciara outro trajeto para a última parte da caminhada até ao castelo.

Emputecido, o Senhor vociferou: *Seremos presas fáceis para os caetés!*

Depois de longos percursos, ainda sentia dores na perna, lembranças do último encontro com os temíveis indígenas. Indiferente às lamúrias dele, ela diariamente vivia sob a sombra de ataques dos brancos para escravizá-los; os caetés soavam como brincadeira de crianças. Talvez o "diariamente" precisa de dimensão para abranger a merda que é dormir sobre apetrechos de guerra, manusear a terra com armas a tiracolo, no rio, durante o banho, a mesmíssima, depois em infinitas ocasiões. Gritos repentinos cortam o céu do aldeamento. Eram de alguém sob assalto levado aos trancos pelos senhores dos engenhos. Quantas outras aldeias como a deles foram derrubadas, depois queimadas impiedosamente aos gritos das crianças que, correndo na força do desespero sem destino, procuravam amparo sobre os corpos dos Pais inertes e despedaçados? *Açúcar branco*, tingido de sangue negro, era alimento nobre nas mesas dos moradores da Velha Senhora. Agora não: o feitiço virou contra os feiticeiros. Estão sob ataque dos próprios irmãos brancos, aí sim precisam de ajuda. Circunstância adversa a eles, "*somos todos irmãos*"... Esses negócios perambulavam na imaginação daquela mulher. Sem perder a compostura, próprio de um alguém da sua estirpe, mantinha seu sorriso honesto característico.

A mulher, sem mais delongas: *Este será o caminho!*

Caso os homens de Herdeira estivessem no encalço deles, não os encontrariam. Agnijla é o nome dela. O Senhor do morgado ventilava outras ideias na mente: como liquidar aquela mulher. Entorpecido por pequenos instantes com sua beleza estonteante, para ele, cuidava de uma víbora. Durante a caminhada, ao deixar a retaguarda e passar por eles, ela ia à frente conversar com o guerreiro em palavras surdas, ouvidas num dialeto dalém-mar desconhecidas daqueles ouvidos; o Senhor, observando-a, deliciava-se com o sacolejo do andar dela destacado pela sinuosidade das ancas. Daí o grupo ligeiramente acelerava os passos. Desfazendo o encantamento daquela figura, de imediato voltava com a mente nas tramoias de destruí-la, também revia erros passados responsáveis por deixá-lo naquela situação. Culpar as mulheres de sua vida era a reação mais fácil, imediata até... "*Maria mudara, fato consumado... seria durante o período de estudos no reino?! Na minha ausência, estando nos engenhos do norte, naquela época nasceu outra filha... Só pode... Como não percebi? O que Mara fizera com nossa filha?*" Sua fiel esposa lutava suas batalhas no oculto das habitações dos poderosos, assim fora na estada deles no reino, ele conhecia isso... "*Será que ela pretendia destituir-me das posses conferidas pelas mãos do Rei a mim? Mara, não... não... não...*" Uma sensação de frustação externada por gritos ou momentos de fúria em destruir tudo com todos. As mesmas coisas nos mesmos lugares, repetindo na frequência normal dos dias, sem mudanças aparentes, dando a certeza de que ele conhecia na íntegra o universo ao seu redor. Mas, de repente, alguma coisa desvia do caminho antevisto por ele dentro daquele contexto, digamos, conhecido. Então, ele fica inseguro, puto, decepcionado, nem tanto pelas perdas associadas ou pela incapacidade de revidar e, sim, por compreender que ele mesmo se fodeu. O Senhor do morgado transpassava no peito essas fases. O que esperar de Maria, sua filha, que preferia o confronto direto?... "*Por que a tornara governadora? Com todos os guerreiros submissos, fiéis às ordenações dela... Como? Agora essa outra mulher extremamente astuta... os deuses estão contra mim?! Só pode!"* Dor assombrosa no orgulho dele pelas derrotas impostas por mulheres; por outro lado, as dores nas pernas tornaram-se imperceptíveis. Essa, com outras infinitas possibilidades de direções, flutuava na mente do velho Senhor. Padre batavo?! Sem dizer, perdera, há muito, o prestígio da aristocracia. Ali, semelhante aos caminhantes sem destino pelos sertões, era quase um moribundo. Como seria recepcionado por Catharina? Nos arredores do castelo, o guerreiro desprende as cordas que uniam ambos, saindo com o padre batavo para embrenhar-se nas matas, noite adentro.

Ao Senhor do morgado, mais desespero: *O que sois? O que fazeis?*

Ela: *A vida dele será meu indulto. Enviareis missiva a vossa filha, conforme meus dizeres, pedindo perdão por vossa fuga e anunciando que o padre batavo vive aqui, sob constante vigia. Será a primeira tarefa ao adentrarmos pelos portões de vossa morada...* — aponta o castelo, avistado sobre a copa das árvores ao alto. — *Caso não façais conforme ordeno, ele morrerá... Entendestes essa dinâmica?* — ela completa, irônica.

Ao brilho da primeira estrela da noite, a capital jazia calada, olhos assustados de outrora campeando pelas frestas das portas esperando pelo pior. Naquela noite, o povo rolava em amores nos seus leitos. Herdeira sozinha, sentada nos pés do pelouro, observava a baía com as embarcações imóveis dos contrários, intactas. Sem se aperceber, escorregou para o campo das prestações de contas consigo mesma: desde dias imemoriais de quando sofreram assalto de caminho, prisioneiro assassinado no calabouço, inimigo desconhecido dentro do castelo com ela sitiada na capital, depois passou pela dolorosa perda de Inês, com sua Mãe prisioneira dos batavos, astúcia desmedida em vencer os contrários, provendo falsa alegria aos corações saudosos da terra pátria. Também reviveu a atitude repugnante do Senhor seu Pai em liderar o ataque de retomada. Ainda nessa jornada, ganhou uma irmã de fé: Penélope... Daí, um sopro maléfico dos espíritos dissimulados: *"Vosmecê pretendia somente negociar sem atravessadores... Destino?".* Ela deu de cantos de lábios resposta irônica ao demonstrar a vastidão de rotas livres de intermediários para escoar os produtos da terra; afinal, era governadora. Aqueles feitos sufocariam os espíritos acusatórios? Somente harmonizaria as forças... No entanto, eles não prevaleceriam com acusações infames diante da legítima autonomia de liberdade adquirida pelos nativos liderados por ela... Suspirou fundo de alívio. Penélope, com mensagem do aldeamento, aproxima-se dela e a extrai daquele momento de aparente satisfação. Conteúdo da mensagem: *"Senhor vosso Pai escapara com a ajuda de uma das filhas do aldeamento, Agnijla, levando consigo o padre batavo".* Que desgraças resultariam de tal ato? Inebriada pela vitória, numa inocência outrora inimaginada, pensou naquilo como a fuga de um velho rabugento todo choroso, de coração despedaçado, retornando ao seu lar... Então, nada fizera sobre tal negócio.

Penélope, em manifesta submissão: *Eu estava no roçado aos fundos a rezar por vós, junto aos caboclos que socorreram o mensageiro, lembrastes? Quando anunciaram a fuga deles a mim... Saíram rumo ao castelo, eu enviara um guri para campear os rastros deles, estou certa disso.*

Herdeira: *Minha irmã...* — Abraço demorado. — *O povo está livre para ir e vir... Por onde andarem, estarão em suas terras, nossa terra... E nós duas estamos livres para irmos ao encontro de nossas mães, isso é o mais importante. O Senhor meu Pai precisa do castelo.*

Com um sorriso de felicidade, amortizou todos os males daquela notícia. Assim, findara o terceiro dia. No dia quarto, Herdeira, novamente acomodada na propriedade dos Pigros, agindo como governadora da capital, estabelecera canais de comunicação com as aldeias, com as capitanias ao norte, pois temiam novos ataques, desta feita, pelos franceses que ainda campeavam pelo delta do grande rio. Só um detalhe: a fama de Herdeira embrenhava nas matas com ligeireza de invejar os ventos. Carpinteiros, antes do prenúncio desse novo dia, trabalhavam nos mercados da parte baixa, recompondo as principais defesas da cidade. Também os muros, aos fundos, recebiam reparos. Um navio de carreira zarpou naquela madrugada, levava missiva dalém-mar ao rei com garantias de posses das terras da Coroa. A saber:

Minha Majestade

Sob as bençōes dos céus e por merecimento vosso, trago-vos boas-novas depois dos infortúnios por nós vividos nas herdades de Vossa Majestade dalém-mar. Já é sabido por vós que, sendo o governador e o bispo Antonil rendidos pelos inimigos da Coroa, vossa serva, pelas mãos do sucessor imediato do bispo com anuência dos céus, foi ungida para servir a Vossa Majestade, nos desígnios de defender estas terras de tão voraz incircunciso. Isso fiz com fervor e zelo. Jubilosa em anunciar-vos que vossa herdade está liberta. Rogo-vos mercês aos meus homens e a mim, pois, com fervor defendemos os negócios de Vossa Alteza.

Vossa fiel serva:
Maria Roothaer

Enquanto tramavam rendição aos batavos, liberariam os navios atracados no porto carregados de produtos da terra? Fariam deles reféns? Moeda de troca por sua Mãe? O padre batavo entraria nessas transações junto com o filho de Catharina? Já não possuía essa pesada moeda... Qual destino dar aos nativos alinhados com os batavos? Pelejaram contra seus próprios irmãos? Trancados junto dos inimigos como reféns de guerra no mosteiro na saída do portão de Santa Maria, aguardavam a decisão dela. Também aqueles outros, sem ter aonde ir, ficaram na cidade? Misturar no mesmo balaio com os desertores? No entanto, Herdeira trabalhava nos assuntos práticos, providenciando condições de as pessoas viverem naquela cidade, senão seria o caos. O povo retornava dos arredores pleiteando suas propriedades; como provar o que é de quem? Até então isso é fácil no contágio da vitória... outrossim desconheciam da vitória, ainda estavam escondidos nas malocas... como garantir suas propriedades? E se não voltassem? Onde estariam os livros de registros da cidade? De imediato restabeleceria a câmara, com pessoas ilibadas para discorrer sobre tais questões. Os cronistas desse período, no conforto de suas opiniões, focam seus relatos na dificuldade do povo em pagar tributos reais somados às necessidades de manutenimento do pelotão de defesas da cidade, mas sem força em descrever que, antes desses infortúnios, o povo já vivia na merda, desprovido do mínimo de vida decente. Raríssimas moedas em circulação, ficando a balança do escambo responsável pela mais-valia dos produtos. Cada qual produzia o necessário da subsistência, com o mar à frente em oferenda de alimentos variados aos fundos, banquete das matas com caça em abundância, criação de gados, plantações do cinturão verde e outros miúdos para um ensopado prático diário. Com os invasores quebrando essa corrente mínima de vida, as coisas ferveram no primeiro momento, ainda somando carga de ouro necessária para manter ativo o pelotão de defesa. Segurança no topo das obrigações, com atividades a todo o vapor para reerguer as defesas da cidade, depois desentulhando casas dos últimos moradores que saíram junto dos guerreiros. Cientes da necessidade da fuga, fizeram monturos de pedras na boca da fachada de suas casas dificultando entrada de saqueadores dos contrários. Homens de Herdeira fizeram o mesmo na casa da família; entretanto, a suntuosidade da propriedade chamou a atenção deles. Adentraram pelas janelas, destruindo grande parte do mobiliário. Também trabalhavam nas igrejas feitas de enfermarias pelos hereges com destino correto aos moribundos, assim, libertando a casa do Senhor Deus para as preces diárias. O povo precisava daquilo. Sabia de antemão que, depois das missas, o povo festejaria noite adentro pelas ruas da capital: primeiro cuidar da alma, ninguém é besta, em seguida usufruiriam da força da carne. Sobreviventes de dias infernais. Inexistiam sofrimentos piores do que o vivido naqueles idos. Assim, o quarto dia fora cheio de atividades com diversas decisões. A alma de teor nobre de outrora continuava nobre, no entanto, sem remorsos. Depois de conhecer as ascendências de Penélope, como fora preservada na astúcia dos padres, lá no fundo do peito sentia o dever de esconder a cria de Catharina. Evitaria sofrimentos futuros ao bebê. Aldeamentos, malocas, roçados, improvisados casebres nas bordas das matas aos fundos da capital recebiam notícia da vitória. Dali saíam as pessoas do jeito que estavam rumo à cidade em cantorias de alegrias misturadas de agradecimentos aos deuses. Naquele instante, era o destilado da terra, da força daquele líquido inocente pelo qual os batavos sucumbiram aos desejos carnais. Conclamavam também, de tempos em tempos, o nome de Herdeira, unanimemente eleita governadora e matriarca da capital. *"Estes, com outros feitos de Herdeira, não estão nos livros das crônicas do nosso país?".* No meio do dia, os pelouros dos palácios reais estavam tomados por povos, gentes, inclusive alguns batavos redimidos da merda feita, dançavam.

Naquela noite, o Senhor do morgado foi anunciado no portão do castelo. Rebuliço entre os serviçais da casa incomodando Catharina nos pavimentos superiores. Com dificuldades de uma grávida, desceu as escadas guiada ao epicentro da conversação, um pouco temerosa das tristezas recentes. Na saída para o pátio, encontrou o Senhor do morgado. Lágrimas genuínas dela apaziguaram o coração do homem de seus repúdios para com as mulheres. Com um abraço delicado para não incomodar o rebento no ventre dela, o homem amoleceu, tranquilo, antes mesmo de apresentar Agnijla a todos. Ela era efusivamente reverenciada pelos negros da casa. Quem seria aquela mulher? O Senhor relatou sair no meio da tarde anterior do aldeamento, portanto, desconhecia o desfecho do ataque na capital. Rogava aos céus proteção à sua filha e às herdades de Vossa Majestade. A mucama, de imediato, fez fogo a providenciar víveres para seu Senhor, também água quente para um banho.

O homem ordenou aos serviçais da casa: *Agnijla ficará nos aposentos dos hóspedes.*

Entreolharam-se espantados: um negro nos aposentos da casa? No escuro da noite, Catharina, em preces, agradecia aos céus pelo retorno do Senhor seu tio, são e salvo. Ajudará nos negócios da casa... A chegada inesperada do Senhor do morgado não era contabilizada pelo régulo guerreiro, as amazonas, Catharina e o mensageiro. Uns de repouso absoluto, Catharina contagiada no rebuliço da recepção, desperceberam da necessidade de reavaliar as forças de cada peça no tabuleiro. Talvez tenham fiado num pensamento uno entre Pai e filha, nos longos dias passados juntos no aldeamento dos negros. Nada fazer é uma opção; contudo, merda gigante sorri no final do caminho. Cantiga primeira da madrugada, o Senhor do morgado, já desperto, andava pelo castelo conferindo dos seus negócios, acercando-se dos cavaleiros sobre notícias durante sua ausência. Cadê Matuidi? Calabouço. Detalharam a carta de Herdeira lida no pátio frontal da casa. A única Amazona naquelas bandas fora desperta pelos céus, a saber: *"Fugi!".* O mensageiro foi resgatado a tempo, assim, saíram pelos fundos das matas dalém dos muros no escuro daquela madrugada. Desfecho diferente para o régulo guerreiro. Diante do seu Senhor, Matuidi chorava horrores em fúria desmedida, desferindo pragas contra o régulo guerreiro por separá-lo de Catharina sem pretexto aparente. Desconhecia as ordens de Herdeira. O Senhor começou a unir os pontos, sempre com viés de proteção ao seu pupilo, pois o enxergava como um filho.

O Senhor chama Catharina, depois que ela terminara nos átrios internos seus exercícios matinais, naqueles idos iam em velocidade lenta: *Catharina, minha querida... Tendes convosco a carta de Maria com orientações sobre Matuidi?*

Antes da resposta, fora acercada com todo amor pelo próprio Matuidi, impossibilitando responder ao Senhor. Matuidi ainda estava de aparência ferrada pela temporada no cativeiro. Pelas mãos dela, foi conduzido para um banho em seu aposento. Serviçais solícitos providenciaram o que fosse necessário para agradar aos dois. Ele apaixonado. Ela sorridente. No fundo dos olhos, enxergava os próximos passos do Senhor do morgado. Seu corpo limitado não era oferenda das delícias de outrora, mesmo assim, na suavidade, os desejos foram satisfeitos entre lágrimas de alegria com juras de união eterna. Por intermédio da mucama, fez saber ao seu Senhor ordens expressas de Herdeira para prender Matuidi. A forca poderia virar para seu lado, no pior pensava Catharina. Na mente dele depois de ler e reler a mensagem, rolava insistentemente: *"Ogro que jaz dentro dos muros do castelo intentando usufruir das nossas herdades..."*. O que significava aquilo em relação ao Matuidi...?! Logo pela manhã, depois do relato de Matuidi, o Senhor do morgado ordenara a seus homens que detivessem o régulo guerreiro, lançando-o no calabouço. Depositava confiança em Matuidi; enfrentaram juntos os mais diversos inimigos dos temíveis caetés, até os estrangeiros adentrando pelo grande rio. Aquele laço de confiança precisa ser preservado a qualquer custo. Por outro lado, a prudência ditaria seus futuros atos. Maria estaria certa em sua mensagem? Murmúrio de alegria pela vitória de Maria contra os batavos adentrou pelos portões a desviar um pouco atenção do velho. Aquele dia tornou-se infindável, pois ele andara em todos os cantos da propriedade procurando palavras não ditas em alta voz e bom tom, de significado suficiente para entendimento dos fatos que rolavam nas sombras. Aqueles muros, outrora instransponíveis, ficaram frágeis a inimigos invisíveis... Mara teria facilidade em descobrir as pisadas do ogro de intento mal, e ele?! Incerto quanto suas capacidades. Agnijla, devotada pelos negros da casa, poderia ajudar? Segredar com ela tais negócios seria arriscado? Convite aceito para caminhar com o Senhor do morgado. Desrespeitou as regras de conduta no trato a Senhores poderosos, enlaçando o braço dele. O velho homem sentiu a energia daquele corpo irradiar por ele, fervilhando o mais ínfimo ou insignificante das suas partes, então saíram. Enquanto andavam em companhia do silêncio, uns poucos passos até a ágora ao lado do pátio, ainda desfrutou das delícias dela.

A sós, confirmou essa certeza: *Posso confiar em vosmecê?*

Agnijla: *Quanto mereço da vossa confiança?*

Ela era firmeza! Pode-se dizer que ele se acostumara às ideias cortantes dela, sem demonstrar surpresa, iria prosseguir... Um beijo guloso sugou sua fala e tudo mais da boca dele. Ofegantes.

Agnijla: *Nenhum dos serviçais da casa confia nesse homem liberto por Vossa Senhoria... Desconhecem os motivos reais, no entanto, sentem a maldade esvair dos gestos deste tal Matuidi.*

Senhor: *Como sabeis dos meus pensamentos?!*

Ela sorriu e continuou: *Um deles relatou ouvir de Matuidi: "Eu sou fiador de tudo feito pelo Senhor da casa...". Por outro tive notícias de vossas frequentes correspondências com os currais do norte... Vossa Senhoria tendes homens por lá?*

Tais notícias entorpeceram o velho; mesmo sendo ela recente naquelas bandas, conhecia tanto da casa, ele pouco era consultado... Nesse balaio rolava, ainda, a dúvida: como Maria, lá na capital, com os percalços causados pelos batavos, também sabia dessas tramas? Seriam os negros seu canal de mensagens?

Interpelou Agnijla ao que Ela respondeu: *Não! Sobre esses negócios tomei ciência hoje, nas visitas das malocas de meus irmãos.*

Na cabeça dele: "*O mensageiro? Ele chegara convalescente... Ou o régulo guerreiro? É possível...*". Seus sentimentos de ternura para com Catharina faziam dela invisível na leitura do labirinto de onde sairiam possibilidades de maldades.

Ele, receoso, tomou coragem: *O que mais sabeis? Um comboio de Maria, retornando da capital, caiu sob salteadores; liquidaram todos, fazendo um negro refém... Sabeis dessa história, certo?*

Ele afirmou com movimentos da cabeça.

Agnijla continuou: *Ele misteriosamente fora morto dentro do calabouço aqui no castelo... Ah, tem mais... O encarceramento do régulo guerreiro já é de ciência dos índios fiéis ao Senhor no aldeamento logo nos arredores da praia...*

O Senhor, distante das falcatruas desenrolando nos meandros do castelo, começou a temer pela própria vida, então, sim, confiaria em Agnijla. No entanto, estava decidido a enviar imediatamente Matuidi para os engenhos do norte; isso retardaria as empresas deles contra o morgado, caso aquilo tudo fosse verdadeiro. Ao mesmo tempo, Maria enxergaria aquilo como uma punição sobre ele. Catharina sofreria muito na ausência dele? Logo após parir também partiria. Dessa feita, tomou iniciativa e beijou aquela misteriosa mulher. Novamente enlaçada nos braços dele, retornam pelos lados da capela. Ele ficaria a rezar: perdoaria quem o ofendera; para isso, rezas. Quais os intentos de Matuidi? Quais seus propósitos? Libertaria o régulo guerreiro para manter a aliança de paz com os índios? Em contraponto, seus lábios proferiam palavras num latim falho, pedia ajuda aos céus. Matuidi corria pelas beiradas sob as sombras do seu Senhor, captava as informações compondo com suas memórias uma linha de raciocínio para inferir numa estratégia sólida a fim de liquidar o régulo guerreiro, sabedor dos seus podres. Perguntou pelo mensageiro... Desconheciam o paradeiro do jovem. Seu irmão fora torturado e depois morto pelas mãos impiedosas do régulo guerreiro. Diziam para Matuidi em tom de deboche sobre a ingenuidade dos vaqueiros do norte no ataque ao castelo, com merecido fim, calcado nas dores de cada membro decepado. Certeza potente da possessão das herdades dos Pigros, assim sendo, tais comentários não abalaram os sentimentos do homem. Era seu irmão, seu ego gritava... indiferente.

Precisava liquidar o régulo guerreiro. No primeiro cômodo adentrando o pátio vindo da capela, o Senhor foi pego de supetão por Agnijla, com as mãos nas intimidades dele e a boca na sua boca.

Ela: *Amanhã, ao raiar do dia, minha carta escrita por vosmecê estará nas mãos de Maria.*

A combinação de movimentos deixou o homem congelado. Beijo de raspão. Saiu. Ele continuou parado. Pensamentos a mil; carta despachada.

Matuidi, repaginado, revigorado para qualquer encrenca, topa de soslaio com o Senhor do morgado, lançando isca de mordida fácil: *Um guerreiro indiferente às ordens de seu Senhor, agindo a bel-prazer, lançando no calabouço quem bem entendesse. Mata e esquarteja o irmão do homem de confiança do seu Senhor, aquele em mais alto grau de apreço em consideração. Qual o merecimento de tal guerreiro?*

O Senhor do morgado, irado numa ordem impensada, soltou: *Merece forca imediata!*

Matuidi, ciente de tê-lo fisgado, lançou a última linha: *Esse é o salário do régulo guerreiro que jaz no calabouço!*

A velha mucama, de escuta amplificada, correu a suplicar a intervenção de Agnijla, tardiamente. Quando se apercebeu da merda feita, impossível regredir das palavras ditas, ficou emputecido consigo, explodindo na entrada de Agnijla a cobrar explicações pelo ato insano. Ela sentira os efeitos do descontrole dele ao fechamento dos ferrolhos do calabouço sobre si. Ocupava o lugar do régulo guerreiro. Num hiato de silêncio improvável, ouviu-se o chiado da madeira ao tranco opaco de um corpo em queda, sem as merecidas honrarias a guerreiro daquele quilate, observado somente pelos da casa, com o capelão oficial do castelo, pois o padre beneditino que veio para ajudar Catharina os deixou naquela tarde, depois do retorno do seu Senhor. A mucama secou uma lágrima teimosa em romper pela face. Abraçou Catharina. Matuidi, jubiloso por silenciar suas falcatruas contra os Pigros. O Senhor do castelo, imutável, estava corroído no íntimo por levar a cabo decisão tão insana. Observavam. O corpo pendurado deu um último espasmo, lentamente balançava. O Senhor, na força da decepção, anunciou outras decisões tomadas... Matuidi, antes do raiar da aurora, estará a caminho dos engenhos do norte... Catharina também irá junto dele. Nisso, os dentes dela rosnaram para contar as empresas do falsário contra aquela casa. Como jurou fidelidade a Herdeira, engoliu seco, seguindo num choro interno, amparada nos braços da velha mucama.

Antes de deixar o pátio, Catharina ajoelhou-se aos pés do Senhor do morgado, seu tio, beijou-lhe as mãos em devoção: *Rogo vossa permissão para levar a velha mucama de caminho conosco.*

Permissão alcançada. Em conversas surdas, a mucama confidenciou a ela que o mensageiro com a Amazona estavam escondidos no aldeamento dos índios de frente ao mar. Tarde de preparativos intermináveis. Noite perdendo-se de vista, quando anunciam a abertura do portão para a saída da carroça cercada pelo comboio de Matuidi e alguns cavaleiros rumo ao norte. Invocação dos deuses pela boca do capelão. O Senhor do morgado, apenas num aceno, despediu-se deles. Homem pensativo sobre o destino de Agnijla... Comboio: no sacolejo da descida da pequena serra, de saída do castelo, contornando para seguirem de caminho, Catharina temia por sua cria. Teria forças para lutar contra aquele monstro? Apropriando-se do ruminar da carroça, a mucama contou sua despedida com Agnijla; falaram pelas frestas superiores do calabouço. Catharina inquiriu quem era aquela, venerada por todos os negros. Vidas cheias de aventuras misturadas em causos, talvez lendas que rolaram dalém-mar. Filha da realeza nas paragens de lá, cá chegando tornara a subverter a ordem das coisas, estabelecendo com outros guerreiros um aldeamento livre aos fundos da capital. Fizera algumas horas da viagem num ínfimo de contentamento. Depois do término do relato, naquele momento que ficaram em silêncio comparando nossa vida com aquela contada, perceberam-se mesquinhos perto de tal grandeza, então pronunciamos um "*hummm*", confirmando aquela história como verdade. Isso também foi feito por Catharina. "*Qual será a minha história?*", ela pensou...

Curiosa, interpelou a mucama: *Se ela é tão astuta, por que caiu fácil na mão do Senhor meu tio?*

A mucama: *Ela dormia com os mais temíveis guerreiros para depois matá-los, é o que diz a lenda... O Senhor seu tio já está encantado por ela...*

Sob o jugo do pisirico, a capital amanhece de ressaca, incendiário destilado da terra que também fez Herdeira acordar com a cabeça fora de órbita, deslocada do corpo. Gosto de cachorro molhado salivava na boca. Serviçais da casa foram chamados; no entanto, ela implorava por Penélope, "*Minha irmã!*". Ficara na casa da família. Relutava em viver nos palácios.

Dizia aos ouvidos de confiança: *Irei somente depois da missiva de Nossa Excelência.*

Com essa estratégia, dificultaria o acesso de possíveis inimigos, que avançavam sobre a ladeira dos papas, e a possibilidade de ela cair prisioneira nas mãos dos invasores. Nas herdades da família, teria saída rápida para os aldeamentos, aos fundos da cidade. Naquela manhã, era impossível atender desejos incertos, frases de lamento terminavam sempre com: "*Ai, minha cabeça...*". Compostura erguida lá pelo meio da tarde, começou a inferir nas entregas das atividades de defesas da capital iniciadas no dia anterior... Trabalhadores fixaram a ideia de ataque iminente pelos franceses, dito estar campeando nos termos do grande rio ao norte; de pulga atrás da orelha trabalhavam ininterruptamente. Insatisfeita, Herdeira queria mais. Ordenou aos prisioneiros de guerra com aptidão a carpintaria, construção e afins, que trabalhariam voluntariamente sob pesadas artilharias de guardas destacados nesse trato. Suor cura ressaca, cantavam nas ruelas... daí os moradores, diversos deles, de padiola ou pesos quaisquer nas costas, contribuíam revestindo de pedras maciças as liberdades de seus concidadãos. Peso da dúvida espreitava a alma de puro trato... como a corte receberia a vitória sobre os contrários? Leais servos deram a vida ao defender os propósitos do Rei dalém-mar...? Seriam tidos como possuidores de força própria, prenúncio de emancipação precoce em relação à Coroa...? A Majestade nos manteria sozinhos com a própria sorte; primeiro os batavos, depois os franceses, que, naquela altura, já ciscavam pelas bandas do norte adentrando no delta do grande rio... Vitória, o Rei enviaria um dos seus pares na governança destas terras...? Indagações semelhantes de antes de vencer os contrários. A tenda de sapé de outrora cedeu à casa com confortos na medida da governadora, alargando também caminhos possíveis para trilhar junto do povo... E os batavos? Aliança dos Dezenove Senhores... Viável? Com o reinado deles? Para fugir do peso dessas decisões insistiu em acompanhar os trabalhos de reconstrução das defesas, Penélope desencorajada de impedir. Acompanhou. Quem nas pisadas de governadora, servida de cavaleiros no encalço, mas de cabeça ainda fumeada pelos sopros esporádicos do pisirico, conseguiria se manter aprumado? Pernadas desordenadas sobre negritude do basalto do calçamento irregular das ruelas, num cai não cai. Descida dos papas? Desenvolva sua imaginação. Na manhã seguinte, curada dos excessos das festanças, sóbria, por assim dizer, recebe uma carta do castelo:

Maria:

Minha querida filha e estimada Senhora governadora, felicito-vos pela vitória contra nossos mais temíveis inimigos que assolavam impiedosamente nosso povo. Sei que Deus empreendeu esforços invisíveis ao vosso favor, contudo, é sabida por todos vossa solércia em ludibriar o mais astuto adversário. Rogo-vos perdão por meus devaneios e fuga diante da vossa face, minha Senhora. Um coração amargurado transforma um sábio em tolo. Não tendes em conta as imprudências cometidas por mim. Confesso-vos diante do nosso grande Deus, jamais tais males serão perpetrados por vosso humilde servo. Hoje nossas herdades gozam de paz, pois o ogro que jazia dentro destes muros enviei junto de vossa estimada prima Catharina para os engenhos do norte. E o padre batavo reside conosco, professando nossa fé na capela do castelo.

Vosso humilde Servo, Senhor vosso Pai

Releu; procurava o dito pelo não dito. Ouvir eco das palavras somente pensadas. Por que usara o mesmo adjetivo? Ogro... É sabido de Matuidi? Manteve-o no cárcere? Começou a sentir remorso por deixar barato a fuga do velho Senhor... faria adentrar mensagens invisíveis dentro dos muros do castelo... Precisava de notícias fiéis de lá. Escreveu rápida mensagem. Mascate, de saída para os sertões de dentro, levaria um amuleto para mensageiro, adentrando pelas mãos da velha mucama. Como Catharina rumaria ao norte com a cria pronto a romper? Deixou de lado por hora a carta enviada por seu Pai. Escreveu as tarefas mais importantes do dia: pagar soldo para todos os combatentes. Para levantar qualquer pedra numa urbe, é necessidade primeira: ouro. Herdeira, ciente disso, saiu naquele dia passando o chapéu onde desse, altares dos deuses seriam os primeiros vistos que todos eles são misericordiosos, então dariam exemplo de benevolência. Suas herdades também participariam da coleta. Moedas em ouro cunhadas na Velha Senhora entrariam na mesa de negociação para rendição dos batavos, junto da entrega das embarcações ancoradas na baía, propósito maior do dia. Francisco de Menezes, contente com a ousadia de Herdeira, apoiou com fervor os passos dela nas negociatas. Antes entenderia como fora a lida para os covardes mercadores que optaram por ficar quando da invasão dos contrários. Por agora, pretendiam o *status quo ante bellum*, venderiam alma para tanto. De início da invasão, os contrários mostraram-se confusos com suas próprias intenções, pois tinham muito de pouco. Obrigando os senhores das mercadorias a rearranjarem os muitos necessários às satisfações das tropas deles, daí entra a figura do Senhor W. Com mão de ferro, retirava muitos deles, na troca, entregava o ínfimo do combinado. No entanto, as migalhas eram em moedas de ouro sem correspondência de valores nas mercadorias dos nativos senhores. *"No mundo dos vivos, consigo transformar as migalhas num banquete, quimera."* Acreditavam. Quando vejo tais coisas, ignoro inocência nesse pensar. Gosto de acreditar na força motriz imbuída nesse futuro incerto com força no agora de triturar montanhas de pedras, congelar as labaredas do fogo, colher frutos suculentos no solo estéril de estiagens intermináveis... refazendo este agora simplesmente na expectação em alcançar este imaginado banquete. Certo da minha onisciência, com onipresença em todos os fatos desta história, provavelmente conferiu a mim convicção e arrogância desmedida na capacidade de construir o sonhado nas porradas em pontas de faca do agora... Que louco! Tais homens teriam tal arrogância cega? Mapear as ideias de Herdeira é impossível, contudo, esmiuçaremos palavras ditas neste contexto com gestuais, também falados pelo corpo, para desenhar entendimento dela sobre esses caras. Sigamos. Possuidores de terras no entorno da cidade produziam muito dos sustentos necessários aos contrários. Quando a equação desequilibrava, faziam entre si escambo necessário para ter em conta muito aos invasores. Ajuntavam moedas. Herdeira, governadora pela unção dos céus, mais legitimada pelos soldados, também pelo povo, de cantoria agradecida pela vitória, sentou-se para negociar com os senhores mercadores.

Quando, no ímpeto de preservar seus lados, subiram o tom, Herdeira: *Os Senhores escolheram não defender os interesses da nossa Majestade nestas bandas...*

Possuidora de talento invejável em colocar cada qual no seu devido lugar, calou o bico dos adversários.

Perguntaram: *Qual intento de minha Senhora?*

Herdeira: *Todo soldo acumulado entregue pra cidade, com isenção de tributos no próximo ano para produtos vossos, seguindo a Velha Senhora.*

Desconforto generalizado do lado oposto da mesa, Herdeira, sem esmorecer, contragolpeou-os: *As moedas dos batavos possuem estampada símbolo dos Dezenove Senhores, desconhecidos nestas paragens. Caso os Senhores não entreguem a totalidade de vosso soldo, quando adentrem em circulação descobriremos; então, o pelouro será vosso último apoio na terra dos viventes.*

Depois ela segredou aos ouvidos confiáveis a criação de insígnias reais numa das faces das moedas, antes de entregar aos combatentes. Com os contrários, rigor desmedido: todos pertences deles com proveitosos pelos nativos foram pilhados das embarcações, sairiam somente com víveres suficientes para a viagem de retorno, que iniciaria após o término das reconstruções de defesas da cidade. Computados na conta as bocas de fogo das embarcações e produtos da terra de ida aos mercados da Velha Senhora. Libertos. Seguiram os dias em reestruturar as condições mínimas para as pessoas viverem na cidade com os poderes necessários e a capacidade de sustentar esse organismo vivo. Ela, na labuta de concluir as defesas, com uma casa de câmbio fortificada, para receber as moedas de ouro que ainda estavam escondidas em sua casa sob forte vigilância dos cavaleiros de confiança. Fidelidade tamanha deles, desconheciam o teor do produto vigiado. Francisco de Menezes, o maioral dos negros, conhecia daquele negócio. Por parte de Herdeira, Penélope e Amazona também sabiam do negócio.

Naqueles idos, as pessoas precisavam de víveres, água, um cantinho para recostar suas cabeças, com capacidade de oferecer sombra e refúgio das chuvas, com cercado de obstáculos a possíveis salteadores ciscando nos arredores. Herdeira precisava das mesmas coisas, com moedas pilhadas poderia organizar o aldeamento dos negros, eles mereciam as mesmas condições da cidade... Estenderiam os muros da cidade até lá? Impossível preencher o cinturão verde da cidade. Como melhorar aquelas condições? Já para os moradores de dentro dos muros da cidade, precisava pensar em como levar água potável para perto dos aglomerados de casas. Aproveitou a mão de obra dos prisioneiros, em pontos altos e estratégicos, para fazer tanques de água próximos desses aglomerados de casas. Cópia dos romanos.

Herdeira: *Quem seriam os salteadores que precisam pegar os bens de outros? Esses outros sendo seus próprios irmãos? Por que não produzem? Não querem produzir? Teriam vigilantes noturnos pelas ruelas da cidade, além das guardas dos muros da cidade. Isso inibiria tais ataques?*

Unânimes, Francisco de Menezes e o maioral dos negros: *Não.*

Herdeira: *Então, qual solução?*

Desconheciam qual caminho tomar... Ela viajou na maionese.

Pensando no Rei Davi, soltou: *E se fizéssemos uma lista de todos os moradores da cidade e suas ocupações? Utilizaríamos a estrutura dos tabeliões de notas e registros do Rei... Qual finalidade? Saber o que fazem...*

Os homens perguntaram: *E quem chegar de viagem?*

Ela: *Também controlaríamos, pois esses podem ser os infiltrados... conhecei a história do padre batavo? Aquele preso sob minha responsabilidade, que ficou conosco no aldeamento? Pois é, um infiltrado dos batavos entrou como ovelha, no íntimo era um lobo devorador... Para tais, precisamos de controle... Temos dois portões de entrada, por ali controlamos os estrangeiros por terra... Há somente um porto... Fica fácil... Quanto às ocupações, faremos pelo tabelião... Para as pessoas que não possuem ocupação, daremos a eles o que fazer. Dai uma olhada o quanto de coisa há para fazer na cidade, precisamos de pessoas... Os muros estão aí para reparação... Na construção dos tanques de água, precisaremos de pessoas. Necessitamos reerguer muitas casas, reparação nas igrejas... Eu preciso de reparos.*

Caíram em gargalhadas. O riso voltou para aquelas bandas.

Continuou: *Tenho receio de que o mesmo pisirico que derrubou os batavos tolhas nossas forças também...*

Homens: *Controleis a produção do pisirico...*

Herdeira: *Não, o problema não é do pisirico... O problema é nosso... Nós é que o colocamos em barril... Depois num copo e engolimos aquele burro desembestado garganta adentro... O que faremos...? Cumprir o combinado, tendes ocupação, ocupai-vos dela... Tombastes pelo pisirico, pagarás moedas para manutenção da cidade.*

Francisco de Menezes: *É muito rigor, minha Senhora...*

Ela: *O que vosmecê faria diferente?*

Francisco de Menezes: *Sei lá...*

Herdeira: *Imagine metade do vosso pelotão sob influência do pisirico? Morreríamos todos. Então, todos os moradores da cidade não podem sofrer consequências de poucos malucos, caso não tiverem moedas para pagar as multas? Trabalhará, e a décima parte dos produtos será para a cidade, até atingir o valor da multa. É necessário ficar sem beber uma gota de pisirico. Reincidência, cadeia.*

Francisco de Menezes relutou: *Ainda acho pesado.*

Já o negro do aldeamento: *Nas minhas terras, pisirico, como vosmecês o chamam, somente em dias de festas... Produzimos o necessário para as festas...*

Herdeira: *Quem produz pisirico aqui na cidade?*

Homens: *Ninguém... Vem das malocas dos arredores...*

Herdeira: *Aí é mais fácil... A cidade terá autorização de comprar o pisirico... Somente antes das festividades...*

Homens: *Fechado...*

Herdeira: *Quem descumprir o combinado: décima parte dos seus produtos, depois cadeia.*

Fiaram aquela proposta.

Ela: *Entendei que, na cidade, além de guerreiros e trabalhadores dos campos, vendedores... Produtores das diversas mercadorias transportam, negociam... Tem também o órfão, as viúvas, os velhos, alijados em combates que precisam de nossa atenção... Para pensarmos em prosperidade temos que pensar no todo... Lutaram todos, certo? Imaginem se não uníssemos os soldados? Venceríamos as batalhas? Lembrai os coitados dos capitães dos portões, como estavam amedrontados? Recordai da ousadia dos negros, lá nos primeiros dias do cerco, ao atacarem a retaguarda dos batavos? Juntos, unidos, para derrotar o mesmo adversário.* — No ímpeto do ideal sonhado, ela prossegue. — *A ânsia de olharmos somente para nosso rabo, hoje nosso adversário somos nós mesmos... É necessário tirar das pessoas tal desejo absurdo... Precisamos uns dos outros... Não tenho todos os víveres para mim... Preciso trocar o que tenho com vosmecê... Não consigo defender-me sozinha, preciso de ajuda... Por que, então, olhar somente pro meu rabo? Hoje será dia da nossa libertação de nós mesmos... Por que sempre lembro deste dito? "Protege-me, Senhor, pois todos os dias levo meu maior inimigo, meu corpo, para dentro dos teus átrios..." Tiraremos isso de todos, concordai? Senti isso nos dias de aldeamento... Olhavam de igual para igual... Herdades, poder, de nada valia, dormíamos juntos... Não falo de beleza ou destreza na arte das flechas, ou mesmo no manejo da espada, não... Falo de humanidade...*

Ali, naquela conversa, foi fácil o convencimento deles, pois eram homens e mulheres talhados no labor da batalha, de amizade fiada sobre o sangue de adversários imbatíveis. Como distribuir aquele elevado sentimentos para o povo? Cada qual de um canto, uma raça, uma crença, um credo, uma cor?

Questionaram-na Herdeira: *São todos humanos... Aonde todos vão? Na igreja... É lá que conversaremos...*

Eles: *E quem não vai? Por que na lista das ocupações não acrescentar religião? Facilitaria sabermos isso também...*

Ela: *Penso somente em avisar em pequenas conversas... Nós, aqui, temos esse mesmo entendimento?*

Uníssono: *Sim!*

Ela: *Sairemos a propagar essa ideia de nossa aldeia unida. Aos homens de Deus, falo eu... Francisco de Menezes aos hereges.*

Na sequência, cada qual pegou um pedaço do peso para ficar leve. Sairiam com essa missão.

Herdeira: *Doravante será nosso sacerdócio!*

Andando nas nuvens da imaginação, Herdeira retomou raciocínio: *Percebeis como as coisas estão trançadas como redes de pesca? Quando eu deixar de olhar o próprio rabo, nunca tomarei emprestado e deixarei de pagar... Pensarei: "Faz falta para ele, faz falta também para mim...". Nunca pegarei de soslaio algo que não é meu... Fará falta para outrem, consequentemente, alguma coisa fará falta para mim... Caso caia pelo pisirico, quem cuidará das minhas obrigações? Se alguém me ajudar, deixará de cuidar das obrigações dele... Se ele deixar de cuidar das obrigações dele ... Alguém que depende daqueles cabritos ficará sem leite... Por que se deleitar em excessos no pisirico? Por que pegar aquilo que não é meu sem a anuência de outrem? Diferente de todos, possuírem o mesmo bocado, não... Aquele que possui muito deve lutar para manter as sacas sempre cheias e, quando sobejar, vender para além-mar... Isso é digno, diferente de sobejar num escambo com mercadoria na mesma valia... Entendei? Sobejou no aldeamento? Venderiam nos mercados baixos... Inadmissíveis mercadorias sob suores de sangue dos próprios irmãos...*

Um dos homens: *Só que alguém entrando no cio, essa balança perderá o equilíbrio, penderá para os lados das desgraças...*

Herdeira: *Aí sim, remédio: cadeia.*

A franqueza dela meio que deixou os homens desconfortados. Conversa boa aquela.

Tinteiro de Penélope secou rápido.

Herdeira: *Vosmecê escreveu?*

Penélope: *Sim... Escrevi os preceitos de convivência para esta cidade...*

Francisco de Menezes, cuidadoso: *Como a Coroa entenderá isso?*

Herdeira: *Sem os homens deles a cá, nossa Majestade terá somente minhas palavras... Ficaram quase cinco estações sem os impostos... Ficará mais três, no mínimo contando que, quanto antes iniciarmos os carregamentos de açúcar com os produtos da terra, os palácios reais continuarão afogados nas núpcias intermináveis... Pois ainda são reféns da Coroa castelhana...*

Herdeira continuou: *É pertinente vossa observação, caro Senhor Menezes, a casa do correio-mor será minhas próximas visitas... Tê-lo-emos como aliado. Contudo, logo em breve anunciaremos provedor-mor e ouvidor-geral. Deixaremos que tenham caixa suficiente para manutenção da vida dentro dos muros da cidade pelo período que durou o sítio dos contrários, por outro lado, caso achegue socorro até nós, que já tenhamos estrutura pronta, conforme regimento do governador-geral, sem oportunidade de os militares bicarem nesses assuntos. Outrossim, evitaremos que a Coroa envie um dos seus para esses postos importantes.*

Sentimento perverso de estar só assolava o Senhor do Morgado deitado em seus aposentos. O pavimento inteiro entregue ao silêncio de noites com promessas legítimas de encontrar a próxima noite sem parênteses para o dia de sol. Cabeça fixada nos trejeitos de Agnijla, naquela primeira noite remexia no tabuleiro na tentativa de antecipar aos cenários mais sombrios, de consequências desastrosas para ele. Conhecedor das mensagens surdas fluindo entre os negros, com certeza tal negócio tocante, a prisão dela, estaria nos ouvidos do guerreiro negro seu parente de sangue, sabe-se lá onde ele estaria com o prisioneiro padre batavo. Entretanto, outros sentimentos também pululavam naquele corpo de musculatura apática para extravasar tais desejos. Pensava em Mara. Sua mente o puxava de volta pra Agnijla... *"Descerei até calabouços somente para conversar com ela..."*, falava consigo, ansiando satisfazer aquela solidão ao som da própria fala; lutava com o que tinha... Pedia ajuda aos deuses para que o sono aportasse por ali, e nada. Imaginava-se acordando ao som dos primeiros pássaros a antecipar o raiar do dia, cantando alegremente sem se preocupar se aquele dia seria maravilhoso ou não... *"Choveria?"*, cantarolava... *"Terei alimento?"*, cantarolava... Pobre homem, esperava por aquilo de seu retorno ao mundo dos viventes, aportaria no tão almejado outro dia, engolido pela labuta da vida, e esqueceria daquela mulher no calabouço... Estaria em preocupação de estabelecer as defesas do castelo para ataques do guerreiro negro. Como o negro retaliaria aquela mulher? Esperar? E os índios, aldeia abaixo, iriam requerer corpo do guerreiro? Com os índios, possuía poder de barganha... Desejos gritavam com forças para chacoalhá-lo, empurrando-o longe dos seus repousos. Resoluto. Enquanto descia os degraus, tambor ritmado explodia no peito dele. Depois de contornar os átrios internos, vibração interna do corpo na iminência de explodir. Na entrada para o calabouço, parada tímida... Falou consigo: *"Apenas me desculparei..."*. Com o barulho dos ferrolhos, ela desperta, de imediato ficou próxima da porta, esperava pelo pior... *"Quem seria?"*. Diante dela, a estrutura rígida do que dizer, movimentos combinados do que dizer com o corpo... *"Estou sem sono..."*. Agrupado com palavras despropositadas, em acontecer como mentalizado... Deram lugar a súplicas de perdão, justificava sua ação por ela afrontá-lo diante dos moradores da casa... Dos conterrâneos dela. O homem desaguava em lágrimas desmedidas. Ela: pequeno sorriso, rosto imóvel em respeito aos sentimentos do Senhor do morgado. Abriu o calabouço. Seus corpos se uniram num abraço firme, de mesmo número. Agigantado pela potência dos sentimentos, carregou-a degraus acima até depois do átrio. Mais um abraço, reconciliação. A cabeça dele escorregou até encontrar os lábios dela. Beijo. Subiram juntos as escadas em direção aos aposentos. Ainda na inércia do coito, olhando para o teto, ofegava embriagado. Nunca deleitou num corpo indomável... Queria mais. Recebeu mais. E mais. Desligado da terra dos viventes, nas alturas da cantiga dos pássaros de anúncio do dia vindouro, sorrateiramente Agnijla escorreu pelos corredores superiores até as escadas. Seguindo as orientações da velha mucama, rumou para a aldeia dos índios nas margens do mar. Tarde demais. As notícias da prisão dela tinham chegado ao ouvido do negro guerreiro, e o canhão estava apontado pra cabeça do Senhor do morgado. A explosão dos desejos contidos por dias desembocou num relaxamento onde ele sonhou: dia de céu turvo, irritado, aconteceu nesse cenário inesperado. Ele encontrou Mara, sua amada esposa, nos mercados baixos da capital, na chegada de um navio de carreira da Velha Senhora. Encontro efusivo. A beleza dela resistiu ao ímpeto do tempo aprisionado, e sua veia aristocrata permitia vestir-se com roupas finas, adornadas com acessórios em pedrarias raras. Ele, sorrisos. Ela também. Abraços. Reconciliação. "*De quê?*", com devoção confessou-lhe uma noite nos braços de Agnijla, somente uma noite... Os muitos meses de sua partida como refém dos batavos justificava aquela escapada. Mara mantinha ternura no olhar com sorriso de carinho, compreensão.

Ela, sutilmente: *Ficai tranquilo, meu bem...* — apontou um jovem homem todo empossado em negociatas com chefe da alfândega. — *Aquele é agora meu estimado marido!*

Sufocado pelo golpe impiedoso na boca do estômago, acordou reagindo à pancada. Sonho. Recompunha os pensamentos para agradecer aos céus que a realidade dos fatos permaneceu na dimensão da imaginação, foi quando se percebeu a sós. Cadê Agnijla? Numa passada alcançou as serviçais na cozinha. Os raios do sol firmes iluminavam o átrio da casa. Gritava pelo nome de Agnijla, tão somente esquecera de proteger as vergonhas. As mulheres, surpreendidas, desembestaram em risos misturados com gritinhos imediatamente contidos, olhos no chão em deferência, entretanto, ainda com vontade imensa de conferir as coisas do Senhor do morgado. Desperto. Em dois pulos retornou escadas acima.

A Amazona de capa escarlate segredou para Herdeira que regressariam aos domínios dos deuses: *Com a vitória sobre os incircuncisos, findou nossa missão a cá...*

Herdeira: *Onde seria vossa morada?*

Curiosidade de Herdeira, mordeu a língua nessa pergunta direta.

Amazona: *Ainda não sabemos... Uma das minhas guerreiras anda pelas vossas herdades, de regresso dela partiremos.*

Herdeira: *Algumas luas passadas enviei mensagem a eles... Provavelmente a resposta dele já anda pelas bordas das matas aqui. Esperai —* suplicou à guerreira.

Ao deixar o desfiladeiro, Agnijla foi interceptada por um índio campeando de vigia naquelas bandas. Os sons das mãos mais entendíveis do que o dito não dito por palavras. Ressabiado, conduziu aquela mulher até a aldeia. O dia clareava. Na aldeia, ela procurava pelos fugitivos do castelo, conhecia-os de relance quando de sua chegada. A Amazona, primeira a apresentar-se. Sim, conhecidas do aldeamento. Rápidas palavras. Agnijla segredou os últimos acontecimentos no castelo, inclusive sua prisão no calabouço, com detalhes para o fim do régulo guerreiro. Assunto sensível de falar por ali, pois os valentes, cientes disso, exigiam do maioral da aldeia preço à afronta perpetrada pelo Senhor do morgado. A sabedoria do ancião indicava outro destino. O mensageiro, surpreso, acercou-se delas.

Detalhes recontados, ele comenta, afoito: *Iremos pelo litoral para a capital... Maria precisa conhecer desses negócios. Precisamos partir.*

Mulheres: *Por quê?*

Naquela manhã, o mascate de passagem adentra pelos portões do castelo trazendo as amostras, mercadoria para o Senhor do morgado e, sob suas vestes, presente talhado em madeira oca para o mensageiro. Depois da presepada do Senhor do morgado, receosa, uma das serviçais subiu aos aposentos para entregar-lhe tal mercadoria. Surpresa, encontrou o homem sereno no trato dos livros referentes aos pagos dos rendeiros... Recebeu-a gostoso. Mercadoria entregue.

Enquanto saía, ela disse: *Trarei vosso desjejum.*

Na sequência, na boca da escada, escutou um grito de súplica aos deuses, do seu Senhor. Voltaria? Não... Voltou. O Senhor estava em pé. Paralisado. Pálido, segurando uma pequena carta manchada em sangue, com olhos esbugalhados na caixa de sobre a mesa.

A serviçal: *Senhor! Senhor! Senhor!*

Desperto: *Filha... Tirai isso daqui... Entregai para o capelão... Pedi para enterrar depois de uma oração aos céus.*

Lasca de uma orelha. A mulher puxou saliva de nojo; de aparência indiferente e sob ordens do Senhor, assim o fez.

Ela perguntou: *Quereis conhecer pelas mãos de quem adentrou no castelo tal coisa?*

Ele retrucou entre os dentes: *Desnecessário...*

Capelão em clemência aos céus, pedia perdão pelos homens. "*São eles justos? Injustos? Ímpios? Gentis? Quem é quem neste mundo novo?*". Interpelava sua própria fé. Enquanto isso, o amuleto, de mãos em mãos, descia para o aldeamento. Por último, pelas mãos de ligeiro guri, filho das serviçais.

> *Meus amados, recebemos notícias do castelo pelas mãos do Senhor meu Pai. Os céus tornaram cristalina as falsidades imbuídas nas palavras do meu Senhor. O que sucedeis a vós, irmãos? Catharina rumou com Matuidi ao norte? O padre batavo permanece encarcerado? Rogo a proteção dos deuses a vosso favor.*
>
> *Anseio ardente em abraçar-vos;*
> *Sua Maria Roothaer*

Primeira reação foi de Agnijla: *Meu irmão necessita saber sobre minha fuga do calabouço do castelo, caso contrário matará o padre batavo.*

Interpelou o atônito mensageiro: *Como assim? Padre está convosco?*

Ela relatou os sucessos da saída dela com Senhor do morgado, o padre batavo do aldeamento e seu irmão: *Fugimos. Sendo o padre batavo nosso indulto... meu irmão ficou com ele pelas malocas do sertão de dentro, somente meu Senhor e eu sabíamos dessa empresa.*

O mensageiro ficou desolado. Era merda demais na vida deles. A Amazona tranquilamente os deixou para acercar-se do ancião, o maioral dentre os índios. Detalhou as minúcias acontecidas naqueles três dias e pediu a ajuda ao homem. Ele, até ali, ouvira em completo silêncio. Rosto sereno. Velho, sim. Respirações longas e ritmadas. Nada dito...

Depois: *Os animais andam à toa pela mata, mas nunca sem nada fazer...*

Eles queriam respostas; esbofeteados na cara pelo enigma, se calaram.

O mensageiro, de imediato interpretou num veredito fácil: *Matuidi fora ao norte, não há mais ameaças para as herdades da minha Senhora, nós partiremos para a capital... Antes pegaremos o padre batavo.*

Mulheres: *Esses são apenas vossos desejos a falar... Será que há coisas escondidas por aí desconhecidas a nós?*

Mensageiro: *Seria o quê?*

Mancomunando, queimaram ideias até o sol chegar no pico; quando ele já encostava no desfiladeiro em sombras, chega pelas palavras de outro guri mensagem para Agnijla. Senhor do morgado recebera uma orelha como mercadoria pelas mãos de um mascate... Resposta do enigma?

Agnijla: *Vou encontrar com meu irmão... eu entregarei o padre batavo à governadora... Serei redimida dos meus erros?*

Eles discordaram: *Sairemos antes do raiar do sol com guerreiros caçadores... esperaremos pelo mascate no pé da serra, caminho obrigatório dele, de entrada para o sertão de dentro... Saberemos onde está vosso irmão...*

Agnijla relutou: *Eu sei o esconderijo dele...*

A Amazona: *Esqueçai... Recordastes do enigma do ancião? Assim será... Depois contornamos o desfiladeiro seguindo nosso caminho para junto do vosso irmão...*

Ordem da Amazona, concordância.

Resposta para Maria:

Minha estimada Senhora, nossa irmã na fé, diante do nosso Deus confessamos apreço a Vossa Excelência. Fielmente serviremos e a defenderemos. Tendo Deus como testemunha, relatamos os acontecidos conosco, por estes dias. O Senhor vosso Pai condenou à forca o régulo guerreiro, lançou no calabouço Agnijla, na companhia da qual ele fugira do aldeamento.

Enviou Catharina, a velha mucama e Matuidi aos engenhos do norte. Antes dessas desgraças, os deuses fizeram saber a Amazona dos infortúnios vindouros. Sob esse ordenamento, fugimos para a aldeia dos índios leais a Vossa Excelência. Assim fizera também Agnijla duas luas depois. Ao apagar no firmamento a anta do norte, rumaremos pra capital; contudo, apanharemos o padre batavo, refém de um negro guerreiro, numa maloca a leste do castelo.

Seus Servos

Pelas mãos de Agnijla, as palavras foram transcritas sob o canto do mensageiro. Ainda encucados com o enigma do maioral, lutavam entre si para abrir as faces ocultas daquela afirmativa, insucesso. Andar pelas matas já é em demasia complicado, mesmo seguir por picada aberta em estações passadas; entretanto, andar com índios caçadores é humanamente impossível. Os caras deslizam sem ruído, combinam os movimentos em palavras surdas de gestos precisos. Já os fugitivos... Dos três, exceto a imortal Amazona, mantinha sincronismo com os índios caçadores, os outros dois eram peso morto. Aliviados ao aproximarem-se da encosta de caminho ao castelo. Despedidas. Em língua da terra, o líder do grupo derramou bençôes ao mensageiro. Labaredas de fogo saíam das mãos dele sobre o mensageiro, provocando efervescência de boas intenções no jovem; ao mesmo tempo, aquele calor gradualmente agia na densidade dos miúdos do corpo num efeito de evaporação que causava no jovem sensação de desgarramento da terra dos viventes: flutuava sobre o grupo. Atônito, recebeu com fé. No íntimo, ansiava pela realização prática daquelas promessas: *"Quando terei mais forças nos braços? Quantos inimigos derribarei do baluarte da arrogância? Já posso liderar um batalhão? Sou imortal?"*. Esperaram horas pelo mascate, enquanto acalmavam Agnijla que insistia em se dizer sabedora do paradeiro do padre batavo.

Eles dois: *Sabemos disso... Porém não podemos errar.*

Lá vinha o dito-cujo à frente num cavalo desconjuntado de arraste, animalzinho de carga repleto de bugigangas; o homem cantarolava despreocupado com o porvir. Após ele, vinha outro mascate na mesma configuração, cavalgadura e de arraste animal de carga, sem as bugigangas, carregado somente com produtos da terra, lucro dos escambos. Na encruzilhada do caminho, seguiriam direção oposta ao da retaguarda, iriam pra capital... O da frente seguiria para o sertão de dentro. Agnijla interrompe o caminho deles. Animais param. Homens surpreendidos, o da dianteira, desatento, de bate-pronto repreende sua cavalgadura para depois enxergar aquela mulher estonteante parada à frente. Fiapo de mato no canto da boca cai, para logo tentar sacar do arcabuz; a Amazona e o mensageiro, cada qual de um lado do caminho, estavam com a cabeça deles na mira.

Os mascates, imóveis: *Pelos deuses... pelos deuses...*

Falavam em diversos dialetos, na tentativa de alcançar a paleta de raças diante de si. O segundo homem ficou mudo. O mensageiro estava com uma arma em riste, enquanto Amazona acariciava o pescoço de uma cavalgadura. Os gestos precisos do trio fizeram o primeiro homem falar desembestado pelos cantos da boca... além da conta.

Sem delongas, Amazona: *Onde recebestes mercadoria para entregar ao Senhor do morgado?*

Ele: *Maloca oeste do caminho... Capital para castelo, saindo no talvegue depois da serra das Araras.*

Ao segundo mascate deram missão expressa de entregar nas mãos da governadora uma missiva sem que nada o detivesse na viagem, exceto as paradas para dar *água aos animais*. Agnijla depositou nas mãos dele uma moeda de prata; homem ainda mudo.

— *Caso descumprais as palavras destes servos leais à nossa Excelência, vosmecê e todos os seus consanguíneos serão extirpados da terra dos viventes.*

Motivado, saiu. Ao outro mascate, muito obrigado.

No reencontro com o guerreiro baseado em palavras frias enquanto, com os olhos, Agnijla discorria sobre valiosa moeda da troca, verificava se mantinha as condições de outrora. Antes de introduzir cada qual na ordem da família, o guerreiro parente de sangue de Agnijla...

Ela: *Ele está com orelha?!*

Surpresa.

Guerreiro: *Ralamos muitos dias inteiros, com luas também para abrir roçado, preparar armadilha de caças e fazer fogo. No segundo dia a cá, de conversa com negro dos serviçais de destino capital, ele segredou detalhes vossos no castelo... Após a saída dele, eu e o padre batavo estávamos em demasia cansados, assim desapegávamos dos viventes bem ligeiros. No alto daquela mesma noite, escutamos andar trôpego ante o talhão aberto... Pensamos em ataque dos caetés, não... Era um alguém todo estropiado, que desmoronou, junto com palavras de socorro, deixamos ele lá...*

Ficamos aqui de soslaio, imaginávamos empresas desses temíveis índios para desviar nossa atenção e nos surpreender... Esperamos até raiar do dia, nada. Com cuidado chegamos até ele que ainda de sangue quente na porta da morte. Ao surgir da lua se foi... Sem palavras... Naquela tarde, cavalgadura a dele acercou-se do roçado. O guerreiro continuou: sem notícias vossas... Preocupado... Quando escutei ao longe cantiga do mascate, improvisei um presente para o Senhor do morgado... Já o animal do falecido forasteiro usamos para afazeres nos serviços da terra.

Agnijla: *Onde enterraste o corpo?*

Guerreiro: *Aos fundos, por quê? Amedrontaremos mais o Senhor do morgado...*

Mensageiro interveio: *Imaginastes as consequências disso? O louco do Senhor resolve contra-atacar? Caso vos surpreendam nos arredores do castelo?*

Ela: *Farei com zelo desmedido... Empreenderei desse negócio sozinha, vos encontrarei na capital... Já falei que será por minhas mãos a entrega do padre batavo a nossa Excelência.*

Mensageiro ainda incerto retrucou, em vão.

Agnijla: *Lembrais do enigma? "Os animais andam sem nada..."* — com movimentos da cabeça os fez recordarem do restante da frase: — *Pois é... usarei desse conselho.*

A Amazona e o mensageiro seguiram o caminho pra capital. Agnijla, ciente de andar nos ocultos das matas, soltou o animal próximo ao portão. Esbravejando nas ancas do coitado, assustado saíra na única direção de destino: o portão do castelo. A animal arreado com saco amarrado nas costas, parecia um pedaço de madeira roliça embrulhada. Vigia cantou em alerta, visita inesperada. Cavaleiros em posição de combate, abertos portões. Rápido, o animal adentra. Círculo no entorno do estranho. O Senhor do morgado, também ressabiado, aproxima-se. Últimos fiapos do sol iluminam cobertura das árvores. Com a ponta da espada é aberto o embrulho, ainda sem retirar do lombo do animal...

Vespeiros saem em pavorosa... Cheiro fétido. O que seria? Fazem o mesmo do outro lado... A ponta de um pé sujo configura do interior do embrulho. Uma perna! Caras de nojo formaram uma paisagem comum neles. Anúncio de ataque iminente? Leitura dos guerreiros, creditando à conta dos índios aquela ameaça. Os índios da aldeia abaixo do castelo fariam aliança com os temíveis caetés? Ao Senhor do morgado, desespero. Ataques de todas as frentes? Maria saberia da morte do padre batavo? Imperdoável... Os índios vingariam sangue do irmão guerreiro? Agnijla seria aliada deles? Depois do dia de sua chegada ao castelo, desconhecia o paradeiro da guerreira Amazona e o mensageiro...

 Herdeira desfez-se rápido da carta para abraçar Penélope. Chorava seu morto. Preces de sons anasalados de volume na altura do pé do ouvido delas. Amargurada. No dia da fuga, deveria ter ordenado a captura de seu Pai... Saíram de caminho... Sem cavalgadura. Presa fácil. No íntimo, estava aliviada pela vida do mensageiro... Os ouvidos confidentes sabiam das retaliações vindouras sobre o velho somente depois de definidas as obrigações à Coroa. Respeitou seu dia de luto. Naqueles idos, em poucas semanas, a cidade foi refortificada. Alguns poucos dias à frente, também concluiriam o sistema de abastecimento de águas dos tanques, igrejas reabertas na maioria. Com isso, os homens de Deus, correndo pelas sombras, queriam parte maior no quinhão das moedas, com propósito de melhorias nas casas dos deuses.

 Herdeira: *O povo fica com o básico para sobreviver, depois... Depois, pensaremos em adornar os átrios das igrejas...*

 Retrucavam: *Está escrito, sempre haverá os pobres entre vós...*

 Herdeira: *Diferente de possuir em sobejo ou não... Pobreza são corações faltosos de amor ao próximo... Dissonante com toda criação divina...*

 O conhecimento dela, amálgama de ramificações teológicas oriunda dos anos da juventude nas abadias da Velha Senhora, aglutinada ao saber absorvido dos moradores das matas mais os muitos dias de vivência no aldeamento dos negros, extrapolava o limitado conhecimento deles somente calcado em escrituras de língua amorfa. Ao maioral dos negros, poucas moedas de ouro. Ele preferiria por ferramental de trato à terra, "facilitará nossa vida". A euforia dos primeiros dias da vitória aos poucos acalmou entre os moradores, combatentes com os bolsos recheados de moedas, insígnias reais estampadas numa das faces, foram de caminho aos seus enquanto distribuíam as proezas de Maria para o sertão de dentro. Cada qual retomava seus ofícios de antes das armas... Letrados, juristas, fiscais, artesãos, médicos, taberneiros... Exército de defesa montado, paramentado com todas as artilharias pilhadas dos contrários. Produtos da terra novamente na normalidade escoavam para a Velha Senhora. A cidade funcionava sobre o fio da navalha, pois qualquer erro administrativo a derrubaria ao caos. Alvoroço de vozes em negociatas novamente coloriam a Rua Direita. Trabalhadores da parte baixa faziam-se ouvir logo ao raiar do dia e os mercadores de peixes também, na parte baixa da ladeira dos papas, retomaram suas algazarras únicas. Contudo, depois do luto proveniente do castelo, as preocupações de Herdeira tomaram outra dimensão, a saber: quais os intentos do Rei para conosco? Quando chegará a resposta? Afinal, virá resposta? Temperatura amena nos trópicos com o céu azul límpido a deixar o sol esparramado sobre as águas de azul metálico na baía de frente ao pelouro. Naquela manhã, os batalhões uniformizados com aparência única, prostrados defronte aos maiorais do âmbito civil, representado por todas as raças e religiosos de vários credos, dentre eles Maria Roothaer, a governadora. Acompanhados por toda a população. Herdeira, conhecedora do regimento do governador-geral nas minúcias dos quarenta e oito tópicos, aproveitou-se da ocasião para apresentar o provedor-mor e o ouvidor-geral, juntos para as homenagens ao maioral dos negros, com outras honrarias ao redor. Dentre os destaques daquele dia, estava a liberdade total dos negros residentes aos fundos da capital. É notório o burburinho causado por aquela notícia aos ouvidos dos poderosos, torceram o nariz feio. Fato é que estavam no osso no *pos bellum*, sem moedas para bancar os combatentes. Mesmo molhando o bico deles em ouro, dificilmente marchariam contra Maria, restando às mentes sacanas pedir intervenção da igreja, pois acreditavam que aquelas almas ilibadas temiam o inferno. Enganados. Herdeira conhecia o conteúdo dos próprios pecados, e por eles, quando podia, suplicava remissão; de ingenuidade nada tinha, pois esperar a morte para encontrar o inferno era disparate aos seus sentimentos. Deveras pisara nos horrores daquele tipo de palco em muitas estações. Osso duro. Nos ouvidos de confiança, derramava obrigações de benevolência para com todos. No oculto, sabia da responsabilidade como governadora de proporcionar equidade aos cidadãos dali. Com esse dever estampado no peito, ela opôs aos desejos das mentes sacanas que, de bobeira, alastravam pelos interstícios interesseiros da cidade em ter ao alcance serviçais a preço zero. Para tanto, Francisco de Menezes nas sombras calou algumas daquelas vozes. Prostrada diante de todos em alta voz e bom tom, numa gota de palavra os convenceu da obrigação moral em respeitar os irmãos de fé na plenitude da vida.

    Ela: *Em combate, confiei minha vida a qualquer alguém na minha retaguarda sem preocupar-me com dialeto, cor, credo sei lá mais o quê... Por que agora desprezar?* Em outras palavras, queria dizer: a lei por aqui, tocante ao direito à propriedade, é inerente à capacidade individual de cada um em resistir aos outros na porrada ou em moedas de ouro, sendo os negros e índios mestres no primeiro quesito; entretanto, nada possuíam em termos de propriedade, por quê? Mesmo com dedo atolado nas feridas da maioria que ali estava, foi ovacionada. Por detrás dos sorrisos de aprovações das mesmas mentes sacanas, arquitetavam como manipular aquele dito em prol dos interesses definidos. Herdeira continuou, derramou elogios nas bravuras dos negros relembrando no início da invasão quando aqueles guerreiros negros, por si só, atacaram a retaguarda dos contrários, colocando-os em retirada... Negros em lágrimas, depois festa até chegar o colorido alaranjado do crepúsculo. Embalada no discurso sob a força das prerrogativas do cargo de governadora, anunciou também a criação do tribunal de guerra para julgar os nativos que, durante a invasão, associaram-se em armas com os batavos. Consentimento na exorbitância de alegria manifesta pelo povo. Iniciada a festança. Pisirico limitado, uma dose por pessoa, amanhã os trabalhos continuarão.

O Senhor do morgado, de tranquilidade nada usual, no meio dos cavaleiros comunicou o óbvio: *Sempre seguimos os caminhos dos deuses... Nunca nos desviamos dele... Os incircuncisos doem com isso, pois desconhecem a voz de Deus. Fizemos o necessário para preservarmos nossa casa, minha casa, vossa casa.*

Ali, apontou para cada um daqueles homens, nominando-os. Assim, surgia uma corrente de confiança exacerbada. Intensidade normal da voz focava tão-somente no conteúdo da fala para transmissão da verdadeira necessidade de mais sangue derramado. Gerados na violência, viveram por ela; por que morreriam em paz? Olhando de longe, fica a sensação de que o outro não é um igual, mesma raça... Gente como a gente... Sem distinção dos animais ferozes, monstruosos, a sair do seio das matas. Matam. Quando matam muitos inimigos, recebem distinção entre os seus através da insígnias de sangue talhadas na própria pele como registros de muitas mortes por eles executadas. Preservam o coração do morto para celebração da vitória, fartam-se da carne embriagados no sangue derramado, também registram na pele do tal mais uma morte consumada. Convencido em adentrar noutra peleja, interromperam seu Senhor com propostas de como surpreender qualquer adversário, mesmo estando na defensiva, a saber, dentro dos muros do castelo.

Cantada ao ouvido do homem, feita do régulo guerreiro com a Amazona para surpreender os vaqueiros vindos do norte, quando saíram pelos fundos do castelo para decepar a retaguarda dos intrusos. A simples menção àquele nome provocou descontentamento generalizado pelo corpo do Senhor. Em cada pedaço dele ouvia: *"É sangue inocente! É sangue inocente!"* Uma ínfima parte dele gritava sem complacência. Fio do cabelo: *"É sangue inocente!"*. Orelhas: *"É sangue inocente!"*. De aparência serena, designou a um dos cavaleiros a responsabilidade de ouvir as ideias e discutir como executar, detalhe: sem erros. Erro significaria o fim do morgado. Saiu. Pensava em fugir da cobrança pelo sangue inocente, ia para capela. Ajoelhado sob o silêncio da abóbada de arco infinito a tocar nos céus, questionava a divindade disponível por ali: *"É mesmo sangue inocente?"*. A cada grito de cobrança pelo sangue inocente, o já atormentado Senhor replicava em consonância sua pergunta da veracidade de tal pureza. Como um selvagem em caráter de inocência? Naquela massa encefálica de peso pena, um selvagem, considerava qualquer nativo da terra, nunca estariam em estado de inocência plena. Entendendo que morreriam sem qualquer passivo de culpa para os poderosos que intitulavam a si próprios como sendo descendentes dos deuses, portanto, carta branca para constituir tribunal de sangue. Carne na panela da nascente ao poente e no ciclo completo das estações.

Acordou da fábula ao toque do capelão-mor: *Meu Senhor, quer confessar?*

Resposta num olhar de potência mortífera, fez o humilde padre sair mudo pela pequena porta da lateral. Ficou por ali para insistir com os deuses, pior merda feita; outros gritos de cobrança começaram pipocar de várias frentes: mentiu para Maria… traiu Mara… enforcou guerreiro… colocou Agnijla no calabouço sem motivos… enviou Catharina, sobrinha única… órfã de Mãe, prestes a ter sua primeira criança, numa longa viagem ao norte... para viver com Matuidi... aquele que Maria mantinha preso, aliás, o que tinha ela contra ele? A mente do Senhor do morgado viajava em velocidade máxima em direções diversas impedindo abrir a boca numa sequência lógica para configurar qualquer prece, digna de lançar aos pés dos deuses. Batalha rolava solta na dimensão abstrata das coisas, efeitos práticos em corroer as entranhas do velho Senhor, dificultoso conseguir levantar de suas preces.

CAPÍTULO XV

Fuga

A realeza naqueles idos vivia sob o jugo terrível da falsa união ibérica, mesmo nesse estado inerte, na surdina, lutava para maximizar os seus dividendos em qualquer tipo de transação comercial, portanto, tudo subordinado a tais interesses. Assim, enviou em socorro da colônia atacada frota na medida dos lucros possíveis, só que no hiato de um mês da saída dos combatentes, chega aos palácios reais carta de Herdeira anunciando vitória dos nativos. Aliviados. Contudo, depois das novas pelas frestas do palácio, adentrava as proezas dos nativos em defesa da terra-mãe, sempre em destaque pela coragem, com astúcia desmedida, de uma mulher nativa que os liderava, mas de raízes batavas. Tal ancestralidade dela surpreendia os ouvintes. Exótica por si, de início encantou a realeza — mas, quando pelas ruelas, becos e salões diversos os corações felizes pelo excesso de vinho com vozes desafinadas seguidos por violas de tripa professavam canções de louvor e reverência a Maria Roothaer, essa realeza já pensava nos impactos negativos, caso perdessem os lucros oriundos daquela colônia... Órfãos das delícias de viverem em deleites permanentes?! Desde tenra idade, dizia a qualquer alguém "*Vai*", eles iam. Dizia "*Vem*", eles vinham. Esses alguéns possuíam desejos, entretanto, alienados pela obrigatoriedade de servir desejos alheios, renunciavam à própria liberdade de vida. Realeza satisfeita com essa praticidade: fodam-se eles nos próprios desejos! Mas, quando aquelas cantigas grudentas aos ouvidos vazios a martelar os feitos de Maria Roothaer, ventilavam insistentemente pelos quatro cantos do reino, percebeu seus próprios desejos desobedecidos. Amedrontada, pressentia as possessões dalém-mar escorrendo por entre os dedos para esta qualquer de sangue herege... A coisa tomou ar de urgência, piorou ao saber que, além das virtudes cantadas aos ventos, aquela mulher tinha tino ímpar para os negócios, isso dito pelos lábios dos poderosos mercadores transeuntes na Velha Senhora, destacavam também o rigor com que Maria tratava suas negociatas na busca dos lucros em prol dos nativos, em conta com eles como padroeira da terra. A cidade florescia. A maior capital do novo mundo próspera sob a batuta de uma mulher, gritava em exageros capa *Nieuwe Tijdinghen* naquele ano. Reação imediata da nossa Majestade: Maria Roothaer, inimiga da Coroa. Cabeça a prêmio. Enviaram, de imediato para a colônia um governador-geral com dois outros homens de confiança. Eles, talhados nas batalhas pelas bandas do Pacífico, tríade perfeita para recompor as raízes reais nas possessões da Coroa e silenciar Maria Roothaer. Cuidavam de não cometer outro erro tamanho, visto que, os nativos adoravam aquela mulher, então fariam estratégias para liquidar Herdeira, chegar somente aos ouvidos dos fidalgos leais à Coroa. Execução ao encargo da tríade. Assim, evitariam a insurgência por parte dos vassalos. Aquelas terras não sairiam na faixa, pois foram conquistadas por direito divino sob benções do pontífice: "*Euntes in mundum universum prædicate Evangelium omni creaturæ*" (Marcos 16:15). Decepcionados com a própria inépcia de aceitar aquela mulher como governadora-geral da colônia, quando da prisão do governador e bispo... *"Quem a ordenara?".* Outra missiva cuspindo sangue com destino a Rates... Retorno ao reino do padre nas colônias dalém-mar, na visão de lucratividade deles, um falso profeta.

Numa manhã qualquer, os nativos avistaram muitas velas em cabotagem na direção da baía; seria socorro do reino ou retaliação dos contrários? Aquilo provocou início de apreensão no povo, entretanto, confiavam na sabedoria de Herdeira. Eram os aliados em socorro. Chegaram na ânsia de descarregar sangue por suas armas, mas o inimigo jazia abatido. Tardios. Entristecidos. Poucos dias de paz para Herdeira, como alimentar mais três mil homens? Ainda patinavam para restabelecer o básico de sobrevivência aos nativos no pós-guerra. Muitos engenhos destruídos, outros com avarias significativas que impossibilitavam produção constante de açúcar. O comandante dos combatentes, um galego compreensivo, com alguns dias na cidade percorrendo pelos pontos de defesas, ficou satisfeito com o trabalho dos nativos. Também enxergou onde eles aplicaram os recursos da capital. Maria no dialeto específico da galícia, aproveitou para discorrer sobre como usara os rendidos batavos na reconstrução da cidade junto dos prisioneiros de guerra que lutaram contra pátria-mãe. Ali já ofereceu ao homem assento de honra no tribunal estabelecido exclusivamente para tratar aquela questão. Sem se dar conta, o comandante comia na mão dela?

Ele: *Meus homens poderiam auxiliar Vossa Excelência na reparação dos engenhos avariados... Ficariam ocupados longe da cidade e dos deleites fáceis. Contudo, deixarei alguns nas embarcações para proteção do porto em caso de ataques pelo mar... O que acheis?*

Herdeira: *E se eles não aceitarem? É perigoso eles destituírem Vossa Excelência de vosso posto...*

O comandante estribou no poderio do cargo e, com intento claro de impressionar Herdeira, seriamente dissera: *Sob minhas ordens, até o sol se esconde.*

Assunto encerrado. Antes do novo dia, uma parcela do batalhão que viera de socorro saía da cidade em direção aos engenhos para os trabalhos de reparação.

O pobre se fode em qualquer época, lugar ou circunstância, inclusive na morte, é desamparado pela dignidade. Seus próprios conservos torcem para que estas desgraças se concretizem nos detalhes, imortalizando este ciclo nefasto; gritavam: "*Culpados! Forca! Forca!*". No banco dos réus, por assim dizer, pobres da capital com muitos negros fugitivos dos engenhos fincados no meio do fogo cruzado, enxergaram oportunidade de proteção sob as orlas dos contrários; "*Vosmecê e eu faríamos diferente?*". O peso do voto de Herdeira, limitado pela média dos demais integrantes do colegiado, com retórica encorpada, multiplicava o voto por três cabeças, anulando a importância do voto de titã do ouvidor-mor no tribunal improvisado para julgar os delitos de guerra. Triunfaram os intentos de Herdeira, a saber: forca somente para homem natural do reino, um pobre soldado qualquer, que matara sem propósito aparente, conterrâneo, depois de findada batalha, aos demais, décima parte de seus produtos para cidade durante um ano.

Assim como adentrou pelas frestas do palácio as proezas de Herdeira, prêmio pela cabeça dela, num átimo percorreu caminho inverso até chegar aos ouvidos dos irmãos de Rates, antes mesmo da saída em viagem dos três homens destinados à colônia. Em Rates, por convergência divina, estavam com embarcação pronta para zarpar à colônia. Avistavam as velas da frota oriunda de lá, com primeiro carregamento de produtos da terra, aproximando-se do porto. Os pescoços deles também estavam na reta, então trataram de manter as aparências de parceria inquebrável com a realeza, escondendo o padre que ungira Herdeira em qualquer rincão dalém-mar e embarcaram no navio, somente a um ouvido de confiança, notícia para Herdeira dar linha na pipa. No desenrolar dos trinta dias seguintes foi um jogo de compadre entre

Herdeira e comandante galego que, atuando como bom homem cheio de sabedoria calcada em galanteios indiretos, por sua vez explicara como realeza agia em tais circunstância:

O comandante: *Dentro em breve, sabendo da libertação destas terras, enviarão outro governador com provedor-mor e ouvidor-mor para a administração destas paragens para próximo quadriénio.*

Ela ressabiada. Coincidência: Francisco de Menezes, naqueles dias, pediu permissão para regressar aos seus, "*Comandante galego poderia defender a cidade em caso de novos ataques*".

Depois percebeu inquietude tamanha na principal das amazonas, Herdeira: *O que há? Os deuses segredaram algo a vosmecê?*

Ela: *Não! Estou desamparada por eles... Precisamos deixar esta cidade... Isso me incomoda.*

Herdeira, no silêncio do matutar, calculava quantas luas novas levaria para chegar ao reino sua missiva mais tempo de resposta da realeza, ou seja, dali mais duas luas novas à frente, a notícia aportaria nos mercados baixo da capital. Com esse cálculo em mente, somado aos ditos do comandante galego, naquela semana despachou na surdina alguns pertences seus para aldeamento dos negros. Intentava montar sua comitiva partindo de lá sem causar alvoroço na cidade. Uma lua nova depois daquela conversa com Amazona, Herdeira anunciou aos homens da cidade que visitaria o castelo, saudades do Senhor seu Pai, assim, o ouvidor-mor ficaria na governança interinamente. Na próxima madrugada, com cinco cavaleiros de confiança e mensageiro saiam em direção ao aldeamento dos negros, sem alardes, deixaram cidade. No aldeamento, Penélope, as amazonas e os serviçais em prontidão os aguardavam... Quando de saída, o maioral dos negros em lágrimas depositou bençãos sobre Herdeira para o jornada. No meio do dia, enquanto descansavam da alimentação recente, Herdeira anuncia que iriam a oeste até final do talvegue.

Indagaram: *Por quê?*

Herdeira, com firmeza: *Em memória do régulo guerreiro... devo isso a ele.*

Seguiram: *Por que não passamos primeiro no castelo? Estamos com muita carga...* — etc. de muito blá, blá, blá...

Amazona toma a palavra: *Quando a tempestade abate uma árvore, se ela caiu apontando ao norte, sul, leste ou qualquer outra direção é assim que ficará... Sendo árvore esplendorosa ou não... Nunca sairá daquela posição... Régulo guerreiro caiu a direcionar Maria ao final do talvegue na pedra furada... Nossa Excelência deve isso a ele...*

Silêncio de concordância. Aceitaram. Para quem sabe ler um pingo é letra; entenderam o motivo da abundância de víveres que transportavam. Ficariam, no mínimo, duas luas novas naquela expedição.

Já de caminho com cavalgaduras pareadas, Herdeira interpelou a Amazona: *Como sabeis da pedra furada?!*

Resposta direta: *Naqueles idos, tinha ligação pura com os deuses... Sabei mais, esse ouro será vossa salvação...*

Herdeira: *Que ouro? Por que trouxestes comigo um negro fundidor fugido da capitania do sul?* — Incrédula, insistiu. — *Por quê?*

Silêncio como resposta encucada. Sem se preocupar com aquela pergunta, a Amazona recomendou: *Há convosco somente ouvidos de confiança... Dizei a eles o que procuraremos por lá...*

Quarto de hora de muito silêncio, Amazona: *Algo estranho me deixa amarrada no passado... De lá revejo nossos passos... Se tivéssemos liquidado o padre batavo e punido o mensageiro? Como estaríamos agora? O manto de cota invisível seria uma mensagem dos deuses? Porventura os deuses confiaram em Vossa Excelência a proteção do padre batavo? Vejo quando a vida dele salvará a vossa... Entretanto, a existência desses dois puxou outras vidas para vosso entorno...*

Herdeira sem respostas.

A movimentação daquela comitiva pelos sertões de dentro não passaria despercebida pelos caboclos que viviam nos roçados perdidos naquelas bandas, e tal notícia voaria aos ouvidos sacanas da capital.

Herdeira, em resposta à sugestão da Amazona, costurava um jeito de proteger seus interesses pelo ouro com notícia como escudo para suas intenções: *Estamos a estabelecer novos currais para o Senhor meu Pai.*

Isso para os de fora de sua comitiva. Como estabelecer um curral num talvegue? Curral ficaria na parte alta... Do talvegue retiraríamos água aos animais... O que acontece quando se procura uma coisa que todos querem, entretanto, ninguém quer sujar as mãos? Insano pensar que qualquer olhar atravessado tem intento de furtar do vosso achado... Herdeira desenhava paga abundante àqueles da comitiva, assim calaria bico deles. Como os deuses já haviam segredado para Amazona, então seria certeza de encontrar metal precioso. O peito dela pulsava descompassado com essa oportunidade cristalizada na mente. Antes do pôr do sol, ainda no caminho, encontraram o negro guerreiro, irmão de Agnijla. O padre batavo fugira deles. Sem notícias de sua irmã que uma lua nova antes saíra no encalço do padre. Atitude meio insana da parte dela aos olhos de Herdeira, coube ao mensageiro traduzir que Agnijla se sentia em dívida com ela, Herdeira, por ter facilitado a fuga do padre batavo e o Senhor seu Pai.

Herdeira: *Estamos no caminho para o oeste até o final do talvegue, estabeleceremos por lá um curral para o Senhor dos Pigros, meu Pai... caso encontremos Agnijla, vamos trazê-la em segurança.*

Aquela fala para o negro foi em direção aos seus. No pernoite, enquanto o cozido fervia no braseiro, Herdeira percebeu a necessidade de acalmar aqueles corações, detalhando nos pormenores seus intentos e de como sobejaria doravante a vida deles. Notícia tal revigorou a força deles com tímidos sorrisos de canto dos lábios, desaguando em cantigas alegres. Os caetés, desde então, não seriam ameaça. Herdeira interveio na folia dando palavra para o fundidor. Ele descreveu como escondera algumas pepitas que achara quando batia gamela nos arredores da senzala, sua alforria para chegar na capital.

Fundidor: *Servo com ouro deve proceder como servo sempre, para desviar maus intentos daqueles que querem eternamente nossa condição de servos.*

Nisso, ele interpela a Herdeira, perguntando: *Anunciaremos para a Coroa que encontramos ouro? Fazendo isso de imediato, providenciarão por aqui uma casa de fundição para confiscarem a quinta parte do total... E as terras serão automaticamente deles...*

Aguardaram resposta dela.

Herdeira: *Não... Enquanto os homens enviados pela Coroa para governar a capital não chegarem... Se é que enviarão... Tal negócio ficará somente conosco.* Noite de sono fácil, exceto vigia. Demais vigoroso nos sonos de sonhos possíveis com janelas de abundância. Penélope encontraria sua Mãe dalém-mar. Aos demais, anestesiados pela alegria de ter o mínimo de decência sempre. Felicidade possível, no entanto, ainda hipotética, deixou-os em alerta permanente contra qualquer impeditivo para realização plena daquilo. Olhos olhados em todas as direções, iam avançando mata adentro com essa obrigação de conservar seus desejos. No meio da tarde, seguiam pelas margens de um fiapo de água que os levaria até a garganta do talvegue, ao encontro da pedra furada, quando o som do assobio de alerta do mensageiro a campear na frente deles colocou a comitiva em modo de espera, ou melhor: preparados para a guerra. De mansinho, cada qual saía da trilha, em movimentos combinados, e se escondiam de provável fogo contrário. Ficam em modo espera por quarto de tempo até o mensageiro surgir na curva do caminho com mais duas figuras irreconhecíveis na curta distância, a saber, Agnijla e o padre batavo. Ele, em pele e osso com o barulho da sepultura no seu encalço. Agnijla se ajoelhou em reverência sob a cavalgadura de Herdeira, que rapidamente retirou a guerreira daquela condição com palavras de misericórdia, ao mesmo tempo pedindo aos seus atenção com o padre batavo. Avançaram até uma lapa na encosta do talvegue para pernoite; não seguiriam viagem com o padre batavo naquelas condições. Pelos feitos do dito, mereceria ficar pelo caminho à própria sorte, não... O filho de Catharina desmereceria tal dor, portanto, cuidaram dele com muita diligência. Herdeira, à parte com Agnijla, inqueria sobre onde encontraram o mensageiro e se margeavam aquele veio d'água.

Agnijla: *Sim, encontrei rastro do padre depois da itapuca... adentramos no talvegue um quarto de dia, depois encontramos vosso homem...*

Herdeira: *O que é esse tal itapuca?*

Resposta: *Nome com o qual os indígenas identificam uma estrutura em pedra com furo no meio. Para nós, uma pedra furada logo depois do talvegue seguindo no sentido de vosmecês...*

Herdeira, entusiasmada: *Quanto de caminho?*

Agnijla: *Meio dia...*

Protegidos pela estrutura da lapa fincada na encosta do talvegue, ficaram mais à vontade para esticar as conversas ao redor da fogueira em que jazia fumegante um mocó, guisado peculiar das redondezas. Herdeira anunciou que estavam próximos da pedra furada, portanto, no dia seguinte chegariam no destino e alguns cavaleiros iriam na frente com mensageiro para preparar local onde ergueriam curral, com provisão de água, mais outros víveres necessários de se estabelecerem. Dias depois, curral montado, aberto num talhão sobre platô acima do talvegue com animais de pastagens, mais plantio de víveres rasteiros. Numa das extremidades próximas ao curral, também criaram um sistema de escadaria para acesso fácil ao veio de água principal do talvegue até a pedra furada. O negro fundidor ensinou todos como batia gamela nos arredores dos fiapos de água que desembocava no veio principal.

Enquanto isso ele, na fé, montava uma pequena casa de fundição, também próxima aos currais, no alto do platô. Quase uma lua nova depois, com o desânimo impregnando alguns corações, mesmo que não manifestassem aquele desconforto, visto que os deuses segredaram daquele negócio com as amazonas. Aliás, elas também ajudavam nas gamelas, assim como o padre batavo, quase recuperado e Agnijla que, naquele dia, num gemido de êxtase, com dor de pura alegria, fez sua voz ecoar pelos confins dos desfiladeiros de pedras: encontrou a primeira pepita de ouro. O fundidor desceu para confirmar o achado quando todos, em modo de espera, com silêncio calado na boca, aguardavam o veredito: era ouro! Uivaram em consonância num momento único, entretanto, fugidio de felicidades. Dali em diante, foram achadas quase trinta arrobas na primeira lua nova, pois trabalhavam ininterruptamente revolvendo as aluviões. Para despistar qualquer suspeita sobre o ouro e posterior necessidade de pagar o quinto para a Coroa, o fundidor fazia aposto nos lingotes, dissipando a origem do metal. Montaram guarda redobrada para possíveis ataques de aventureiros, caso viessem no rastro deles, visto que Herdeira não retornara para suas funções de governadora na capital. Naquela ocasião, um dos guardas anuncia um viajante de caminho no interior do talvegue: "*Seus passos ligeiros nos dizem que não trazeis boas-novas...*". Alguns liderados pelo mensageiro descem ao encontro do homem no interior do talvegue.

Era o padre que a ungira governadora: *Mensagem para Herdeira. Os Reis colocaram vossa cabeça a prêmio. Fugi! Nossos irmãos em Rates receberam tal notícia quando despachavam embarcação com os produtos de Sua Majestade para cá...*

Herdeira: *Quais são os outros dizeres de tal notícia?*

Padre: *Pensam que Vossa Excelência vai empreender a independência destas terras contra o reino... Enviaram um governador e dois fidalgos leais à Coroa para governar estas paragens. Por estas horas, estão desembarcando nos mercados baixos da capital... Com intento maior de silenciar Vossa Excelência... Eu também devo fugir, pois, como ungi Vossa Excelência governadora, querem também a mim. Contudo, eles colocarão este plano sem alardes, para não provocar a ira do povo contra a Coroa, piorando as coisas, talvez gerando levantes desnecessários nestas terras...*

Herdeira: *Orei para o castelo do Senhor meu Pai, uma vez que, naquela fortaleza, terei mais recursos de defesas...* — Depois dirigiu-se ao padre portador da notícia. — *Ireis comigo, devo minha vida a Vossa Reverendíssima!* — Olhou ao redor, todos estavam perplexos, então ela prosseguiu. — *Lembrai que o ouro por si é motivo de muitas desgraças, semelhantemente quando estais desprovido totalmente dele. Sede prudentes no viver... Como dissera o fundidor... Vivei como servo para nunca despertar ambição desmedida dos Senhores...*

Orientou-os sobre as coisas práticas para aquisição das terras, sem chamar atenção da Coroa, incumbiu um alguém de procurar homens de confiança entre os beneditinos para proclamar aquelas paragens nos tabeliões de notas de propriedades deles em usufruto daqueles que com ela estavam, momento de separação. Muitos ficariam ali, poucos outros seguiriam com ela... O mensageiro, os cinco cavaleiros, Penélope, Agnijla, o padre que trouxe notícia, o padre batavo e as amazonas.

Herdeira ao padre: *Como soubestes do meu paradeiro?*

Ele: *Na cidade dizem que Vossa Excelência está grávida, por isso demorais em retornar... eu sabia que não, quando de caminho interpelava quem encontrasse a respeito de Vossa Excelência, e na maloca do negro, nas bordas da trilha, soube que vieram a oeste em direção ao talvegue...*

Herdeira sabia que as matas tinham ouvidos, nunca passariam despercebidos, contudo, poderiam alterar entre caminhos difusos para ludibriar quem viesse na perseguição deles. Um dia para levantar a tenda.

Na real, se imagina uma coisa provável, então repensa a tal na ânsia de encontrar percalços que torna o provável em improvável, quando, nesse confronto, o provável vence, fortalece-se a confiança desmedida sobre conseguir o imaginável e o provável. Manda ver que dará certo. A jornada iniciada sem preocupação com pequenas merdas que pipocam aqui acolá, afinal, é palpável o que se deseja. Depois das dificuldades corriqueiras, Herdeira e a pequena comitiva sentem alívio no caminho de subida para os portões do castelo, misturado com reconforto de retornar ao berço, quando são requeridos em alta voz e bom tom pela guarda posicionada no topo do muro. Um pouco surpresa, pois estavam a uma distância que a reconheceriam, Herdeira abre passagem entre os cavaleiros na dianteira, declamando seu pedigree ainda sob a legitimidade de governadora. Herdeira, antes mesmo de concluir a frase, recebe um ataque-relâmpago com saraivada de disparos, derrubando-a, mais os dois cavaleiros da dianteira. Ela, totalmente exposta com os seus na entrada do castelo, foi alvo fácil dos defensores do castelo. Os dois cavaleiros caíram desfalecidos. O mensageiro, os outros cavaleiros, Penélope e as amazonas esboçaram reação na medida de proteger Sua Excelência. O padre batavo, de medo, ressuscitou das suas dores e, tomado por uma força celeste, de peito aberto avança de encontro à linha de fogo em busca de Herdeira. Dizem os relatos que, por ínfimos instantes, ficou transparente. Certo é que a descarga de chumbo passava pelo seu corpo sem provocar desgraças e, com Herdeira desfalecida no colo, correu para fora do fogo cruzado, entregando-a para Agnijla num dos cantos do caminho, escondidos das vistas dos defensores do castelo. Na distração causada pela baderna dos animais sem seus guias, os coitados relinchavam à moda bosta. Foi então que o mensageiro, eterno morador daquelas paragens, aproveitou e lançou flecha incendiária num ponto específico do castelo, pelas bandas das estrebarias. Depois, com trabuco a tiracolo, disparou a ermo. Num instante, aquilo abrandou a fúria do ataque dos defensores, pois tiveram que apagar o fogo incipiente no castelo.

Quando os viajantes perceberam essa aliviada, caíram em retirada em direção à praia sob os gritos rancorosos do Senhor seu Pai: *Sois persona non ingrata à cá... Quem aprisiona o próprio Pai merece forca! Tendes direito de defesa! Lutai! Lutai!*

Mas eles já desciam para a aldeia amiga. Ninguém dalém dos muros deu ouvidos aos berros do homem. Foi tudo muito rápido. Herdeira, ensanguentada, balbuciava palavras indecifráveis mergulhada na dor das feridas mortais. Todas as amazonas ficaram escondidas nas matas com propósito de retardar o avanço dos homens do castelo, caso saíssem no encalço deles; reuniriam-se na aldeia dos índios amigos, pois, com o peso da carga, o movimento do pequeno grupo era de todo lento. Trágico. Em contraponto, ali dentro dos muros, no coração do Senhor do morgado por muitas luas novas, antes daquela recepção pensada, maturavam na velocidade dum raio a revolta inerente das humilhações impostas pelas mulheres, em especial, sua filha. Acrescenta-se o fato de estarem em constante estado de alerta aos possíveis ataques, principalmente depois de receberem aviso nos dizeres da perna pendurada no lombo da cavalgadura. Fermentação sinistra que explodiria com notícia de que a cabeça de Herdeira estava a prêmio. Receber possível capitania encheu os olhos do velho. Por que querer mais? A propriedade do velho excedia em tamanho muitas capitanias... Em princípio, a tríade de confiança da Coroa não segredaria ao Senhor do morgado aquele intento, entretanto, lábios repugnantes da capital babando nos pés deles relataram que a própria filha fizera o Pai refém durante a retomada da cidade. Assim, ventilaram a notícia venenosa nos ouvidos do velho Senhor que fez o que fez; nada melhor que intrigas familiares para destruir por completo um morgado.

Pés pendendo para fora da charrete, balançando ao sacolejo do terreno, indicava que aquele alguém não assenhorava os próprios sentidos, que Herdeira jazia desfalecida. Junto dela, também na charrete, uma amazona, a única que fugira com eles. No esforço de equilibrar e socorrer sua Excelência, comprimia os ferimentos dela para estancar o sangue, que vívido, cheio de pressão, combinado com a porosidade da pele dilacerada pelos infinitos furos de chumbo, jorrava. A Amazona, com apenas duas mãos ampliadas por trouxa de pano, tentava preencher todos aqueles pequenos buracos para parar o sangue. A imortalidade dela de pouco valia naquele instante a fazer sentir o amargor vivido pelos humanos frente à condição de finitude da vida com obrigação de nada deixar para amanhã. Na mesma jogada, percebeu todos os planos deles escritos na areia, desvanecendo nas primeiras baforadas das águas. Isso a deixou revoltosa com tal condição passageira da espécie. Assim, começou com presteza uma corrida frenética para conter o sangue. Primeiro cortou o couro cru do traje sobre o tórax de Herdeira, jogou de lado aquilo tudo e depois, com as mãos untadas, pegajosas, meio escorregadias pelo sangue quente, rasgou os panos de sobre o corpo inerte em contato direto com a pele que pipocava em borbulhas de sangue na vazão dos espasmos do corpo. A Amazona, indiferente ao mundo ao redor, pensava e olhava somente para Herdeira; improvisou uma tira de lona como bandagem, comprimindo dos peitos até próximo ao pescoço, envolvendo fuste daquela área do corpo. Em instante, a bandagem também se embebeu em sangue, mas ficou por assim... sem transbordar. Isso deu gole de folga pra Amazona que, sentada no assoalho da charrete ao lado do corpo, respirou fundo e, com as costas de uma das mãos, secou o suor da testa quando se apercebeu também toda ensanguentada pelo sofrimento de Herdeira. Alguém da pequena comitiva, sem visão de Herdeira, inquiriu notícias, Amazona despertou de suas tristezas...

— *Ainda vive* — respondeu.

Água em vários tachos de barros foi disposta dentro da tenda localizada um pouco longe das demais no desenho da aldeia. Uma índia, com panos de algodão cru de trançado delicado, limpava o corpo de Herdeira. Ali também tinha um pequeno tacho num fogareiro de canto, na extremidade oposta; um pequeno frasco expelia fumaça chorosa, um tipo de incenso de flores oriundas daquelas bandas fazendo um ambiente semelhante à morada dos deuses em suavidade e paz. Herdeira estava deitada sobre o chão coberto por colchoado colorido. Todos os detalhes daquele mobiliário tinham o propósito de salvar vidas na fé ou pelos cuidados aplicados no enfermo. Com Herdeira seguiam na mesma toada sem distinção pelas honrarias que anteviam o nome daquela mulher, apenas uma pessoinha como as demais. Depois do corpo limpo, lâmina afiada era guiada lentamente pelas mãos da cuidadosa mulher, cortava bandagem feita pela Amazona. Quando o último vínculo da bandagem se desfez transposto pela lâmina, surgiu um corpo desnudo em hematomas sem limites sobre a pele traumatizada pela multidão de pequenos furos, eles já não borbulhavam. Silenciosos. Uma índia, com a mesma maestria, limpava com delicadeza o sangue de sobre a pele, encharcando com as estopas de algodão cru. Outros mais tachos com água foram dispostos naquela tenda. Parou por instantes quando acercava da região mais dilacerada. Em dois passos, deixou Herdeira para retirar o tacho do fogareiro. Já com a estopa embebida com água morna, deslizava sobre as feridas, sugando as intempéries ali acumuladas. Engraçado dizer, não, diria cômico, mas, enquanto passava o pano, parecia tragar para si os sofrimentos de Herdeira, pois o semblante da índia ficava áspero, cheio de dores. Por fim, tudo estável, ferimentos de Herdeira limpos, entretanto, rastro arroxeado sobre o corpo de picos e vales compunha silhueta vívida. Herdeira desacordada. A índia recobriu com emplastro aquelas feridas, fez pequenas preces ao lado do corpo e saiu da tenda.

Sua Excelência, a governadora.

Minha estimada Senhora, prima consanguínea e irmã na fé. Diante do nosso Deus confesso apreço a Vossa Excelência, hei de servir e vos defender fielmente, tendo Deus como testemunha; relato os acontecidos por nós vividos a cá nas vossas herdades ao norte. Matuidi ainda intenta atacar o castelo, para tal, mancomunam diariamente com os vossos servos, de como avançar com tal empreitada contra Vossa Excelência e senhor vosso Pai, sob pretexto de vingar sangue de seu irmão, depois como se assenhorar do castelo: inclusive, sou peça de destaque nesse palco de devaneios. A cá não vivemos somente de preocupações. Os deuses nos presentearam com um casal de filhos, gêmeos. A mucama está radiante de alegria. Passamos nossos dias a cuidar dos rebentos, algumas tardes caminhamos pelos descampados até as margens do grande rio. Nesses poucos momentos, combinamos como criar as crianças, no retorno para a capital, quando os deuses assim nos permitir. Tivemos notícias de como Vossa Excelência conduzira os nossos na retomada da capital, abatendo por completo os inimigos. Tenho orgulho de Vossa Excelência, minha prima. Como estais nas governanças da capital? Restabelecestes o comércio com o reino? Tendes notícias de vossa Mamãe e do Senhor meu Pai?

Sua estimada serva; Catharina de Rates.

Dois dias depois dos primeiros cuidados, a índia retirou o emplastro de sobre as feridas de Herdeira. Por toque dos deuses ou sei lá o quê, todos os pequenos projéteis de chumbo, outrora enterrados no corpo dela, estavam aglomerados naquela pasta pegajosa. O roxeado da pele enferma perdia força para a coloração normal daquele corpo ainda inerte. Óbvio que a enferma passava pelas fases de recuperação, intercalando momentos febris perceptíveis pela fala trôpega, em descrever locais inimagináveis aos olhos daqueles, com lampejos de fatos mais próximos da realidade deles, a lamentar os infortúnios de rejeição paterna. Ao fazer assim, terminava suas lamúrias aos gritos a exigir explicações das amazonas, como não conheciam os intentos do Senhor seu Pai?!

Seus gritos ecoavam por cima das malocas da aldeia, desvanecendo-se na copas das árvores da redondeza: *Por que os deuses não nos alertaram de antemão sobre esses infortúnios?*

Porém, havia momentos mais suaves nos quais dizia saber onde tinha ouro... Nesses lampejos de sobriedade, carregava de veracidade sua fala, ao que coube aos outros integrantes da pequena comitiva dela, liderados nesses assuntos por Penélope, explicar para o maioral da aldeia as pedras encontradas no final do talvegue na pedra furada: "*Poucas turmalinas...*". O homem fez jus à proeminência legitimada pelos seus irmãos e, pacientemente, ouviu todo o relato de Penélope para depois complementar com detalhes precisos da localização da pedra furada. Só com isso já surpreendeu aquela guerreira, mas, com o intento de fiar suas palavras com fatos palpáveis, retirou de dentro de um bornal perdido nos entornos donde eles estavam um colar todo trabalhado em ouro verdadeiro, fixando outras tantas pedras preciosas no corpo principal da peça. Depois de pequenas preces aos deuses, ofereceu de presente a ela. Evidente que recusara tal honraria; mas, diante do silêncio impositivo do homem, resolveu aceitar. Colar na medida dela. O mensageiro explicou que aquele colar conferiria a ela proteção total dos deuses e que somente as filhas dos maiorais carregavam tal honraria...

— *Então, por que me presenteastes?*

Mais um dia decorreu e os amigos queriam a amada recuperada o quanto antes. Em contraponto, a coitada enxergava a realidade transparente dos fatos na dimensão sonora do inaudível, a pisar na falsidade de uma névoa sem fim, possuindo única certeza de que seu corpo flutuava. Com isso, vivia por inspiração externa de que aquilo teria um fim favorável, vinda daqueles em pé junto ao leito, carregados de egoístas desejos. Herdeira queria mesmo voltar para a terra dos viventes sabendo do árduo encargo de viver entre esses humanos? Entretanto, no mais profundo meandro daquele corpo, os deuses manipulam as peças, transformando duas em seis, seis em dezessete, recompondo nervos, cartilagem e tudo mais para deixar aquela alguém de pé. Obviamente queriam Herdeira em condições de defender o próprio pescoço, indiferentes aos intentos dela.

Herdeira ainda vivia pela astúcia desmedida do padre batavo em socorrê-la no meio do ataque, disso todos tinham certeza.

Olhos de brilho normal fitaram o entorno, sabendo quem era quem naquela tenda; aos poucos, um sorriso de canto de lábios, o que eles entenderam como afirmação: "*Estou viva*". Em lágrimas, eles agradeciam aos deuses por aquela dádiva. Herdeira, já preocupada com seus, na ânsia de acalmá-los, tentou se erguer, num movimento lento junto a esforço mínimo, mesmo assim, impedidos por uma agulhada cruel que a empurrou novamente ao leito, num pequeno suspiro de dor. Um dos braços sem movimentos, pescoço girava muito pouco para os lados e o busto recoberto de emplastros impediam-na de se erguer sem ajudas. Herdeira, sujeita a suas feridas e amarrada por essas dores, limitou-se a perguntar-lhes onde estavam. Também, última coisa recordada com nitidez, o cavaleiro no alto do muro do castelo inquirindo quem chegava no caminho. Ademais, sonhos desconexos. Penélope descrevera como escaparam da emboscada liderados pela astúcia do mensageiro, mais a coragem desmedida do padre batavo em socorrê-la no meio do fogo com apoio na retaguarda das amazonas e refúgio na aldeia dos índios, fincada nas bordas do mar...

Penélope: *Como é sabido dos interesses da Coroa em liquidar com a Herdeira* — nossa Excelência, nos dizeres da oradora —, *as amazonas, Agnijla e mensageiro vigiam o tempo inteiro os arredores desta aldeia.*

O colar de Penélope chamou atenção de sua Excelência: *Como é lindo... Onde conseguistes?*

Penélope relatou em pormenores o início das explicações para o maioral dos índios sobre as pedras que eles encontraram: *Eu nada dissera sobre o ouro encontrado por nós...* — Herdeira, no estado febril de suas feridas, gritava sobre ouro no final do talvegue. — *Despistei, dizendo que turmalina fora encontrada, só que eles já conheciam sobre as pedras preciosas naquelas bandas, e, para confirmar seu dito, me presenteou com esse colar...*

Próximo do ouvido de Herdeira, confidenciou as palavras do mensageiro a ela.

Herdeira: *Os deuses reservam a vosmecê um futuro de glória, irmã minha!*

Penélope e a índia paparicavam Herdeira; depois a índia saiu da tenda, deixando-as a sós. Elas aproveitavam para traçar os próximos passos...

Herdeira: *Viver como eterna fugitiva? Partir para ataque? Colocar o povo contra a Coroa? Seriam mais encargos para um povo já afadigado pela invasão dos contrários... Conseguiríamos aliança com os contrários? Ou os franceses que campeavam por toda a costa nos ajudariam? Poderiam eles fornecer armas e proteção na cabotagem da costa, caso rompessem com reino? Por que meu Pai me atacou? Desejos de agradar a realeza? Como soube que minha cabeça está a prêmio?*

A tristeza queria abater aquele coração, ao que Penélope direcionou a conversa para outros cenários: *O que nossos ouvidos sabem na capital?*

Daí surge a ideia de enviar um alguém para dentro dos muros da cidade e entender os dizeres dos homens recém-chegados do reino... Agnijla? *"Não, infelizmente ela não tem trânsito entre os nobres da cidade..."* O padre batavo? *"Pior... Até uma criança que corre pela Rua Direita sabe que ele foi um cagueta... Descobriremos quem é o clérigo queridinho dos novos donos do pedaço... O mosteiro dos beneditinos é o portão de entrada."*

Penélope: *Partirei amanhã antes do raiar do sol...*

Herdeira: *Ireis com o mensageiro, a Amazona e Agnijla... Sinto que os deuses são companhia permanente dela.*

Antes das primeiras cantigas da madrugada, o quarteto partia rumo à capital, desviariam das animosidades do castelo.

A carta de Catharina fora interceptada antes de chegar a Herdeira. Como ela estava desprovida de recursos, fez aquela carta navegar por meios questionáveis; deu merda. Na inocência da boa vontade, não se sabe, certamente um dos vaqueiros, nos limites dos currais ao sul do caminho rumo ao castelo, num dedo de prosa com um conhecido, apoderou-se da carta. Os ouvidos de Matuidi foram surpreendidos por aquela pancada. Doeu mais, pois viera de sua amada. Com o coração em pedaços, sem despedidas, partiu para o sertão de dentro, deixando-a aos desejos perversos dos vaqueiros leais — fizessem o que fizessem, conforme ordens suas. Impiedosamente deram com as crianças nas pedras. Aqueles corpinhos outrora perfeitos, na porção de delicadezas inerentes dos bebês, estouraram em infinitos miúdos, em tal quantidade, sendo improvável de estarem aglutinados tudo certinho dentro deles que gritavam até serem arremessados nas pedras a ouvir som opaco mortal, já despedaçados. As partes dispersas pelo chão ficaram em silêncio. Catharina assistiu à cena macabra sem forças para gritar, olhos roxeados pelas bofetadas recebidas com a boca aberta escorrendo baba e o rosto franzino em dores, apenas chorava sangue enquanto o último vaqueiro, empoleirado no rabo dela em movimentos ritmados de vai e vem, deliciava-se naquele traseiro até então inalcançável, ali de todo, untado em sangue. Ele era o último dos dozes homens que antes também fizeram o mesmo escárnio nela. Quando este último perdera as forças e a largou no chão, eles todos gargalhavam entre si, tragando pisirico em doses cavalares, enquanto ela, trêmula, sem forças, se arrastava pelo chão acolhendo os pedações de seus bebês num abraço materno na vã tentativa de protegê-los. Depois de se cansar da festa lúgubre, os homens a carregaram, sem formalidades, jogando Mãe e filhos no grande rio... Comida para os peixes, gritavam. A velha mucama, com um tiro no peito, fora a primeira vítima a mergulhar naquelas águas. Época de estiagem. Catharina tentou sobreviver às águas? Mesmo naqueles idos, tal causo gerou um levante entre os caboclos das redondezas dos currais, mas, calados na lábia de Matuidi, por assim ficou.

Os padres integrantes da pequena comitiva de Herdeira, imersos em tantas desgraças perpetradas pelos homens, criaturas que saíram das mesmas mãos dos deuses como eles, pouco a pouco perdiam a fé na divindade. No íntimo, perdiam a fé em si próprios, procuravam nas presepadas em que se meteram a justificativa da ausência da proteção divina para com eles. Com isso, eram confidentes entre si nesses negócios. O padre batavo tinha motivos de sobra para entender o porquê de estar permanentemente na merda; no entanto, se perguntava se a benevolência dos deuses era para com ele ou com Herdeira, pois não foi atingido pelo fogo dos defensores do castelo enquanto socorria a Herdeira... Sentia o chumbo passar através do seu corpo... *"Por que disso?! Seria mesmo poder emanado do mensageiro ao me retirar do cativeiro na casa de Herdeira? Quando estava invisível?!"* Mas e o outro padre? Fora amaldiçoado somente por ungir a mulher mais preparada dentre todos os homens da capital, para conduzir os nativos à vitória contra os hereges? Somente porque era mulher? Somente porque era batava de sangue? Apoiados nessas desculpas verdadeiras, por assim dizer, minguavam as forças para propagarem a sua fé entre os indígenas, pois dessas conversas fortalecia a ideia de que todas as pessoas acreditavam num Deus diferente e cada qual desses deuses tinha um jeitão único de lidar com as coisas. Mesmo um vil homem tinha um Deus para dizer seu, sendo esse Deus meio que marionete dessa pessoinha para agir na conformidade das necessidades mais imediatas desse maluco, independentemente da moral associada em tal ato; "*Lôco... né, meu irmão?*". Desiludidos depois dessas conclusões, deixaram de fabulações entre si e, sentados dia após dia aos pés do maioral, embriagavam-se na sabedoria que emanava daquela boca. Ele, sem pausas para pensar a próxima frase, apenas dizia em tom ameno enxurrada de palavras que saíam das profundezas do coração a atingir os dois discípulos atentos. Um saber oriundo do ouvir a fala surda do luar ante as estrelas na escuridão celestial, com a chegada sempre calorosa do dia vindouro, fiada no sentir os movimentos dos ventos e volume das águas, seja nos rios ou no vaivém incessante das ondas no mar. Despercebido para todo esse esquema, universalmente interligado entre si, a espécie dele não sobreviveria. "*Eu nunca estaria aqui*", assim concluía diariamente sua fala. Os dois padres entendiam perfeitamente a língua nativa daquele homem. O quarteto já estacionado no aldeamento dos negros que, naquelas alturas da chegada do novo governador, sofreram primeira investida dos Senhores dos engenhos em busca de força de trabalho de custo zero, estavam atemorizados, ansiando retorno de Herdeira governadora. Agnijla, ajoelhada aos pés do maioral, suplicava clemência por sua imprudência em fugir com o Senhor do morgado e padre batavo... Pior que acoites é o silêncio como resposta... O homem deu-lhe a mão para erguê-la. Nada mais. Agnijla, depois de absolvida, sem explicar os reais motivos de estarem ali, perguntava sobre os detalhes no trato à cidade. Com isso, despacharam Penélope ao portão de São Rafael, sem clamar curiosidade no aldeamento. Pisirico solto nos sorrisos excessivos de alguns desocupados a viver de bobeira na Rua Direita, o que despertou preocupação de Penélope. No entanto, aqueles mesmos alguéns, sob o efeito da aguardente ao redor de uma viola de cordas, cantavam os feitos da governadora, ao término de mais um verso desafinado, eram aplaudidos pelos transeuntes em aprovação daquela história cantada. Num desses versos, caiu no colo de Penélope a gravidez de Herdeira, ao que todos os moradores acreditavam: *"Herdeira esperava um filho e vivia seus dias no castelo da família ao norte da capital"*. Penélope mentalmente desenhava uma fuga, o que seria facilitada em tais circunstâncias. A chegada de novos clérigos que vieram de carona na mesma embarcação dos três homens de confiança da Coroa, limitou um pouco a liberdade de Penélope em transitar pelos cômodos do mosteiro dos beneditinos, no entanto, o afeto da recepção convencera os neófitos que ela teria um coração de fé igual ao deles. Nas sombras daquelas grossas paredes, os padres fofocavam sobre o prêmio pela cabeça de Herdeira. Ciente desses murmúrios, Penélope entendia nas entrelinhas que seria coisa de dias para aquela notícia derrubar a sisudez daqueles muros de pedras ao entorno do mosteiro e cair na boca do povo... Maria não teria condições físicas de fugir de imediato. Seu semblante decaiu. Aqueles homens, de tanto ouvir nos confessionários emoções proferidas nas mais diversas entonações nas falas dos fiéis, rapidamente enxergaram o coração dela com ponta de amargura. Convite às preces diárias. Aceitou. Reconfortante. Para despedidas plenas, acompanharam pelo pátio, sempre afetuosos, quando ela confidenciou o significado do colar debruçado sobre seu peito.

Eles ansiavam por mais histórias mundanas como aquela, mas foram interrompidos por um noviço que, meio estabanado, entregou-lhe uma vulgata:

— *Presente para nosso querido irmão Vicente...*

Saindo depressa, para delírio dos homens de fé na companhia dela. Vicente, ou melhor, padre Vicente, o padre que ungira Herdeira governadora, estava escondido com eles na aldeia dos índios. Penélope, um pouco mais feliz, enquanto se equilibrava sobre os calçamentos de pedras de retorno para o aldeamento, pensava em como navegar nas notícias recebidas no mosteiro com necessidade de retorno para junto de Maria. Sem onisciência para aperceber-se do dito ou pensado sobre eles em todas as mentes naqueles idos, os fugitivos despercebiam da condição de insignificante numa rede de infindáveis nós em que, estando eles num dia qualquer de bobeira, uns alguéns, mesmo estando fisicamente distantes, interfeririam naquele momento com vontade deliberada de ferrar com eles ou não. Esses outros alguéns a fazer um movimento do esqueleto, consequentemente alguma coisa aconteceria com os fugitivos, naquelas circunstâncias, sempre merda. Algumas mentes já maquinavam como desfrutar do ouro conseguido pelo prêmio da cabeça de Herdeira. Penélope, depois da visita ao mosteiro, ficou com os outros dias para perambular pelas vielas da cidade; o mensageiro e a Amazona seguiam despreocupados de serem atacados pelos contrários; enquanto Agnijla aproveitava do aconchego dos seus. Um dia mais de retorno a desviar das encrencas fervescentes do castelo, outro dia inteiro segregando os ouvidos da cidade para Herdeira, pedaço da noite ao redor da fogueira ainda falando sobre isso com os demais da pequena comitiva de fugitivos, por assim dizer. Depois cada qual em seu canto, dormiam. Padre Vicente folheava o presente enviado pelos irmãos do mosteiro. Quieto ao lado de um fiapo de luz, aquela vulgata seria sinal dos céus de que deveria continuar seu sacerdócio? Qual real motivo do presente? Parou para olhar nos detalhes da peça... Percebeu um bilhete:

Estimado irmão Vicente:

Tendo Deus como testemunha, confesso que vi soldados portugueses e galegos sendo recrutados pelo Senhor dos Pigros para caçarem Maria Roothaer e a vós, querido irmão. Rogo-vos que fujam. Que nosso Deus estejais sempre convosco.

Aquelas palavras de imediato cortaram os olhos para depois estremecerem todo o corpo. Em disparada, deixou sua maloca para procurar por Herdeira e os demais. Foi interpelado por um dos vigias. Como estava com cara de pavor, foi logo entendido da necessidade de falar com Vossa Excelência.

"*Escuto vozes abafadas e passos apressados, quem são esses que vêm mata adentro em noite de céu claro e lua cheia?*"

Caminhavam sentido currais do norte, pois desconheciam o tempo, o quando, o como, onde essas três situações convergiam para aquele agora. Certeza somente que o Senhor dos Pigros não estava para brincadeiras. Em questão de poucas horas, toda a tribo estaria desmontada. Herdeira, ainda com um dos braços imobilizado pelas cicatrizes, seguia apressada no meio do grupo de guerreiros. O mensageiro, na retaguarda, alcançou o grupo no raiar do dia, quando pararam para descanso; ninguém no encalço deles. Os índios precisavam de local com abundância de víveres onde a geografia da área os protegesse de ataques dos inimigos para montar tribo, mas uma pequena comitiva precisava continuar para longe, distante do castelo e das demais capitanias. Divergentes em necessidades imediatas, despediram-se.

Aquela aldeia, totalmente em silêncio antes dos primeiros raios do novo dia, foi atacada ferozmente pelos homens do morgado babando pelo pescoço de Herdeira. Em silêncio a aldeia permaneceu, mesmo sendo dilacerada pelo fogo que consumia algumas das malocas. Ao longe, enxergava-se fumo vigoroso manchando aquele céu límpido indicando grandes desgraças por lá. Os fugitivos não olharam para trás naquela manhã.

É dispendioso se manter na superfície instável das águas de um rio caudaloso; Catharina, desinteressada em sobreviver e quase sem forças, foi engolida pelo fluxo das águas. Coisas que sucedem somente em causos épicos, ela colidiu na calha do rio e foi bruscamente arremessada para a lateral. Ainda submersa nas águas, enquanto diante dos seus olhos passavam os filhos sorrindo com dizeres trôpegos ao som das primeiras palavras proferidas por boquinhas tão fofas. Na região de menor fluxo das águas, ela rodopiou a chegar na superfície, encalhando numa aluvião de areia perto de uma das margens. Com mais um sacolejo das águas, ficou com o corpo parcialmente fora do rio. Sol ardia. Catharina desacordada. Depois de tantas presepadas, jamais acreditaria na plenitude do amor, contudo enxergava sinceridade nos sentimentos traduzidos em palavras por Matuidi... Ele sabia o que seus homens fizeram? Seria ele mandante do crime? Desde o primeiro dia soubera que os filhos não eram seus... Por que saiu sem se despedir? Sempre a porcaria de encontrar justificativas para atrocidades, atrocidades são atrocidades perpetradas por monstros vestidos na pele de humanos. Ela, desacordada, numa viagem sem fim por labirintos dessa estranheza em justificar o injustificável, quando se apercebeu que a última carta para Herdeira foi estopim para todas as desgraças, num soluço brusco acordou. Sol aceso na fuça dela, uma das mãos para amparar a visão...

— *Onde estou? Quem sou?*

Perguntas de quem ressuscitou dos mortos? Sei não... Arrastou todo o corpo para fora das águas, nesse embalo, procurou refúgio nas sombras de um minúsculo arbusto. Suspiro profundo para fechar os olhos num sono forçado. Encolheu as pernas a ficar num formato de concha com o corpo. O tempo escorreu tranquilamente, Catharina imóvel. Acordou. Tentação de se lançar nas águas fendia seus ouvidos. Enxergava seus filhos no reflexo das águas aos primeiros raios do luar. Trêmula. Novamente apagou. Acordou no raiar do outro dia ao som do farfalhar dos arbustos. Um caboclo das redondezas no trajeto rio acima a encontrou. Amparou-a para adentrar na canoa, ela fétida. Ainda trêmula. Mas ele a tendo como uma divindade, pois sabia do causo da morte dela e de seus filhos... Como sobrevivera? Nesse ponto, tenho dificuldades em descrever o reencontro dela com Herdeira, pois há vários relatos divergentes dos cronistas da época, por exemplo, uns diziam que ela ficou meses no roçado de uma família de caboclos das redondezas dos currais do norte, já outros escreveram que ela ficou num quilombo, e a versão mais aceita é de que, quando o caboclo a retirou das águas chegando em terra firme, jazia um alazão encabrestado e, num movimento rápido, ela se acomodou nele, em poucas palavras agradeceu a gentileza daquele caboclo que a socorrera das águas, depois a desaparecer mata adentro. Ainda no relato dos cronistas, aquela única testemunha ocular relembra com nitidez que o cavalo, um pouco ofegante, soltava pequenas labaredas de fogo pelas narinas...

"*Gente precisa de gente, água corrente, algo convincente de que ali haverá sol poente...*" "*Quem rima está aqui*", quem não rima chora, diferente disso, partiram para viver em paz em qualquer canto, já desanimados porque entenderam precisar das mesmas necessidades dos indígenas. Entretanto, fugiam da Coroa. Conseguiriam essas coisas somente associando com algum qualquer indígena que avançavam para o interior, transpassando dos limites do reino. Poucas léguas a oeste donde os indígenas ficaram, eles também fincariam bandeira. Antes de erguer o primeiro pau no lugar escolhido, Herdeira, agindo com sabedoria ou inocência, enviou mensagem aos indígenas relatando suas intenções. Aceito. Prosseguiram na criação de uma pequena vila para atendimento das necessidades básicas deles. Poucas casas protegidas por todo o entorno, de cerca de taipa com lanças no topo, duas estruturas paralelas com pequeno espaço entre elas onde plantavam pequenas trepadeiras para suster aquele conjunto rudimentar. Com o tempo, preencheriam aquele espaço com pedras. Mas não, certo de que ficariam ali por sabe Deus quanto tempo, já nos primeiros dias, a parte frontal daquela proteção foi preenchida com pedras retiradas dum elevado de rochas aos fundos. Trabalho árduo. Todos participaram, exceto Herdeira, ainda parcialmente imobilizada. Com tempo para pensar, Herdeira desenhou pequenas ruas formando seis blocos regulares de pequeninas casas (cada um deles tinha a sua), tendo no centro uma capela. No projeto, qualquer um seguindo do portão principal para interior da pequenina vila desembocaria na também pequena capela com casa de câmara na sua esquerda, nos primeiros dias atuando como paiol para guardar as ferramentas agrícolas e algumas armas. Os outros cinco blocos seriam somente de casas. Um pequeno caminho de pedras margeando as cercas circundava todo o perímetro da vila, olhando de cima, percebia-se o mesmo formato das vilazinhas que Herdeira conhecera na Velha Senhora. Projetou também aquedutos para coletar água das chuvas e onde depositar os dejetos das casas. Em caso de ataques, um caminho de fuga: abertura estratégica no cercado da vila foi pedida por ela. Outro pedido foi um esconderijo para carga de ouro, aliás, qual a valia das pedras preciosas ali? Nenhuma. Contudo estas mesmas pedras calariam lábios sacanas, facilitando a fuga deles em qualquer direção que fossem. Determinou onde plantar... Onde buscar víveres nos entrepostos do norte da capitania, por aí de imediato enviou pequena comitiva de carga para trazer ferramentas com outros insumos para construção das casas. Os homens destacados para esta empreitada seguiram num figurino de pequenos comerciantes do interior. Nunca professariam o nome de Herdeira e do padre Vicente, mesmo com os céus desabando sobre a cabeça deles. Na sequência, desenhou a disposição das casas sob saraivada de protestos da maioral das amazonas. Herdeira também definiu onde elas ficariam na pequena vila. Ficaram. Começaram a construir as casas pelos dois blocos aos fundos, depois a casa de câmara e a capela no centro. Essa vila ficava muito distante dos caminhos comumente utilizados entre a capital e as capitanias ao norte, escondidas a oeste, mais para o interior. Quando finalmente terminaram a capela que foi caiada de branco, última etapa das construções principais, ficaram satisfeitos. Logo adiante, ao raiar de um dia, foram surpreendidos por um mascate no portão principal. O guarda da noite percebeu uma revoada aflita de pássaros, preparou o tiro para abater um animal de caça qualquer, no entanto, surgiu um homem ao lado de um jumentinho num andar despropositado... Mascate?! Em alta voz e bom tom, como é de praxe, exigia o pedigree do homem. Obviamente que aquela conversa ressoou pela vila... Seriam atacados? Herdeira, desconfiada, despachou um quinteto de Amazonas para averiguar os fundos da vila. Junto com Penélope e o mensageiro, saiu pela Rua Direita rumo ao portão. Conforme se aproximavam da entrada fazia-se nítida a intensidade da voz do forasteiro, e, com ela, a plasticidade das malícias de um mascate dos sertões — ou seria um espião dos fidalgos da capital? Penélope, também de malícia aguçada, obrigou Herdeira a não dar as fuças para o homem. Assim, ela voltou, adentrando a igreja e juntando-se aos padres nas primeiras preces do dia. O mensageiro e Agnijla solicitaram mais guerreiros para abertura rápida do portão... Penélope, ao lado desses guerreiros posicionados para combate em pontos estratégicos, aguardava o pior, quando, numa jogada rápida, uma das amazonas, que saíra para averiguar os fundos da vila sorrateiramente, chegou por trás do intruso justo no momento da abertura rápida do portão: o homem, na mira de arcabuzes, implorou por calma, mas congelou a boca ao perceber outra arma roçando sua nuca. O animalzinho de carga, seu companheiro, num princípio de rebeldia, foi imobilizado no cabresto pelas mãos ágeis da Amazona, enquanto o mensageiro arrastava com firmeza o forasteiro para interior da vila. Portão fechado. Em silêncio foi conduzido para a casa de câmara, naquela altura, entulhada de ferramentas e insumos de construção com grãos para plantio. Tamborete de madeira posto na frente dele. Receoso, sentou-se. Ao redor dele, guerreiras e guerreiros de todos os matizes, com caras amarradas por tantas desgraças, enchiam o pequeno cômodo. Nas entrelinhas, todos ali sabiam: uma vez adentrado na vila e andando até a casa de câmara, aquele homem agarrado na santa inocência de suas palavras já tinha esquadrinhado todos os detalhes da vila, portanto, precisavam tirar o máximo de informações dele dentro daquele cômodo e depois levá-lo aos limites do caminho, entre a capital e as demais capitanias ao norte, ou um rápido pontapé para jogá-lo no Hades.

Penélope iniciou com perguntas óbvias: *Donde sois, forasteiro?*

No desespero para preservar sua vida, o coitado desatou em falar rápido, arrastando inclusive algumas palavras no dialeto de Agnijla... Não sensibilizou ninguém ali. Era oriundo da capital.

Outra pergunta: *O que dizem de nossa governadora por lá?*

Mais palavras trôpegas em detalhes a descrever rapidamente a chegada ao reino do novo governador, e que o Rei conferiu a Maria muitas mercês para viver seus dias junto do seu bebê no castelo da Torre...

Continuaram: *Vosmecê, o que dizeis desse negócio?*

Ele, em lágrimas: *Que nosso Deus a tenha... Alma tão nobre... Sei que sucumbira na batalha do castelo da torre pelos homens do agora fidalgo Matuidi... Ele depois também ordenou que matassem a prima dela com seus bebês gêmeos nas margens do grande rio, nos currais do norte... Deram com os bebês em pedras e um balaço no peito da mucama, pajem das crianças... Jogaram todos nas águas... agora fidalgo Matuidi novamente marchará contra o castelo para tomar a possessão total do morgado...*

Os ouvintes em modo espera, pois sabiam que a parte concernente à Herdeira era balela, mas e Catharina? Penélope, em silêncio lascou uma tira de pano dum bornal pendurado num dos cantos do cômodo para, com aquilo, vendar os olhos do forasteiro. Saiu. Na capela, as preces de Herdeira iniciavam com palavras de agradecimentos aos deuses, para depois discorrer sobre a lista de proteções aos entes queridos, primeiramente por sua querida Mãe, onde estivesse, depois o Senhor seu Pai... Perdoando-o das injúrias às quais submeteu a própria filha. Ela balbuciou com os lábios, "*setenta vezes sete o perdoarei*".

Notícias desagradáveis são, em essência, rasas para os ouvintes, a causar repulsas que se manifestam por questionamentos tipo: "*Como assim? Quem falou um absurdo desses? Não é verdade... Não pode ser... Impossível!*". Quanto mais poder há nas mãos do ouvinte, árdua é a tarefa do portador das novas: "*Como ousas afrontar a mim? Merece a forca quem diz tal coisa!*". Entre outras frases punitivas, como se o ato de punir abrandasse o teor da desagradável notícia. Em contraponto, os corações de fé entendem a vida como ela é, sem expectativas de conseguir esticar para mais adiante o fim certo de todos e de que o animal homem fará somente coisas boas. Pela fé, acreditam que o lado bom sobrepõe o mal no invisível homem; entretanto, nessa mesma força adquirida pela fé, passam sem apavoramentos pelos ínfimos perrengues oriundos do lado mal da alma do mesmo bicho homem, quando esses afloram. Imersa nessa fé, Herdeira recebeu aquela notícia de pé de ouvido, Penélope murmurou as novas em reverência à casa de Deus, ajoelhada, e assim permaneceu. Apenas um fio de lágrimas transbordou da borda dos olhos para escorrer lentamente pela face dela. Em silêncio, terminou suas preces e depois saiu da igreja, acompanhada por Penélope.

Herdeira: *Onde ele está?*

Penélope indicou a casa de câmara: *Vendamos o homem... Pode entrar.*

Quando a pequena porta se abriu e os do interior da casa perceberam a presença de Herdeira, um misto de respeito se ouviu no ar. Abriram passagem para ela.

De frente para o forasteiro: *Qual vosso nome?*

O homem: *Luiz Coelho Ferreira...*

Herdeira: *Estais com fome?* — Então, dirigiu-se aos seus: — *Dai de comer a ele...*

Saiu da câmara, para o espanto dos que ali estavam.

Aos ouvidos de confiança: *Esse não é flor que se cheira... O próximo objetivo dele é trazer os negros direto de Angola... Nasceu na capitania de Pernambuco... Filho de comerciantes... Ambicionam toda a rota dos negros...*

Imediatamente Agnijla ligou os pontos: *Por isso cacareja palavras em meu dialeto... Desgraçado!*

Herdeira sabiamente acalmou os ânimos: *Precisamos de duas informações dele: primeiro, como soube de Catharina; depois, quando Matuidi atacará o castelo... Observai que pode ser uma emboscada para tirar-nos daqui...*

Assim, num átimo de luz perguntou a si: "*Afinal... Como ele nos encontrou?*".

Com o rosto severo, ordenou: *Reforçai as guardas nos muros... Nos preparemos para o pior... Sairemos pelos fundos, caso nos ataquem...* — Dirigiu-se ao mensageiro. — *Campeai o rastro dele... Muito cuidado!*

Herdeira, depois, seguiu tranquilamente para o bloco de casas ao fundo da vila, obviamente alguns deles a acompanharam, afinal, queriam respostas ou mesmo uma direção do que fazer com aquele forasteiro.

Herdeira: *Dai comida para ele... mantenham-no sob guarda constante... Falaremos com ele mais tarde...*

Sem saber que "(...) grandes almas designadas pelos deuses para propósitos maiores. Aflições adquirem dimensões estonteantes quando comparadas às de pessoas normais. Também, no exercício desses sacerdócios, o tempo extrai importância dos fatos, convencendo estas almas que tais aflições só têm tamanho. Desapegam dos detalhes, na qual incomodam simples mortais. Para eles são somente simulacros da realidade. Herdeira, nestes emaranhados de circunstâncias multiformes adimensionais como diante do tabuleiro de jogadas infinitas (...)". Novamente fora acercada de inseguranças...

Esse mesmo sentimento de outrora pairou sobre ela, que titubeou por alguns instantes: "*Como fugir da face do Rei?!*". O anúncio da descoberta de ouro seria seu salvo-conduto? Penélope, invisível aos olhos de Herdeira, permanecia em silêncio ao lado dela.

Herdeira numa voz aveludada e amena: *Anunciaremos a descoberta de ouro. Primeiro garantiremos a possessão das terras aos irmãos que ainda estão por lá... Depois faremos o anúncio...*

Penélope discordou: *Qual garantia de que receberemos clemência da Coroa por esse feito? Poderíamos fazer diferente... Se encontrarmos ouro para Sua Majestade, receberemos mercês mais autorização de exploração das minas encontradas?*

Herdeira: *Primeiro precisamos viver... Quanto tempo para nosso pedido ter respostas? Um ciclo completo das estações? Dois ciclos? Estão no nosso encalço, amada irmã...*

Penélope: *Vossa Mãe me disse, nos dias em que estávamos reféns dos batavos: "Tereis paz somente no delta do Rio da Prata no extremo sul". Se formos para lá e nos estabelecermos naquelas paragens, aí enviaríamos uma carta ao reino?*

Aquela proposta pareceu boa aos olhos de Herdeira: *Por que esperarmos chegar lá? Poderíamos enviar uma carta para Coroa saindo daqui, mas como remetente os irmãos das missões beneditinas das paragens ao sul... Muito bom... Muito bom* — murmurou Herdeira. — *Mas como chegar até lá?*

Penélope, embebida na sagacidade hereditária, soltou: *Esse mascate será nossa passagem... Provavelmente contrabandeiam negros naquela região...*

Sem concordância imediata, aquela proposta ficou em suspensão, quando Herdeira pediu a presença do padre Vicente. Ao pensar no padre percebeu que ela, ele e o padre batavo eram alvos cobiçados onde quer que pisassem...

Padre Vicente confirmou: *Fundaram uma missão de nossa Majestade na margem setentrional do Rio da Prata... Muitos dos nossos produtos descem para lá escondidos dos castelhanos para serem trocados por prata... Sim, é possível seguirmos para lá nos navios de cabotagem que fazem trajeto daqui até a capitania flamenga, depois direto para nossa missão no Prata... Vender os produtos para eles é mais lucrativo que vender na Velha Senhora... Na capitania flamenga, esses negociantes são conhecidos como os peruleiros... Nome bonito para dizer contrabandistas...*

Novamente a sós com Penélope, Herdeira, em choque: *Agora entendo porque o Senhor meu Pai usava atravessadores... Ele não vendia para o reino, e sim para a capital dos castelhanos no Rio da Prata... E por isso Mamãe orientou vosmecê a escapar para lá... Por que o padre Antonil não falou desse negócio a mim? Ele sabia?*

Penélope sem respostas, colocou uma afirmativa em outra direção: *Provavelmente foi com esses peruleiros que o negro fundidor conseguiu chegar até a capital...*

Herdeira consentiu. As duas saíram para prantearem a morte de Catharina e de seus dois filhos. Até então desconheciam que ela era Mãe de gêmeos.

Na tarde do segundo dia, depois da chegada do forasteiro, o mensageiro retorna de campear o rastro dele...

O mensageiro percebeu que o forasteiro veio direto da capital até eles, inclusive desviou do castelo. Nesse ponto o mensageiro perdeu o rastro do forasteiro. De passagem pela aldeia dos índios, na parte baixa do castelo, encontrou-a parcialmente destruída. Guiado pelos deuses subiu em direção ao castelo, adentrando pela passagem escondida usada somente para fuga rápida ou para pedir ajuda na aldeia e vice-versa. Uma jovem serviçal da casa foi a única a perceber a chegada do mensageiro. Pedindo silêncio com toda diligência, chamou a mulher para junto dele no escuro da passagem. Ela obedeceu.

Ela noticiou: *Soldados da cidade já estão a caminho, aqui se reunirão com os homens do meu Senhor para caçarem Maria... Segundo cantam nos átrios, derrubarão todo o sertão até a encontrarem.*

Mensageiro: *Como encontraram nosso esconderijo?*

A jovem, de bate-pronto: *Há um índio que é todo ouvidos do Senhor do morgado e é de uma aldeia próxima a vós... Frequenta regularmente esta casa... Todos os caboclos das redondezas conhecem vosso paradeiro* — ela alfinetou.

Escondidos no escuro da pequena passagem, os dois corpos jovens colados, ofegantes, temendo serem descobertos pelos da casa, falam em sussurros no volume mínimo de pé de ouvido. Corpos em alerta de medo transformam-se, inesperadamente, em corpos incendiados por desejos. Jovens. O mensageiro sentia o pulsar daquele corpo sinuoso colado ao seu. Ela, ao dar o último recado no ouvido dele, ousou num beijo suave, pois temia reação negativa do moço... analisava sua presa. Ele, como estátua. Ela continuou, até ele explodir em movimentos apaixonados escorregando pela sinuosidade perfeita do corpo dela, tomando todo o controle da situação. Saiu em êxtase, mas de coração partido por deixá-la...

Ele: *Prometo voltar! Ficaremos juntos para sempre...*

Com o retorno do mensageiro decifrando a origem do forasteiro, recriando seus passos, Herdeira: *Usaremos esse forasteiro como isca para enviar uma mensagem a Matuidi, dizendo que o castelo está desguarnecido, pois saíram no encalço de Maria, sendo presa fácil para um ataque-surpresa... Briga de cachorro grande... Que eles se espatifem enquanto fugiremos para a capital. Antes, alertaremos nossos irmãos da aldeia sobre um espião a comer na mesa deles... Tarefa para um dos padres... Pela afinidade com o maioral. Seremos somente nós seis a fugirmos... Com as amazonas nos protegendo, os demais ficarão nestas herdades... Que pertencem ao Senhor meu Pai... Minhas por extensão...*

Contudo, a sagacidade de Penélope questionou o plano com ideia de não caírem em ciladas desmedidas: *Quem garante que o forasteiro falará a verdade para Matuidi? Quem garante a ida dele até aos currais do norte?*

Herdeira retrucou: *Daremos um motivacional a ele... Caso não vá, ou não fale, a família dele será morta na capital... Simples.*

Penélope insistiu, pois precisava testar ao máximo o plano: *Matuidi poderá perguntar: "Por que viestes me anunciar tal negócio?".*

Silêncio no pequeno grupo.

Mensageiro: *Uma donzela, amante do vosso saudoso irmão, residente no castelo da torre, pediu que trouxesse esta carta com toda a diligência possível...*

Afagaram a ideia ludibriosa do mensageiro, Penélope se prontificou a escrever a missiva...

Enquanto isso, Herdeira foi até o forasteiro anunciar suas obrigações próximas: *Conhecemos donde sois... Quem são os vossos... Por qual caminho chegastes até nós... Portanto, se quiseres viver e encontrar todos os vossos com vida, fareis exatamente como vos mando... Entregareis uma missiva nos currais do norte nas mãos de Matuidi... Sereis acompanhado na retaguarda por um dos nossos homens... Não fazei besteiras...*

Agarrou-se na única opção de sair com vida dali, o homem aceitou. Carta para Matuidi:

Estimado Matuidi;

Ouvi com atenção as palavras da serva do vosso saudoso irmão. O castelo jaz desguarnecido de defesas, todos saíram ao encalço de Maria. É chegada a hora de tomar as bênçãos pelos deuses a vós confiadas.

*Vossa eterna serva...
uma viúva de coração amargurado!*

Herdeira estava ressabiada com tamanha astúcia do mensageiro... Quem relatara as conversas no íntimo do castelo? Ao raiar do amanhã, a carta estaria nas mãos de Matuidi; para tanto, apressaram o forasteiro com um vigia que iria imperceptível no seu encalço. Assim fizeram. Ainda nas discussões aos ouvidos de confiança, sabiam que em duas luas Matuidi estaria nos portões do castelo ao mesmo tempo dos soldados oriundos da capital. Penélope perguntava a si: "*E se os olhos de Matuidi ainda forem onipresentes dentro do castelo por intermédio de um espião?*". Diante dessa perspectiva, ela criava novos caminhos de fuga... Padre Vicente deixou a pequena vila com destino à aldeia, tarefa difícil de enviar mensagem pesadíssima, explicar para o maioral dos índios a existência de um cagueta entre os próprios irmãos. Avisada pelos deuses, a maioral das amazonas saiu um quarto de hora depois do padre Vicente, intentava ser sua companhia no retorno para a vila. Dias difíceis. Com olhar sereno de quem conhece todos os meandros da alma humana, a maioral o esperava. Aquele semblante tranquilizou o portador das novas.

Conversa sem delongas, padre: *Há um infiltrado dentro da tribo... O Senhor do morgado sabe de tudo que acontece aqui nos seus termos...*

A maioral, de coração perturbado, apagou a serenidade do olhar e apenas agradeceu num abraço afetuoso. A Amazona, ao longe, camuflada pelas ramagens, enxergou os últimos movimentos da dança macabra: a maioral dos índios soltava o abraço de padre Vicente que, em movimentos lentos de agonia, ajoelhava-se e, com as duas mãos, tentava conter a vida que esvanecia pelo seu abdômen mortalmente ferido. Um índio, indiferente à dor alheia, limpava o punhal para depois sair tranquilamente em direção à aldeia. Padre Vicente jazia morto. Na vila, o forasteiro, ainda com os olhos vendados, foi levado dalém dos muros. Então tirariam aquela bandagem para ele, dali seguiria com seu burrico até os currais do norte. Herdeira deixou a solenidade ao encargo de Penélope. Aquele homem jamais poderia vê-la. Penélope recordava com o forasteiro a importância daquela empreitada, foi quando escutaram o galope em direção à vila... Guerreiros em alerta: alazão montado por uma mulher... Catharina. Penélope a reconheceu de imediato, ordenando calma aos guerreiros. Sem perder a emoção do momento, despachou o forasteiro com a missiva ao norte para receber gostoso Catharina.

Mas antes, aproveitando toda atenção à Catharina, Penélope espetou punhal nas costas do forasteiro a perguntar: *Quem vos enviastes?*

Ele, na gravidade daquela pergunta respondeu: *Ninguém... Soube do vosso paradeiro pelos caboclos dos arredores do castelo e com a cabeça de Vossa Excelência a prêmio... Vim nesta empreitada conferir... Queria obter mercês do Rei com direito a um asiento... Para comércio de escravos direto dos sítios africanos...*

Penélope: *Quando Matuidi atacará o castelo?*

Ele: *Isso não sei... O castelo vos pertence, é o dito pelos sertões...*

Alegria de reencontro dentro dos muros da vila, agradecimentos pela vida, lamento pelas perdas. O padre batavo se acerca do fuzuê, surpreso ao reconhecer a presença de Catharina... Já havia chorado as dores do luto diante das notícias trazidas pela boca do forasteiro e ainda rezou pela alma da sua amada, mas ali ela estava viva... Os deuses ouviram suas preces? Naquele hiato de silêncio embaraçoso entre ambos, onde os demais entenderam o desconforto dos dois, contudo, naquele mesmo instante, a maioral das amazonas é anunciada no portão esfriando totalmente alegria deles. Arrastava, já morto, padre Vicente numa espécie de padiola feita de varas...

Ela, exausta: *O maioral dos índios é o espião do senhorio do morgado... Eles nos atacarão... O sangue deste inocente está nas mãos dele...*

O padre batavo, atônito: *Como? Aquele homem nos ensinava com sabedoria suprema, palavras oriundas do mais profundo da alma... Como perpetrou tão grande maldade?*

Herdeira com a palavra: *Onde estamos é meu por herdade... esta terra doravante será vossa... Será vosso reino... Será vossa casa... Seremos atacados por todos os lados... Soldados treinados para matar, mas matar outros... Não nós! Usaremos de todas as artimanhas para ludibriar esse tão terrível adversário... Assim como vencemos os batavos, também venceremos esses que nos querem mortos!*

As peças no tabuleiro se movimentavam muito rápido, deixando os da vila sob a condição de xeque. Herdeira procuraria se defender ou encurralar o adversário?

Imediatamente despachou uma mensagem para o guerreiro que estava na retaguarda do forasteiro, de caminho ao norte: *Encontrai conosco na antiga aldeia dos índios aos pés do castelo... Estaremos escondidos lá.*

Aos demais: *Quantos animais de carga possuímos? Faremos um ataque invisível na aldeia para fugirmos em direção ao castelo...*

Essa explicação não convenceu os corações perturbados.

Herdeira captou essa necessidade e completou: *Soltaremos os animais no descampado de entrada da aldeia deles em direção às malocas com tochas acesas, produzindo um fuzuê para amedrontar os índios, enquanto fugimos para o sul em direção ao castelo... Eles não conseguirão encontrar nossos rastros, ou seja, ficaremos uma lua na frente deles... por outro lado, nunca seremos procurados nos escombros da antiga aldeia.*

Na vila possuíam poucos animais; dois desses ficariam para carregar a carga de ouro e outros tantos eram das amazonas, ou seja, dos deuses. Depressa preparam alguns dos animais de ataque, pois pretendiam, naquela noite, surpreender os índios, animais repletos de chocalhos com estandarte fixado nas selas para carregarem tochas de fogo. Feito. A noite chegou em passadas largas. Corações entristecidos por deixar aquela vilazinha tão harmoniosa. Herdeira, ao perceber o desânimo de alguns, prometeu voltar para tomar suas terras por decreto dela. Entretanto, nas cabeças pensantes: "*Por que os índios nos receberam quando fugíamos do castelo? Estaríamos sob vigilância deles? O maioral escutara nossas conversas?*". Suplicou negativa de Penélope.

Ela: *Impossível... Éramos vigiados dia e noite...*

Num jogo de faz de conta montaram um pequeno ritual para o sepultamento do padre Vicente que, na verdade, estava de repouso na cripta de frente ao púlpito no interior da capela. Ao lado de fora, num monturo de madeira, acenderam a fogueira pincelando de tristeza aquele cenário vazio. Escondidos, partiram. Catharina, integrada no grupo, fugira com eles. Os meses embrenhados nas matas desgastaram todas as belezas em rendas das roupas das mulheres, basicamente vestiam a mesma indumentária de combate das amazonas; ouro maciço transportado no lombo dos animais era incapaz de proporcionar a elas naqueles sertões o conforto e as regalias da vida de outrora, desfrutada no aconchego de suas casas. Como lutavam para preservar a própria vida, esses caprichos perdiam sentido de mais-valia. Com os animais preparados para o ataque, ficaram poucos guerreiros sob o comando de Agnijla, enquanto os demais, sob a liderança do mensageiro, avançavam noite adentro em direção ao castelo. Silêncio nunca foi sinônimo de paz e nem noite de céu estrelado sinônimo de repouso, pois o que garante tranquilidade é a leveza dos corações. Assim, os adjetivos que acompanharam aquela noite foram tenebrosos não pelo número de mortos, mas pelo fuzuê repentino provocado pelo barulho infernal dos animais contra a adormecida aldeia. Chocalhos nas patas, pescoço e no dorso provocou pavor nos próprios animais que passaram a relinchar desesperados, injetando mais intensidade naquele horror sonoro. Agnijla soltou os animais formando meio arco em relação donde estavam posicionados, obrigando os indígenas fugirem em direção oposta a eles. O estardalhaço de gritos das mulheres com o choro das crianças naa aldeia fiou execução perfeita do plano deles que, de imediato, também saíram em fuga pelas matas na direção ao castelo. Agnijla ficou pelo caminho escondida. Pretendia interceptar possíveis mensageiros indígenas com as novas para castelo. Capturado. Herdeira, na luta de preservar primeiro próprio pescoço depois também a vida dos ouvidos de confiança ao redor, enxergava o invisível nos gestos das pessoas outras para mentalmente comparar *aquilo* com quem de fato sempre foi aquela pessoinha. Assim, ela aparentava viver no mundo da lua com cara de poucos amigos; seria um infiltrado? Sua fala é honesta? Por que ficou surpreso? Por que revidou em intensidade cavalar? Nunca fora assim... Ela dizia a si: *"Nem sempre quem carrega um belo sorriso tem no coração somente boas intenções..."*. Entre essas e outras procurava sinais de um alguém de coração dobre, ela esperava sempre o pior das pessoas. Exaustivo viver nessa intranquilidade. Agia do mesmo jeito com as coisas inanimadas. Durante a fuga naquela noite, enxergava na penumbra da tocha acesa qualquer indício de cilada pelo caminho... O maioral dos índios queria que olhássemos na direção determinada por ele? Enquanto enfia punhal nas nossas costas? Que barulho é esse? Exigia silêncio surdo da pequena comitiva... tinham alguns arbustos aqui... onde estão? Esse cheiro estranho... o que é? Caminhada tensa.

Você tem um amor correspondido, isso é ótimo... Certo? Pessimistas dirão: *"Depende..."*. Nesse caso, eles têm razão. Catharina amava o padre batavo, que amava Catharina, viviam felizes e apaixonados até os contrários baterem com os canhões nos portões da capital. Como o Pai dela era governador, tinham uma decisão difícil: ficar e morrer, ou fugir. Fugiu com sua Mamãe, Inês de Rates. Mesmo antes da queda dos portões da cidade, muitas carapuças também caíram, dentre elas, a condição de infiltrado do padre batavo. Evidentemente Catharina soube da condição de filho da puta do seu amado e, para piorar as coisas, ele seria Pai dos filhos dela. Ela o amava. Contudo, conforme a merda foi crescendo na capital, arrastando com isso mortes, fome com desgraças desmedidas, considerando aqui o assassinato cruel de sua Mamãe perpetrado pelos contrários, ela passou a odiar aquele homem que viria a ser Pai de seus filhos. No entanto, durante a fuga, estavam novamente juntos, ele vestido numa triste figura de forasteiro, ela com aparência vistosa de uma guerreira Amazona, porém seus olhos escancaravam um corpo vazio de alma com coração aquebrantado. Pode-se dizer que ambos escorreram dela para serem diluídos junto com seus filhos nas águas do grande rio. Ainda odiava padre batavo? Era indiferente a ele. Com o peso das desgraças nas costas, ele, com extrema humildade, puxou papo. Como homem de Deus, primeiro colocou as coisas celestes à frente, ninguém é trouxa. Ela respondeu suas descrenças aos deuses com palavras de temperatura gelada.

Ele, em desalento, murmurou: *Entendo... Chorei vossa morte, aliás, rezei por vossa alma... Pois um forasteiro dissera que vosmecê morrera...*

Ela, dando de ombros: *Morri... Depois renasci...*

Dois terços de horas, ainda em absoluto silêncio, quando ele perguntou das crianças.

Resposta petrificada em gelo cru: *Dormem no fundo do grande rio...* — Mesmo na penumbra ela o fitou. — *Estou aqui para fazer picadinho do homem que fez isso com nossos filhos... Por isso renasci... Vivo somente pela dor da vingança...*

O mensageiro, que saía às pressas da aldeia atacada dos índios, feito refém por Agnijla, arrastando-o no rastro dos demais rumo ao castelo. A longa história do bicho gente já demonstrou que, apenas uma linha tênue separa a burrice da inteligência; inevitavelmente transitamos por aí, em algum momento da vida, sendo, nessa altura da história, a vez de Matuidi. Atordoado pela ressaca moral por ordenar assassinato da mulher amada com seus filhos, ia todo trôpego de caminho. Desatento aos detalhes. Dias desses chega mensagem do castelo: "*Soldados da capital associaram ao Senhor do morgado para caçada de Herdeira... Em breve esses homens desembocarão no castelo*". Apenas duas luas depois, aproximou do curral do norte forasteiro, de andar desocupado das notícias ecoadas pelos sertões, simplesmente anunciava seus biscates que trazia no lombo do animalzinho de carga, enquanto os olhos de Herdeira no corpo do vigia de confiança acompanhava, ao longe, os passos daquele ser. Retornou rumo ao castelo depois da execução, certa do combinado. Forasteiro, na primeira oportunidade, quando de prosa com Matuidi, discretamente entregou-lhe carta também com dizeres do castelo: "*O castelo jaz desguarnecido de defesas... É chegada hora de tomar vossas benções!*". Enxergou somente essas palavras na carta. Cuidadosamente, guardou a mensagem.

Abraçado na confiança e encorajado por ela, reuniu os vaqueiros: *Partiremos imediatamente... É chegada a hora de tomarmos o que é nosso por direito! O castelo jaz desguarnecido de defesas...*

Homens, fiados nas mesmas convicções de Matuidi, urraram de alegria... Em instantes partiram. Burrice. Nada fazer seria uma decisão iluminada: sentar-se para assistir os homens derribarem os sertões procurando por Herdeira... Duvidoso, mesmo assim, partiria para tomar o castelo, poderia um homem de confiança antecipar a eles para sondar as notícias dentro dos muros antes do ataque, ou ressabiado com o forasteiro, esfolaria um naco da orelha do coitado para deixar escorrer as verdades de lábios benevolentes... Diferente disso, abraçou a confiança.

Mesmo embrenhado na insanidade fora cometido por lampejo de lucidez, Matuidi a dizer ao forasteiro: *Ireis conosco... Fiareis as palavras dessa carta com vossa vida...*

O coitado manteve as aparências de presunção de um bom mascate, mas de cu na mão. "*Na pior das hipóteses fugiria deles na primeira oportunidade*", pensou. Deixareis *seu animal de carga*, impuseram também a ele, assim fizera. Aqueles homens que, em tempo de paz viviam permanentemente no lombo de cavalos, expandindo os pastos rumo ao interior do continente, encarnados como guerrilheiros, não eram diferentes. Destramente combatiam com a mesma desenvoltura na instabilidade do dorso de uma cavalgadura, com isso, percorriam num único dia grandes distâncias pelas picadas abertas pelos antigos indígenas.

Nas poucas malocas da outrora aldeia, o mensageiro acordado depois de pouco repouso, avisou Herdeira que campearia pelas bandas do castelo... "*Precisamos de ouvidos dentro dos muros*". No íntimo, ansiava reencontrar seu primeiro amor. Herdeira, ciente da força desmedida de um coração apaixonado, no entanto cego para as pedras do caminho, enquanto o abençoava para jornada ela, na sabedoria de suas palavras, despertou ele daqueles devaneios...

Herdeira: *Estamos em fuga. Lembrai-vos disso... Os deuses são vossa companhia, não os provoqueis...*

Atento ao menor sinal de alerta durante trajeto para castelo, mas também a pensar na amada. Escutou as novas da casa em modo frio.

Ele: *Ireis comigo.*

Ela relutou.

Ele segurou firme num dos braços dela: *Vosmecê será minha...*

Convencida, o seguiu. Herdeira mostrou-se aliviada quando foi apresentada à jovem. Na próxima lua, quando todos já reunidos nos escombros da aldeia, Agnijla sugeriu utilizarem mensageiro dos índios capturado por ela para anunciar o ataque eminente de Matuidi ao castelo, como se trouxesse aquela notícia de sua aldeia. Todos de acordo, como faísca num palheiro seco, o índio foi anunciado nos portões do castelo. No intervalo de duas luas, todas essas coisas se sucederam.

Antes do findar da próxima lua, na imensidão do crepúsculo, o mensageiro intercepta o ressoar inaudível do pelotão de cavaleiros de Matuidi no caminho ao castelo. Despertou todos.

Medo de morrer provocou riso desmedido no forasteiro. Descontrolado, não conseguiu dosar a intensidade da falsa alegria, denunciando a presença deles escondidos sob os arbustos, próximos aos muros do castelo. Os guardas na espera deles, disparou impiedosamente naquela direção. Guerreiros dispersaram, curiosamente em três frentes muito organizadas: uma de proteção à retaguarda, surpreendendo os soldados do castelo que imaginavam dizimá-los por ali, outra frente se espalhou espetando flechas incendiárias para interior do castelo e a terceira avançava contra o portão principal, ateando fogo para derribar o ponto mais frágil daquela fortaleza de pedras. Os cavaleiros, em movimentos rápidos com suas cavalgaduras, dificultavam a pontaria dos defensores do castelo que, mesmo com maior quantidade, não conseguiam tirar proveito dessa vantagem. Além disso, aquele ataque foi anunciado de antemão. O portão principal com peças e partes sendo consumidas sem dó pelo fogo. Assim, temendo pelo pior, o Senhor do morgado reagiu de maneira ousada: posicionou duas bocas de fogo em direção ao portão principal que, naquele momento, fumegava nas suas fraquezas, disparando tiros sequenciais, derrubando tudo, inclusive alguns cavaleiros inimigos para, na sequência, despachar por ali soldados de cavalaria de encontro aos homens de Matuidi.

Os invasores não esperavam por recepção tão aguerrida: "*O forasteiro mentiu?*". Matuidi tentou inquirir o homem sobre a verdade dos fatos, mas optou pela urgência em encontrar um canto para proteger próprio rabo. A ferocidade da batalha o fez recuar... Esse momento egoísta de Matuidi foi a chave para o forasteiro deitar as pernas para bem longe do castelo, só que Matuidi seguiu no rastro dele. Fugiram. Ambos seguiram em direção à capital. Procurei relato de cronistas da época para descrever o derramamento de sangue daquele fatídico dia, porém, inexiste combinação cronológica comparada a outros marcos da época, manchando a verdade ilibada dos fatos. Continuo a ligar os pontos com o que há disponível nos dados históricos, um verdadeiro retalho de informações em que, parte das peças não são coerentes com o todo... e quando consigo juntar pequenas partes, o resultado do todo parece uma piada. O que vem adiante confirma essa minha percepção: ao som dos primeiros disparos, a trupe na antiga aldeia estava preparada para fugir em direção à capital. Desviariam obviamente das animosidades do castelo quando percebem na pequena baía logo abaixo uns três poucos caravelões liberando patachos repletos de soldados em direção à praia. Batavos. Eles, cientes de perderem a capital, entretanto, com a necessidade de fundos para continuarem perpetrando ataques nas colônias dos concorrentes, decerto resolveram recolher as velas em mares mais ao norte, também ricos em víveres e desguarnecidos de defesas; quem sabe saquear algum carregamento de açúcar de engenhos? Tais recortes históricos cantam, na grande maioria, a descrição quantitativa dos fatos, a necessidade de impor respeito aos concorrentes. Seja lá como for, a quantidade de combatentes, o número de embarcações com sua capacidade em cuspir fogo... Fica a sensação de, quanto maior o número de soldados, os cronistas ficavam desobrigados, por exemplo, de descrever cada uma daquelas pessoinhas em suas particularidades... Somente soldados! Sabemos dos dois caravelões num total aproximado de seiscentos homens, mais trinta bocas de fogo... Nada mais. Herdeira, legitimada pelos deveres hereditários, ordenou às frentes de defesas, surpreendendo com fogo os inimigos. Ela distribuiu as defesas nos pontos prováveis de desembarque, trucidando quem pisasse na praia. Catharina, engajada, tomou parte da defesa. Os homens do primeiro patacho foram dizimados. Herdeira ainda estava debilitada, mas nunca deixaria invasores adentrarem nas suas herdades. Sem a força de outrora, tratou de resguardar-se dos inimigos e não se empolgou ao impor a primeira morte neles, no entanto, reorganizou as defesas. Coisa fácil, pois os nativos estavam emputecidos com a petulância desmedida dos contrários em não largar o osso, mesmo depois de serem derrotados na capital. Os nativos partiram para cima deles com sangue nos olhos de tanto furor: defendiam a terra-mãe. Silêncio. Deixaram o segundo patacho adentrar no riacho de água doce subindo contra a correnteza, somente no embalo das ondas do mar. Invasores estavam com a sensação de que os nativos abandonaram as defesas a fugir para o interior, mas não! Emboscada. Não restou um para contar os fatos. Mas que merda é essa?! Dia das desgraças. Hoje é até inconcebível pensar como uma pessoa vivia diariamente em conflitos armados, por assim dizer... Talvez a obrigação em sobreviver não deixasse tempo para pensar na situação de merda que viviam, sendo assim, esse estado de merda não era tido como merda. Os nativos aguardavam o desembarque de mais invasores. No entanto, no meio do dia, os contrários levantaram vela, partiram. Estou a pensar: *"Por que Herdeira não deixou o pau torar?"*. Os contrários poderiam avançar contra o castelo... Os nativos, em peleja, não teriam tempo de se unirem contra os invasores... A grandeza dessas palavras é o que vai mostrar o quão cruel foram os embates naquele dia... Afirmo: a chegada dos batavos retardou muito a fuga de Herdeira com os seus... Outra batalha que rolava morro acima também arrefeceu quando os poucos guerreiros de Matuidi caíram em retirada para os currais do norte. Deu ruim o plano de Herdeira. No entanto, ela sabia que a janela permanecia aberta, pois os homens do castelo também sofreriam baixas e não sairiam do castelo no encalço dos invasores. Apostando nessa possibilidade, Herdeira e os seus levantaram as tendas a sair. Suas conjecturas junto às deduções possíveis foram baseadas nos poucos sons de tiros morro acima. "*Realmente os homens de Matuidi foram colocados para correr?*", pensava. Sem buscar veracidade para essas perguntas, Herdeira correu o risco, fugiria. Alimentação rápida. Depois de comer, Herdeira relaxou numa madorna, surpreendida pelo baú de suas recordações a libertar num distante tenebroso dia no qual, pela primeira vez viu alguém sendo morto. Ela, ainda criança, de saída ao encontro do Senhor seu Pai que estava no pátio do castelo e ela na antessala de acesso ao pátio, quando viu um mameluco ser golpeado pelo punhal do Papai. Ela congelou. O homem aos poucos escorregou, perdendo a vida até sucumbir esparramado no chão. Havia outro homem para confirmar aquela sentença, quem seria? Forçou os olhos... um índio. Conhecia aquele? Sim... A mucama ralhando com ela, a puxar para interior dos aposentos. Herdeira, num sobressalto acordou ao reconhecer o maioral dos índios, sim era ele... Assombrada. Os demais reagiram diante da cara de espanto dela... "*O que foi?*" Desculpa esfarrapada para dizer: "*Está na hora de partirmos!*". Quem seria aquele mameluco? Papai e o maioral tramam desde sempre as coisas como querem... Entre essas e outras indagações para si mesma, avançava em silêncio com o grupo rumo à capital. Contudo, antes da partida, despacharam duas amazonas com mensagens de Herdeira, uma com destino à pedra furada: "*Fizestes conforme as palavras da minha Senhora? Mantivestes nossos negócios em oculto conforme ordenança?*". Certificava-se de que ninguém mais sabia sobre o ouro, pois intentava obter salvo-conduto da Coroa com a proposta de achar pedras preciosas com eles. Aos beneditinos: "*Nosso querido irmão Vicente já dorme o sono dos justos*". Mas, nessa segunda carta intentavam saber das novidades da capital. Naquela noite, o grupo foi acolhido pelo guerreiro, irmão de Agnijla, nas bordas do caminho, porém, depois que todos caíram no sono, Herdeira escorregou no oculto da noite de retorno ao castelo. As asas do cavalo deslizavam por sobre as copas das árvores, ela nunca imaginaria cavalgando nos animais celestes das Amazonas. O querer respostas era mais forte do que o medo de navegar no lombo daquele animal. No entanto, alguém corria os mesmos riscos por acompanhá-la ao longe: o mensageiro. O que no passado tinha de tão urgente para ela? Caminho pra fuga livre à frente... Por que voltar? Como conhecia nos detalhes a suntuosa fortaleza de pedras, evitou o caminho principal. Mesmo nesse desvio, era perceptível os resquícios da batalha representados pela fumaça toda chorosa escapando do castelo rumo ao infinito do firmamento. Adentrou pela passagem usada na comunicação direta com a aldeia, trajeto muito conhecido do mensageiro e por ela também. Era notório que cada pilar do castelo estaria vigiado por um soldado. Sendo as sombras da noite companhia dela, avançou invisível pelos cômodos; onde jazia um lampião sobejando luz, era imediatamente apagado. Ao pé da escada de acesso aos aposentos, um soldado jazia aos roncos. Evitou atrito. Surdamente passou por ele. Ainda com os movimentos limitados, mas com faca esfolando o pescoço do Senhor seu Pai, acordou o velho. No entanto, eles esperavam por ela... ou por Matuidi?! Acordados. Dois soldados nas costas fizeram presença com cano gelado da carabina na nuca dela. Risos tenebrosos do Senhor seu Pai ecoaram pelos corredores de pedras... lampião acesso. Épico para não dizer louco, certo é que o mensageiro invadiu o cômodo com poucos golpes de machado e, em movimentos certeiros, liquidou os dois soldados para desespero do velho Senhor. Herdeira manteve a compostura. Olhava seu Pai.

Ele, restabelecido do susto pela entrada triunfal do mensageiro, perguntou: *O que quereis?*

O mensageiro segurava as pontas para ninguém adentrar no cômodo, mas louco para sair dali: *Se os homens do vosso Senhor acordarem, morreremos a cá.*

Herdeira: *Quem era o mameluco que o Senhor matara aqui, no pátio do castelo, na presença do maioral dos índios, nossos amigos, quando eu ainda era criança?*

Surpreso, o homem procurava na memória aquela petição como quem busca algo indigno de nota. Algo que passou batido. Silêncio marcou presença enquanto ele matutava.

Senhor: *Era o Pai de Matuidi...*

Ao ouvirem essa confissão, Herdeira e o mensageiro pasmaram.

Ela: *Por que o fizestes?*

O velho, irritado com as perguntas de um passado distante, naquela altura já respondia rosnando: *Para consolidar aliança com os índios... Mas aquele homem se desviara dos bons costumes... Casou-se com a filha do maioral dos índios sem a permissão do próprio...*

Herdeira: *Só por isso?*

Senhor: *Sem aliança deles, índios amigos, nunca venceríamos os caetés... Também não conseguiríamos expandir os limites das minhas terras para interior... Matuidi era o mais velho, mas ela tivera outros filhos... E tem mais... Alguns anos depois da morte do amado, ela pariu um garoto... Aquele que vosmecê cuidou quando a aldeia dos índios foi atacada e ele trouxe mensagem de socorro até aqui... Caindo desfalecido depois de entregar a notícia...*

O velho desconhecia aquele guerreiro prostrado na entrada do aposento como aquele garoto. O mensageiro engoliu seco... Os seus viviam? Atônito. Mesmo na penumbra, o olhar de Herdeira para ele foi o suficiente para apaziguar seu coração. Ela, insatisfeita, procurava cavar mais fundo naquele assunto, com faca ameaçava seu Pai a permanecer em silêncio, respondendo somente o que ela perguntava. A algazarra dos pássaros do lado de fora denunciava que um novo dia já assenhorava daquele lugar, para o desespero do mensageiro.

Herdeira ao seu Senhor: *Matuidi sabia?! Conhecia seu meio-irmão?*

No fraquejo em responder por parte dele, ela: *Óbvio... Vosso amado sabia dos vossos segredos... Provável desconhecer sobre o meio-irmão, mas de resto... Sim, sabia... E Vossa Excelência, no alto de sua arrogância nunca percebestes isso!* — Em fúria descontrolada. — *Eis os motivos de todas as desgraças que sobreveio a nós! O vosso amado vassalo fará de Vossa Excelência miúdos para dar às bestas e feras dos campos... Ele somente descansará ao embebedar com vosso sangue... Ele vos odeia...* — Herdeira com riso de ironia. — *E eu ajudando Vossa Excelência... O mensageiro dos índios a anunciar o ataque de Matuidi contra o castelo foi enviado por mim! Pois o índio, vosso aliado, matou padre Vicente e nós o descobrimos como vosso informante... Matar a própria filha?! O que receberíeis da Coroa por tal feito?! Mais terras? A governança da capital? Mereceis forca!*

No entanto, ela comenta, despressurizando a irritação: *Mas viver será muito mais doloroso para Vossa Excelência... Sofrereis a constante incerteza do fim, cada passo que déreis, em qualquer canto da existência, o inimigo estará à espreita dentro de vossas ideias a deixar-vos louco... mas, quem sabe um dia, quando vós entenderdes que os meus feitos tinham somente intento de defender nossas herdades, talvez eu volte... Ah! Primeiramente buscarei Mamãe... saibais que este guerreiro é o mensageiro... neto do maioral!*

Se o velho temia por sua vida desde a chegada do guerreiro, dali em diante a entregou aos deuses. Antes de sair, Herdeira elegeu as piores ameaças nos ouvidos do Senhor seu Pai, caso ousasse persegui-los. Chegaram nos termos do negro guerreiro no despertar da pequena comitiva, não foram inquiridos sobre onde estavam. Apenas levantaram a tenda para partirem rumo à capital.

Mensagem dos que ficaram na pedra furada chegou sem sobressaltos: *Além de nós, ninguém tem conhecimento do ouro, e os beneditinos aceitaram o usufruto destas paragens, desde que recebessem o quinto do produzido aqui...*

Já os ouvidos dos beneditinos, nas ruas da capital, não traziam muita paz, pois os enviados da realeza, naquela altura os administradores da capital, preocupavam-se somente em maximizar os lucros para a Coroa às custas do sofrimento do povo.

Eis a resposta: *Depois de quase uma estação completa sem notícias de Herdeira, o povo mancomuna antecipar o regresso dela, acreditam que ainda dá de mamar ao bebê; sendo assim, enviaram nestes dias um mensageiro ao castelo para inquirir notícias de sua Senhora.*

Herdeira: *Ao adentrarmos no aldeamento dos negros, enviarei uma carta aos homens da Coroa na capital abdicando de minhas responsabilidades de governadora, pois sairei em busca de minha Mãe.*

Consentiram. Enquanto de caminho, Herdeira pensava em Matuidi: *Como soube do assassinato de vosso Pai pelas mãos do meu Senhor? Onde estaria vossa Mãe? Estaria viva? Por que acredita que o castelo pertence a ele?*

Entre tantas outras perguntas sem respostas. O mesmo rolava nas mentes do mensageiro, começou entender, pois sentia proteção constante dos deuses. Aquela mão guiando-o ainda pequeno no meio da batalha... Depois, as bençoes proferidas pelo maioral dos índios... Seria seu avô? Lembrava os detalhes... "*Labaredas de fogo saíam das mãos dele sobre o mensageiro, provocando efervescência de boas intenções no jovem, ao mesmo tempo, aquele calor gradualmente agia na densidade dos miúdos do corpo num efeito de evaporação que causava no jovem sensação de desgarramento da terra dos viventes: flutuava sobre o grupo.*" Antes do raiar do dia, já tinham avançado muito quando surpreenderam duas ilustres figuras, aos roncos, num acampamento improvisado: Matuidi e o forasteiro. Antecipando ao demais, Catharina estava do lado de Matuidi e, sem delongas, acordou o homem com ponta do punhal no peito do infeliz, fezendo-o entender quem ela era e onde estavam. De sentidos redobrados, ele implorou clemência... Herdeira tentou intervir... foi tarde.

Matuidi proferiu poucas palavras para Herdeira, afogadas em sangue: *Vosso Pai... Vosso Pai... Matou o meu... O meu Pai...*

Olhos fechados. Assim foi, sem confessar seus pecados ou suplicar o perdão de Catharina. Matuidi deitou-se no Hades.

A cabeça do mensageiro em parafusos, quando sentiu a mão de Herdeira segurando a sua: *Ele é meu irmão... Como posso odiá-lo?*

Ela: *Vosmecê sempre será meu irmão...*

Palavras eternizadas no coração do mensageiro.

Mensagem do negro guerreiro, irmão de Agnijla: *Os homens do castelo marcham em vossos encalços...*

Herdeira, indignada: *Como?*

Novamente sentiu-se traída pelo próprio Pai. Cova rasa para Matuidi. Forasteiro amarrado.

Amazonas se prontificaram a retardar o avanço dos inimigos que vinham atrás, a maioral delas: *Depois partiremos para nossos termos.*

Catharina também anuncia em ficar com elas, necessidade da vingança. Já era sabido das virtudes imortais de Catharina, mesmo porque a conta não fechava. Depois de ser resgatada das águas do grande rio, por onde andou? Qual seria vossa habitação? Quantas luas depois aportou na vila? As vozes fervorosas já apalpavam através dela uma imortalidade divina. Despedidas. Choro. Promessas de reencontro.

O padre batavo: *Também ficarei... encontrarei Vossa Excelência no aldeamento dos negros...*

Herdeira, ressabiada com aquela decisão inesperada, concordou. A comitiva ficou ainda menor. Partiram. Sobejavam sangue de raiva pelos olhos dos que ficaram a culminar na destruição total dos guerreiros do castelo. Entre umas e outras, nem as cavalgaduras sobreviveram à pancadaria. O emissário enviado pelo povo da capital com destino ao castelo foi o cronista dessa batalha relâmpago. Passava um pouco do meio do dia na chegada do pequeno grupo no aldeamento a causar alvoroço entre os moradores. Alegria em reencontrar filha da terra: Agnijla. E curiosidade em acolher Herdeira em tempos de paz. Por ali, antes da chegada da pequena comitiva, de quando em quando, escutavam faíscas de conversas atravessadas nas sombras da capital de que, a cabeça daquela mulher estaria a prêmio pelas mãos da realeza. Não tinham certeza disso. As matas tinham ouvidos, disso estavam certos, portanto, reforçaram as guardas nos arredores do aldeamento ajudado pelos três cavaleiros de confiança de Herdeira.

Agnijla, ciente dos ataques sofridos, depois da saída de Herdeira da capital, anuncia: *Nunca mais vos deixarei... Sairei destes termos somente para sepultura!*

Felicitações pela coragem da guerreira. Acomodada, Herdeira despachou carta aos governadores da capital:

Estimados Senhores, Diante do nosso Deus confesso apreço a nossa Majestade, hei de servir e defendê-lo fielmente como já fiz, também a fazer em tempos sombrios, dando minha vida por nossa Majestade, tendo Deus como testemunha dessas humildes palavras. Venho abdicar de minhas responsabilidades de governadora da capital que, com tanto afinco defendi, pois sairei em busca da minha amada Mãe injustamente prisioneira nas mãos dos hereges adversários de nossa Majestade.

Vossa irmã de fé pelas mãos do nosso Deus,
Maria Roothaer

Foram despachadas três dessas com destino: casa de câmara, mosteiro dos beneditinos e correio-mor. O que tais homens pensariam de mim? Colocarão espias no porto? Imaginarão que desconheço o prêmio que paira sobre minha cabeça... ou, nas entrelinhas, enxergarão falsidades nas palavras? "*A essa altura, nada do que pensam impedirá minha fuga junto aos peruleiros*", pensou Herdeira. Outra carta destinada aos Reis, só que como remetente o mosteiro dos beneditinos:

Diante do nosso Deus confessamos apreço a Sua Majestade, hei de servir e defendê-lo fielmente como já fizemos, também a fazer em tempos sombrios, dando nossas vidas por Sua Majestade, tendo Deus como testemunha dessas humildes palavras. Solicitamos vossa permissão para prospectar pedras preciosas nas terras inabitadas deste lugar. Caso encontremos ouro para Vossa Majestade, teremos certeza de recebermos vossas mercês para exploração das minas encontradas?

Seus estimados servos
Beneditinos

Penélope foi incumbida de entregar pessoalmente nas mãos do correio-mor, alinhado de longas datas com Herdeira. E mais, depois disso, providenciar todo os negócios concernentes à fuga deles a bordo dos *peruleiros*. Forasteiro intermediário primeiro. Uma barra de ouro foi suficiente para sufocar quaisquer lábios maliciosos. Capacidade de trapacear daquele povo excede com folga a frieza lógica dos números, a subverter a razão óbvia de qualquer resultado a favor de um alguém indicado por eles. Herdeira, conhecedora astuta destas santas virtudes, se aproveita disso para fuga debaixo do nariz dos enviados da Coroa. Ainda firmados nessa necessidade de trapacear, os fugitivos esconderam outros quilates de ouro dentro das cargas de açúcar — compradas somente com esse propósito, que Herdeira negociaria nas missões do extremo sul. No dia da partida, o padre batavo adentra no aldeamento dos negros, vez mais a surpreender Herdeira.

Depois, quando já estavam na entrada da embarcação, Penélope dissera que não iria: *Ficarei com os beneditinos... Anunciarei minha ida... Ou melhor, vosso retorno, minha amada irmã, somente com res-*

postas da Coroa concernente às pedras preciosas... Irmã minha, não entristeçais com essa decisão... Decido por nós... Por vossas herdades... Por vossa vida... Viverei sem paz no próximo ciclo das estações... Estou certa disso... Terei proteção dos deuses...

Puxou o colar para beijá-lo. As lágrimas autenticavam sua fala. Nesse instante de beijar o colar, voltando os olhos para os ouvintes, algo repentino atinge as ideias de Herdeira: O *maioral de posse de ouro...* — Apontou para o colar. — *O Senhor meu Pai também conhecia esse precioso metal? Eles eram cúmplices... Meu Deus! Provavelmente ele conhece a existência do ouro, só desconhece onde estão as minas... Irmã minha* — para Penélope —, *não fiqueis! Ele vos procurará com a força de todas as maldades...*

Silêncio.

Padre batavo: *Também ficarei... Minha presença é motivo de muitas desgraças e Vossa Excelência não sois merecedora de tão vil companhia...* — Direcionando-se a Penélope. — *Aonde ireis, eu irei... Onde ficardes, também ficarei... Depois de minhas penitências procurarei pelo perdão de Catharina...*

Herdeira retruca não a decisão do padre, mas as desgraças como sua companheira: *Aprendi com Mamãe que o oposto do erro não é o acerto, mas a submissão ao perdão alcançado... Vós alcançastes já o perdão dos deuses, e por esse motivo estou viva hoje...*

Daquele dia em diante, as peripécias desses dois para manterem-se vivos encheu os livros das crônicas da época.

Herdeira, de coração turbado, disse ao mensageiro: *Vosmecê irá comigo.*

Aceite imediato. Aos três cavaleiros depositou um quinhão de ouro, ordenando o retorno apressado para a pedra furada. Ajudariam nas defesas do lugar até a resposta da Coroa.

Herdeira: *Ainda vos devo as mercês de cavaleiros... Um dia os deuses nos farão essa dádiva...*

O forasteiro, depois de cumprir com o combinado, foi liberto de suas obrigações. Despedidas. O padre batavo, na força da fé que ainda emanava da profundeza da alma, em palavras solenes abençoou a jornada de Herdeira, revivendo no passado recente a companhia permanente dos deuses na preservação da vida dela, para com isso fiar suas palavras na expectação de que a bem-aventurança seria presente para com Herdeira e o mensageiro. A cidade alta, vista de baixo, olhando de dentro da embarcação, tinha fisionomia diferente da qual Herdeira estava acostumada a enxergar. Dali não se distinguiam as irregularidades do calçamento com caiado colorido das casas em diversos níveis, interligadas por infindáveis ladeiras, também não sentia cheiro das farturas em tempos de paz. Sem enxergar o sorriso fácil nos rostos dos moradores, nem escutava o repique dos tantãs a marcar o ritmo da alegria em dias de festas. Entretanto, enxergava tudo muito regular, de perfeição plana e em silêncio, quieto. Somente ouvia o ranger das madeiras da estrutura da embarcação na qual estava, toda chorosa pela força do vento e só, a deixar o coração dela petrificado naquela despedida surda... Mesmo assim, um fiapo de lágrima vence a barreira da indiferença a escorrer pelo rosto. Aos poucos deixava de avistar aquela cidade para ficar só consigo na memória, sua cidade.

Sabendo que, mais dias, menos dias, o lado setentrional seria atacado pelos ibéricos, Herdeira e mensageiro trataram logo de se estabelecer na margem oposta do Rio da Prata. Ou seja, no lado ibérico.

Esta obra foi composta em Minion Pro 11,7 pt e impressa em papel Pólen soft 80 g/m² pela gráfica Meta.